J. FitzGeral

LA LAME TORDUE

Traduit de l'anglais par
Sophie Beaume

Éditeur : François Doucet
Traduction : Sophie Beaume
Révision linguistique : Nicole Demers et André St-Hilaire
Correction d'épreuves : Nancy Coulombe, Suzanne Turcotte
Design de la couverture et animation de *Muffy* : RPM Creative Inc.
Carte géographique de l'intérieur : © 2003 Saratime Publishing Inc.
Graphisme : Matthieu Fortin
Illustration de la couverture : Sandy Lynch
ISBN 978-2-89565-394-3
Première impression : 2007
Dépôt légal : 2007
Bibliothèque et Archives nationales du Québec
Bibliothèque Nationale du Canada

Éditions AdA Inc.
1385, boul. Lionel-Boulet
Varennes, Québec, Canada, J3X 1P7
Téléphone : 450-929-0296
Télécopieur : 450-929-0220
www.ada-inc.com
info@ada-inc.com

Diffusion
Canada :   Éditions AdA Inc.
France :   D.G. Diffusion
              Z.I. des Bogues
              31750 Escalquens — France
              Téléphone : 05.61.00.09.99
Suisse :   Transat — 23.42.77.40
Belgique :   D.G. Diffusion — 05.61.00.09.99

Imprimé au Canada

Participation de la SODEC. $\mathcal{S}$ODEC

Nous reconnaissons l'aide financière du gouvernement du Canada par l'entremise du Programme d'aide au développement de l'industrie de l'édition (PADIÉ) pour nos activités d'édition.
Gouvernement du Québec - Programme de crédit d'impôt pour l'édition de livres - Gestion SODEC.

Catalogage avant publication de Bibliothèque et Archives nationales du Québec et Bibliothèque et Archives Canada

McCurdy, J. FitzGerald (Joan FitzGerald), 1943-

   [Twisted blade. Français]

   La lame tordue

   Traduction de: The twisted blade.
   Suite de: La couronne de feu.
   Pour les jeunes de 10 à 13 ans.

   ISBN 978-2-89565-394-3

   I. Beaume, Sophie, 1968-   . II. Titre. III. Titre: Twisted blade. Français.

PS8575.C87T9414 2007   jC813'.6   C2007-941764-7
PS9575.C87T9414 2007

À James, Samantha, Jason, Shane, Nicholas, Hugh, Eleanor, Leigh, Claire, Kizi, Brittany, Chris, Jessica, Dylan, Nicole, Matthew, Jennifer, Greg, Isabel et Stephanie.

Je remercie tout spécialement Jacquie et Dan pour nos lectures hebdomadaires, et Susan pour ses yeux de lynx.

TABLE DES MATIÈRES

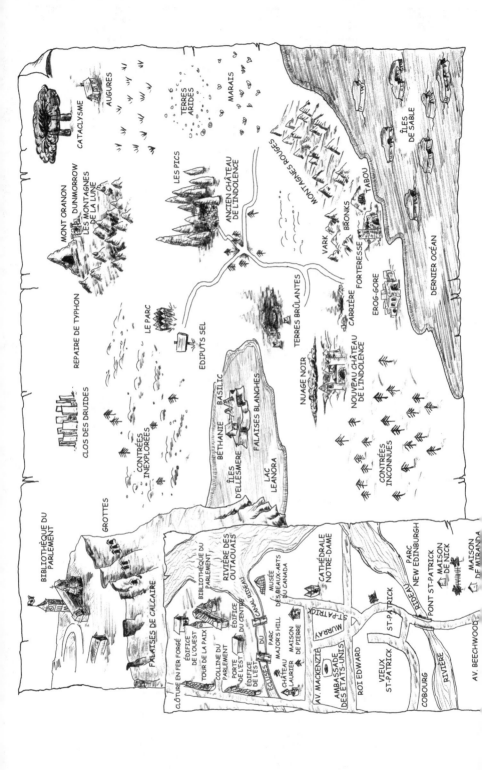

CHAPITRE UN

TABOU

 l était presque minuit quand Otavite s'approcha des portes de la forteresse nichée en bas de Bronks, le sommet le plus au sud des montagnes Rouges. Depuis neuf mois, la forteresse servait de maison au jeune soldat. Ce soir-là, il reprenait son service actif dans la Patrouille nationale de la Montagne (PNM) après ses trois mois annuels de congé, passés avec ses parents et ses jeunes frères et sœurs installés à l'orée d'Erog-gore, la capitale de Vark, le pays des Géants rouges.

La PNM était la branche de l'armée chargée de protéger le pays des envahisseurs qui seraient assez fous pour tenter de pénétrer dans Vark par l'arrière de la ville, soit par les dangereux passages de la montagne qui convergent vers la forteresse. La PNM surveillait aussi Tabou, une faille irrégulière menant aux entrailles de Bronks, et à son horrible secret.

Les épaules voûtées, Otavite grimpait le sentier familier et sinueux — seul le bruit de ses grandes bottes sur le sol enneigé troublait le profond silence. Il s'arrêta un moment pour ajuster son lourd sac à dos et leva la tête pour observer le ciel parsemé d'étoiles. La nuit était aussi claire que du verre poli. La lune croissante n'était qu'un fin ruban, une douce incision dans le tulle de la voûte terrestre, et la lumière des étoiles dans le froid manteau de neige chassait la noirceur. Otavite s'émerveilla comme il le faisait toujours devant la luminosité éblouissante. Il pouvait voir à des lieues à la ronde.

Le Géant prit une profonde respiration de l'air revigorant de la montagne, heureux d'être en vie par une nuit si parfaite. Il sentit un désir irrésistible de fredonner, qu'il réprima rapidement de peur que sa profonde voix de baryton perturbe Eegar, qui dormait déjà, un événement fort appréciable, ou qui était mort, mais il ne fallait pas rêver. « Un orage se prépare », pensa-t-il, se concentrant sur l'obscurité qui grossissait plus loin dans le ciel, là où des nuages épais s'amoncelaient, éraflant le sommet de Bronks, peignant la neige rouge pâle près du sommet en un rouge plus foncé que le sang, et dévalant ses pentes puissantes comme une avalanche silencieuse et noire.

Otavite s'ajusta les épaules et pressa le pas. Ses yeux suivirent le sentier lumineux et sinueux, portant attention aux lumières de la tour de garde. Le Géant avait vécu parmi ces montagnes toute sa vie. Il connaissait leurs humeurs. Il savait qu'un orage pouvait éclater subitement et violemment. Il savait aussi que l'amoncellement brusque de nuages était souvent le seul avertissement qu'offrait la nature.

Devant, la tour unique qui formait une partie du mur à droite des portes de la forteresse apparaissait clairement dans le ciel nocturne ; on aurait dit une ombre massive et noire comme de l'encre. Otavite ralentit, soudain inquiet. Il fixa la tour massive comme du roc, ses instincts de soldat l'avertissant que quelque chose n'allait pas. Puis, ça le frappa. «L'obscurité! pensa-t-il. Il devrait y avoir de la lumière en provenance de la tour!» Il aurait dû voir nettement de la lumière. Or, les fenêtres de la tour étaient aussi noires que les nuages qui s'agitaient au-dessus de sa tête.

Instinctivement, Otavite quitta le sentier et s'aventura parmi les énormes rochers qui le longeaient. Pour un Géant, ses mouvements étaient étrangement rapides et son pas était léger, presque gracieux. La crainte lui faisait mal à la poitrine. Il avait l'impression que le Bronks lui reposait sur la cage thoracique, lui soutirant doucement mais sûrement la vie qui l'habitait.

« Reste calme », murmura-t-il sévèrement, combattant un désir irrésistible de se ruer vers la forteresse et d'appeler ses camarades, tandis qu'il défoncerait les portes. « Reste calme, répéta-t-il intérieurement. Analyse les choses avant d'agir. » Tapi contre un rocher aussi grand que son corps, il défit les sangles de son sac à dos et, avec précaution, il cacha ses affaires sous un roc. Puis, il se redressa et observa la sombre forteresse, scrutant les portes et la tour, tendant l'oreille à la recherche de sons humains. Cependant, il ne vit ni n'entendit rien.

« Quoi ? Quoi ? » Il sentit une douleur quand Eegar lui picota la tête, en colère contre les mouvements inattendus du Géant.

Otavite se donna une tape sur la tête. Le Pic-Bois géant rouge qui vivait dans les cheveux rêches du soldat battait des ailes furieusement pour échapper aux coups destructeurs. En représailles, Eegar planta ses griffes acérées dans le crâne du Géant, brisant le silence avec un flot de bruits rauques qui, si on les traduisait dans la langue des hommes, ne pourraient pas être écrits ici.

— Ferme ton bec ! siffla Otavite, se demandant juste quelles bêtises il avait dû faire enfant pour mériter un tel profiteur avec le pire caractère de tout l'univers. Encore un braillement et je tords ton cou maigrichon.

— Aaawk ! fit Eegar en lui mordant l'oreille méchamment.

Otavite se crispa les épaules quand le bec pointu du Pic-Bois géant déchira sa chair, mais le Géant ignora à la fois l'oiseau et la douleur, préférant se concentrer sur la tour de garde et l'espace noir qui obscurcissait les grandes portes de bois. Ses yeux vifs de soldat scrutaient doucement l'horizon, sans rien oublier. Comme si Eegar devenait soudain conscient du changement d'humeur du Géant, il se hérissa en silence, clignant des yeux, aux aguets de chaque mouvement qui pourrait lui permettre d'identifier la source de la crainte de son hôte.

Malgré l'air froid de la montagne, Otavite sentait la sueur couler le long de son dos. Il sortit un couteau menaçant d'un long étui attaché à sa ceinture et se déplaça avec précaution vers la garnison. Il avait le cœur qui cognait comme des coups de poing contre ses côtes et son souffle était expulsé de sa gorge comme des nuages blancs géants.

Il atteignit les portes et s'immobilisa.

Les colossales portes de bois étaient ouvertes, leurs charnières de fer tordues et pliées, et leurs épaisses planches en éclats, irréparables. Otavite déposa son couteau sur le sol et s'agenouilla pour examiner le corps inerte d'une grande créature étendue sur le côté, sur la neige imbibée de sang, juste à l'extérieur des portes dévastées. Il ressentit soudain un mélange de colère et de tristesse, tandis qu'il reconnut les marques et les vieilles cicatrices qui lui permirent d'identifier l'animal. C'était Vé.

Après avoir ôté ses gants épais, le Géant passa doucement ses mains sur le corps de la créature morte, espérant que les blessures infligées à cette dernière pourraient lui dire qui ou qu'est-ce qui avait fait cette chose terrible. Ses mains s'arrêtèrent quand elles atteignirent la poitrine de Vé. Là, le pelage recouvrant la blessure était emmêlé — noir, il craquait sous le sang séché. Otavite se pencha plus près pour examiner la blessure. Toute la poitrine était partie, brûlée à l'os comme si l'attaquant savait où l'animal était le plus vulnérable. Le Géant sentit la colère monter en lui, alors qu'il caressait la douce collerette sur le cou de Vé. Finalement, il se nettoya les doigts dans la neige et rentra ses mains gelées dans ses gants doublés de mouton.

Le Carovorare était une bête fabuleuse, un grand monstre — le meilleur ami des Géants. Debout, il était plus grand qu'un éléphant. Sa tête n'était que bec et dents — un rapace aux yeux jaunes dans le corps d'un lion. Sous sa fourrure blanche duveteuse, les plumes tranchantes de l'animal, maintenant ramollies par la mort, pouvaient, une fois gonflées, transpercer du roc. Un ennemi pouvait échapper aux entailles de ses griffes coupantes comme des rasoirs, ou survivre à la morsure de ses dents acérées, mais personne ne pouvait survivre à la piqûre du dard empoisonné qui apparaissait au bout de sa queue comme un scorpion — un dard aussi long qu'un couteau de boucher. Les Carovorari servaient de gardiens dans la PNM. Les Géants les aimaient et les respectaient.

Otavite secoua sa grosse tête. « Que s'est-il passé ici ? » se demanda-t-il. Vé était un vétéran. Le gardien pouvait entendre une épingle lancée de l'autre côté de Bronks ; son odorat était si développé qu'il pouvait détecter un étranger à trente kilomètres dans le sens contraire du vent. Rien, absolument rien ne pouvait surpasser un Carovorare. Qu'est-ce qui, alors, avait bien pu tuer Vé ?

— Eegar...

La voix grondante du Géant était empreinte de tristesse. Le Pic géant rouge sortit sa tête des cheveux épais et rêches d'Otavite.

En un éclair, il s'envola dans les airs. Il battit promptement des ailes et une série de cris aigus sortirent de sa gorge. Transperçant la nuit, un chœur de cris répondirent et le bruit de ce qui pouvait ressembler à des milliers de mains qui applaudissent emplit l'atmosphère. Un nuage noir de centaines et de centaines d'oiseaux s'abattit sur la bête étendue. En un clin d'œil, ils étaient tous au-dessus de l'animal en arborant des becs pointus et déchirants. Puis, comme une unique créature géante ailée, les oiseaux s'élevèrent dans le ciel et disparurent dans la nuit.

Otavite s'inclina la tête sur les os blancs et brillants du Carovorare, rendus nets après le passage des oiseaux. Son cœur était aussi lourd que du plomb. Parlant doucement, il demanda à Eegar de réaliser le dernier rituel qui permettrait à l'esprit de Vé d'atteindre la Grande Demeure. Tout en douceur, Eegar descendit de son perchoir en haut d'un gros rocher, du moins plus en douceur que lors de son attaque sur l'oreille d'Otavite, et martela de coups de bec la peau autour des yeux de Vé. Poussant un cri aigu de triomphe, le Pic-Bois géant saisit un des gros yeux laiteux dans son bec, déploya ses ailes, s'éleva dans les airs et s'envola vers le sommet de la montagne — un petit point sombre dans le ciel.

Le Géant resta un moment agenouillé à côté des restes du Carovorare.

— Je trouverai ceux qui t'ont blessé et pris la vie, jurat-il. Je ne cesserai pas de chercher jusqu'à ce que leurs têtes soient juchées sur des piquets à l'extérieur des portes pour que tout le monde les voie.

Puis, il ramassa son couteau, se leva et avança furtivement vers les portes détruites.

Pensant trouver davantage de corps de bêtes et de camarades massacrés, Otavite fut soulagé après qu'une rapide fouille dans la tour, la caserne et les écuries n'eut rien donné. La forteresse était déserte et, en dehors du vent qui se levait, aussi silencieuse que du roc. À l'extérieur, le Géant se recroquevilla, immobile, dans les ombres de la tour et essaya de comprendre ce qui s'était passé. Où étaient les autres, ses amis ? Une terrible solitude l'envahit. Il se sentait comme s'il était seul dans un univers vide, le seul survivant d'un holocauste trop abominable à contempler. Il soupira profondément, se forçant à reprendre son rôle de soldat. Il devait faire un rapport à l'état-major d'Erog-gore mais, auparavant, son devoir était de découvrir ce qui s'était passé ici.

Déçu que sa fouille de la forteresse n'ait rien donné, Otavite tapa du pied sur le sol gelé avec ses lourdes bottes. Avait-il raté quelque chose d'important ? Avait-il laissé sa rage et sa frustration lui cacher l'évidence ? Doucement, méthodiquement, il chercha à nouveau, et à nouveau, mais ne trouva rien. Il n'y avait aucun indice, rien pour lui dire ce qui s'était passé. Qu'avait-il raté ? Puis, il devint aussi calme que la tour abandonnée. Il *avait* raté quelque chose. Il y avait un dernier endroit qu'il n'avait pas fouillé.

Le soldat sentit sa respiration se transformer en violentes rafales, tandis qu'il avançait vers les portes de fer noires qui condamnaient l'entrée de Tabou, la faille qui descendait profondément dans le cœur de Bronks. Tous les Géants de Vark connaissaient les portes de fer, mais personne, pas même la Patrouille nationale de la Montagne, ne savait qui les avait construites ni pourquoi. À en croire les Géants les plus vieux, les portes avaient été érigées il y a des centaines de milliers d'années, et scellées tout ce temps. Otavite se demandait maintenant si elles servaient à empêcher les gens de s'approcher de la montagne. À moins que leur rôle ait été plus sinistre ? Étaient-elles là pour garder quelque chose à l'intérieur ? Le Géant s'était vu confier comme tâche la surveillance de l'entrée de Tabou et il avait fait son travail sans se poser de questions. Toutefois, il avait maintenant du mal à croire qu'il ne connaissait absolument rien à propos de ce qu'il avait surveillé pendant les cinq dernières années, ou du moins de la raison de ces solides portes de fer. Il frissonna quand l'endroit noir lui apparut comme la bouche d'un monstre attendant de l'engloutir.

Un battement d'ailes et des griffes pointues sur son cuir chevelu l'avertirent qu'Eegar était revenu de son horrible corvée. Otavite ignora l'oiseau quand ce dernier lui préleva quelques cheveux drus et qu'il s'affaira à lisser ses plumes rouges et douces. Le Géant atteignit l'entrée de Tabou et eut le souffle coupé devant le trou noir béant qui remplaçait les énormes portes de fer récemment ouvertes.

Tout ce qui restait des portes était une flaque de fer fondu, durcie sur le sol gelé. Otavite sifflota doucement, se demandant quelle sorte de créature avait le pouvoir de faire fondre du fer si solide. Ce devait être le même monstre qui avait tué Vé, mais il ne connaissait pas un tel être. Le jeune Géant tint son couteau serré, décompressa en prenant une profonde respiration, puis avança prudemment dans la vaste bouche noire de la faille.

La fente était assez large pour qu'Otavite puisse se tenir aisément debout. À l'intérieur, il s'arrêta une seconde pour scruter les environs, mais il ne pouvait même pas voir sa grande main quand il l'éleva en face de son visage. L'obscurité était comme une chose vivante, épaisse et suffocante. Elle exerçait une pression contre le corps du Géant, se faufilait dans ses narines et descendait dans sa gorge. Otavite pensa faire demi-tour pour aller chercher une lampe dans la caserne, mais il décida de continuer. Peu importe ce qui s'était passé là, le Géant n'avait aucun doute que c'était l'œuvre d'une créature forte et adroite : les portes de fer liquéfiées en étaient la preuve. « Oublie la lumière », se dit-il doucement. Il ne pouvait pas prendre ce risque. Il n'avait qu'à marcher tranquillement dans le noir.

Se tenant près du mur, d'un côté de la faille, il avançait lentement, un petit pas à la fois. Il agitait ses bras devant lui pour ne pas se briser le crâne contre des obstacles invisibles. Eegar poussa un cri grinçant quand la tête du Géant effleura une épaisse toile d'araignée et Otavite sentit l'oiseau bouger frénétiquement dans ses cheveux comme si le volatile avait voulu chasser l'araignée.

Otavite marcha longtemps, les oreilles à l'affût du moindre son qui ne venait pas de lui. Les Géants sont dotés d'une ouïe aiguë. Les Nains prétendent que les Géants peuvent entendre un champignon pousser ou le bruit d'une fleur peinant à se tourner vers le soleil. Or, ici, dans les profondeurs de la montagne et dans une obscurité totale, le seul bruit qu'Otavite pouvait entendre était le battement rapide de son cœur.

Puis, il se sentit mal à l'aise, comme s'il était observé par quelque chose caché dans l'obscurité. Son malaise s'amplifiait à chaque pas. Quelle distance avait-il parcourue à l'intérieur de la montagne ? Combien d'heures s'étaient écoulées ? Otavite ne le savait pas et il ne se serait pas hasardé à parier. Cependant, il avait les jambes fatiguées comme s'il avait marché un millier de kilomètres, tandis que ses yeux impassibles lui donnaient l'impression qu'il regardait attentivement dans la noirceur totale depuis des années.

Finalement, au moment où il commença à penser que la faille était sans fin, il se heurta à un mur et ne put aller plus loin. « Ça ne peut pas être une impasse », pensa-t-il. Ça n'avait tout simplement aucun sens de se donner autant de mal pour installer des portes de fer si robustes pour sceller une ouverture qui ne menait nulle part. Otavite plaça le couteau entre ses dents, puis il ôta ses gants et passa doucement ses grosses mains sur le mur. Après un long moment, il trouva le joint à peine perceptible traversant le rocher. Il suivit la mince fêlure avec ses doigts, en haut, sur le côté et en bas vers la base de la faille.

Il s'agissait d'une porte ou d'un panneau secret. La structure était si énorme qu'on aurait dit qu'elle avait été construite pour les Géants. Otavite chercha une serrure secrète ou un dispositif qui déclencherait le mécanisme d'ouverture, mais il ne trouva rien. Au sommet du joint du haut, ses doigts repérèrent des marques qui avaient été estampées dans le roc comme si une bête en colère avait sorti ses griffes et entaillé le mur à maintes reprises. Tandis que ses doigts retraçaient les sillons, il réalisa que ce n'était pas des sillons aléatoires, mais des marques soigneusement gravées ou des lettres — un message ou un avertissement. Il repassa sur les lettres étranges, les disposant dans l'ordre dans sa tête, et les mémorisant pour son rapport.

ᴛᴛ ╫ ╫+ᴛᴛᴛᴛ╫╫   ╫+ᴛᴛ. ╫╫╫ᴛᴛ+ᴛᴛᴛᴛ╫
ᴛᴛ+╫ᴛᴛ ╫ᴛᴛ ⊥+⁄⁄╫ ⁄+╫⊥
ᴛᴛ╫ ╫╫╫⊥ ╫ᴛᴛ⊥╫╫╫ ╫⊥╫.*

Otavite ne pouvait pas lire les marques étranges, mais il reconnaissait maintenant l'ancien alphabet des Druides et sentit le sang se glacer dans ses veines. Il n'avait jamais rencontré de Druides, mais il avait entendu des histoires à leur sujet et au sujet de leur terrifiante magie quand il était enfant. Sa mère disait qu'ils attrapaient les enfants, aspiraient leur cerveau, puis les mangeaient. C'est comme ça qu'ils obtenaient leur magie, disait-elle. Otavite n'en savait rien, mais il croyait ses camarades soldats qui disaient que fermer les yeux devant une de ces créatures entraînait la mort. Et si les Druides avaient été enfermés dans Tabou ? Et s'ils y étaient encore, à attendre derrière la porte secrète ? Otavite secoua sa tête de Géant, bousculant Eegar qui, en retour, lui piqua le cuir chevelu avec son bec assassin jusqu'à ce que le sang coule.

Dans tous les livres d'histoire des Géants, les Druides étaient classés sous la rubrique : « Êtres magiques ». Dans un de ces livres, Otavite avait lu que les Druides étaient habituellement imprévisibles et qu'ils se fâchaient vite, leur colère pouvant effacer une montagne pour un oui ou pour un non. Comme les Druides n'apparaissaient jamais le jour, il n'y avait aucune image

---

* Pour déchiffrer le texte, consultez l'alphabet à la fin du livre.

d'eux dans les livres. Cependant, Otavite n'oublierait jamais la description de leur manteau noir sinistre et de leurs longs doigts courbés capables d'allumer un feu suffisamment chaud pour faire fondre du fer. Il n'y avait rien d'écrit dans les livres d'histoire sur l'arrivée des Druides dans son pays. Pourtant, l'inscription sur la porte secrète prouvait que ces terribles créatures s'étaient trouvées ici, à Vark, à un quelconque moment oublié du passé. Qu'est-ce qui les avait amenées ici ? Et, encore plus important, y étaient-elles encore ?

Essayant de comprendre l'implication des Druides à Vark, Otavite se pressa le front contre la pierre froide et reposa ses grandes mains sur les joints de chaque côté de la porte secrète. Soudain, il sentit une secousse parcourir la montagne. « Un tremblement de terre ! » pensa-t-il, et un vent de panique s'empara de lui. Se retrouver emprisonné vivant à l'intérieur de Bronks était pire que la mort. Terrifié, le Géant était sur le point de battre en retraite à la hâte dans la faille pour rejoindre l'entrée quand la pierre bougea à la hauteur du joint sous ses mains. Son cœur se mit à battre frénétiquement. Il ne s'agissait pas d'un tremblement de terre ou d'une avalanche dévalant les pentes rocheuses. C'était le panneau... qui glissait silencieusement dans le mur. Il y avait quelque chose de l'autre côté. Et cette chose allait sortir.

CHAPITRE DEUX

LA MARE NOIRE

tavite arracha ses mains à la pierre comme s'il avait été électrocuté. Il s'éloigna du panneau qui glissait et accota son corps contre le mur rugueux. Fermant les yeux, il se força à se détendre, tandis qu'il faisait appel au don d'Eegar — le camouflage. Il sentit le picotement familier, tandis qu'une coloration énigmatique émergeait du corps de l'oiseau, dissimulant leur présence et déguisant leurs formes jusqu'à ce qu'Eegar et lui fassent un avec leur environnement. Puis, le Géant attendit, ses yeux fixant l'obscurité entre lui et la porte qui bougeait.

Le jeune soldat se retint de respirer quand un mince faisceau de lumière apparut brusquement le long de la porte secrète. Tandis que la pierre glissait sans bruit dans le mur, la lumière augmentait, illuminant le passage où il se cachait, son corps se pressant contre le mur de la faille. La poitrine lui faisait si mal qu'il avait l'impression que quelque chose l'étouffait. Eegar devint aussi calme qu'un rat mort. Le Géant et l'oiseau regardèrent avec horreur la créature enveloppée de noir qui apparut soudain dans l'encadrement de la porte et qui s'infiltrait dans la faible lumière comme un énorme buvard vivant. Le Géant, camouflé, ne pouvait détacher les yeux de la forme noire. C'était un monstre tout droit sorti de ses pires cauchemars. Cependant, Otavite ne rêvait pas. L'être dans le manteau noir était aussi réel qu'Eegar, et la puanteur accablante qui remplit le passage le fit frissonner sur toute la longueur de sa colonne.

« Un druide ! » pensa-t-il. Et, pour la première fois de sa vie, le soldat ressentit une terreur absolue. Ce n'était pas la créature de trois mètres de haut qui lui faisait peur. Par comparaison au Géant, l'être enveloppé de noir était petit, voire chétif. Non, Otavite n'était pas intimidé par la taille de la créature. Il était subjugué à la vue des griffes pointues comme des poignards qui dépassaient les manches flottantes du manteau noir, et la paire d'yeux rouge sang brûlant dans l'obscurité du capuchon. Otavite eut envie de sortir son couteau et de partir en courant.

Le Géant avait raison de vouloir s'enfuir. Il pressentait que la créature était mauvaise — le Mal, comme si le spectre de la mort était subitement entré dans la faille. Par contre, il avait tort de penser que l'être vêtu de noir était un Druide. C'était un TUG, un parmi des milliers, et cette créature était le mal à l'état pur — un mort-vivant, aussi froid et insensible que la montagne recouverte de glace au-dessus. Otavite ne savait pas que le TUG était un assassin dont le seul but était de tuer les ennemis de sa Maîtresse, qu'il s'agissait d'un monstrueux Démon nommé Haine. Tout ce qu'il savait au fond de son cœur de soldat, c'était qu'il ne survivrait pas à une bataille avec cette créature. La pensée que ses camarades pouvaient être tenus à la merci de ce monstre le rendait malade et furieux en même temps. Il devait découvrir s'ils étaient là. Et, s'il les trouvait, et s'ils étaient encore en vie, il était déterminé à les libérer. L'être en noir franchit silencieusement la porte et s'arrêta. Ratissant l'obscurité de ses yeux rouges, il tournait lentement son immonde tête encapuchonnée de gauche à droite. Il arrêta soudainement son mouvement en apercevant l'endroit où Otavite se pressait contre le mur de pierre. Le Géant arrêta de respirer. Le TUG inclina la tête sur le côté et écouta attentivement, ses yeux rouges fixés sur le soldat, mais incapables de le voir. Finalement, un bruit âpre sortit de sa gorge, un bruit qui résonna de façon sinistre dans la faille. Le TUG passa devant le Géant et disparut dans le passage que ce dernier avait emprunté quelques minutes plus tôt.

Soulagé du départ du TUG, ou furieux contre Otavite pour une raison insondable, Eegar sautilla sur la tête du Géant, lui arrachant les cheveux avec son bec et les mettant de côté. Ignorant l'oiseau pervers, Otavite quitta sa cachette et se faufila rapidement par la porte, en faisant bien attention de ne pas altérer son camouflage. À la lumière de grandes torches suspendues à des crochets en fer sur les murs, il vit qu'il se trouvait dans une vaste caverne naturelle. Il s'arrêta une seconde et regarda autour de lui, émerveillé.

Des colonnes de pierre massives reposaient sur des bases sculptées tout autour de la pièce. Comme des troncs de séquoias gigantesques, elles s'élevaient si haut que leur sommet se perdait dans les hauteurs. D'affreuses gargouilles, des griffons ailés féroces, des monstres sournois et horribles, et d'autres bêtes étranges et menaçantes regardaient fixement, sans expression,

Otavite à partir de niches sculptées dans les murs de pierre. Le Géant en vint à examiner une des sculptures, un griffon à l'air particulièrement sauvage, mais quelque chose dans le regard inerte de la créature l'avertit de ne pas approcher et il repoussa rapidement sa main. Haussant les épaules, presque comme s'il s'excusait, il pénétra plus loin dans la caverne et s'arrêta, tournant la tête et regardant en haut. Au-dessus, suspendus à de grandes perches accrochées à de solides crochets fixés à de hauts piliers se trouvaient des douzaines de drapeaux gigantesques. Bien qu'Otavite devinât que ces derniers étaient en soie, ils étaient étrangement bien conservés et pendaient comme de lourdes toiles mouillées dans l'air froid.

Le Géant essaya de trouver les pays qui correspondaient aux drapeaux. Il ne put en identifier que quelques-uns, mais il reconnut le drapeau pur et blanc des Elfes avec une couronne dorée brillant comme un diamant ardent entre deux grands chênes dont les cœurs transparaissaient à travers l'écorce vivante au milieu de leur tronc droit. À côté se trouvait le drapeau des Nains, lequel exposait un épi architectural sculpté complexe, supporté par six piliers argentés brillant sur un fond bleu foncé. Otavite regarda fixement, craintif, un aigle à qui rien n'échappe, arrêté en plein vol au soleil, ses ailes de bronze déployées, le monde à ses pieds. Il sentit son cœur se serrer à la vue du drapeau, qu'il n'avait vu qu'en illustration. Le fier aigle était l'emblème des Dars, une race de Géants — ses cousins du Nord —, morts maintenant, éliminés par le Démon à une époque lointaine, cruelle et sombre.

— Les aigles avaient élu domicile sur les têtes des Dars, murmura le Géant à l'intention d'Eegar, avec un brin de mélancolie dans la voix.

À côté de l'ancien drapeau des Dars se trouvait quelque chose de familier. Otavite fut surpris de voir un Carovorare blanc bondissant d'une montagne au sommet rouge, sa grande queue pointue enroulée sur son dos. « Surprenant », chuchota-t-il, se rappelant soudain les armoiries d'un animal sauteur auquel il n'avait pas repensé depuis l'école. Il fixa le drapeau de son pays et se sentit de plus en plus confus. Le fait que ce drapeau soit là signifiait une seule chose. Les Géants avaient utilisé cet endroit à un certain moment. Mais pourquoi n'y avait-il aucune mention de ce fait dans les livres d'histoire ? Pourquoi personne n'en avait jamais parlé ? Et pourquoi tous ces drapeaux d'autres pays étaient-ils accrochés dans une pièce au fin fond d'une montagne sur le territoire de Vark ? À quoi servait cette pièce ? Otavite avait le cerveau qui bourdonnait à la suite de toutes ces questions et il se sentit étourdi. Rien n'avait de sens. La seule chose dont le Géant était sûr — comme l'attestait la présence de tant de drapeaux — était qu'à une autre époque, longtemps avant lui, quelque chose d'important s'était produit ici, dans cet endroit oublié, quelque chose que toutes les nations du monde avaient gardé secret.

Tandis que ses yeux se promenaient à l'intérieur de la pièce, ses oreilles décelèrent le bruit de voix assourdies et indistinctes. Il sourcilla, tendant l'oreille pour localiser l'origine des bruits, mais la vaste pièce ovale créait un effet d'écho qui rendait la tâche impossible. Restant près du mur, Otavite avança plus vite dans la caverne. Il découvrit de plus petites pièces, de simples alcôves. Il s'arrêta à la porte de chacune d'elles pour écouter. Il remarqua que les murmures étaient maintenant plus forts. Il se rapprochait. Que trouverait-il quand il situerait les voix ? D'autres Druides ? Les autres membres de la garnison avaient-ils marché jusqu'à cet endroit ? Ses camarades et les autres Carovorari étaient-ils emprisonnés dans une de ces pièces sombres, abandonnés là pour y mourir ? Ou étaient-ils déjà morts ? Otavite secoua la tête à nouveau. Il avait un mauvais pressentiment à ce sujet.

Un passage voûté s'ouvrait sur la droite. La lumière des torches vacillait dans le tunnel en raison d'une ouverture au bout. Otavite se passa la tête dans le passage et écouta. Les voix venaient d'une pièce au bout du couloir. Le Géant se retourna et chercha une alternative pour s'échapper si toutefois il avait à s'enfuir en vitesse. Cependant, comme il n'avait pas le temps d'explorer les issues plus éloignées à partir de la pièce principale, il décida de poursuivre dans le connu plutôt que de se risquer dans l'inconnu. S'il devait se sauver, il repartirait dans la faille et prierait les étoiles pour ne pas retomber sur le Druide.

À la fin du passage voûté, il se retrouva dans un couloir bas et étroit qui bifurquait à gauche. En raison de sa taille, il dut s'accroupir pour éviter de se cogner la tête et de réduire Eegar en bouillie contre le plafond. Il courut, plié en deux, soulagé que le couloir fût court. Le passage s'ouvrait sur une grande pièce artificielle, pas tout à fait aussi vaste que la caverne principale, mais assez pour que des êtres s'y réunissent. Ce que vit le Géant lui fit bouillir le sang. Il ouvrit la bouche pour crier, mais il la ferma immédiatement. Crier n'aurait servi à rien, à part attirer l'attention sur lui. Sur sa tête,

Eegar tremblait de façon incontrôlable, agitant les cheveux drus comme un vent frais. Le Géant vit ses camarades, brûlés et battus, se tenir comme des zombies en rang, les yeux vitreux et fixes. Au milieu de la pièce, sur le sol, se trouvait une petite mare noire. Près de la mare se dressait un grand dolmen — trois pierres droites supportant une dalle en pierre noire, une dalle épaisse et horizontale. Sur la dalle imposante reposait une armature de fer soutenant un sarcophage en marbre.

« Une tombe ! », murmura Otavite, incrédule. Malgré le fait que les Géants déposaient les corps de leurs morts à l'extérieur pour nourrir les oiseaux et les animaux, le jeune soldat savait que de nombreuses races brûlaient leurs morts, ou les enterraient, ou encore les plaçaient dans des cercueils comme celui du dolmen. Il savait aussi que *sarcophagus* était un mot humain qui signifiait « qui mange la chair » parce que le marbre détruit la chair d'un corps.

Les épaisses chaînes utilisées pour fixer le sarcophage étaient brisées et se retrouvaient à présent en tas sur le sol de pierre ou suspendues aux côtés du dolmen, se balançant lentement. Une douzaine ou plus de petites créatures bossues fourmillaient autour du cercueil, œuvrant à faire glisser le lourd couvercle sur le côté. Otavite eut un goût amer dans la bouche quand il les identifia. Des Ogres !

Deux autres êtres regardaient en silence. Le petit, vaillant, était assurément un Nain. Son grand et maigre compagnon avec les cheveux dorés devait être un Elfe. Que faisaient-ils ici en compagnie de ces Ogres dégoûtants ? Brusquement, le couvercle du cercueil glissa sur le côté, puis se renversa sur la dalle et s'écrasa sur le sol.

Les Ogres, surpris, sifflèrent et firent un saut. Malheureusement, une des petites créatures ne fut pas assez rapide. Le lourd couvercle tomba sur elle, la clouant au sol. « Sissss ! » siffla l'Ogre de douleur, les bras et les jambes battant le sol de pierre comme un poisson échoué. Les autres l'ignorèrent et continuèrent leur ouvrage comme s'ils ne voyaient pas leur compagnon ou qu'ils n'entendaient pas ses cris de désespoir. Un long moment s'écoula avant que les sifflements stridents achèvent et que les membres de la créature cessent de s'agiter et deviennent aussi raides que des planches. Soudain, le corps du Nain se convulsa longtemps et violemment. Otavite l'observa, horrifié, tandis que la peau coriace semblait se plier sur elle-même avant de se friper sur le sol comme un imperméable caoutchouté. Les yeux du Géant, ronds comme des enjoliveurs, se fixèrent sur le serpent noir et brillant qui s'éleva du monticule de chair molle et se transforma en un monstre qui se tordait et s'enroulait. Les Ogres sifflèrent de terreur et se dispersèrent sur le sol de roc, détalant sur les murs comme des écureuils, et se fondirent dans les recoins et les fentes comme s'ils n'avaient jamais été là.

Comme si la transformation du Nain était le signal qu'il attendait, l'Elfe avança avec difficulté vers le dolmen et demanda aux Ogres de quitter leur cachette. Les pathétiques petites créatures semblaient sortir de la pierre quand elles quittèrent à contrecœur la sécurité de leur refuge pour obéir aux ordres de l'Elfe. Plusieurs sautèrent sur la dalle de pierre noire et se blottirent au pied du sarcophage, leurs yeux sauvages fixés sur les mains de l'Elfe quand ces dernières disparurent à l'intérieur. Avec une force impressionnante, l'Elfe souleva la partie supérieure de quelque chose de grand et d'emmailloté, et commença à le sortir du cercueil. Suivant son exemple, les Ogres saisirent l'autre extrémité du paquet recouvert de tissu. Otavite savait à la forme qu'il s'agissait d'un corps qui avait été enseveli à cet endroit. « Il doit avoir été important », pensa-t-il, notant l'affreux crâne couronné qui reposait sur le dessus de l'effroyable paquet.

— Vite ! siffla le serpent. La mare !

L'Elfe et ses aides, les Ogres, grognèrent et gémirent, tandis qu'ils portaient les restes enveloppés au bord de la mare noire.

— Maintenant ! siffla le serpent. Faites-le maintenant !

Soigneusement, les autres déposèrent le paquet sur le sol et le firent glisser dans l'eau, reculant quand le corps sombra doucement dans le liquide opaque. Observant depuis l'obscurité, Otavite frissonna quand l'eau noire aspira le paquet, sans la moindre ondulation pour troubler la surface. En une seconde, le corps avait disparu. Le serpent siffla avec enthousiasme, se ployant et oscillant, tandis qu'il surplombait tous ses compagnons. Otavite osait à peine respirer, ses yeux faisant des allers-retours de la mare au Nain-serpent. Puis, le sifflement cessa brusquement. La vaste pièce devint d'un silence de mort. Tous les yeux fixaient l'eau sombre, tous exceptés ceux des Géants hypnotisés qui continuaient à se tenir en rang, leurs yeux inertes fixés sur quelque chose, bien au-delà du temps présent et de ce lieu.

Le serpent regarda la mare, attendant avec impatience. Or, l'eau restait aussi lisse et calme qu'un étang recouvert de glace. Dans un éclair, le Nain-serpent ouvrit sa terrible gueule, tourna sa tête vers la rangée de Géants et embrocha un des pauvres soldats dans ses crocs acérés comme des pics à glace. Puis, la créature cracha l'ami d'Otavite dans la mare. Le soldat condamné heurta l'eau, mais aucune éclaboussure ne suivit. Le liquide semblait l'absorber comme des gouttelettes de mercure qui se rencontrent pour former une plus grosse goutte. Les autres Géants ne virent même pas que leur camarade avait disparu. Ils continuaient à regarder dans le vide, le visage aussi blanc que la pierre.

Otavite serra les dents de rage. Il ne pouvait pas regarder ses amis mourir un par un. Il devait faire quelque chose maintenant. Il avança d'un pas et eut la chair de poule. Il n'avait pas besoin de regarder. Il sentait une *présence* dans l'ombre derrière *lui*. Cependant, cette présence n'était pas consciente de lui. Otavite se tourna doucement et se retrouva à un battement de cœur du Druide vêtu de noir et à l'odeur fétide. Il avait été si absorbé par les activités dans la pièce qu'il n'avait pas entendu la créature approcher. À ce moment, une petite masse rouge s'élança des cheveux du Géant et sauta vivement vers le plafond.

— Ahhhhhh ! siffla le TUG, stupéfait, alors que le Géant se matérialisa soudain.

D'instinct, ses mains munies de griffes foncèrent sur la poitrine d'Otavite, tranchantes comme des lames de rasoirs. Le soldat eut sûrement la vie sauve grâce à ses réflexes rapides. Il sauta en arrière et la nausée l'envahit alors qu'il sentait les serres mortelles découper son gilet en laine épaisse et fouiller dans sa poitrine. Les blessures étaient profondes, mais il espérait que sa vie n'était pas menacée.

Son long couteau levé, Otavite poussa un hurlement puissant et se précipita sur le TUG. Surpris par la réaction soudaine du Géant, le monstrueux Nain-serpent s'écarta brusquement, ses yeux rouges se rétrécissant de façon menaçante. Pendant une seconde, la créature hésita. Ce stupide TUG se disait sûrement qu'il serait facile de manipuler un Géant imbécile. Mais où étaient les autres ? Impatient de terminer sa tâche, le TUG siffla fort et attaqua à vive allure, saisissant un autre Géant et crachant le soldat hypnotisé dans la mare. C'est alors que le liquide sombre se mit à bouillonner. Le serpent attrapa un autre Géant et le poussa dans le liquide noir moussant. Brusquement, la mare entra en éruption — explosant dans un violent tourbillon qui s'éleva de plus en plus haut vers le plafond de la pièce jusqu'à ce qu'il disparaisse. Les Ogres sautillaient, tapaient des mains et sifflaient allègrement, leurs petits yeux jaunes allant frénétiquement de droite à gauche, du terrible serpent à l'eau noire bouillonnante.

Coincé dans une bataille avec l'assassin serviteur du Démon, Otavite ne pouvait suivre ce qui se passait dans l'horrible pièce, mais il entendait les applaudissements et les sifflements, et savait que c'était de mauvais augure pour ses camarades. Il lança son adversaire plus petit sur le côté encore et encore, mais rien ne semblait ralentir ou affaiblir la créature. Celle-ci était incroyablement forte et semblait le devenir de plus en plus à chaque coup qu'elle recevait, tandis qu'Otavite se sentait faiblir. Le Géant savait qu'il ne pourrait pas résister longtemps. Soudain, une voix effrayante remplit la pièce, glaçant le sang du Géant et réduisant les Ogres au silence comme si la mort elle-même était descendue sur le Bronks.

— QUITTEZ CETTE PIÈCE ! PARTEZ MAINTENANT !

Des eaux turbulentes sortit une forme vague qui s'agitait et fusionnait, se transformant en un être squelettique noir. Le serpent continuait à lancer des Géants dans la mare comme des bûches pour alimenter un feu.

Puis, il se dressa dans les airs jusqu'à ce qu'il domine l'apparition naissante. L'ombre effrayante leva sa tête couronnée vers le serpent.

— Qui ose déranger le roi des Morts ?

Le serpent se lova près de l'apparition naissante et la voix de la Haine, le Démon, emplit la pièce.

— J'ose, moi, Calad-Chold ! Je vous ai sommé de sortir des ténèbres. Réveillez vos morts ! Réunissez vos armées ! Détruisez mes ennemis ! Il n'y aura pas de repos avant que les derniers Elfes, Nains et leurs alliés ne soient écrasés et anéantis, et que les rivières soient souillées de leur sang.

Pendant une seconde, les orbites vides et noires des yeux de la tête squelettique rougeoyèrent de colère. Puis, la lumière s'éteignit et le roi des Morts inclina sa tête sans chair en arrière et se mit à rire — un son terrible, à glacer le sang, se répercuta à travers la pièce et secoua la montagne jusque dans ses fondations.

— Il y a autre chose, dit la voix de la Haine, couvrant le rire. Une petite chose, un petit embêtement. Il y a une fille, une enfant humaine et mauvaise. Trouvez-la. Ôtez la petite bourse de son corps froid et meurtri, et amenez-la moi.

À nouveau, le roi des Morts éclata de rire. Ce son effroyable et bouleversant se répandit, un mélange dissonant de cris perçants et de grondements qui se brisaient contre le roc jusqu'au cœur de Bronks. La robuste montagne trembla, tandis que la créature se gaussait. Les cris perçants d'Eegar, secoué sur son haut perchoir du mur de pierre, furent absorbés par le bruit grinçant et crissant de la montagne qui geignait et gémissait — indignée par le Mal qui avait été réveillé dans cette affreuse caverne. En plus, le rire qui s'échappait de la bouche du roi des Morts rendait les Ogres fous. La plupart disparurent dans les murs, tandis que les autres couraient sans but, sifflant comme des bouilloires, et martelant de leurs poings leurs oreilles et leur tête pour repousser l'affreux bruit. Le rire finit par saisir les misérables créatures, les transformant en glace et détruisant leurs corps fragiles dans une violente tempête de neige.

Au lieu d'être rendu fou par le rire meurtrier du roi des Morts, Otavite était si furieux qu'il trouva de nouvelles forces. Il attrapa le TUG par les épaules et, avec un hurlement puissant, le jeta vers le peu de Géants qui restaient. Stupéfiés, les soldats retrouvèrent rapidement leurs esprits comme s'ils se réveillaient subitement d'un profond sommeil, leurs visages hébétés affichant la confusion.

— ICI ! cria Otavite, qui agitait les bras. COUREZ !

Ses camarades n'avaient pas besoin qu'on leur dise deux fois. Un Géant fâché donna un mauvais coup de pied à l'Elfe, envoyant la créature dans les airs, puis dans la mare brune tourbillonnante. Ensuite, il rejoignit ses compagnons d'un pas lourd. Personne n'entendit le cri perçant lorsque l'Elfe fut aspiré par l'eau. En fait, il fallut longtemps avant que quiconque remarque son absence.

Soulagé de constater que le Druide avait négligé de fermer la porte secrète, Otavite conduisit ses amis soldats le long de la faille, où ils étaient en sécurité parmi la confusion des roches qui s'effondraient et la tempête de neige qui faisait rage. À l'extérieur, ils s'arrêtèrent un moment pour écouter le bruit de Bronks et ils sentirent le sol à leurs pieds se déformer comme si la terre se rebellait contre l'atrocité qui s'était produite cette nuit-là et la mort de plusieurs Géants, à Tabou, le lieu oublié.

— C'est un tremblement de terre ! cria Otavite en partant à la course.

Les autres le suivirent et ne s'arrêtèrent pas de courir avant d'être à mi-chemin d'Erog-gore.

Loin derrière, la Haine, le Démon, sentit la terre trembler dans sa prison sombre et monotone. Enivrée par le plaisir, elle siffla allègrement, enveloppant de ses bras monstrueux son corps écailleux, ses griffes comme des scalpels éraflant sa chair et s'y enfonçant, la picotant quand le bout de ses ongles se mêla à son sang noir et chaud. Cette fois, ses esclaves ne l'avaient pas laissée tomber. Ils avaient réussi à ressusciter Calad-Chold, le roi des Morts. Et bientôt, très bientôt, des hordes de morts sortiraient de la terre pour marcher derrière le roi revenant ; ils traverseraient les contrées comme un feu insatiable et imparable, grossissant leurs rangs avec tous ceux qui se trouveraient sur leur passage.

Incapable de réfréner son excitation ascendante, le Démon sortit des ténèbres, son long manteau noir flottant derrière lui comme de la fumée. Des serpents se tordaient vers son milieu comme une ceinture, sifflant et battant sa chair encore et encore. La Haine les ignorait. À l'intérieur de sa main droite, elle tenait un pieu en fer noir avec un crâne humain collé à l'extrémité pointue et effilée. Des étincelles rouges émergeaient des yeux du crâne, brûlant les créatures malchanceuses qui se retrouvaient sur son chemin.

La liberté était si près que la Haine pouvait la sentir. La simple pensée d'être libre à nouveau la rendait folle de joie. Elle balançait son lourd pieu de tous côtés, cassant les crânes et les membres des autres créatures à moitié mortes emprisonnées dans l'endroit sombre avec elle. Finalement, sa rage la quitta et elle soupira de satisfaction, s'abreuvant des cris des choses blessées et agonisantes qui remplissaient l'obscurité près d'elle comme un vent lugubre.

Cette fois, rien n'irait mal. Elle avait pensé à tout, n'est-ce pas ? Subitement, l'image d'une jeune fille traversa son esprit de Démon, ce qui provoqua presque chez elle une autre crise frénétique. C'était la méchante enfant Elfe qui l'avait humiliée. C'était l'enfant qui avait trouvé l'arme magique ayant scellé ce trou noir. Cependant, pour s'occuper de cette enfant, la Haine ne serait pas dans ce néant morne et vide. Elle serait libre, enrôlant toutes les races disponibles de son bastion des Terres Noires.

Soudain, ses paupières se fermèrent sur une paire d'yeux rouges brûlants et le Démon sourit dans l'obscurité, ses crocs blancs et brillants étant la seule partie visible dans l'obscurité sous son large capuchon. Quelle chance avait une simple enfant de lutter contre le roi des Morts — une créature qui était immunisée contre la magie, une créature qu'aucune arme ne pouvait tuer ? La réponse était simple. Aucune ! La fille était pour ainsi dire morte. Et il en allait de même pour les autres ennemis de la Haine, les Elfes et les Nains. Ensuite, aussitôt que le roi des Elfes et ses faibles sujets rejoindraient les rangs de la mort, il n'y aurait plus personne pour garder le Lieu sans nom. L'endroit s'effondrerait ; et quand il le ferait, la Haine et les centaines de milliers de ses créatures esclaves seraient libres à nouveau. La pensée du roi elfique marchant avec l'Armée de la Mort et manifestant contre la sienne procura à la Haine tant de plaisir qu'elle s'élança dans l'obscurité et se mit à rire de bon cœur. D'autres la rejoignirent, puis des millions et des millions de voix emplirent le vide avec des rires pleins de haine.

CHAPITRE TROIS

AH, LES PARENTS !

 des lieues de là, à Ottawa, la capitale du Canada, Miranda D'Arte Mor, âgée de onze ans, était furieuse. Elle était sur le point d'enfoncer la porte de Nicholas Hall. Combattant sa forte envie, elle dévala les escaliers de bois, se massant distraitement les phalanges de la main droite, car celles-ci étaient rouges et sensibles d'avoir frappé à la porte de son ami sans interruption depuis au moins cinq minutes.

Montague, le labrador retriever noir de Nicholas, poussait le bras de Miranda avec sa tête allongée, donnant des coups de langue dans le cou de la fillette et agitant paresseusement la queue sur la terrasse. Miranda, assise, caressa les oreilles du chien.

— Au moins, toi, *tu es* encore mon ami, dit-elle.

Le comportement de son copain était incompréhensible. Pour une raison inconnue, le jeune garçon qu'elle connaissait depuis toujours la fuyait. Une fois, il l'évitait, et, la fois d'après, il lui faisait plus de mal qu'une mauvaise grippe. « Qu'est-ce que j'ai fait pour qu'il agisse comme ça ? » se demanda-t-elle pour la énième fois. Mais, peu importe le nombre de fois où elle s'était posé la question, elle ne pouvait pas croire que ce qu'elle aurait pu faire pouvait expliquer l'attitude de Nicholas. « Ça n'est pas que moi », se disait-elle. Le jeune garçon n'avait donné aucune nouvelle à ses amis depuis plus de deux semaines.

Soudain, Miranda se leva et martela les marches du pied, ses yeux verts brillant avec détermination. Elle savait que Nicholas était chez lui, car elle avait observé la porte de derrière de la résidence du garçon par la fenêtre de sa cuisine et l'avait vu entrer chez lui il y a moins de dix minutes.

— NICHOLAS ! JE SAIS QUE TU ES LÀ, cria-t-elle le plus fort qu'elle le put.

Elle jeta un coup d'œil vers la cour arrière à côté de chez elle, remarquant que sa voisine, curieuse, Mme Smedley, avait le nez collé à la fenêtre. Elle salua la vieille dame, qui se pencha aussi brusquement que si quelque chose de lourd lui était tombé dessus.

— NICHOLAS ! TU M'ENTENDS ? JE SAIS QUE TU ES LÀ. ALORS, TU FERAIS MIEUX DE SORTIR. JE NE PARTIRAI PAS. JE VAIS RESTER ICI TOUTE LA NUIT S'IL LE FAUT, ET JE CRIERAI JUSQU'À CE QUE TU SORTES ET QUE TU ME PARLES.

Soudain, la porte de derrière s'ouvrit et un bras sortit. Une main pesante saisit Miranda par le poignet et la tira à l'intérieur.

furieux. Que fais-tu ? Tous les voisins peuvent t'entendre crier.

Même en colère, Nicholas ne parvenait pas à cacher les marques de profonde inquiétude sur son front et, soudain, Miranda se sentit coupable d'avoir crié. Elle ouvrit la bouche pour s'expliquer et les mots sortirent en vrac comme si ça faisait longtemps qu'elle les contenait.

— Je veux juste savoir ce qui se passe. Tu agis si bizarrement. Est-ce que je t'ai fait quelque chose ? Es-tu malade ? Pourquoi te caches-tu chez toi ? Tout le monde m'appelle pour savoir ce qui ne va pas avec toi. De toute façon, si j'ai dit ou fait quelque chose qui t'a mis en colère, je ne l'ai pas fait exprès, et je suis désolée…

— Mir, relaxe-toi ! s'exclama Nicholas en secouant la tête, l'air misérable. Ce n'est pas toi.

Il commença à dire quelque chose d'autre, mais s'arrêta.

— J'ai juste été très occupé, poursuivit-il.

— À faire quoi ? demanda Miranda, soupçonneuse, les yeux rivés sur le visage du garçon.

— Des trucs, dit Nicholas, qui se retourna pour éviter de croiser les yeux verts de la jeune fille.

— Tu mens ! s'exclama Miranda. Je préférerais que tu sois fâché contre moi plutôt que tu me mentes. Au moins, je saurais quoi faire.

Nicholas avait maintenant le visage plus rouge qu'une tomate mûre. Il paraissait très mal à l'aise et Miranda était gênée pour lui.

— Nick, je suis ton amie, lui expliqua la jeune fille pour le rassurer. Si tu as des problèmes, je vais t'aider.

Nicholas inclina la tête et fixa le sol. Miranda l'observa, sans savoir quoi dire d'autre. Le garçon soupira profondément, abaissant les épaules. Puis, il souleva la tête doucement, passa sa main dans ses cheveux brun foncé et regarda Miranda.

— Ce n'est pas moi, avoua-t-il, la voix un peu triste. C'est mon père.

Miranda sentit son cœur s'emballer. « Oh non ! » se dit-elle. Quelque chose de grave était arrivé au père de

Nick. Peut-être que l'homme souffrait d'un cancer ou d'une tumeur, ou qu'il avait eu un accident.

— Que s'est-il passé ? demanda-t-elle, sans vraiment vouloir entendre la réponse.

Or, au lieu de lui répondre, Nicholas la prit par le bras et l'emmena dans la cuisine, puis dans le vestibule et en haut des escaliers. Miranda marchait délicatement, presque sur la pointe des pieds, car ça lui semblait la bonne chose à faire dans une maison où quelqu'un était malade, voire mourant. Quand ils atteignirent la chambre des parents de Nicholas, celui-ci ouvrit la porte et la fit entrer. Pensant trouver M. Hall étendu sur son lit avec de nombreux tubes dans le corps et tout un attirail médical encombrant la pièce, Miranda fut surprise de voir que la chambre était vide.

— Où… ? commença-t-elle à demander.

Cependant, Nicholas ne lui répondit pas. Il avança vers le lit, se mit à genoux sur le sol, souleva le cache-sommier et lui fit signe.

Elle le rejoignit par terre, scruta le lit et, malgré elle, elle *éclata* de rire. C'était la chose la plus drôle qu'elle ait jamais vue. M. Hall était étendu sur le dos sur le tapis sous le lit, ses yeux inertes fixant les ressorts du sommier à quelques centimètres de son nez.

— Tais-toi, Miranda ! siffla Nicholas, furieux. Ça n'est pas drôle.

— Je sais, répliqua la jeune fille tout en riant nerveusement et en essayant désespérément de changer son sourire en une expression inquiète.

Cependant, elle échoua misérablement. Finalement, elle se retourna. Ses épaules bougeaient et elle riait en silence. Plus elle essayait de s'arrêter, plus elle riait. Puis, au moment où elle pensa qu'elle pouvait regarder sous le lit à nouveau sans avoir le fou rire, Nicholas se mit la tête sous le cache-sommier.

— Bonjour, papa, as-tu besoin de quelque chose ?

Miranda sortit de la chambre en courant, se tordant de rire.

— Je croyais que tu voulais m'aider, dit Nicholas sèchement, fermant la porte de la chambre et rejoignant son amie dans le couloir.

Miranda ne pouvait répliquer immédiatement sans étouffer un autre rire. Nicholas passa juste devant elle et, en colère, il descendit les escaliers d'un pas lourd. La jeune fille le suivit, essayant désespérément d'arrêter de rire. Au moment où elle entra dans la cuisine, elle avait réussi à contrôler ses émotions. Elle toucha le bras de son ami.

— Je suis désolée. Je sais que ça n'est pas drôle. Je n'aurais pas dû rire. Voir ton père comme ça... eh bien, c'est la dernière chose à laquelle je m'attendais...

Miranda était en colère contre elle d'avoir ri quand Nicholas était visiblement perturbé et profondément inquiet. Elle se demanda si sa mère avait des patients comme M. Hall et, si oui, comment elle réglait des situations comme celle-ci.

— Depuis combien de temps ton père est-il... euh... sous le lit ? demanda-t-elle, s'empêchant de rire.

— Assez longtemps, répondit Nicholas d'un air misérable. Trois semaines, en fait.

— Que s'est-il passé ?

Le jeune garçon soupira.

— Un soir après le dîner, papa s'est levé de table, nous a regardés, ma mère et moi, et a dit « Arrivederci ! » Ensuite, il est monté, et depuis il est sous le lit.

— C'est étrange qu'il ait dit « Arrivederci ! » Pourquoi n'a-t-il tout simplement pas dit « Salut » ?

— Comment veux-tu que je le sache ?

— Ton père est-il sorti depuis ?

— Non.

— Il doit le faire, expliqua Miranda, incrédule. Et pour les... tu sais... les toilettes et autres ?

— Peut-être qu'il sort discrètement au milieu de la nuit. Je ne sais pas.

— Que mange-t-il ?

— Mir, je viens de te dire que je ne sais pas. Je lui apporte de la nourriture, mais elle reste là où je la pose.

— Pourquoi penses-tu que ton père est allé sous le lit au début ?

— Arrête avec tes questions ! Si je le savais, tu ne crois pas que je ferais quelque chose ?

Nicholas se laissa tomber sur une chaise.

— En fait, je ne sais pas quoi faire, poursuivit-il.

Les deux amis s'assirent en silence à la table de cuisine des Hall. Miranda fixa Nicholas et remarqua qu'il avait le visage plus tiré que d'habitude. Des cercles noirs autour des yeux révélaient que le garçon n'avait pas beaucoup dormi.

— Nick, et son médecin ? Un médecin pourrait sûrement aider ton père.

— Oublie ça, répondit Nicholas en secouant la tête. Ma mère ne voudra pas.

— Mais...

Miranda ne pouvait en croire ses oreilles.

— Écoute, expliqua Nicholas. Ottawa est une toute petite ville. Elle est encore plus petite quand on est dans les affaires, comme papa. Beaucoup de gens ont été contrariés quand mon père a obtenu le contrat pour les réparations de la Colline parlementaire. Il y a une clause qui dit que si l'entrepreneur est incapable de terminer son travail, le contrat sera résilié. Si papa est devenu fou, ça se saura et il perdra le contrat. Je ne dis pas que je suis d'accord avec maman. Selon elle, mon père aurait trop travaillé et il aurait simplement besoin de repos. Après, elle pense qu'il sera complètement rétabli.

— C'est f... commença Miranda.

Elle pensait que Mme Hall avait tort. Le père de Nicholas avait besoin d'aide. Il avait besoin d'un médecin pas plus tard que maintenant, mais elle ne pouvait pas en discuter avec Nicholas, du moins pas pour le moment, car le garçon était trop impliqué émotionnellement. Puis, elle eut une idée.

— Je connais un moyen d'aider ton père et que ça reste secret, poursuivit-elle.

Nicholas s'approcha, son intérêt se lisant sur son visage.

— Comment ?

— Si tu veux, je parlerai à ma mère, proposa Miranda. Elle peut voir ton père et essayer de l'amener à sortir de sous le lit. Nick, tu sais qu'elle ne le dira à personne.

Nicholas restait silencieux.

— Je sais qu'elle acceptera, enchaîna la jeune fille. Et si elle ne peut pas l'aider, au moins, elle saura quoi faire.

Nicholas inclina la tête doucement, se détendant légèrement, tandis qu'un sourire apparut soudainement sur son visage.

— C'est une bonne idée, Mir. Et tu sais quoi ? Je pense que ma mère sera d'accord.

— Bien ! fit Miranda en souriant au jeune garçon en retour.

Tandis qu'elle traversait l'arrière-cour de Nicholas et escaladait la palissade blanche qui séparait sa maison de celle des Hall, elle ne pouvait s'empêcher de penser qu'elle était responsable de l'étrange comportement de M. Hall. C'était une chaude soirée d'été, mais elle sentit des frissons envahir son corps quand elle revécut les événements de cette terrible nuit où des créatures cauchemardesques, des morts-vivants, avaient envahi son monde.

En mars de l'année passée, un Démon nommé la Haine s'était échappé du Lieu sans nom où il avait été enfermé pendant un millier d'années. Avec ses serviteurs assassins, des TUGS et des zombies sans pitié, des créatures qui se sont offertes au Mal, le Démon avait retrouvé Miranda à Ottawa. La jeune fille s'était enfuie de chez elle au milieu de la nuit avec un mystérieux étranger, un Druide, qui avait prétendu que lui seul pouvait la garder saine et sauve durant la nuit. Le Démon les avait poursuivis dans les couloirs de la Colline parlementaire, le siège du gouvernement du Canada et, dans la bataille qui s'ensuivit, la créature avait déchargé sa rage en détruisant l'intérieur de l'édifice du Centre avec sa majestueuse Tour de la paix, et la magnifique Bibliothèque du Parlement.

Sans le savoir, Miranda s'était retrouvée dans un monde parallèle, dans une course désespérée contre la montre pour trouver l'œuf du serpent, l'arme magique nécessaire aux peuples de ce monde pour sceller la prison du Démon. La Haine et ses serviteurs, rendus fous par les circonstances, l'avaient poursuivie et avaient tenté de l'éliminer avant qu'elle trouve l'œuf magique. Pour lui montrer sa reconnaissance d'avoir sauvé leur monde du Démon, le roi des Nains lui avait envoyé une douzaine de tailleurs de pierre pour réparer les dommages que la Haine avait causés aux édifices du Parlement du Canada. Les Nains avaient élu domicile temporairement dans les tunnels sous la Colline parlementaire, dormant le jour et travaillant en secret la nuit.

Miranda se rappela que Nicholas lui avait dit que son père avait eu de nombreux problèmes avec les ouvriers qu'il avait engagés pour exécuter les travaux. Une fois, il les avait trouvés saouls, bredouillant qu'ils ne pouvaient pas faire leur travail parce que leurs pierres avaient disparu. Quand M. Hall avait examiné le chantier, il avait découvert que le travail avait été fait et que c'était la plus belle taille de pierre qu'il n'avait jamais vue. Ne comprenant pas comment des tailleurs de pierre ivres avaient pu faire un tel travail, il avait posté des gardiens de sécurité, qui lui avaient rapporté que les maçons dormaient toute la journée. Pourtant, mystérieusement, le travail était toujours fait. Et maintenant, voilà que M. Hall avait perdu la tête.

— C'est ça ! s'exclama Miranda, qui pensait tout haut. Ce n'est pas parce qu'il a travaillé trop dur. Ce sont les Nains. Nous avons oublié de lui parler des Nains.

Elle était sur le point de rebrousser chemin pour partager sa découverte avec Nicholas quand elle remarqua la lumière dans la chambre de sa mère. Avant de faire quoi que ce soit, elle se dit qu'elle devait d'abord s'entretenir avec sa mère. Ensuite, elle parlerait à Nicholas. Elle monta les escaliers avec légèreté vers la terrasse et frappa aux portes françaises de la chambre de sa mère.

La femme qui ouvrit la porte était le portrait de sa fille. Elle avait les mêmes cheveux blonds et courts et les mêmes yeux verts pétillants qui semblaient capables de voir mieux que les autres. Elles étaient toutes deux grandes et minces, le visage presque enfantin.

— Salut, dit la mère de Miranda. Qu'est-ce que tu fabriquais ?

Elle était assise à sa coiffeuse antique, les yeux fixés sur son miroir, alors qu'elle se mettait du rouge à lèvres. Au lieu de lui répondre, Miranda la regarda. Sa mère semblait différente. Miranda ne l'avait jamais vue porter de tels vêtements auparavant, ou s'appliquer à mettre du maquillage.

— Tu sors ? lui demanda-t-elle.

— Juste un moment, répondit sa mère. Ce ne sera pas long.

— Où vas-tu ?

— Dîner. Je t'ai préparé à manger. Tu n'as qu'à faire réchauffer la nouriture.

— Avec qui sors-tu ? s'enquit Miranda, sentant son estomac se nouer.

La docteure D'Arte détourna les yeux du miroir pour regarder sa fille.

— Ça te pose un problème ?

— Aucun.

Soudain, Miranda eut peur. Sa mère n'avait pas besoin de lui dire qu'elle avait un rendez-vous. La jeune fille le savait déjà. La pensée qu'une telle chose pouvait arriver ne lui était jamais venue à l'esprit, du moins pas jusqu'à maintenant. Miranda voulait dire à sa mère ce qu'elle pensait. Elle voulait lui faire remarquer que c'était mal, mais elle doutait de parvenir à parler sans éclater en sanglots. Alors, elle resta silencieuse.

Sa mère lui sourit. Même son sourire était différent — comme s'il dissimulait un secret.

— Un collègue de travail me demande de dîner avec lui toutes les semaines depuis deux ans et j'ai toujours *refusé*, expliqua-t-elle. Hier, quand il m'a à nouveau posé la question, tu aurais dû voir son visage quand j'ai *accepté*.

La douleur fut si intense que Miranda crut qu'elle allait mourir. Elle se tourna et sortit de la chambre, saisissant l'expression de surprise de sa mère du coin de l'œil.

La docteure D'Arte fixa la porte fermée un long moment. Puis, elle regarda à nouveau son miroir, rouspétant en silence. « Bravo, c'est réussi ! » se dit-elle. Elle ouvrit un des petits tiroirs de sa coiffeuse et en sortit un étui emballé dans un doux tissu. L'écrin était en argent et ne montrait aucun signe de ternissure, comme s'il était poli affectueusement et souvent. À l'intérieur se trouvait une photo où apparaissait un jeune homme. Ses longs cheveux étaient de la couleur du soleil du matin, et son visage fort et noble pétillait de malice, car il souriait à la personne de l'autre côté de l'appareil photo.

— Oh, mon chéri, murmura la docteure. Comme j'aurais aimé qu'elle te connaisse.

Elle tint la photo contre sa poitrine pendant un moment avant de la déposer avec précaution dans la douce étoffe et de la replacer dans le tiroir. « Pauvre Miranda ! » pensa-t-elle. La vie est si compliquée pour les jeunes.

En haut, seule dans sa chambre, Miranda entendit la sonnette de la porte retentir et sut que l'homme avec qui sa mère avait rendez-vous était arrivé. Elle se força à rester sur son lit et à ne pas courir à la fenêtre d'une des chambres d'en avant pour regarder la seule personne pour qui elle avait vu sa mère se faire belle. Elle se sentait trahie : « Comment maman pouvait-elle sortir avec un autre homme ? Comment pouvait-elle faire ça à papa ? »

Le problème était que sa mère pensait que Garrett D'Arte Mor était mort, mais Miranda savait dans un coin secret de son cœur qu'il était vivant.

Elle n'avait jamais connu son père. Sa mère et les autres lui avaient dit qu'il avait été tué par les Trolls des Marais dans un autre monde — le monde où Miranda s'était retrouvée en mars dernier, le monde des Démons, des Dragons et d'autres créatures étranges —le monde qui avait été celui de sa mère jusqu'à ce qu'elle le quitte.

La mort dans l'âme, Miranda s'essuya les yeux sur son bras et s'effondra sur le lit, sans prendre la peine de se déshabiller. Tout ce dont elle se souvint ensuite, c'est qu'elle était assise dans une totale obscurité et que la maison bougeait comme un avion pris dans des turbulences.

— Maman… ? appela-t-elle, désorientée et apeurée.

Et soudain, la porte s'ouvrit et sa mère se rua dans la chambre.

— Vite, Miranda, ordonna la docteure D'Arte d'une voix sèche et insistante. On dirait un tremblement de terre, un mauvais.

Miranda était encore dans les habits qu'elle avait portés toute la journée. Elle sauta hors du lit, enfila ses chaussures de sport, et talonna sa mère tandis que cette dernière descendait les escaliers.

— Je ne savais pas qu'Ottawa était dans une zone de tremblements de terre, dit-elle.

— Moi non plus.

La docteure D'Arte sentit son esprit s'emballer désespérément. Elle savait qu'il y avait certaines procédures à suivre lors d'un tremblement de terre. « N'était-on pas censé se mettre sous une porte ? se demanda-t-elle. Ou était-ce la pire chose à faire ? » Elle n'arrêtait pas d'y penser. Elle saisit Miranda par la main et l'entraîna vers la porte, puis vers le jardin, et de plus en plus loin de la maison.

Miranda regardait ce qui l'entourait. Les gens se blottissaient ensemble dans leurs arrière-cours — les enfants pleuraient, les chiens aboyaient. Le sol sous leurs pieds bougeait comme un bronco sauvage.

— Maman, où est Mme Smedley ? demanda Miranda en saisissant sa mère par le bras et en pointant la maison voisine.

— Je ne l'ai pas vue, cria la docteure, qui tenait Miranda par les épaules. Attends ici. Je vais aller la chercher et la ramener. Elle a sûrement une peur bleue.

— Je vais avec toi, répliqua Miranda.

— Non ! lui ordonna sa mère. Reste ici. Ne quitte pas cet endroit. Je reviens vite. Puis, elle partit et courut le long de la maison vers le jardin d'en avant.

Miranda avait peur mais, curieusement, elle était excitée en même temps. Elle voyait des lumières briller dans la maison de Nicholas. Puis, la porte de derrière s'ouvrit et le garçon apparut. Montague bondit des escaliers, aboyant férocement et reniflant le sol. Après chaque aboiement, le chien se tournait vers son maître comme pour s'assurer que Nicholas était toujours là. Le garçon descendait les escaliers, chancelant sous le poids dans ses bras. Sa mère suivait, soutenant les chevilles de son mari. En sécurité hors de la maison, ils étendirent leur fardeau sur le dos, sur l'herbe. Nicholas se leva et regarda Miranda. Ils échangèrent des signes, puis le jeune garçon remonta les escaliers et retourna dans la maison.

Au moment exact où le roi des Morts surgit de la mare noire dans une pièce secrète, dans les profondeurs de la montagne du pays de Vark, la terre se scinda dans le monde de Miranda, s'écartant comme un lac gelé qui se met à craquer, et s'élargissant en un profond abîme. Puis, les événements se déroulèrent si nettement que, aussi longtemps qu'elle vivrait, Miranda n'aurait qu'à fermer les yeux pour revoir la scène. Elle vit la terre se soulever et craquer. Ensuite, elle aperçut Nicholas réapparaître à sa porte de derrière. Pendant un long moment, ils fermèrent les yeux. Et puis, il sembla à Miranda que quelque chose sortait de l'obscurité de l'abîme et arrivait sur le garçon. Elle cligna des yeux, et Nicholas et sa maison avaient disparu.

CHAPITRE QUATRE

S'ENFUIR

iranda n'avait pas d'autre pensée en tête que d'aider son ami.

— Nick, cria-t-elle en escaladant la palissade.

Elle atterrit juste sur le bord du profond fossé, chancela en raison du sol qui tremblait sous ses pieds et tomba en cascade dans le sombre abîme. Elle battait désespérément l'air de ses bras pour s'accrocher à quelque chose, mais elle ne parvint pas à atteindre la barrière. Tandis qu'elle se sentait glisser dans le trou noir, elle saisit par automatisme la petite bourse métallique pendue à une chaîne en argent qu'elle portait autour de son cou. Son cœur s'arrêta de battre un moment et, alors qu'elle continuait à tomber, elle sentit une secousse. Quelque chose l'avait attrapée par l'encolure et la tenait étroitement, la tirant vers le haut et l'extérieur de la terre fracturée, la mettant ainsi en sécurité.

Miranda écarta les mains de son sauveteur, se laissa tomber sur les genoux et prit de grosses bouffées d'air. Elle savait qu'elle avait frôlé la mort, et elle était reconnaissante envers son sauveteur, mais elle devait s'éloigner du monde et du bruit. Elle avait désespérément besoin de réfléchir parce que, lorsqu'elle s'était retrouvée suspendue au-dessus du précipice, la puanteur qui s'était élevée de l'abîme l'avait assaillie avec une telle brutalité qu'elle se retrouvait paralysée de terreur. Elle n'oublierait jamais cette odeur. C'était l'odeur du Démon et des TUGS — la même mauvaise odeur que le raton laveur mort que Nicholas et elle avaient trouvé sous le hangar dans l'arrière-cour il y a plusieurs étés.

Miranda avait l'esprit qui allait dans tous les sens comme des feuilles tourbillonnant dans un ouragan. Elle se leva et se tourna pour voir sa mère fixer le fossé avec horreur, le visage aussi blanc que la farine, la main sur le bras de Mme Smedley qui tremblait vivement.

— Qu'as-tu vu ? lui demanda la docteure D'Arte dont les yeux verts se rétrécissaient.

Miranda comprit alors que sa mère avait peur de la réponse, peut-être même peur de sa propre fille.

Elle regarda tour à tour sa mère et sa vieille voisine.

— Pas maintenant, dit-elle clairement.

— Viens avec moi, lui ordonna la docteure. Je veux que Mme Smedley et toi veniez avec moi, là où je sais que vous serez en sécurité. Je dois aider les blessés.

— Non, maman, répliqua Miranda, la suppliant du regard. Je dois trouver Nick.

Les larmes aux yeux, la docteure se rapprocha de sa fille.

— Oh, Mir. Je suis désolée. Nicholas n'est plus.

— Non ! cria Miranda. Tu ne comprends pas. Il n'est pas mort.

Elle s'arrêta brusquement. Comment pouvait-elle expliquer ce qui était arrivé pendant les quelques longues secondes où elle avait été suspendue au-dessus de la bouche noire de l'abîme ? Que pouvait-elle dire pour que sa mère la croie quand elle avait du mal à se croire elle-même ?

— Je dois te dire quelque chose, ajouta-t-elle en saisissant le bras de sa mère et en le serrant doucement. S'il te plaît, c'est très important.

La docteure D'Arte donna une petite tape sur le bras de Mme Smedley, puis avança vers la terrasse. Elle se retourna vers sa fille, l'air interrogateur.

— Ce sont les Pierres de sang, expliqua Miranda, surprise que les mots sortent de sa bouche comme si quelqu'un d'autre les prononçait. Je les tenais quand je suis tombée dans la fissure. Elles fonctionnent, M'man.

— C'est impossible ! s'exclama sa mère, incrédule.

— Je sais, répondit Miranda. Ne me demande pas comment. Elles n'ont jamais fonctionné à Ottawa avant, mais elles fonctionnent maintenant. M'man, ce n'est pas un tremblement de terre naturel. Il y a quelque chose en bas qui...

— Miranda...

— Attends, s'il te plaît, dit la jeune fille en saisissant sa mère par le bras. Laisse-moi finir. On n'a pas beaucoup de temps.

Puis, elle parla de la terrible odeur.

— Mais ce n'est pas tout, ajouta-t-elle. Nick est en bas maintenant. Je l'ai entendu... par les Pierres... et j'ai entendu d'autres voix... d'autres pensées.

Elle serra davantage le bras de sa mère.

— M'man, je ne sais pas de qui il s'agit, enchaîna-t-elle, mais il y en a des milliards. Et ils arrivent ici.

— Mon Dieu, Miranda ! Que dis-tu ?

— Ils attendent juste qu'il se passe quelque chose pour venir ici... mais ils vont venir, M'man. Crois-moi, ils viendront aussi sûrement que le soleil se lèvera demain matin. Et rien ne les arrêtera. J'ai entendu leurs pensées. Ils viennent ici pour tuer tout le monde. C'est ce qu'ils font. C'est tout ce qu'ils font.

Miranda s'arrêta. Il n'y avait rien d'autre à ajouter, que sa mère la croie ou non.

— Ce n'est pas possible ! s'exclama la docteure D'Arte, en passant nerveusement la main dans ses cheveux courts. Je ne peux pas le croire.

— Écoute, dit Miranda, toujours à voix basse. Tu dois me laisser trouver Naïm. Il est le seul à pouvoir nous aider.

Sa mère secoua la tête désespérément. Elle ne voulait pas l'admettre, mais elle éprouvait encore du ressentiment envers le Druide pour avoir recruté sa fille dans cette guerre contre la Haine, le Démon.

— Non, je ne te laisserai pas faire. Tu vas rester ici avec moi.

— Tu ne comprends pas, dit Miranda en regardant sa mère avec tristesse. On va mourir si on reste ici.

— Comment savoir que tu dis vrai ? Comment quelqu'un peut savoir…

— Tu dois me croire, dit Miranda. Ce que je t'ai dit est vrai, M'man.

Sa mère sentit son menton trembler et les larmes couler sur ses joues.

— J'ai plus confiance en toi que tu ne le crois, avoua-t-elle, mais tu es encore une enfant et j'ai peur pour toi.

— M'man, insista Miranda. Je dois y aller *maintenant*.

La mère et la fille s'enlacèrent un bref instant. Puis, la docteure D'Arte libéra sa fille et essaya de sourire.

— Je vais probablement mourir d'inquiétude avant que des monstres rampent hors de ce trou, expliqua-t-elle, mais c'est d'accord. Promets-moi simplement que tu n'iras pas seule.

Miranda ne fit aucune promesse, car elle était déjà en route vers la rue. Alors qu'elle arrivait au croisement de l'avenue Beechwood et de la rue Crichton, elle entendit quelqu'un l'appeler par son nom, mais elle ne reconnut pas la voix basse et éraillée. Elle dérapa, s'immobilisa et regarda autour d'elle. Du côté de l'avenue Beechwood, elle distingua une petite forme vague dans la noirceur. Quand la forme traversa la rue et s'approcha, Miranda poussa un soupir de soulagement. C'était sa meilleure amie, Bell. Sidérée, elle attendit que la jeune fille la rejoigne. Arabella Winn et elle se connaissaient depuis le jardin d'enfants.

— Que t'est-il arrivé ? demanda Miranda, remarquant les vêtements déchirés et la saleté striant le visage d'Arabella.

Même la mèche blanche sur l'œil droit de la jeune fille était aussi noire que le reste des cheveux. Puis, Miranda sentit son cœur se serrer quand elle vit l'état de ses propres vêtements et qu'elle prit conscience de la terrible vérité.

— Le tremblement de terre ! s'écria-t-elle.

Arabella était tout énervée et un sanglot s'échappa de ses lèvres.

— Pénélope est morte ! murmura-t-elle. Et Muffy aussi !

— Raconte, la pressa Miranda en mettant ses bras autour des épaules blessées de la jeune fille.

— Nous promenions Muffy, expliqua Arabella en pleurant. Puis, le sol s'est ouvert sous nos pieds. Mir, on n'aurait jamais pu s'en douter. Pendant une minute, tout était normal, puis Muffy a été engloutie.

Arabella ne parvenait plus à contrôler ses sanglots maintenant.

— A-avant que je p-puisse l'a-arrêter, parvint-elle à dire, Pénélope a sauté dans le trou après la chienne. C'est arrivé si vite. Elles étaient parties avant que je puisse faire quelque chose pour les sauver. M-mais j'ai essayé, Mir. J'ai vraiment essayé.

Pénélope St-John était une menteuse et une vraie plaie pour les autres, mais elle avait déjà sauvé la vie à Miranda et à Arabella et elle était devenue une amie malgré ses échecs flagrants. Quant à Muffy, n'en parlons pas ! La plupart du temps, Miranda avait envie d'écraser ce petit caniche de malheur. Cependant, Pénélope adorait Muffy, et quand Miranda sut qu'elles avaient disparu, elle se sentit très triste. Elle voulait pleurer aussi, mais elle savait que si elle laissait les larmes couler, elle ne pourrait plus les arrêter. À la place, elle pensa au tremblement de terre et se dit qu'elle avait mal évalué l'étendue des dégâts. « Sur quelle distance s'étendait la faille ? songea-t-elle. Et si elle allait d'Ottawa au bout des États-Unis — à Miami, par exemple ? Et si ces créatures rôdaient là, en bas, tout le long de la faille ? » Miranda eut la chair de poule.

— Ça ne change rien, raisonna-t-elle, sans réaliser qu'elle pensait tout haut. Qu'elle fasse un kilomètre ou mille, ces choses sont quand même là. Je dois trouver Naïm.

— De quoi parles-tu ? renifla Arabella, les épaules soudain tendues. Que fait-on pour Pénélope et Muffy ?

Puis, comme si elle comprenait soudain ce qu'avait voulu dire Miranda, ses yeux s'agrandirent.

— Tu as dit « choses », poursuivit-elle. Quelles choses ?

Miranda saisit la main de son amie.

— Viens, Bell. Je te raconterai en route.

— Raconter *quoi* ? Où allons-nous ?

— Trouver les Nains, répondit Miranda, qui se mit à courir vers le pont Saint- Patrick, qui surplombait l'étroite rivière Rideau.

Les deux filles coururent dans les rues sombres, le hurlement des sirènes couvrant les bruits nocturnes habituels du trafic. En chemin, Miranda raconta à Arabella ce qui était arrivé à Nicholas et ce que les Pierres de sang lui avaient révélé quand elle avait été suspendue au-dessus de l'abîme. Arabella écoutait en silence, le souffle rauque, alors qu'elle s'efforçait de maintenir le rythme de leur course effrénée.

Il leur fallut longtemps pour escalader la falaise calcaire derrière la Colline parlementaire. Elles étaient épuisées quand elles atteignirent enfin la crête près du sommet et levèrent une barre de fer qui fermait un des grands trous. Elles se glissèrent dans l'ouverture, puis dans un grand tunnel qui formait une partie du vaste système souterrain sous les édifices du Parlement. À leur grande consternation, elles découvrirent qu'elles n'avaient pas de lampe de poche.

— Oublions ça, dit Miranda.

La pensée de devoir refaire tout ce chemin jusqu'à chez elle pour prendre une lampe était simplement trop déprimante. Elles trouveraient leur chemin, en silence, le long du passage humide et moisi.

Là, au fin fond de la masse de calcaire, Miranda sentit qu'elle était entrée dans un autre monde. Aucun bruit extérieur ne pénétrait dans le lourd silence oppressant. La jeune fille tendit l'oreille pour percevoir les hurlements des sirènes des camions de pompiers, des voitures de police et des ambulances qui, à toute vitesse, se rendaient sur les lieux du tremblement de terre et en repartaient, mais elle n'entendit rien sauf des grincements mystérieux, comme si la falaise bougeait sous le poids des édifices de pierre au-dessus.

— QUI EST LÀ ?

Miranda fut si surprise par la voix bourrue qu'elle en sursauta presque. Le fait qu'Arabella retienne sa respiration lui fit comprendre que son amie avait la même réaction.

— Est-ce que c'est toi, Emmet ?

— Ça ne vous regarde pas, dit sèchement la voix. Qui êtes-vous ?

— C'est Emmet, murmura Miranda. Personne d'autre ne peut être aussi désagréable.

Elle prit une grande respiration.

— C'est Miranda, dit-elle.

— Et Bell, dit Arabella.

Il y eut un long moment de silence comme si le personnage à la voix peu amicale cherchait dans son esprit s'il devait croire ou non les deux filles.

— Emmet, dit Miranda. Nous avons fait tout ce chemin jusqu'ici…

— Que voulez-vous ? l'interrompit Emmet grossièrement, tout en allumant une lanterne et en la levant vers les jeunes filles. Que faites-vous ici ? Ne devriez-vous pas être couchées ?

« Et vous devriez avoir la bouche fermée avec de la colle », songea Arabella.

— Pensez-vous qu'on aime ça ? dit-elle sèchement, ses yeux lançant des couteaux sur le petit visage trapu derrière la lumière. Pensez-vous sérieusement que nous avons fait tout ce chemin au milieu de la nuit juste pour que vous nous insultiez ? Alors, si vous ne comptez pas nous aider, poussez-vous du chemin !

— S'il vous plaît, Emmet, dit Miranda en saisissant Arabella par le bras pour la calmer. Quelque chose est arrivé. Nous devons parler à Anvil et aux autres.

— C'est ça, acquiesça sèchement Arabella.

Grommelant quelque chose qui semblait suspicieux du genre « Je n'ai jamais aimé cette fille », Emmet se tourna et conduisit silencieusement les deux amies dans un tunnel de côté.

— Je n'ai jamais aimé ce Nain, murmura Arabella à l'oreille de Miranda. Il est si méchant. Je ne comprends pas comment Nicholas peut le supporter.

— Je crois que c'est une histoire d'hommes, répliqua Miranda. Rappelle-toi quand vous avez été prisonniers des Marais. Nick et Emmet ont été séparés de toi et ils ne pouvaient compter que sur eux-mêmes. Nick a dit qu'il ne s'en serait jamais sorti vivant sans Emmet.

— Peut-être, dit Arabella d'un air dubitatif, mais Emmet a intérêt à changer d'attitude ou je vais vraiment me fâcher.

Les deux amies virent tout à coup la lueur d'un petit feu au bout d'un autre passage. L'odeur de saucisses qui grésillaient dans une casserole en fonte sur les flammes leur donna l'eau à la bouche et leur fit presque oublier la raison de leur visite.

— Hou… Hou ! crièrent les six Nains vigoureux, sautant de leurs chaises qui étaient regroupées autour du feu.

— C'est Miranda, aboya Emmet.

Un des Nains s'avança et donna une petite tape dans le dos de Miranda. La jeune fille en perdit l'équilibre et elle serait tombée dans le feu si un autre Nain ne l'avait pas rattrapée.

— Miranda, hey ! s'exclama Anvil en souriant timidement.

« Au moins, *il* est heureux de nous voir », pensa Miranda. Le Nain avança vers les chaises vides.

— Qu'est-ce qui t'amène ici ?

Miranda remarqua que les chaises étaient faites de pierres magnifiquement taillées, un peu comme de gros tabourets avec de courts dossiers. Les Nains les avait conçues depuis la dernière fois où elle était venue. Ils s'asseyaient alors sur des pierres à l'état brut. Miranda prit le siège qu'on lui proposait et se tourna vers les autres. Arabella refusa de s'asseoir, préférant s'accroupir le plus près possible du feu.

— Je dois trouver Naïm, expliqua Miranda en écartant une casserole de saucisses et une galette de pain noir croustillant qui sentait la mélasse. Quelque chose de terrible est arrivé cette nuit… et Naïm…

— Aha ! grogna Emmet en regardant ses compagnons comme pour signifier « Je vous l'avais bien dit. »

Il pointa un doigt dodu vers Miranda.

— Admets-le. Tu es derrière tout ça.

— Derrière quoi ? demanda Miranda, sentant soudain poindre son hostilité envers Emmet.

— Le tremblement de terre, répondit Anvil. J'ai cru que la falaise allait s'écrouler.

Miranda soupira d'impatience.

— C'est pour ça que nous sommes ici, expliqua-t-elle. Eh non, Emmet, je n'ai pas causé le tremblement de terre. C'est arrivé le long de la rivière à côté de ma maison. Mais ce n'est pas un simple tremblement de terre. C'est le Démon. C'est pourquoi je dois trouver Naïm.

— Le Démon est enfermé, expliqua Anvil, échangeant de brefs regards avec ses amis Nains.

— Je le sais, dit Miranda, mais il est impliqué. Ça, j'en suis sûre.

Puis, elle prit une profonde respiration et parla de la disparition de Nicholas et de Pénélope. À ce moment-là, Emmet poussa un cri de rage et martela le sol de pierre avec ses bottes. Miranda savait que Nicholas et Emmet étaient devenus des amis proches, mais elle n'avait jamais su comment le Nain avait protégé Nicholas. Certaines des choses qu'Emmet menaçait de faire subir aux responsables de la disparition de son ami firent dresser les cheveux de Miranda. Il fallut environ dix minutes à ses compagnons pour réussir à le calmer.

Quand ils furent tous assis autour du feu, Miranda continua à raconter comment les Pierres de sang lui avaient permis d'entendre les pensées des créatures dans la faille.

— Je sais que ça semble fou, dit-elle, mais ces créatures vont attaquer le Canada et le monde entier. Elles attendent juste que quelque chose se passe, ou que quelqu'un leur dise quoi faire. Ensuite, elles vont sortir du fossé.

Elle tourna son pâle visage vers Anvil, priant pour que le Nain la prenne au sérieux.

— Alors, vous comprenez, poursuivit-elle. C'est pour ça que je dois trouver Naïm.

Anvil acquiesça, mais resta silencieux. Miranda, inquiète, regarda Arabella. Son amie secoua la tête et haussa les épaules. Elle ne savait pas plus que Miranda ce que les Nains allaient faire. Miranda se demanda s'ils la croyaient ? Allaient-ils la mener à la porte magique pour Béthanie ? Ils étaient son seul espoir, car elle ne pouvait passer la Porte qu'en compagnie de quelqu'un d'un autre monde. Elle soupira et regarda le feu, attendant qu'Anvil et les autres prennent une décision.

Finalement, Anvil se tourna vers le Nain assis à côté de lui.

— Vérifie l'histoire de cette fille et reviens faire un rapport.

Sans un mot, le Nain érafla le sol de pierre avec ses bottes et se leva. Il salua rapidement Miranda et Arabella, et s'engagea bruyamment dans le passage. Anvil le regarda jusqu'à ce qu'il disparaisse dans le tunnel principal, puis se tourna vers Miranda.

— Ne sois pas offensée, jeune fille. Je te crois, mais j'ai besoin du rapport d'un Nain.

Miranda sourit faiblement. Elle réalisa qu'elle avait si faim qu'elle était sur le point de s'évanouir. Elle prit une saucisse et la fourra dans une galette de pain. C'était succulent. Elle pensa que c'était la meilleure chose qu'elle n'avait jamais mangée. Elle engloutit la nourriture, se lécha les doigts et se servit une autre portion.

Puis, elle sentit une main pesante sur son épaule. Ses yeux étaient à moitié fermés et elle fit un saut. Elle s'était endormie. Le Nain éclaireur était revenu et s'était blotti près du feu, en grande conversation avec Anvil et les autres. Leurs voix bourrues diminuèrent en intensité jusqu'à sonner comme une grosse caisse au loin. Miranda poussa Arabella avec le bout de sa chaussure de sport pour la réveiller.

Anvil vit le mouvement du coin de l'œil. Il se souleva du tabouret de pierre et se dirigea vers Miranda.

— Venez, dit-il en faisant un signe de la main. La Porte est par là.

Miranda et Arabella se retrouvèrent à courir à vive allure pour suivre le rythme des Nains. Miranda essayait de mémoriser la route mais, après avoir compté onze passages, elle abandonna. Ils finirent par arrêter, car il leur était impossible de continuer plus loin.

— Où est la corne ? demanda Miranda en scrutant les murs sur le côté du tunnel près de l'extrémité.

Emmet et les autres Nains la regardèrent avec curiosité, jusqu'à ce qu'elle sente son visage rougir.

— Quand nous sommes passés par la Porte avec Naïm, expliqua-t-elle, il avait soufflé dans une longue corne suspendue au mur. Il utilisait la corne pour appeler ces grosses bulles qui nous faisaient descendre dans le lac.

Les Nains échangèrent des regards amusés et quelques-uns se mirent à ricaner.

— Un tour de Druide, expliqua Emmet, qui enleva un pic de sa ceinture et tapa sur le mur.

Même si elle s'y attendait, Miranda fut surprise de voir le solide mur de pierre fondre comme un glaçon sous l'eau chaude. Son cœur se serra tandis qu'elle scrutait l'ouverture dans la nuit. Elle s'approcha plus près du bord et regarda en bas, à des centaines et des centaines de mètres, là où elle avait connu l'île d'Ellesmere, le pays des Elfes, une île nichée comme une émeraude qui brille de tous ses feux sur le lac bleu saphir. Cependant, on était aussi en pleine nuit dans cet autre monde et ce que vit Miranda lui rappela qu'elle ne se trouvait pas sous le ciel d'Ottawa. Il n'y avait pas de lumières citadines et les étoiles semblaient plus grosses et plus illuminées que celles du ciel nocturne de la capitale du Canada.

Miranda était soulagée de ne pas avoir à descendre au lac Leanora dans des bulles géantes. Ça avait été un cauchemar.

— Comment allons-nous descendre ? demanda-t-elle en essayant de voir dans l'obscurité.

— Comme ça, dit l'un des Nains.

Miranda et Arabella sentirent le coup qui leur fut asséné dans le dos et qui les projeta dans le vide, puis c'est avec horreur qu'elles se retrouvèrent en train de tomber dans l'air froid, les rires rauques des Nains retentissant dans leurs oreilles.

CHAPITRE CINQ

LA CHUTE

andis que Miranda et Arabella dégringolaient dans le ciel nocturne vers une mort certaine, au-dessous, à Béthanie, la capitale de l'île d'Ellesmere, le roi des Elfes ne pouvait pas dormir. Il était étendu sur le dos, sur les couvertures, les bras sous la tête. Il était rongé par un sentiment de crainte alors qu'il fixait l'obscurité.

La veille, il était encore dans son bureau quand il a entendu des bruits de tremblement inhabituels. Lorsqu'il a levé les yeux de son tas de papiers, il a noté que les anciennes poignées en cuivre des tiroirs d'une grande commode en bois foncé vibraient, tapant contre le bois comme si le contenu des tiroirs était subitement devenu vivant et essayait de sortir. Au début, le roi Elester a pensé que ses yeux lui jouaient un tour. Or, ensuite, le sol s'est mis à vibrer sous ses pieds et un tremblement a parcouru les fondations du palais, puis les murs jusqu'à ce que la structure entière tremble comme une personne âgée et fragile. Les tremblements ont duré moins d'une minute avant que le monde d'Elester ne redevienne comme il était. Le roi n'eut qu'à jeter un regard autour de la pièce pour comprendre qu'il n'avait pas imaginé tout ça.

Les appliques murales en fer et les tableaux colorés étaient accrochés de travers, comme si un personnage malfaisant les avait volontairement déplacés. Des récipients et des vases d'une valeur inestimable avaient été secoués et déplacés. Ils s'étaient retrouvés en éclats sur le sol, ou se balançaient dangereusement sur le bord de petites tables et de commodes délicates. Les livres avaient bougé de leurs rangées ordonnées sur les bibliothèques et gisaient sur le sol, où ils reposaient en piles éparses.

Les tremblements de terre n'étaient pas inconnus sur l'île d'Ellesmere, mais ils étaient rares. Celui qui venait de survenir n'était pas la raison du pressentiment qui avait maintenu le roi des Elfes éveillé. Non ! Ce qui faisait peur au souverain et lui glaçait le sang, c'était quelque chose qu'il avait entendu lors du plus fort du tremblement — un bruit étranger comme un faible bruissement ou une susurration. C'était une sensation étrange, comme si des millions de voix lui avaient chuchoté des secrets à l'oreille en même temps. Elester s'était efforcé d'identifier les phrases ou les mots, mais il n'était pas parvenu à isoler les sons. Puis, pendant une microseconde, la multitude de murmures inintelligibles s'étaient séparés pour former des sons distincts, et il avait entendu chaque voix clairement. Ce qu'il avait entendu lui avait donné la chair de poule.

Les voix tempêtaient contre son peuple. Elles hurlaient de rire tout en murmurant un plan pour éliminer les Elfes, les Nains, les gentils Trolls des Rivières, les Géants Rouges de Vark et bien d'autres. Elles s'étaient élevées dans un discours frénétique à la pensée de tuer les humains et de massacrer les animaux — détruire toute trace de leur existence, nettoyer toutes les civilisations. L'excitation dans les voix à l'idée d'un carnage sans restriction et sanglant avait rendu Elester malade. Ensuite, les créatures à qui appartenaient les voix avaient parlé d'un roi qui pourrait les soulever et les mener, un roi immortel. Et elles avaient murmuré un nom... *Calad-Chold* !

Elester se redressa et balança ses jambes sur le côté du lit. Quittant la chambre dans le noir, il ouvrit le tiroir supérieur d'une petite commode en chêne à côté de son lit et en sortit une boîte de forme rectangulaire. Il souleva le couvercle de la boîte et sortit un médaillon. Sur une lourde chaîne, parmi un anneau de feuilles de chêne en or, se nichait une grosse pierre verte — la Pierre de sagesse de son père, la sienne maintenant. Il tint l'émeraude dans la paume de sa main et la reluqua très attentivement.

Rien ne se passa. Le joyau vert clair était aussi froid qu'un glaçon sur la peau.

Elester pensa aux voix maléfiques. D'où venaient-elles ? À qui appartenaient-elles ? Dans sa tête, il pensait aux races les plus lointaines de son monde, identifiant chacune d'elles par son nom, mais aucune ne correspondait aux sons qu'il avait entendus. Il songea aux Trolls des Marais. Leur langage était rudimentaire : des mots grossiers et cacophoniques. Non, les murmures ne venaient pas des Trolls des Marais.

Pendant une seconde, le roi pensa aux Simurghs, une race de créatures rondelettes méchantes avec des dents pointues qui vendraient leurs propres enfants pour une poignée de terre. Ils s'exprimaient très clairement et étaient assez rusés. Finalement, Elester secoua la tête, écartant les Simurghs. « Non , pensa-t-il. Si ça avait été les Simurghs, je les aurais entendus se battre et argumenter. »

Les voix étaient-elles une conséquence du tremblement de terre ? Où était-ce une pure coïncidence que les deux se produisent en même temps ? À nouveau, Elester secoua la tête. Il était convaincu que les voix démoniaques étaient arrivées avec le tremblement de terre ou qu'elles avaient été rendues audibles par le cataclysme. Qu'est-ce que ça voulait dire ? Le tremblement de terre avait-il ouvert une faille entre l'île d'Ellesmere et un quelconque endroit sombre et inconnu ? Le roi soupira de frustration. Chaque question qu'il se posait en amenait une douzaine d'autres.

Il fixa la Pierre de sagesse. « Je ne me sens pas sage », se dit-il en souriant sardoniquement. Il allait ranger la gemme dans son boîtier et replacer celui-ci dans le tiroir quand une faible lumière scintillante en émergea. Il sentit une chaleur dans sa main. C'était la première fois que ça arrivait ! Soudain, un nom et une image lui vinrent à l'esprit. Le nom était *Miranda* et l'image qui l'accompagnait était celle d'une jeune Elfe mince avec de grands yeux verts et des cheveux d'or — une expression espiègle se dessina sur le visage couvert de taches de rousseur.

Elester attendit un peu, craignant de porter malheur à la pierre magique. Cependant, la lumière s'éteignit et le caillou devint froid. Elester plaça la Pierre de sagesse dans son boîtier et rangea celui-ci dans le tiroir. Il songea à Miranda en se demandant si la pensée de la jeune fille était venue de lui ou si c'était la Pierre de sagesse qui la lui avait mise en tête ? Il répéta le nom de la jeune fille, en s'y concentrant cette fois. « Miranda faisait-elle partie du mystère ? Détenait-elle les réponses à ses questions ?

— Ce sont les Pierres de sang ! s'exclama-t-il, souhaitant pouvoir parler avec le Druide.

Il n'avait pas vu son plus vieil ami depuis son couronnement il y a presque un an et il lui manquait, surtout maintenant.

Sachant qu'il n'arriverait pas à trouver le sommeil, Elester décida de vérifier avec les Observateurs et les Gardiens, simplement pour avoir l'esprit tranquille. Les Observateurs étaient des hommes et femmes Elfes spécialement entraînés qui, comme leur nom l'indique, s'occupaient d'observer les Portes utilisées par les Elfes et les autres pour se déplacer entre les mondes. Les Gardiens, quant à eux, contrôlaient l'arme magique scellant le Lieu sans nom, la prison du Démon. Il y avait un peu plus d'un an, la monstrueuse Haine avait trouvé une faille dans les sorts qui avaient permis son enfermement pendant un millier d'années. Prenant rapidement avantage de la désintégration de l'arme magique des Elfes, la créature pernicieuse avait découpé le mur invisible, créant un trou assez gros pour pouvoir se glisser vers la liberté.

Aussi longtemps qu'il vivrait, le jeune roi n'oublierait jamais ce qui était arrivé après que le Démon et ses serviteurs assoiffés de sang s'étaient échappés les uns après les autres du Lieu sans nom. Les images terribles de corps déformés et brisés d'Elfes et de Nains lors de la bataille de Dundurum étaient encore vives dans son esprit. Les cris des blessés et des mourants le hantaient encore, envahissant ses rêves nuit après nuit. Elester perdit son roi et père quand le Démon avait lancé un missile vivant mortel à Ruthar, le bien-aimé roi des Elfes, l'homme que la Haine considérait comme son pire ennemi. Alors qu'il pensait au monstre qui avait tué son père, Elester sentit la température de la pièce baisser brusquement jusqu'à ce qu'il se mette à trembler.

Il s'habilla en vitesse et quitta le palais par une porte secrète dans ses appartements privés. À l'extérieur, il suivit un chemin de pierres blanches à l'arrière de l'édifice. Soudain, des pensées effrayantes lui traversèrent l'esprit : « Les voix et le tremblement de terre étaient-ils l'œuvre du Démon ? La Haine était-elle sortie de sa prison sans lumière d'une façon quelconque et représentait-elle une nouvelle menace qui allait détruire le royaume de l'île d'Ellesmere comme une main de fer ? Qui ou qu'était Calad-Chold ? » Elester ne connaissait pas ce nom et son ignorance l'inquiétait. Il devait parler au Druide. Si quelqu'un connaissait ce nom et l'histoire qui y était rattachée, c'était ce vieil homme. Le roi pressa le pas, anxieux d'atteindre la petite structure voûtée où des groupes récemment entraînés d'Observateurs et de Gardiens contrôlaient avec vigilance l'arme magique que les premiers Elfes avaient apportée avec eux quand ils étaient venus dans ce monde depuis Empyrée il y a des millions d'années.

Devant lui, le bâtiment apparaissait distinctement comme un fantôme dans la nuit, sa pierre blanche et lisse brillant comme un os poli. Elester aimait cet édifice. Il l'avait conçu et construit après la mort de son père. Or, cette nuit-là, il le regardait à peine, se torturant l'esprit à chercher quelque chose qui pourrait lui dévoiler l'origine des voix.

« Ça n'a pas de sens, pensa-t-il. Si les détenteurs de ces voix ne nous ont jamais rencontrés, pourquoi nous détestent-ils autant ? » Il avait posé la question tout haut, mais aucune réponse ne rompit le silence profond dans le parc du palais.

Pendant une seconde, ses pensées revinrent aux yeux verts de la jeune fille qui avait risqué sa vie pour aider à vaincre la Haine et à la reconduire dans sa prison. « Miranda doit être la réponse ! » songea-t-il, son esprit cherchant à trouver un moyen de relier la courageuse jeune fille aux étranges voix et au tremblement de terre. Il n'aimait pas penser qu'elle pouvait être en danger.

Sa bonne vue d'Elfe lui permit de distinguer les Gardes cachés dans les ombres de chaque côté du petit bâtiment. Avec leurs uniformes noirs, ils étaient une extension de la nuit — des ombres vivantes. Seul un Elfe pouvait les repérer. Ils n'avaient pas été avertis de la présence de leur roi, mais Elester savait qu'ils avaient découvert qu'il n'était pas loin dès qu'il avait posé un pied à l'extérieur du palais. Comme il arrivait sous la porte voûtée du dôme, un être se présenta à l'entrée et se heurta à lui, fort surpris. Elester éclata de rire lorsqu'il vit son sujet tanguer en arrière et tomber sur les fesses, sur le sol de roc ferme.

— D-désolé, Sire, bégaya Andrew Furth, timidement. Est-ce que ça va ?

— Très bien, répondit le roi en esquissant un sourire.

Le jeune homme se mit à rougir. Le roi lui tendit la main pour l'aider à se relever.

— Où alliez-vous si vite ? lui demanda-t-il.

Andrew grogna, se frottant timidement le derrière.

— J'étais en route pour aller vous voir, Sire.

— Pourquoi ? s'enquit Elester.

Le sentiment désagréable revint, l'envahissant comme de l'eau bouillante.

— La Porte de Béthanie, Sire, répondit le jeune homme. Quelqu'un est passé.

Pendant une seconde, Elester fixa Andrew. Il était incertain d'avoir compris la raison de l'appréhension évidente de son subalterne. Puis, il haussa les épaules et tapa sur l'épaule du jeune homme.

— Ce doit être un Nain qui rentre pour venir chercher des vivres, expliqua-t-il.

« Se pourrait-il que ce soit Miranda ? » se demandat-il, en écartant l'idée au moment même où elle lui vint en tête.

— Ce n'est pas le problème, Sire, rectifia Andrew.

— Quel *est* le problème alors ? demanda Elester.

— Le tremblement de terre, répondit le subalterne. La mer est trop agitée. Nos patrouilles ne peuvent pas intercepter les voyageurs.

Il regarda le roi qui, l'air impuissant, était silencieux.

— Si nos hommes ne se noient pas, poursuivit-il, c'est la créature qui va les attraper.

— Oh, mon Dieu, s'exclama Elester d'un air sinistre. Espérons qu'ils se noieront.

Il se tourna et se précipita vers le palais, son sujet sur les talons. La nuit s'annonçait très longue.

CHAPITRE SIX

LE ROI DU LAC

iranda regardait partout, désemparée, appelant Bell sans cesse jusqu'à ce qu'elle devienne enrouée. Elle dégringolait dans les airs si vite que le vent l'aveuglait et avalait ses mots et son souffle. Au début, l'air froid l'avait piquée comme des coups de couteau mais, après un moment, elle avait eu si froid que toute sensation avait fui son corps, la laissant engourdie. La seule chose qui allait plus vite qu'elle, c'était son cœur.

Elle tomba pendant un long moment, s'attendant chaque instant à sentir les eaux glaciales du lac Leanora pulvériser son corps en morceaux, comme si elle avait été une sculpture de glace s'écrasant sur du béton. Penser au moyen de survivre à l'impact la fit rire jaune. S'écraser contre les eaux sombres était le dernier de ses soucis. Il y avait des choses pires que se retrouver brisée en morceaux ou noyée. « Ne va pas là ! » se dit-elle en elle-même, refusant de penser à la terrible créature qui rôdait sous la surface du lac, la créature à laquelle Bell et elle avaient fait face la première fois qu'elles étaient venues dans le pays des Elfes. Si elle laissait son esprit errer sur ce terrain, elle mourrait de peur bien avant d'atteindre l'eau.

Brusquement, elle sentit qu'elle ralentissait. L'air, bien que toujours frais, était assurément plus chaud. Toutefois, Miranda continuait à tomber trop vite. Bien qu'elle se fût arc-boutée pendant des centaines de mètres, le choc qui fouetta son corps quand elle s'écrasa contre l'eau solide était cent fois pire que tout ce qu'elle avait imaginé. Elle eut le souffle coupé par la force de l'impact et tous ses membres la faisaient souffrir. Tandis qu'elle coulait dans le lac noir, ses vêtements trempés la tiraient vers le bas, nuisant aux efforts qu'elle déployait pour remonter à la surface. Elle battait des pieds et des bras frénétiquement, trouvant une force qu'elle ne savait pas posséder.

« Pitié, ne me laissez pas me noyer », cria-t-elle dans sa tête.

Elle a été un moment au bord de la panique, pensant qu'elle s'éloignait de la surface de l'eau noire comme l'intérieur d'un four. Un autre moment, elle était certaine que la créature du lac était juste au-dessous d'elle avec une bouche hideuse ouverte aussi largement que l'entrée béante d'une caverne. Quand elle finit par atteindre la surface, crachant de l'eau et cherchant de l'air en même temps, elle se retrouva au milieu de la mer agitée avec des vagues de la taille d'une montagne qui la happaient et la ballottaient comme si elle avait été une poupée de chiffon mouillée.

D'instinct, Miranda saisit les Pierres de sang. Craignant de les perdre dans la mer agitée, elle se cramponna à la petite bourse argentée. À sa grande surprise, le métal était aussi chaud que le soleil d'été sur ses bras nus.

— BELL-LLL !

Dans le hurlement du vent, son cri était un simple murmure.

« Attention ! hurlaient les Pierres de sang dans son esprit. Attention ! »

Miranda essaya de se concentrer sur la surface du lac, mais la nuit noire et les vagues élevées lui bloquaient la vue.

« Dessous ! criaient les Pierres de sang. Attention, dessous ! »

À contrecœur, craignant la mort qui pourrait la saisir par les pieds sous la surface, Miranda prit une profonde respiration et plongea la tête sous l'eau. Au début, tout était noir et limité — tout était très près comme si un épais capuchon noir avait été déposé sur son visage. Elle sentit une soudaine panique jaillir comme une trombe d'eau. « Va-t-en ! criait son esprit. Nage ! » Elle voulait obéir, remuer les bras et nager aussi loin qu'elle le pouvait. Il lui fallut toute sa volonté pour rester là où elle se trouvait, scruter l'obscurité et se concentrer sur ce qui y était caché.

Doucement, la noirceur commença à se dissiper et elle put distinguer de vagues formes se faufiler entre les eaux nocturnes. Puis, les formes se matérialisèrent en créatures vivantes. Elle les vit aussi clairement que si elle regardait dans un aquarium au grand jour. Les formes grossissaient de plus en plus jusqu'à ce que les minuscules bulles s'élevant de la queue frétillante d'un guppy et de ses ouïes qui se contractaient deviennent claires et nettes. Partout où elle regardait, Miranda voyait les choses très clairement.

Par contre, une grande forme noire montait rapidement des profondeurs comme une tache vibrante et hideuse, et s'approchait d'elle. Miranda fixa son regard sur le réseau de veines qui vibraient dans la chair huileuse du monstre et elle sentit son cœur se serrer. Elle reconnut immédiatement la créature. Or, celle-ci était beaucoup plus terrifiante que dans ses souvenirs.

Les épines pointues qui dépassaient de la colonne du monstre étaient aussi longues que des lances. Les griffes acérées comme des crocs de loup qui apparaissaient sur chaque côté de son corps gonflé pouvaient sectionner un membre sans forcer comme si la créature avait mordu dans du beurre. Cependant, ce qui faisait trembler Miranda de peur, c'était ces horribles yeux blancs sans expression.

« Pitié, ne me laissez pas mourir », supplia-t-elle. Puis, quelque chose frotta contre l'arrière de ses jambes et son cœur s'arrêta.

Pendant une seconde, elle oublia presque que le géant Naïm, le Druide, avait donné le nom de « Dilemme » à la créature du lac. Peu importe ce qui l'avait effleurée, elle devait y faire face maintenant. Toujours la tête sous l'eau, elle se tourna pour affronter l'être inconnu et terrifiant qui prenait place derrière elle. Elle se souvint alors des requins qu'elle avait vus à la télévision et de la façon dont ils se frottaient ou poussaient les plongeurs avant d'attaquer. Y avait-il des requins dans le lac Leanora ? Elle ne pensait pas que des requins vivent dans l'eau froide. Toutefois, le lac était énorme, plus gros que les eaux combinées des Grands Lacs de son monde. De plus, les règles étaient différentes ici. Dans ce monde, des dragons volaient dans le ciel et des dinosaures erraient encore dans les vieilles forêts. Pourquoi des requins ne vivraient-ils pas dans les lacs alors ?

Miranda sentit sa peur se transformer en soulagement quand elle vit deux jambes humaines battre l'eau comme si elles grimpaient des escaliers invisibles. « Bell ! » pensa-t-elle. Elle réalisa soudain qu'elle avait retenu son souffle pendant un temps fou mais, que, curieusement, ses poumons n'avaient pas éclaté. « Ce sont les Pierres ! » songea-t-elle. Elle savait qu'elle n'avait pas le temps de discuter avec son amie avant que Dilemme les attrape. Alors, elle saisit les pantalons de sa compagne et regarda en bas.

Le Monstre du lac était aussi vieux que la planète. Il avait survécu à toutes les époques, changeant et évoluant d'un monstre terrien à une créature respirant dans l'eau. Il vivait au fond du vaste lac, à des lieues de la surface, où les proies en mauvaise posture se tapissaient dans des eaux aussi noires que l'espace dans le capuchon du Démon. Le lac Leanora était son domaine — et Dilemme en était le roi. Il rôdait et chassait, régnant avec ses dents déchirantes et ses épines pointues. C'était le plus grand prédateur du lac et, tel un despote enflé et incrusté de bijoux, il se régalait de ses moindres sujets. Or, à travers les siècles, la créature avait développé un goût pour la chair humaine.

Ses yeux étaient devenus inutiles en raison des siècles qu'elle avait passés dans les eaux sombres du lac Leanora où la lumière du soleil ne pouvait pas pénétrer, mais son sonar était si aigu qu'il pouvait ressentir les vibrations d'un vairon nager dans les eaux peu profondes. Miranda réalisa que les secousses qui lui avaient occasionné des frissons le long de la colonne quand elle avait avancé vers la surface ne venaient pas d'un vairon, ni même de centaines et de centaines de poissons de ce genre. Seuls des humains effrayés et en dehors de leur élément dans les eaux profondes faisaient des mouvements agités irréguliers comme ceux-là. Il y avait deux humains près de la surface. Leur peur taquinait le cerveau de la créature, le comblant comme l'odeur cuivrée du sang frais. Ouvrant sa bouche caverneuse et étendant sa double rangée de dents pointues et tranchantes, Dilemme monta en flèche vers la surface.

Miranda fut paralysée par la peur. Elle ne pouvait rien faire pour arrêter cette créature et elle ne pouvait nager nulle part ailleurs pour y échapper. Elle savait qu'elle pleurait, mais ses larmes se dissolvaient dans le lac. « Pitié, aidez-nous, suppliait-elle en parlant aux Pierres en pensée. Ne nous laissez pas mourir comme ça ! » Puis, ses yeux s'agrandirent quand elle pensa soudain à quelque chose qui pourrait arrêter la créature, à condition qu'il ne soit pas trop tard.

Tout énervée, elle forma une image de la chose la plus effrayante qu'elle connaissait dans l'océan — un grand requin blanc. Elle se concentra sur cette image, tandis qu'elle la modelait en prédateur géant, le faisant de plus en plus gros jusqu'à ce qu'il dépasse le géant Dilemme. Se souvenant que la créature qui avait tenté de la dévorer était aveugle, elle enveloppa l'image autour d'Arabella et elle, se plaçant au centre du faux requin monstrueux. Puis, elle se concentra sur le battement de son cœur et le synchronisa avec celui d'Arabella, fusionnant ces deux rythmes en un seul son. Ensuite, elle augmenta le volume jusqu'à ce que le bruit soit aussi fort qu'une centaine de tambours dans ses oreilles. Son esprit travailla fiévreusement à pousser les vibrations de leurs bras et jambes agités quand elles faisaient sortir l'eau loin des grands ailerons et ouïes de sa création. Elle savait qu'elle n'avait que quelques secondes pour arrêter

Dilemme avant que le Monstre du lac les engloutisse vivantes, ou pire.

Rapidement, elle envoya l'image aux Pierres de sang. Elle fut surprise quand elle sentit les images sortir de son esprit pour aller dans les Pierres. Est-ce que ça marcherait ? Miranda attendit, regardant la créature se diriger droit sur son amie et elle pour la mise à mort.

Le cerveau de Dilemme bouillait d'envie en visualisant les deux humains — des images surréalistes d'os blancs et de chair rouge. Brusquement, le battement de cœur fragile des humains cessa, comme si les créatures avaient été happées par l'eau, ou englouties par un autre prédateur. Puis, des vagues et des vagues de vibrations assaillirent le monstre. Dilemme ralentit et s'arrêta aussi soudainement que s'il avait frappé un mur. Les images appétissantes de rouge et de blanc s'évanouirent de son cerveau comme la brume, laissant place à une image de menace si horrible, si monstrueuse que la Créature du lac recula et battit en retraite — confuse et effrayée par l'immensité de ce semblant de requin vorace. En un clin d'œil, l'astucieux survivant rebroussa chemin et s'élança vers le fond du lac.

À la surface, Miranda vit les horribles mâchoires de Dilemme se fermer, alors que la créature se renversait et sillonnait vers le bas. Elle observa, conservant l'image du requin, jusqu'à ce que Dilemme disparaisse dans la noirceur en dessous. Elle maintenait toujours l'image, la libérant seulement quand elle sentait que les Pierres de sang refroidissaient dans sa main.

Arabella lui sortit la tête de l'eau, l'agrippa par le dos et lui accrocha un bras autour du cou afin de lui garder la tête hors de l'eau. Puis, elle essaya de nager au milieu des vagues.

Miranda luttait et combattait pour se libérer de son emprise.

— Laisse-moi ! cria-t-elle.

Arabella l'agrippa par le bras.

— Tu es en vie ! dit-elle en claquant des dents.

— Bien sûr que je suis vivante, hurla Miranda.

— Dix minutes ! cria son amie. Mir, tu es restée sous l'eau pendant dix minutes. Tu ne respirais pas. Arabella avait les yeux aussi grands que si elle avait vu un fantôme.

— Pas maintenant, dit Miranda, ressentant soudain la fatigue et le froid.

Elle avait l'esprit confus et ses membres étaient aussi lourds que du plomb. Elle savait que les seules forces qui lui restaient s'étioleraient rapidement.

— On doit atteindre la rive, cria-t-elle. Je n'en peux plus.

— Attends que je mette la main sur ces Nains ! hurla Arabella, avalant de l'eau à pleine bouche et luttant pour rester à flots dans les vagues tumultueuses.

CHAPITRE SEPT

UN ENDROIT SOMBRE

u début, Nicholas avait cru qu'il était mort. Puis, il fut envahi par la nausée et il faillit sangloter de soulagement. « Ohhh », gémit-il, ouvrant les yeux et les fermant immédiatement. C'était encore plus sombre les yeux ouverts. « Où suis-je ? se demanda-t-il, raisonnant difficilement. Que s'est-il passé ? » Il ouvrit les yeux à nouveau et essaya de s'asseoir, mais quelque chose de grand et de lourd le maintenait au sol, l'empêchant de respirer. Pendant un moment, il resta tranquille, à l'affût du moindre son. Cependant, il n'entendit rien. L'obscurité était aussi silencieuse qu'un cimetière.

Nicholas tâta le lourd objet et réalisa qu'il s'agissait d'une porte. Soudain, il se rappela. Le tremblement de terre ! Puis, il avait eu le cœur serré, comme s'il était tombé d'une falaise ! Il pensa qu'il avait dû dévaler les escaliers et se cogner la tête quand il était retourné chez lui pour chercher son bien le plus cher — sa petite épée d'Elfe. Il étendit les bras de chaque côté et sentit le sol.

L'épée devait être ici. La dernière chose dont il se souvenait était qu'il la tenait dans sa main quand il avait commencé à descendre les escaliers. La pensée de l'avoir perdue le rendait malade.

Laury, le capitaine des cavaliers du roi, la lui avait offerte lors d'une cérémonie spéciale à Béthanie il y avait un an. Forgée par les Elfes, et trempée dans les eaux glacées d'un ruisseau d'une montagne au nord de la capitale des Elfes, l'épée était la plus belle chose que le jeune garçon n'avait jamais vue. Le fait qu'elle lui vienne de Laury la rendait encore plus spéciale. Le capitaine n'était plus à présent ; il avait été tué dans sa propre caserne par une bande de Trolls des Marais. Nicholas vivait la perte de son ami comme une blessure ouverte qui ne guérirait jamais complètement. Il considérait l'épée comme un lien entre Laury et lui.

Le garçon grogna. Il ne pouvait pas rester étendu ici pour toujours. Il devait se lever et s'assurer que ses parents allaient bien. Il cligna des yeux. Il faisait encore plus sombre qu'à minuit et il se demanda si le tremblement de terre avait occasionné une coupure de courant. Utilisant ses bras comme leviers, il poussa la porte et, en même temps, déplaça lentement son corps sur le côté. Finalement, il réussit à se faufiler et à faire basculer la porte. Le bruit sourd du bois massif tombant sur les tuiles d'ardoise de la cuisine résonna étrangement dans le silence. Nicholas cligna à nouveau des yeux. Il faisait plus clair maintenant. Il chercha la source de la lumière, surpris quand il distingua quelques torches enflammées installées sur des crochets aménagés sur des murs de pierre. Il savait que c'était impossible mais, pendant un moment, il pensa qu'il était dans une énorme caverne. Grimaçant en raison de la douleur dans ses jambes et son dos, il se redressa doucement et chancela sous le choc.

La maison où il avait vécu toute sa vie était dévastée, aplatie comme une boîte de carton. Alors qu'il regardait le désastre, incrédule, il réalisa qu'il avait de la chance d'être en vie. Rien n'avait été épargné. Sa maison, et tout ce qu'elle contenait, était hors d'usage.

— Maman, papa ! cria-il, cherchant ses parents partout.

Comme il craignait qu'ils soient prisonniers sous les décombres, il pleura, écartant des planches, insouciant du danger des pics qui dépassaient des morceaux de bois cassés. Il devait s'assurer que ses parents allaient bien. Il appela encore, mais seul l'écho de sa voix résonna dans ses oreilles. Pendant une seconde, il se demanda s'il était la seule personne qui avait survécu au tremblement de terre.

Nicholas, qui chercha longtemps ses parents, était à la fois soulagé et inquiet de ne trouver aucune trace d'eux. Fatigué, il scruta les environs. Il avait eu raison la première fois. C'était une vaste caverne. Il sourcilla, confus et perplexe. Comment sa maison avait-elle pu finir ici ?

Sans avertissement, une série d'aboiements aigus rompirent le silence. Nicholas se tourna vers le bruit, ses yeux s'élargissant avec étonnement quand un petit chien bondit vers lui, tout excité. Le chiot ressemblait à Muffy, le caniche nain de Pénélope, mais c'était impossible. Pourtant, il était aussi jaune qu'un bouton d'or, et la dernière fois que Nicholas avait vu Muffy, elle ressemblait à un citron sur deux jambes.

— Muffrat ? dit Nicholas, se demanda si Pénélope l'avait teinte pour la différencier des autres caniches.

Pour lui, tous les caniches se ressemblaient, tandis que les labradors retrievers, comme son Montague, se distinguaient facilement les uns des autres.

— Yap, yap ! aboya la chienne jaune.

Elle passa à toute vitesse devant Nicholas et renifla les ruines près des restes du réfrigérateur, dont la porte ouverte pendait de travers. Soudain, sa queue s'agita furieusement. Le caniche avait sauté sur une barquette de beurre et commençait à en attaquer le papier luisant.

— Hé, lâche ça ! cria Nicholas en avançant à vive allure vers l'animal.

En entendant cette vois menaçante, la chienne se tourna vers Nicholas. Elle découvrit ses minuscules crocs et grogna férocement. Nicholas s'immobilisa.

— O.K., dit-il en reculant doucement. Vas-y. Mange le beurre, pour ce que ça me fait. J'espère que tu vas t'étouffer.

Satisfait d'avoir éloigné le garçon, le caniche jaune planta ses dents dans le beurre et le taillada dans l'obscurité. Au grand dégoût de Nicholas, il engloutit même l'emballage. Soudain, le garçon se raidit, les poils sur ses bras se hérissant. Quelqu'un le regardait.

— Hé, éloignez-vous de mon chien, dit sèchement une voix furieuse venue de quelque part derrière lui.

Nicholas se retourna.

— Oh, non ! marmonna-t-il en regardant Pénélope St-John avancer vers lui.

Puis, il réalisa qu'il était heureux de voir un visage familier, même celui de Pénélope.

— Pénélope, c'est moi, Nick, dit-il. Ça va ? Y a-t-il quelqu'un avec toi ?

— Oh, merci, mon Dieu ! s'exclama Pénélope. Nick, est-ce vraiment toi ? Où sommes-nous ? Comment es-tu arrivé là ?

Elle regardait partout.

— Mais où est Muffy ? Que lui as-tu fait ?

— Que veux-tu dire par là, ce que je lui ai fait ? rétorqua Nicholas.

Puis, il leva un pied à la fois et examina les semelles de ses chaussures de sport.

— Ta chienne n'est pas là, dit-il en éclatant de rire.

— Tu es si gamin, siffla Pénélope. MUFFY !

Nicholas regarda vers une des colonnes géantes.

— Ton caniche est là-bas, quelque part, dit-il, à manger quelque chose.

Pénélope essaya d'attraper Muffy, mais finit par soupirer d'exaspération. Elle abandonna la chasse et rejoignit Nicholas parmi les ruines de la maison.

— Où sommes-nous ? lui demanda-t-elle.

Nicholas secoua la tête, incapable d'écarter le sentiment que quelque chose les regardait, quelque chose de près. Les deux jeunes s'assirent sur un bout de toit effondré et se racontèrent ce dont ils se souvenaient du tremblement de terre. Quand ils eurent fini, Pénélope se leva et regarda attentivement la vaste caverne de pierre.

— Comment sommes-nous arrivés là ? demanda-t-elle. Où se trouve cet endroit ?

Nicholas se leva aussi et regarda. Loin en haut de sa tête, suspendus à de solides perches fixées à des colonnes massives, se trouvaient des douzaines de drapeaux géants.

— Regarde, cria le garçon en pointant un drapeau représentant deux chênes vigoureux sous une couronne d'or. Ne me demande pas comment c'est arrivé, mais je crois que nous sommes quelque part à Béthanie.

Pénélope le saisit par le bras.

— Nick, que se passe-t-il ? demanda-t-elle, la voix basse et insistante. Je ne comprends pas comment nous sommes arrivés ici. Penses-tu que quelque chose nous y a transportés ?

— Je ne sais pas, répondit Nicholas. Viens, aide-moi à trouver mon épée. Ensuite, nous explorerons les lieux et chercherons un moyen de sortir d'ici.

Il avança vers l'endroit précis où il était étendu quand il avait repris conscience.

— Pénélope, ajouta-t-il en se retournant vers la jeune fille, si tu trouves quelque chose qui m'appartient, n'y touche pas.

— Oh, tais-toi, dit Pénélope. Comme si ça m'intéressait.

— Et ne t'éloigne pas. Je ne veux pas avoir à te chercher.

— Qui t'a dit de me surveiller ? demanda sèchement Pénélope.

Les deux jeunes fouillèrent parmi les débris qui avaient déjà été la seule maison que Nicholas n'avait jamais connue, mais ils ne trouvèrent pas l'épée. Déçu, Nicholas regarda autour de lui, se demandant où elle pouvait être. Son cœur sursauta quand il vit une créature tapie dans l'obscurité. Il s'arrêta et attendit, sifflant à Pénélope de rester tranquille. La créature sortit du noir et avança de biais, comme si elle avait l'intention de les encercler.

Nicholas fixa la chose. Il en eut la chair de poule. C'était la créature la plus laide qu'il n'avait jamais vue. « Cette chose n'est pas humaine ! » pensa-t-il, notant la petite tête et la paire d'yeux vitreux jaunes qui lui renvoyèrent un regard fixe. La créature devait avoir sa taille, avec de longs bras vigoureux qui traînaient sur le sol. Ses mains étaient grandes ; ses doigts longs et courbés. Des ongles irréguliers émergeaient du bout de ses doigts, et des orteils de son pied unique. Nicholas frissonna, soudain effrayé.

« Si ce monstre est seul, peut-être que Pénélope et moi pourrions le battre », pensa-t-il, tout en cherchant une arme.

La créature continua à faire le tour de Nicholas et Pénélope, se déplaçant dans le même curieux mouvement latéral, les yeux jaunes fixés sur le garçon. De temps à autre, elle s'arrêtait et inclinait sa tête comme si elle écoutait quelque chose. Nicholas lança un bref regard à Pénélope. Puis la créature siffla et il eut la désagréable surprise d'entendre en réponse des sifflements venant d'autour de lui. Ses espoirs de vaincre la créature s'évanouirent comme des cendres dans le vent. Il y en avait d'autres, beaucoup à en juger par les bruits. Pénélope et lui étaient prisonniers.

Puis, écoutant son sixième sens, Nicholas leva les yeux au moment où une des créatures lâcha prise de la colonne la plus proche et se lança dans les airs. Il fit un saut sur le côté, son cœur tambourinant plus fort qu'une bombe. Son attaquant atterrit sur une section du toit où le garçon se tenait une seconde plus tôt, transperçant le bois abîmé sous son poids. Le bruit horrible d'os qui se brisent résonna fortement dans la caverne, mais la créature n'en fut pas incommodée. Elle se dégagea des poutres fendues et brisées, respirant bruyamment et crachant de rage, et se lança sur le garçon.

Nicholas entendit Pénélope crier, mais il ne pouvait pas l'aider pour le moment. Il attrapa un morceau de rampe en bois qui s'était détaché lors du tremblement de terre et le lança de toutes ses forces sur son horrible attaquant. Le coup atteignit la créature à l'épaule et la renversa, l'envoyant rouler dans les débris. Malheureusement, elle se remit sur ses pieds en un éclair. Elle se tapit à quatre pattes, se balançant d'un côté à l'autre, alors qu'elle jaugeait le garçon, ses dents pointues et irrégulières luisant derrière son hideux sourire.

Le pauvre Nicholas était terrifié. Le morceau de bois dans sa main en sueur, déjà fendu lors de l'effondrement de sa maison, s'était brisé en deux quand il avait heurté l'horrible créature. Du coin de l'œil, le garçon vit plusieurs êtres avancer vers Pénélope.

— Allez-vous-en ! cria la jeune fille, qui agitait une étagère de réfrigérateur.

La menace dans sa voix était aussi manifeste que si l'étagère avait été vivante. Les sifflements devinrent de plus en plus aigus.

Désespéré, Nicholas scruta les décombres à la recherche d'une autre arme. « S'il vous plaît, faites que je trouve l'épée », suppliait-il. Il crut voir un reflet argenté derrière la porte qui l'avait presque écrasé, mais il était trop tard. La créature se ruait déjà sur lui. Il eut à peine le temps de réagir. Il fit un saut sur le côté, perdit l'équilibre et tomba sur un bardeau branlant. Avant qu'il puisse se remettre sur ses pieds, la chose était sur lui, lui écrasant la poitrine, les ongles d'orteil pointus déchirant son tee-shirt et sa chair. Puis, il sentit des mains fortes et moites lui serrer la gorge et commencer à l'étrangler. Il tapait des pieds et se débattait, mais il savait que la bataille était perdue d'avance. Alors que le souffle fétide de la créature lui emplissait les narines, il regarda le visage de l'autre et vit sa propre mort dans les traits difformes et les yeux jaunes et froids de son adversaire. Les mains moites serrèrent sa gorge.

— Stop ! siffla une voix qui transperça le cœur de Nicholas comme un couteau.

Immédiatement, les mains se relâchèrent. Les sifflements aigus cessèrent et un silence mortel emplit la pièce.

— Le garçon doit être gardé vivant, du moins pour l'instant, siffla la voix.

Plusieurs créatures sortirent de leur cachette et relevèrent brutalement Nicholas. Leurs poignes sur ses bras étaient de fer et leurs ongles irréguliers reprenaient leur attaque sur sa peau. Le garçon encaissa son échec et regarda tristement Pénélope. Cette dernière avait la tête qui pendait sur le côté comme si elle était inconsciente, tandis que les créatures la traînaient sur le sol. Instinctivement, Nicholas chercha des yeux l'orateur. Doucement, il tourna la tête et eut froid dans le dos quand il reconnut le petit être corpulent.

C'était Malcom, le Nain !

« C'est impossible », pensa Nicholas. Le petit être ressemblait à Malcom, mais Nicholas savait que le Nain était mort. L'être maléfique qui habitait le corps du Nain était un des serviteurs du Démon et son cœur était aussi noir que l'œuf dont il était issu. Nicholas avait déjà vu cette créature particulière. Elle l'avait effrayé à l'époque et le pétrifiait de terreur maintenant.

Au cours d'une aventure précédente, Arabella, Emmet le Nain et lui avaient été capturés par les Trolls des Marais et ces créatures les avaient amenés dans l'une de leurs villes populeuses, la vaste Swampgras. Tard une nuit, Nicholas avait échappé à ses ravisseurs et s'était rendu à une cabane isolée qui était sous bonne garde. Il avait réussi à se dérober aux gardiens Trolls et était entré dans le bâtiment sans être vu. Dans la cabane, composée d'une seule pièce, il avait vu un être endormi sur un lit de camp contre le mur du fond. Croyant qu'il avait trouvé le père disparu de Miranda, il avait avancé vers la forme immobile. Cependant, quand il avait touché le captif sur l'épaule, il avait été effrayé de découvrir qu'il s'agissait d'un Nain, et d'un Nain mort. Quand les yeux du Nain s'étaient ouverts et qu'un serpent noir avait commencé à émerger de la bouche de la pauvre créature, Nicholas s'était enfui de la cabane comme si le Démon lui-même avait été derrière lui.

Maintenant, alors qu'il fixait le corps qui avait déjà appartenu à Malcom, quelque chose en lui se brisa soudain, et son cœur explosa presque de rage. Il méprisait la créature pour sa cruauté — pour la façon dont elle prenait la vie et utilisait les restes des êtres humains pour satisfaire les buts obscènes du Démon. Qu'est-ce qui n'allait pas avec ces créatures ? Avaient-elles un cœur en pierre ? N'avaient-elles jamais le moindre petit remords ? Ou étaient-elles vraiment émotionnellement mortes pour agir ainsi ? « Peut-être sont-elles à plaindre », pensa-t-il, se demandant si la créature qui vivait dans le corps de Malcom avait eu le choix.

« Quelqu'un doit arrêter ce monstre », se dit-il dans sa tête. Et peut-être suis-je cette personne. Il n'avait pas de plan. Il savait simplement que le serviteur du Démon devait être détruit avant que davantage de gens meurent.

— ASSASSIN, cria-t-il.

Il se libéra de ses ravisseurs et plongea dans les décombres où il avait aperçu un objet brillant enterré sous une partie des escaliers. Saisissant la poignée de son épée elfique et l'agitant de façon menaçante, Nicholas avança vers le Nain qui avait pris la vie et le corps de Malcolm.

CHAPITRE HUIT

DES ASTUCES ET DES PIERRES

iranda se laissa dériver. Curieusement, elle n'avait plus peur. Le froid était parti. Maintenant, elle était comme dans un bain. L'eau la berçait dans une chaude étreinte, lui donnant envie de se laisser aller, de se laisser porter où elle la mènerait.

— Miranda...

Elle détestait cette voix, qui l'irritait et qui la faisait grincer des dents.

— Va-t-en ! s'écria-t-elle.

Pourquoi est-ce qu'on l'ennuyait toujours ? Tout ce dont elle avait besoin, c'était de faire un petit somme. Était-ce trop demandé ?

— Miranda... fit encore la voix.

— J'AI DIT VA-T-EN ! s'exclama sèchement Miranda, tout en ouvrant les yeux. Qu'est-ce que... ?

Elle fut étonnée de découvrir qu'elle était assise dans un lit à baldaquin, dans une chambre qui était plus grande que toute son ancienne maison au Canada. En fait, même le lit était plus grand que sa chambre. Elle balaya la pièce des yeux, regardant chaque chose. Les murs et le plafond étaient peints d'un jaune aubépine chaleureux, alors que les moulures et les plinthes étaient d'un riche caramel doré. Des douzaines de tableaux de toutes les formes, de toutes les tailles et de tous les sujets étaient suspendus à de minces chaînes sur les murs jaunes. Des bougeoirs en fer noir avec de grandes chandelles vert émeraude ornaient le mur de chaque côté d'une cheminée de marbre blanc qui était décorée de tuiles rondes, brillantes et vertes où on retrouvait des femmes de la mythologie elfique. Des vases de cristal remplis de fleurs blanches et roses miroitaient sur des commodes et des tables cirées. Le plancher de bois était recouvert d'un épais tapis avec des dessins aux couleurs vives représentant des créatures fabuleuses et des oiseaux étranges. Huit fenêtres étaient ornées de rideaux blancs brodés avec des oiseaux dorés. C'était la plus belle chambre que Miranda n'avait jamais vue. Ses yeux finirent par s'arrêter sur l'être installé dans un profond fauteuil à côté du lit. Elle le fixa, rougissant de confusion.

— Naïm ! Que faites-vous là ? Où sommes-nous ? Je suis désolée de vous avoir crié après. Où est Bell ? Comment sommes-nous… ?

Riant doucement, Naïm, un des cinq Druides, s'approcha et prit la main de Miranda, la pressant entre ses grandes mains aussi délicatement que s'il avait attrapé un papillon et qu'il craignait de l'écraser par inadvertance.

— J'avais oublié ton appétit insatiable pour les questions, dit-il, avec la même voix brusque dont la jeune fille se souvenait si bien. Mais, une à la fois, s'il te plaît.

— D'abord, où sommes-nous ? demanda Miranda.

Elle regarda le Druide, craignant qu'il disparaisse si elle clignait des yeux ou si elle regardait ailleurs même une seconde. Elle remarqua le gros anneau d'or sur le majeur de la main droite du Druide. La pierre était ovale, riche et de la couleur de la lave, orange flamboyant. Miranda ne pouvait pas le voir maintenant, mais elle savait que dans la pierre se trouvait un minuscule Serpent de Feu, tout noir avec une ligne rouge sang lui parcourant le dos. Sur la tête du serpent se trouvait une couronne parsemée de rubis. On l'appelait la Pierre des Druides, le symbole des Druides.

Tournant le regard vers l'homme, elle vit qu'il y avait plus de mèches grises dans ses longs cheveux noirs que la dernière fois qu'elle l'avait vu. Il attachait encore ses cheveux en arrière à la manière des Elfes. Miranda n'avait jamais pensé que Naïm était vieux, mais elle constatait maintenant qu'il l'était. Les rides profondes qui se voyaient sur le visage de Naïm étaient telles qu'on aurait dit que quelqu'un avait pris un outil pointu et les avait sculptées dans la peau. Toutefois, sous ses sourcils blancs, l'homme avait des yeux bleu-noir clairs et intelligents. Miranda essaya d'imaginer à quoi il pourrait ressembler si elle pouvait effacer les années. « Il n'a jamais été jeune », décida-t-elle, car elle aimait ce visage dur et ciselé.

Naïm libéra la main de la jeune fille.

— Tu es invitée dans le palais du roi, dit-il en regardant Miranda dans les yeux et en l'étudiant comme s'il voulait en mémoriser les traits.

La jeune fille sentit qu'il entrait dans son esprit, lisant chaque pensée qu'elle y avait logée.

— Le roi… ?

— De Béthanie, jeune fille, dit Naïm, qui devenait impatient.

— Vous voulez dire Elester ?

— C'est maintenant le *roi* Elester, dit sèchement le Druide en prenant un long bâton. Et pour répondre à ta prochaine question...

— Je ne l'ai pas encore posée, dit Miranda en riant.

Naïm ignora la remarque.

— Arabella et toi avez été sorties de l'eau du lac tôt hier matin par personne d'autre que le roi Elester, expliqua-t-il en agitant le bâton devant Miranda avec insistance. Le roi a passé toute la nuit à ratisser les mers pour vous au péril de sa vie et de celle de ceux qui se sont joints à lui dans sa recherche.

Puis, le vieil homme esquissa soudainement un sourire.

— Mais je suis heureux de te voir, jeune fille, poursuivit-il. Tu étais à moitié noyée, à peine en vie, quand ils t'ont trouvée.

Miranda devint aussi blanche qu'un drap quand la vision de l'énorme gueule béante de Dilemme lui revint en tête. D'instinct, sa main erra dans son cou pour serrer la petite bourse argentée. Cette dernière n'était plus là.

— Les Pierres de sang ! cria-t-elle. Elles ne sont plus là !

Elle devait les avoir perdues dans le lac.

Naïm fouilla dans les poches de son manteau. Il finit par pousser un bourru « Aha ! » Il retira son bras et ouvrit son poing massif. Là, nichée dans sa paume, se trouvait la précieuse bourse en argent.

— On l'a trouvée serrée dans ta main, expliqua-t-il. La chaîne était cassée, mais elle a été réparée.

Miranda soupira de soulagement, tandis qu'elle dégrafait la chaîne et l'attachait à son cou, ignorant que le Druide la regardait avec une expression illisible. La simple pensée de perdre les Pierres de sang signifiait pour elle qu'elle devait laisser tomber. Comment pourrait-elle survivre sans ces pierres ?

— Merci, dit-elle, se souvenant soudain de la raison pour laquelle elle était venue à Béthanie. Je suis désolée si j'ai causé beaucoup d'ennuis au roi Elester et aux autres. Mais, Naïm, je devais vous trouver. Il n'y avait personne d'autre. Nicholas et Pénélope ont disparu… et quelque chose de grave est en train de se passer à Ottawa… et…

Elle sentit sa gorge se serrer et les mots avaient du mal à sortir.

— Pas maintenant, dit doucement Naïm. Lève-toi et habille-toi. Je vais demander au garde derrière ta porte de t'escorter dans les appartements du roi quand tu seras prête.

Miranda acquiesça, craignant que si elle parlait maintenant, elle s'écroulerait en sanglots.

Naïm utilisa le long bâton pour se lever. Les yeux verts de Miranda suivirent chacun des mouvements de l'homme. Mesurant près de 2,50 mètres, Naïm était le type le plus grand qu'elle n'avait jamais vu. Sans regarder derrière lui, il avança vers la porte et quitta la chambre.

Quand la porte se ferma derrière le Druide, Miranda empila les quatre oreillers duveteux et moelleux et s'y adossa. Elle remarqua soudain qu'elle portait un long tee-shirt de nuit blanc qui assurément ne lui appartenait pas. Elle chercha ses habits, mais son baluchon et le reste de ses affaires n'étaient nulle part. Soudain, elle sentit une irrésistible envie de sortir du lit et de bouger.

Elle rabattit les couvertures et regarda en bas du lit, qui était très haut. Elle rampa de l'autre côté et vit des escaliers en bois contre le lit. Elle les utilisa pour atteindre le plancher, puis elle flâna dans la chambre, à regarder les rares estampes et tableaux, et à examiner les petites boîtes argentées et émaillées sur les tables et les commodes.

« Wow ! », chuchota-t-elle, ouvrant deux portes donnaient sur une autre pièce. C'était un salon. Miranda aurait aimé passer plus de temps à y flâner et à parcourir de ses doigts tous les délicats meubles de bois, mais elle se dirigea vers deux autres portes et les ouvrit. Ces dernières menaient à un grand vestibule. Gênée, Miranda sourit au jeune garde Elfe qui attendait là patiemment, puis s'empressa de refermer les portes. Sur le mur d'en face, elle vit d'autres portes. Celles-là donnaient sur une petite terrasse privée. Elle les passa, se figeant quand ses pieds nus touchèrent le sol de marbre froid. Marchant vers la balustrade en pierre, elle chercha un point de repère familier qui pourrait l'aider à repérer exactement l'endroit où elle se trouvait, mais elle ne reconnut rien. Elle se demanda où le palais était par rapport au parc et à la salle du Conseil qu'elle connaissait si bien.

Un arôme qui donnait l'eau à la bouche la conduisit à la table, dressée pour une personne, sous un auvent vert en soie. Elle souleva le dôme en argent qui recouvrait une assiette sur la table et faillit s'évanouir tant elle avait faim. Sur l'assiette se trouvait l'omelette la plus mousseuse qu'elle n'avait jamais vue. Elle souleva le bord et toucha du doigt la garniture. Douce, celle-ci était constituée de fraises fraîches tranchées. Miranda s'installa sur une des chaises confortables en osier placées à côté de la table et fit glisser l'omelette dans son assiette, embarrassée de saliver, mais soulagée d'être seule. Quand avait-elle mangé la dernière fois ? Il y avait si longtemps qu'elle ne pouvait s'en rappeler. Ca devait être la fois qu'elle avait avalé le pain et les saucisses avec les Nains. C'était comme si ça faisait des années. Miranda se demandait combien de temps elle avait dormi. Elle avala gloutonnement son petit-déjeuner, l'accompagnant d'une boisson mousseuse légère dans une cruche en argent.

« Ahhh ! » soupira-t-elle, se sentant comme une princesse. Elle se versa une tasse de thé, remarquant les autres tasses du service. Soudain, elle pensa à Nicholas et à Pénélope, et se sentit honteuse d'être heureuse.

— Quelle fainéante, observa Arabella, sur le seuil des portes de la terrasse.

Miranda sursauta.

— Que c'est aimable de venir me retrouver, dit-elle d'un ton guindé. Voudrais-tu partager une tasse de thé avec moi ?

Arabella reluqua une des tasses.

— Je le voudrais bien, répondit-elle, mais je pense que nous détonnons toutes les deux.

Miranda croisa les bras et sourcilla.

— Est-ce qu'on t'a déjà dit de travailler tes manières ? s'enquit-elle.

— Tout le temps.

Arabella s'affala dans une chaise et fixa Miranda.

— Regarde-toi, poursuivit-elle. Tu n'es même pas encore habillée.

— Arrête de faire des chichis et dis-moi ce que tu prends dans ton thé.

— Juste du lait, répondit Arabella. Dépêche-toi et va t'habiller, Mir. Après m'être presque noyée, je ne veux plus perdre une seconde de ma vie. Allons chercher Nick et Pénélope.

— Tu sais où nous sommes ? demanda malicieusement Miranda.

Elle versa avec précaution du lait dans le fond d'une tasse, puis y ajouta le thé. Elle déposa la tasse et la soucoupe devant son amie.

— Dans un vieux château quelconque, répondit joyeusement Arabella tout en portant la tasse à ses lèvres.

Miranda se rapprocha la main des Pierres de sang. Elle observait, revêtant son expression la plus angélique, tandis que son amie tentait de prendre une gorgée du thé fumant.

Arabella pencha la tête de plus en plus en arrière jusqu'à ce que la tasse soit pratiquement à l'envers, mais le liquide resta dans la tasse. Dès qu'elle entreprit d'éloigner la tasse de ses lèvres, le liquide s'échappa et lui coula sur le menton. Elle essaya à nouveau avec le même résultat. Puis, elle s'aperçut que, en plus du thé collé à la tasse, celle-ci était collée à ses lèvres. Parler lui était extrêmement difficile. Le bruit qui finit par sortir de sa gorge fut quelque chose du genre « Qu'as-tou fait ? Aêête ! »

Miranda s'efforça de garder un air franc.

— Je n'ai rien fait à ton thé, finit-elle par dire en riant, libérant le liquide dans la tasse d'Arabella. C'est l'œuvre des Pierres de sang. Elles devaient trouver que tu étais mignonne avec une tasse collée aux lèvres. Belle initiative !

— Ça n'est pas drôle du tout, dit sèchement Arabella, tout en saisissant une serviette et en s'essuyant le menton et le cou. Regarde mon tee-shirt. Il est foutu.

— Eh bien, dans ce cas, tu arrêteras de traiter les autres de fainéants, Bell, se moqua Miranda en prenant sa tasse et sa soucoupe. Ça n'est pas drôle non plus.

Elle se dirigea vers l'intérieur et se retourna.

— Nous sommes dans le palais du roi Elester, poursuivit-elle. C'est lui qui nous a sauvées. Oh, et devine qui j'ai vu ce matin ?

Arabella haussa les épaules.

— Naïm ! s'exclama Miranda. Il était là quand je me suis réveillée. C'est lui qui m'a dit pour Elester. Il m'a aussi dit que nous avions failli nous noyer. Oh, Bell, sans Elester, je ne crois pas que je serais ici en train de te parler.

Arabella expira doucement et Miranda la vit frissonner malgré le soleil brûlant.

— Ne ris pas, ordonna Arabella. Nous avons encore eu beaucoup de chance, mais une autre fois…

Pendant un moment, les filles restèrent silencieuses, pensant à la façon dont elles avaient failli se noyer ou être mangées pas les monstres, ou encore tuées par le Démon. Miranda était consciente qu'elles avaient été très chanceuses, mais elle s'inquiétait, elle aussi, de ce qui les attendait maintenant. Arabella finit par rompre le silence.

— Mir, je m'inquiète vraiment pour Nick et Pénélope. Ça fait plus d'une journée qu'ils ont disparu. On doit faire quelque chose.

— O.K., acquiesça Miranda. Je file m'habiller.

Elle laissa son amie sur la terrasse et partit à la recherche de la salle de bain. Quand elle finit par la trouver au bout d'un gigantesque placard, elle ne put en croire ses yeux. La baignoire de cuivre était dressée sur des pattes en laiton, au milieu de la pièce, devant une petite cheminée en grès. D'épaisses serviettes moelleuses étaient suspendues à côté du foyer. Pendant un moment, Miranda fut tentée d'allumer les bûches et de paresser dans un bain chaud, mais elle se souvint que Naïm l'attendait probablement dans les appartements du roi et choisit de se diriger vers la douche.

Elle n'avait pas trouvé ses vêtements mais, dans le grand placard, elle trouva des pantalons et des tee-shirts à sa taille, ainsi qu'une paire de bottes. Quand elle fut prête, elle alla chercher Arabella et suivit le silencieux garde Elfe dans un long passage bordé de chaque côté de tableaux de rois et de reines Elfes. « Ça ne ressemble pas vraiment à un palais, pensa-t-elle. Les pièces sont énormes, mais chaudes et chaleureuses. » Après avoir franchi cinq ou six vestibules différents, le gardien finit par s'arrêter devant une porte en chêne massive, frappa une fois et l'ouvrit. Puis, il se décala sur le côté et indiqua à Miranda et Arabella d'entrer dans la pièce.

Tout à coup, le roi des Elfes apparut devant elles, ses bras forts largement ouverts et un grand sourire recouvrant son visage sévère. Pendant une seconde, Miranda pensa qu'elle voyait une auréole sur la tête du roi, puis elle réalisa que c'étaient les cheveux dorés d'Elester qui brillaient dans la lumière du soleil entrant à flots par la fenêtre. Arabella recula, mais Miranda courut vers le souverain et s'effondra en larmes.

— Tu es sauvée, maintenant, dit doucement Elester, se libérant de l'étreinte de la jeune fille et se plaçant à un bras de distance. Je parie que tu as grandi d'au moins cinq centimètres depuis la dernière fois qu'on s'est vus.

Miranda s'essuya les yeux. « Pourquoi est-ce que je pleure tout le temps et que je gâche toujours tout ? » pensa-t-elle, voulant courir se cacher. Tout à coup, elle vit une tache mouillée sur la chemise du roi, là où elle avait collé son visage contre la poitrine du souverain.

— Je peux à peine imaginer à quel point tu as dû avoir peur d'être tombée sur la créature du lac encore une fois, avoua Elester.

Puis, il avança, serra chaleureusement la main d'Arabella et amena les deux jeunes filles vers un canapé à côté de la cheminée. Naïm, le Druide, était affalé sur un petit banc. Il somnolait, ses longues jambes allongées devant lui.

— Nous n'avons pas vu la créature, Votre Majesté, dit Arabella. Et de toutes façons, j'avais plus peur de me noyer.

Miranda sourit à Elester. Elle n'avait pas voulu faire paniquer Bell. Alors, elle ne lui avait pas dit qu'elles l'avaient échappé belle avec Dilemme.

— La créature ne nous a pas embêtées cette fois, mentit-elle, se tortillant sous le regard sévère d'Elester.

Elle savait que le roi ne la croyait pas.

— Cependant, je ne comprends pas, avoua Arabella, pourquoi vous ne faites rien contre cette horrible créature. Hein, pourquoi ? Tout le monde sait que c'est une plaie. Vous pourriez sûrement utiliser la magie ou quelque chose d'autre pour vous en débarrasser, ou la transformer en quelque chose d'inoffensif.

Naïm ouvrit un œil et regarda la jeune fille. Puis, il secoua la tête, les coins de sa bouche se soulevant en signe d'amusement.

— Qui suis-je pour décider du destin de Dilemme ou d'un autre, d'ailleurs ? expliqua le roi. La créature mène la vie que lui dicte sa nature. Doit-elle cesser d'exister parce que sa nature est en conflit avec la vôtre ou la mienne ?

— Je dirais *oui*, répondit Arabella.

— Arabella, tu as raison quand tu dis que Dilemme
est une plaie, approuva Elester. Cependant, la créature
est peut-être la dernière de son espèce. Je ne sais pas si
ce serait bien ou ce qui arriverait au lac si elle n'était plus
là. Peut-être qu'elle est utile dans nos eaux d'une façon
que nous ne connaîtrons jamais jusqu'à ce qu'elle ne soit
plus là.

Le Druide resta pensif un moment.

— Tu es tout à fait typique de ta race, jeune fille, fit-
il remarquer d'un air sévère. Quand tu n'aimes pas
quelque chose, que tu ne le comprends pas ou que tu le
crains, ton premier réflexe est de t'en débarrasser.

— Comme le tigre de Tasmanie, philosopha Miranda.

Les autres la regardèrent, perplexes.

— Je l'ai lu dans un livre de la bibliothèque. Un
homme, dont j'ai oublié le nom, vivait en Australie. Un
jour, il a tué cet animal sans même y penser. C'était la
dernière femelle de son espèce. Et il ne restait plus qu'un
mâle. Ce dernier mourut dans un zoo en Australie en
1936. Et maintenant, il n'y a plus de tigres de Tasmanie.
L'espèce s'est éteinte.

— C'est horrible ! s'exclama Arabella. Mais parfois,
j'avoue que ça me dérange vraiment qu'on se préoccupe
plus des animaux que des humains. Tout le monde dit
que c'est mal de tuer des animaux, mais regardez tous
les gens qui perdent la vie dans les guerres.

Elle se tourna le Druide.

— Je suppose que vous pensez que la guerre est une
façon correcte de tuer des gens, poursuivit-elle.

— Ça pourrait te surprendre d'apprendre que les
individus sont les seules choses sans lesquelles cette
pauvre terre meurtrie pourrait survivre, jeune fille, dit
sèchement Naïm. Mais non, la guerre n'est pas une façon

correcte d'éliminer les gens, comme tu le suggères. Et elle ne le sera jamais.

Elester soupira et, pendant une seconde, Miranda pensa qu'il avait l'air triste.

— Arabella, Naïm a raison, expliqua-t-il. Ce n'est jamais bien de tuer, même dans une guerre, parce que celui qui le fait en est changé. Une fois qu'une personne a enlevé une vie, elle ne peut plus revenir en arrière. Le mal se développe à l'intérieur d'elle. Cependant, aussi longtemps qu'il y aura des gens sur cette terre, ils se battront et plusieurs mourront. Mon pays part en guerre quand le mal qui menace son existence ne peut être arrêté ou écarté par des moyens non violents. Ne te méprends pas sur moi. C'est toujours mal de tuer. Par contre, je donnerai l'ordre à des hommes et à des femmes de le faire si c'est la seule façon d'éviter l'anéantissement.

Il passa ses longs doigts dans ses cheveux, et regarda Arabella.

— C'est mal de tuer, murmura-t-il finalement.

— Ça suffit ! dit Naïm. Nous pouvons discuter de ce problème pendant des siècles et des siècles.

Il pointa Miranda avec son bâton.

— Maintenant, dis-nous ce qui vous amène ici, poursuivit-il.

Miranda se pencha et s'assit sur le bord du canapé. Elle jeta un coup d'œil vers Elester. Les yeux vert clair du roi étaient fixés sur la petite table devant la cheminée, mais elle était sûre que le roi regardait quelque chose d'autre, plus loin. Elle détourna les yeux vers Naïm. Le vieux Druide était penché en arrière, les yeux fermés, mais elle savait qu'il attendait qu'elle parle. Elle prit une grande respiration, puis lentement, méthodiquement, elle raconta aux deux hommes ce qui s'était passé à Ottawa. Elle n'oublia rien. Elle vit le Druide se crisper quand elle fut rendue à la partie sur les voix qu'elle avait entendues quand elle avait été suspendue dans le vide.

— Elles attendent que quelqu'un ou quelque chose arrive, expliqua-t-elle.

Elle fit une courte pause.

— Ensuite, elles attaqueront Ottawa, dit-elle finalement, ses yeux cherchant ceux du Druide. C'est pour ça que je devais vous trouver.

Pendant une seconde, le seul bruit dans la pièce fut le faible tic-tac de la petite horloge montée sur un morceau de bois dur sur le mur. Miranda sentit les yeux d'Arabella sur elle alors qu'elle observait Naïm et Elester, attendant leurs réactions à son histoire. Finalement, le roi se leva et marcha vers la fenêtre.

— J'ai aussi entendu les voix, avoua-t-il sans tourner la tête, dos à la pièce. Je ne comprenais pas ce qu'elles disaient, mais j'ai saisi quelque chose. Elles prononçaient un nom, le nom de celui qui les mènerait.

Il se tourna vers le Druide.

— Ce nom était Calad-Chold, poursuivit-il.

Naïm réagit immédiatement. Il se releva soudain du banc. Perplexe, il ouvrit les yeux et tourna brusquement la tête vers le jeune roi.

— Connais-tu ce nom ? lui demanda Elester.

Miranda secoua la tête, mais réalisa que la question s'adressait au Druide.

Pendant un instant, Naïm resta silencieux. Il semblait troublé. Finalement, il respira profondément et ses yeux noirs croisèrent ceux du roi.

— Oui, répondit-il, le visage aussi blanc que de la craie. Oui, je connais ce nom.

CHAPITRE NEUF

CHAUFFER ET REFROIDIR

n silence de mort régnait dans la pièce. Trois paires d'yeux étaient rivées sur le vieil homme assis sur le banc devant la cheminée. Naïm pencha la tête et regarda ses longues mains fines reposant sur ses genoux. Il resta ainsi pendant si longtemps qu'Arabella commença à s'agiter et Miranda à se demander s'il les avait oubliés. Quand il finit par lever la tête et parler, sa voix était si basse que les autres avaient de la difficulté à saisir ses paroles.

— Le nom Calad-Chold n'a pas été prononcé depuis des milliers d'années, commença-t-il par dire. Toutefois, quand l'homme était de ce monde, la simple pensée de son nom entraînait l'horreur dans le cœur des soldats aguerris, les contraignant à abandonner leurs armes et à courir se cacher dans les coins sombres les plus proches, comme des enfants effrayés. Calad-Chold était le roi de Rhan, un pays qui n'existe plus.

— Que s'est-il passé ? demanda Miranda.

— Patience, dit Elester. Laisse-le finir.

— Dans les premières années de son règne, continua Naïm, Calad-Chold était un roi bon et juste. Il commandait les Rhans avec modération et compassion. Les Rhans étaient déjà une civilisation très avancée, alors que les Nains n'en étaient qu'aux balbutiements du feu. L'éducation était gratuite et obligatoire. Les écoles et les universités florissaient. Les lois étaient bonnes et justes. Les lois de Rhan sont demeurées des modèles pour les autres civilisations pendant des centaines d'années après la chute de l'Empire de Rhan.

Le Druide se tourna vers Elester.

— Hormis Ellesmere, poursuivit-il, Rhan était la société la plus libérale du monde. C'était une étoile brillante que les autres civilisations émergentes admiraient et émulaient.

— Que veut dire émuler ? interrompit Miranda sans réfléchir.

— Imiter ! grogna le Druide, sa voix la défiant de l'interrompre à nouveau.

— Je suis désolée, murmura Miranda en essayant de se fondre dans le canapé.

— Rhan était un pays prospère, expliqua Naïm. Sa richesse provenait des minéraux, notamment de l'or. On raconte que le Mal aurait surgi comme de la mauvaise herbe, mais la nature de ce Mal reste inconnue. Certains historiens croient qu'il est venu de l'or jaune qui alimentait l'économie du pays. Ils disent qu'il a créé une faim que rien ne pouvait satisfaire. Ils ont comparé cet appétit à un homme affamé qui mange sans cesse, mais qui devient de plus en plus mince et finit par mourir de faim, malgré tout.

Le Druide fit une courte pause.

— Peu en importe l'origine, continua-t-il, ce mal a transformé le pays. Le gouvernement, auparavant ouvert sur l'extérieur, est devenu renfermé — et il est devenu incapable d'autocritique et d'autocorrection. Dans ce nouveau système fermé, il a été facile pour Calab-Chold de corrompre les valeurs humaines et de faire échouer les lois qu'avaient adoptées ses aïeuls civilisés il y a des milliers d'années pour se protéger de leurs propres fantaisies destructrices.

Naïm prit une grande respiration.

— Mais la faim fit rage, enchaîna-t-il. Puis, Calad-Chold a cherché à l'extérieur des frontières de son pays la puissance dont il avait besoin. Il a fait la guerre à ses voisins et a ramené des prisonniers à Rhan pour en faire des esclaves.

Le Druide s'interrompit et regarda dans le vide une seconde.

— Puis, le roi des Rhans a prétendu qu'il avait eu une vision d'un procédé qui pourrait rendre son armée invincible, continua-t-il.

Il s'arrêta et regarda Miranda et Arabella. Miranda savait qu'il ne voulait pas leur dire le reste.

— S'il vous plaît, le supplia-t-elle. Nous sommes assez vieilles pour entendre la suite. Je préfère tout savoir.

— Ce qu'a fait le roi des Rhans était si vil que j'ai du mal à trouver les mots, avoua Naïm. Savez-vous ce qui solidifie une lame d'épée ?

Miranda et Arabella échangèrent un regard et secouèrent la tête.

— Nicholas nous en a parlé un million de fois, dit Miranda en riant. Cependant, nous faisions semblant d'écouter quand il parlait de son épée.

— Est-ce que ça a à voir avec la façon dont on façonne le métal chauffé ? demanda Arabella.

— Oui, Arabella, répondit le Druide. On dit tremper, mais le processus consiste à chauffer et à refroidir le métal qui renforce la lame de l'épée.

Il regarda le jeune roi. Les Elfes, dont les épées sont indubitablement les plus fines et les plus solides du monde, utilisent de l'eau pour refroidir le métal chaud.

— De l'eau glacée pour être plus précis, corrigea le roi, de l'eau provenant d'un ruisseau dans les montagnes.

Naïm acquiesça.

— Eh bien, Calad-Chold n'utilisait pas d'eau glacée, expliqua-t-il. Oh, non ! Il refroidissait le métal brûlant en le trempant dans le cœur des esclaves vivants.

— C'est dégoûtant, s'écria Miranda, qui était devenue pâle comme la mort.

— Ce n'est pas seulement dégoûtant, c'est mal, dit Naïm. C'est ce qui arrive quand une civilisation s'isole des autres et qu'elle devient corrompue. J'ai dit tout à l'heure que les Rhans étaient un peuple riche. Leur avidité leur a fait construire de plus grandes maisons pour de plus petites familles. Ils ont aussi bâti plus de lieux d'étude, mais ils ont perdu leur jugement. Individuellement et collectivement, ils ont multiplié leurs biens tout en réduisant leurs valeurs. Ils ont fait des choses plus grandes, mais pas de meilleures choses. Et en nettoyant l'air et l'eau, ils ont pollué leur âme.

Il s'arrêta un moment, secouant la tête comme pour s'éclaircir les idées.

— Pardonnez-moi, poursuivit-il. Je m'emporte quand je parle de choses qui n'auraient pas dû se produire. Où en étais-je ?

— Vous disiez que Calad-Chold refroidissait les épées en tuant des esclaves pour que leur sang puisse être utilisé afin de renforcer les lames, dit Arabella.

— Ah, oui. Il y avait une autre raison pour laquelle Calad-Chold trempait ses armes en acier dans le sang des esclaves humains. Il s'était convaincu, et rappelez-vous qu'il n'y avait personne pour le remettre en question ou le critiquer, qu'une arme refroidie dans les fluides provenant de la Rivière de la Vie — le sang humain — ne faisait pas que renforcer la lame, qu'elle comblait la distance infinie entre la vie et la mort en absorbant en elle la force vitale de l'esclave.

— Qu'est-ce que ça veut dire ? demanda Miranda.

— Je ne sais pas, répondit le Druide. Ça peut vouloir dire que Calad-Chold croyait qu'une personne tuée par une de ses armes pouvait être ramenée de la mort.

— Mais, comment ? demanda Miranda, perplexe. Quand on meurt, on meurt. Même si notre esprit revient… Je veux dire, c'est quoi cette histoire ?

— Je crois que ça a à voir avec les voix que nous avons entendues, expliqua Elester.

Il redirigea son attention vers le Druide.

— Quand l'armée de Rhan a été équipée des nouvelles armes refroidies dans le sang, expliqua-t-il, Calad-Chold a cherché hors de ses frontières un ennemi sur lequel tester ces épées indestructibles. Il voulait trouver son pire adversaire, un voisin puissant qu'il n'était jamais parvenu à conquérir. Il dirigea son armée vers les Montagnes Rouges et les Géants de Vark.

— Mince ! cria Arabella. J'ai un mauvais pressentiment. Personne n'a jamais parlé de Géants.

Elester pouffa de rire.

— Il y a des Géants dans notre monde, expliqua-t-il, et de nombreuses autres races qui ne prospèrent pas dans ton monde.

— Il n'y a pas de Géants dans notre monde, fit remarquer Arabella.

Le Druide et le roi Alester échangèrent des regards entendus, mais ce fut Naïm qui fournit la réponse.

— Vos premiers écrits contiennent un grand nombre de Géants, dit-il d'une voix sévère. Dans le livre que vous appelez la Bible, les Anakim et les Rephaïm étaient des tribus de Géants. Et Goliath de Gath ? Même vos légendes sont pleines de Géants, comme Atlas, Gog et Magog, et Alifanfaron. On retrouve aussi Jack le tueur de Géants dans les contes pour enfants. Et dans vos bibliothèques, on voit des Géants plus récents, comme Eleazer, Gabara, Chang et votre Charlemagne, pour n'en nommer que quelques-uns.

Arabella se mordit la lèvre. Comment le Druide connaissait-il autant de choses ? Ça l'embêtait qu'il puisse en savoir plus sur le monde qu'elle habitait qu'elle pourrait en connaître en un million d'années.

— Je pensais juste que c'était des histoires, marmonna-t-elle, se sentant trop jeune.

— Moi aussi, dit Miranda.

Naïm cogna le sol avec son bâton.

— Faites attention maintenant, j'ai presque fini avec mon conte tragique. Les Géants Rouges étaient plus grands et plus forts que les Rhans. Quand la rumeur d'invasion de Calad-Chold est arrivée aux oreilles du chef des Géants, l'homme fut moyennement irrité, sans plus. Il a envoyé un petit contingent de soldats régler le problème et faire rebrousser chemin aux Rhans, la queue entre les jambes. Cependant, un messager est ensuite arrivé avec des nouvelles troublantes selon lesquelles les soldats que le chef avait envoyés pour effrayer les Rhans étaient morts, massacrés par des armes magiques. Le chef a ri de cette idée d'armes magiques, mais il a commencé à prendre l'invasion des Rhans au sérieux. Il a fait des marques sur une carte et ordonné à toute l'armée du pays de défendre ces zones stratégiques.

Naïm leva la tête et regarda les deux filles aux yeux grand ouverts se blottir l'une contre l'autre sur le petit canapé.

— Les Géants ne purent résister aux armes de Calad-Chold, expliqua-t-il. Quand il est apparu aussi clair que son gros nez sur son visage qu'aucun mode de résistance passive ou non violente ne pourrait arrêter Calad-Chold dans son programme rapide d'asservissement et d'extermination, le chef a envoyé un messager aux autres races afin d'implorer leur aide pour arrêter la menace des Rhans avant que toute la race des Géants ne soit éradiquée. Dans son message, il mentionnait une arme puissante.

— Quand cette guerre a-t-elle eu lieu ? demanda Elester, qui secouait la tête, intrigué.

— Il y a très longtemps, répondit le Druide. C'était avant que le Démon commence à bâtir son armée.

Il fit une courte pause comme s'il se souvenait soudain de quelque chose d'important.

— Mais j'ai toujours suspecté que le Démon avait joué un rôle dans la corruption de Rhan, poursuivit-il.

— Étiez-vous là ? demanda Miranda.

Naïm jeta la tête en arrière et se mit à rire.

— Ma chère enfant, les événements dont je parle se sont déroulés il y a des dizaines de milliers d'années, expliqua-t-il. Je suis mortel, à moins que tu penses que je suis au monde depuis la nuit des temps.

— Non, dit Miranda, consciente que son visage était aussi rouge que l'intérieur d'une pastèque. Je sais que les gens d'ici vivent plus longtemps qu'à Ottawa, mais je ne sais pas combien de temps de plus.

— Eh bien, dit Naïm brusquement. Sache que ce ne sont pas des dizaines de milliers d'années de plus.

— Quel âge avez-vous, alors ? demanda soudainement Arabella.

— Oh, oh ! murmura Miranda, enfonçant son coude dans les côtes de son amie. Tu n'aurais pas dû demander ça.

Cependant, le Druide ne fit que regarder Arabella et lui sourit gentiment.

— Je suis vieux, jeune fille, se contenta-t-il de dire.

Puis, il prit une profonde respiration et expira doucement, ses épaules s'affaissant comme si elles portaient le fardeau de trop d'années.

— Très vieux, ajouta-t-il, presque en un soupir.

Pendant le silence qui suivit, Miranda observa l'homme qu'elle en était venue à considérer comme un ami. « Non, pensa-t-elle. Naïm est plus qu'un ami. Il n'est pas affectueux comme un grand-père par exemple, mais il est sûr et fidèle. » Elle lui confierait sa vie — comme elle le faisait. La pensée qu'il puisse mourir, qu'elle pourrait le perdre, lui faisait beaucoup plus peur que de perdre les Pierres de sang.

— Comment connaissez-vous Calad-Chold ? demanda Arabella.

— J'ai lu à son sujet, répondit brusquement Naïm. Un livre.

— Je lis BEAUCOUP de livres, revendiqua Arabella, et je n'ai jamais rien vu sur Calad-Chold.

— Hum ! grogna le Druide, qui avait l'air sur le point de secouer la jeune fille jusqu'à lui en faire trembler les dents. J'ai lu sur le sujet dans un journal qui a été découvert dans les bibliothèques du Clos des Druides. Le journal avait été écrit par un esclave qui y relatait sa vie à Rhan. Il s'agissait d'un excellent récit.

Les yeux bleu saphir de Naïm s'illuminèrent.

— Je doute que tu sois tombée sur ce livre au cours de tes lectures, Arabella, poursuivit le Druide.

Miranda se mit à rire et donna un coup de coude à son amie.

Arabella réagit au reproche.

— Eh bien, je vais devoir lire plus, avoua-t-elle.

— Les autres races répondirent vite à l'appel, expliqua Naïm.

Il se tourna vers le roi.

— Ton peuple a envoyé une grande force de combat, poursuivit-il, et d'autres peuples ont dépêché des gens pouvant parer la magie mentionnée dans le message du chef des Géants. Toutes les races, sauf les Ogres, qui restèrent cachés, se sont alliées pour la première fois de l'histoire afin d'arrêter la menace. Les Nains ont combattu aux côtés de leurs vieux ennemis, les Simurghs. Les Trolls se tenaient avec les Elfes. Les Dars, ancêtres du nord des Géants Rouges, se sont battus aux côtés des Dragons. Même les Druides ont participé à la guerre. Pour la première fois de notre histoire, les cinq Druides se sont éloignés du Clos des Druides en même temps.

Il fit une courte pause.

— Il a fallu trois ans pour vaincre la magie et arrêter les Rhans, enchaîna-t-il. Il y a eu des milliers de morts de part et d'autre. Puis, Calad-Chold a eu le cœur percé par une flèche elfique et est tombé de cheval. Son armée s'est affaiblie et a commencé à se rabattre. Toutefois, quand l'homme mort a retiré la flèche de sa poitrine et qu'il s'est levé, son armée s'est emballée. Le roi Calad-Chold était revenu de la mort. Il a levé les bras pour que tout le monde le voie, puis il a cherché à atteindre son couteau avec une lame tordue qu'il avait perdue en tombant de cheval. Avant qu'il puisse le saisir, un soldat elfique l'a pris et, sans hésiter, l'a plongé dans la blessure laissée par la flèche. Cette fois, quand Calab-Chold est tombé, il ne s'est pas relevé.

— Ça prouve qu'il avait tort, dit Miranda. Il a été tué par son propre couteau et il est resté mort.

Naïm lui lança un regard furieux.

— Les armes refroidies dans le sang ont été rassemblées en un grand tas, continua-t-il, et détruites dans le Feu des Druides. Le cadavre du roi a été scellé dans un sarcophage de marbre, attaché avec de solides chaînes et placé profondément dans une faille naturelle au sein des Montagnes Rouges. Le corps de Calad-Chold a donc été emprisonné. Les Nains ont façonné de grandes portes de fer pour sceller la faille et les Géants des Montagnes ont fait le serment de garder l'entrée de Tabou jusqu'à ce que leur race disparaisse de la surface de la terre.

Le Druide s'arrêta ; son histoire était finie.

Miranda finit par rompre le lourd silence qui suivit.

— Je ne comprends pas pourquoi toutes ces voix que j'ai entendues attendent Calab-Chold, avoua-t-elle. Naïm, vous avez dit qu'il avait été tué avec son propre couteau. Comment pourrait-il diriger qui que ce soit ? Même si ce qu'il croyait était vrai… qu'il recouvrerait la vie, comment est-il relié à ces voix ? Je suis désolée, mais je ne comprends pas.

Naïm acquiesça.

— Tes questions sont justes, dit-il. Or, il y a une autre partie de l'histoire que j'avais toujours considérée comme de la pure fiction, du moins jusqu'à maintenant.

Le Druide réfléchit une minute.

— Quand Calad-Chold a senti le couteau pénétrer dans son cœur, il aurait dit : « Je vais seulement me reposer — pour attendre la sommation. Quand je reviendrai, je mobiliserai les morts et ils me suivront là où je les mènerai. » On appelle Calad-Chold le roi des Morts et je crois malheureusement que le tremblement de terre et les voix sont des indications que le roi a été sommé de revenir.

— Alors, les voix... commença Miranda. Vous voulez dire... ?

Elle ne parvenait pas à trouver les mots.

— Oui, Miranda, répondit le Druide. Ce qu'Elester et toi avez entendu, ce sont les voix des morts, rappelant leur roi et attendant ses ordres.

— Et s'ils étaient déjà au Canada ? demanda la jeune fille. Et si Calad-Chold leur avait dit d'attaquer ?

Miranda glissa du canapé et se précipita vers Naïm.

— S'il vous plaît ! poursuivit-elle. Ma mère est là-bas. Dites-moi quoi faire. Je dois sauver les gens d'Ottawa. Ils ne savent rien des morts. Nous devons rentrer et les aider.

— Oublie ça, Miranda, dit Arabella, en colère. D'après ce que j'ai compris, rien ne peut arrêter Calad-Chold, n'est-ce pas ?

Elle regarda Naïm comme s'il était responsable d'avoir fait revenir Calad-Chold de la mort.

— Tu te mets toujours aussi vite en colère, dit sèchement Naïm. Par contre, je crois que tu as tort. Je pense qu'il y *a* quelque chose qui pourra arrêter Calad-Chold.

Elester se pencha.

— Quoi ? demanda-t-il sérieusement.

— Pensez-y, dit Naïm. Qu'est-ce qui a détruit Calad-Chold la première fois ?

— Le couteau ! crièrent Miranda et Arabella à l'unisson, se regardant l'une l'autre en souriant fièrement.

— Ce n'est pas *le* couteau, rectifia Naïm. C'est *son* couteau — la lame tordue qu'il a choisie pour lui-même, la lame qu'il a prise dans ses mains et plantée dans le cœur battant d'un esclave, refroidissant le métal chaud dans le sang humain.

— Savez-vous où trouver ce couteau ? demanda Elester, qui se redressa et arpenta la pièce devant la fenêtre.

Naïm secoua la tête, frustré. Il saisit son bâton et se leva.

— Non, répondit-il. La barbe !

— Qu'allons-nous faire ? cria Miranda.

Naïm se leva de toute sa hauteur.

— Je ne sais pas où est la lame tordue de Calad-Chold mais, si tu utilises les Pierres de sang pour nous aider à trouver notre chemin, nous la récupérerons.

CHAPITRE DIX

PAS ENCORE !

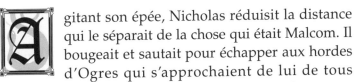gitant son épée, Nicholas réduisit la distance qui le séparait de la chose qui était Malcom. Il bougeait et sautait pour échapper aux hordes d'Ogres qui s'approchaient de lui de tous côtés. Certains avaient récupéré des perches fixées aux murs et se ruaient sur lui avec insouciance. D'autres gardaient l'œil sur la lame brillante de l'épée elfique et reculaient de terreur.

— COURS, PÉNÉLOPE ! cria Nicholas. COURS !

Il n'osa pas regarder derrière lui mais, aux cris soudains qui vinrent à ses oreilles, il sut que Pénélope avait entendu l'avertissement et qu'elle n'avait aucune intention d'avancer docilement vers l'inconnu. Il était presque sur Malcom lorsqu'un sifflement menaçant émergea de la gorge du Nain et que du feu sortit de ses yeux — un éclair rouge mortel. Le feu heurta l'épée, l'arrachant de la main du garçon, et l'envoya valser dans les airs. Nicholas fut secoué par la force du souffle et projeté en arrière, où il atterrit au milieu du tas de bois de sa maison détruite.

L'espace d'une seconde, il fut aveuglé par une douleur comme une lumière brûlante, tandis qu'il s'efforçait de se relever. Toutefois, il était jeune et fort, et il y parvint, tout en cherchant l'épée des yeux. Les Ogres l'attendaient de pied ferme. Ils se ruèrent sur lui pour le renverser à nouveau. D'autres se regroupèrent, formant un cercle serré duquel il ne pourrait pas s'échapper. Nicholas lutta comme un tigre sauvage, frappant avec ses poings et ses pieds jusqu'à épuiser toutes ses forces. Cependant, à la fin, les Ogres étaient trop nombreux et, lui, il était seul. Il se dit qu'il n'y avait rien à faire. Quand les Ogres le levèrent à grand peine, il fut heureux de constater qu'il avait donné plus de coups qu'il en avait reçu. De nombreuses créatures étaient blessées. Elles avaient le visage tordu de douleur, alors qu'elles boitaient ou qu'elles tenaient leurs mains noueuses sur leur nez ensanglanté.

Nicholas sentit son sourire satisfait faiblir d'un coup quand il vit le méchant Nain qui l'attendait hors du cercle des Ogres. « Je ne suis pas mieux que mort », se dit-il lorsqu'il aperçut le visage enragé du monstre.

— Amenez-le-moi, siffla Malcom, ses yeux froids et brûlants rivés sur le garçon.

Les Ogres traînèrent Nicholas sur le dur sol de pierre de la caverne et le déposèrent aux pieds du Nain. Fidèles à leur nature, les créatures maléfiques le frappèrent dans les côtes et sur les jambes avant de filer dans l'obscurité.

— DEBOUT ! ordonna le Nain.

Nicholas gémit quand il s'efforça de se relever. Il avait l'impression que chaque os de son corps avait été pulvérisé — écrasé par un rouleau compresseur. Il ne se sentait plus brave du tout maintenant. En fait, il était terrifié à l'idée de mourir. « Ne montre pas ta peur , se dit-il. Ne fais rien pour provoquer ce monstre. »

Soudain, Nicholas fut remis sur pied, comme s'il avait été une marionnette et qu'une main qu'on ne pouvait pas voir déplaçait des ficelles invisibles attachées à son dos et à ses épaules. Il regarda partout autour de lui, mais ne vit rien de tangible. « C'est magique ! » pensa-t-il, en serrant les dents pour s'empêcher de crier de douleur. Il essayait désespérément d'éviter de regarder l'horrible et sournois Nain, mais il semblait avoir perdu le contrôle sur ses mouvements et il ne pouvait que fixer les yeux rouges et morts de la créature. La malveillance reflétée par l'intensité cuisante de ces horribles yeux entra dans son corps et lui donna la chair de poule.

— Comment un si jeune humain peut-il posséder une infecte épée d'Elfe ? demanda le Nain.

Nicholas se creusa la tête pour trouver une réponse qui n'entraînerait pas sa mort immédiate.

— Une épée d'Elfe ? répéta-t-il, en espérant que son expression correspondrait à l'incrédulité dans sa voix. Vous voulez dire l'épée que j'ai trouvée ici ?

Il décrivit un vague arc de cercle avec son bras.

Subitement, le Nain se pencha vers le garçon, dont le corps se balançait dans tous les sens comme s'il était en équilibre précaire sur des échasses. Nicholas recula, ferma les yeux et leva les bras pour se protéger le visage du feu rouge qui allait jaillir des yeux de la créature. « Ça y est ! » pensa-t-il, en sentant des sueurs froides dans son dos. Il voulait crier sa rage et son impuissance devant la mort qui l'attendait sans être capable de lever le petit doigt pour se sauver. Nicholas se dit que le silence total qui régnait signifiait que les Ogres maléfiques retenaient leur respiration en attendant qu'il meure.

Comme rien ne se passait, il ouvrit les yeux. À ce moment, le Nain serra son poing et le dirigea vers le visage du garçon, l'arrêtant à un centimètre de son nez. Puis, la créature ouvrit son poing et Nicholas vit l'objet noir et rond exposé dans sa paume comme un trou noir meurtrier et son cœur s'arrêta.

Il avait déjà imaginé toutes les façons possibles dont la créature pourrait le tuer, mais jamais dans ses rêves les plus fous il n'avait considéré que son destin pourrait être semblable à celui de Malcom. Il n'avait jamais pensé qu'il pourrait finir comme le Nain : une coquille vide, une enveloppe pour un serpent du Démon.

Il était incapable de s'enlever les yeux de l'objet noir dans la main inerte de Malcom. Il n'avait jamais vu cette chose auparavant, mais il savait ce que c'était, et il frémit en raison de ce qui l'attendait. C'était le dernier des œufs que le serpent, la Haine, avait laissés pour effectuer le travail maléfique du Démon. À l'intérieur de la coquille vitreuse et noire se trouvait le cinquième frère du monstre qui revêtait le corps de Malcom. « Je ne peux pas laisser une telle chose m'arriver, pensa Nicholas. Je vais empêcher ça. » Malheureusement, il savait qu'il ne pourrait pas se sauver même si les Ogres s'étaient soudainement écartés et qu'ils avaient ouvert une brèche au milieu. La peur tenace qui l'avait envahi lui avait déjà paralysé les jambes.

Le Nain siffla, heureux de son pouvoir qui terrifiait le garçon. Pendant une seconde, il fut tenté de lancer l'œuf à Nicholas et de regarder son frère sortir de la coquille noire résistante et s'emparer de l'humain pathétique — prenant à la fois sa vie et son corps. Cependant, il chassa cette tentation. Sa Maîtresse avait un autre projet en tête et elle n'apprécierait pas de savoir que l'œuf aurait été gaspillé avec un garçon qui n'était rien pour elle. Il n'était plus question de s'amuser avec cette créature. Le jeu était devenu fastidieux.

— Ôtez-moi ce petit morveux de la vue ! siffla Malcom, écartant le garçon.

Plusieurs Ogres attrapèrent Nicholas et le traînèrent vers une ouverture dans le mur de la caverne. Juste au moment où ils étaient sur le point de disparaître dans la faille sombre, Malcom donna l'ordre aux Ogres de s'arrêter. Ses mots résonneraient dans les oreilles de Nicholas pendant des années.

— Imbécile ! Moins que rien ! L'œuf est pour ton amie et tu seras gardé en vie assez longtemps pour la voir mourir — voir comment mon frère lui enfoncera ses crocs empoisonnés dans le cou. Ses cris te rendront fou. Je le sais, car j'ai tué le Nain et pris son corps. Le pauvre criait encore lorsqu'il est mort.

Le serpent siffla et se tourna vers les Ogres. Gardez le petit morveux en vie le temps que nous ayons la fille. Puis… mangez-le.

« Oh, non ! soupira Nicholas. Je dois avertir Miranda. » Puis, tandis que les Ogres sifflaient allègrement à l'idée de le manger au dîner, il éclata de rire. « C'est bien ma chance , marmonna-t-il pour lui-même. Des cannibales ! »

Quand elle avait entendu Nicholas crier « Cours », Pénélope avait réagi instantanément. Elle avait donné un vilain coup de pied au genou de l'ogre sur sa gauche et planté ses dents dans le poignet de celui sur sa droite. Pris au dépourvu, ses ravisseurs avaient libéré leur prise et la jeune fille s'était enfuie telle une gazelle, cherchant des yeux un moyen de sortir de la caverne. En avant, une petite chose jaune attendait, aboyant furieusement. « Muff ! » cria Pénélope en courant vers le caniche. Alors qu'elle s'en approchait, Muffy aboyait encore et se précipita dans un étroit passage dans le mur de la caverne. Pénélope n'osa pas regarder en arrière. Elle se pencha dans le passage, courant à toute vitesse, les yeux fixés sur le minuscule point qui apparaissait au bout, dans le noir.

Elle suivit Muffy pendant une éternité. Au moment où elle pensa que ses poumons allaient éclater, elle vit le caniche disparaître dans la lumière au loin. Et puis, elle se retrouva dehors, se plia en deux, respirant profondément l'air mordant du milieu de matinée. Pénélope regarda partout autour, décrivant un petit cercle, et faillit tomber. « Où diable avaient-ils atterri ? » se demanda-t-elle. Aussi loin qu'elle pouvait voir s'érigeaient partout des montagnes aussi hautes que le ciel — leurs sommets recouverts de neige étaient aussi rouges que le sang. Muffy, un grain de poussière dans les vastes hauteurs, aboyait sauvagement aux monstrueux rochers gigantesques.

— On est perdus, Muff, s'écria Pénélope en claquant des dents. Et on va mourir de froid.

Elle savait qu'elle devait continuer. Les mauvaises créatures qui les avaient capturés se rapprocheraient probablement d'ici une seconde. « On doit trouver un endroit où se cacher », pensa-t-elle en scrutant les alentours.

Ils se trouvaient dans ce qui ressemblait à une forteresse géante. Étudiant les environs, Pénélope vit une ouverture là où les portes massives avaient été fendues.

— Viens, Muffy, cria-t-elle en se dirigeant vers les portes et l'immense casemate carrée qui formait une partie du mur de la forteresse. Juste à l'extérieur des portes, elle s'arrêta net devant les os d'une créature monstrueuse étendue sur le côté, sur la neige tassée. Elle s'approcha, regardant, impressionnée, le squelette blanc brillant.

— Ce doit être un dinosaure, dit-elle, adressant son commentaire à son compagnon à poils, comme si le petit chien comprenait ce qu'elle disait.

Puis, Muffy aperçut la carcasse et bondit vers la créature.

— NON ! cria Pénélope, oubliant de parler tout bas. VIENS ICI.

Comme d'habitude, le caniche n'obéit pas. Il avait mis dans sa gueule un des grands os d'orteil de la créature et tirait furieusement pour essayer de se l'approprier.

— MÉCHANTE MUFFY ! s'exclama Pénélope. Lâche ça !

Elle tapa du pied vers l'animal, dont les poils s'étaient hérissés.

— J'ai dit STOP ! poursuivit-elle.

Puis, elle ramassa la boule jaune qui grognait et la fourra à l'avant de sa fine veste de coton. Pendant une seconde, elle regarda les os blancs et la neige imbibée de sang, essayant de comprendre ce qu'elle voyait. Il ne s'agissait pas des os d'une bête préhistorique. Cette créature était morte récemment.

« Qu'allons-nous faire ? » se demanda-t-elle. Jusqu'à maintenant, elle avait pensé que, une fois qu'elle aurait échappé aux griffes des êtres féroces et brutaux dans la caverne et obtenu de l'aide pour sauver Nicholas, le pire serait passé. Or, la vue de ce squelette géant effroyable lui donnait envie de repartir aussi vite que ses jambes pourraient la porter et de se retrouver dans les bras de ses ravisseurs. « Qu'allons-nous faire ? » se répétait-elle en elle-même.

Elle sortit un mouchoir de sa poche et essuya son nez qui reniflait. Elle savait une chose. Elle ne pouvait pas rester ici. Peu importe comment, elle devait trouver du secours pour Nicholas. Mais où ? Où diable allait-elle trouver de l'aide au milieu de nulle part ? À ce moment, elle vit un mouvement du coin de l'œil, un simple changement de noirceur dans l'obscurité le long du mur de la forteresse. S'accroupissant brutalement à côté des os du Carovorare mort, Pénélope serra Muffy contre elle, plissant les yeux pour bloquer les rayons du soleil sur la neige, et scruta l'obscurité. Elle vit une créature. C'est une de celles de la caverne. Terrifiée que la chose la repère par les trous dans la cage thoracique du squelette, elle chercha un meilleur endroit pour se cacher. La seule chose qu'elle vit et qui pourrait fonctionner, c'était un vieux baril en bois pourri, penché sur le côté dans la neige, à environ dix mètres derrière elle.

Elle regarda à nouveau dans l'obscurité, mais elle ne put distinguer la forme de la créature dans la noirceur. Ensuite, doucement et précautionneusement, elle commença à ramper en regardant derrière elle vers le baril renversé. Quand la semelle de sa botte heurta le bois, elle se glissa le long du tonneau, priant pour que ce dernier soit vide. Il l'était. Rapidement, elle rampa à l'intérieur et retint son souffle, écoutant le craquement des pieds de l'Ogre quand ils écrasaient la neige craquante.

Elle pouvait entendre la chose s'approcher. « Ne le laissez pas regarder dans le baril ! implora-t-elle en silence. Ne le laissez pas nous trouver ! » C'est alors que Muffy sentit l'odeur de la créature et qu'il se tortilla comme une anguille à l'intérieur de la chemise de la jeune fille. Pénélope pouvait à peine contrôler le caniche, mais elle maintint désespérément une main autour du museau de la chienne pour empêcher cette dernière d'aboyer. Puis, le baril craqua de façon inquiétante et changea de position, tandis que l'Ogre se perchait sur le côté du tonneau. Pénélope était morte de peur, l'esprit obnubilé par une seule pensée : « Il va nous trouver ! »

Le temps lui sembla une éternité avant que le baril de bois craque à nouveau et glisse, un signe que l'Ogre s'était levé. Pénélope écouta attentivement. « Va-t-en ! S'il te plaît, va-t-en ! » Puis, elle fut horrifiée lorsque l'Ogre donna un coup de pied dans le baril, qui commença à rouler, doucement au début, puis de plus en plus vite. Avant que la jeune fille puisse réagir, le tonneau descendait, hors de contrôle, le long de la montagne abrupte.

CHAPITRE ONZE

MINI, LA SOUCHE

 out en se disant que le roi Elester et lui devaient discuter de choses importantes, le Druide ouvrit la porte du bureau et indiqua à Miranda et Arabella de quitter la pièce.

N'allez pas trop loin, les avertit-il. Nous partons pour le Clos des Druides avant la fin de la journée. Soyez prêtes et rendez-vous à l'écurie dans une heure.

Puis, il leur ferma la porte au nez.

— Je déteste quand il nous traite comme des enfants ! s'exclama Arabella.

Elle tira la langue à la porte fermée. Miranda se mit à rire, ses yeux verts brillant avec espièglerie.

— Que vas-tu faire ? demanda Arabella, méfiante.

— Viens, Bell, dit vivement Miranda en saisissant son amie par le bras. On a juste assez de temps pour rendre une petite visite à Mini.

Maintenant, c'était au tour d'Arabella de rire.

— O.K. , dit-elle. J'aimerais voir par moi-même si la vermine est encore là où on l'a laissée.

Le malheureux Mini, ou M. Petit, avait été leur professeur principal quand elles étaient en quatrième année à l'école élémentaire de Hopewell, à leur retour à Ottawa, et le fléau de leur existence. Au cours d'une aventure précédente, le professeur mesquin était devenu obsédé par les Pierres de sang et les avait dérobées dans le casier de Miranda. Quand il avait perdu les Pierres, il avait suivi Miranda lorsqu'elle avait traversé dans le vieux monde, déterminé à les ramener. Il lui fallut peu de temps pour s'associer avec le méchant magicien Indolent et une nation de Trolls de connivence avec le Démon. Quand l'ancien professeur avait attaqué Miranda à l'extérieur de la salle du Conseil, le Druide, pour protéger la jeune fille, avait transformé le méchant en souche, et l'avait laissé ainsi jusqu'à ce qu'ils décident quoi faire avec lui.

Les filles suivirent un nouveau garde elfique dans tout le palais jusqu'à ce qu'elles voient l'entrée principale au loin. Puis, tout excitées, elles se mirent à courir et ouvrirent les portes avec force vers les grandes marches. S'arrêtant en haut des escaliers, Miranda observa les alentours.

— Sais-tu où nous allons ? demanda Arabella, qui ne retrouvait aucun point de repère.

— Je crois, répondit Miranda. La salle du Conseil devrait être de l'autre côté de la colline.

Elle pointa une petite colline au loin, à leur gauche.

— Si je ne me trompe pas, poursuivit-elle, nous devrions traverser un parc près de la salle.

— Ha ! se moqua son amie. C'est ce qu'on va voir. Tu sais que tu t'es déjà perdue dans une salle de cinéma.

— Je te dis que j'ai raison ! s'exclama Miranda.

— Ça m'étonnerait !

Elles avancèrent parmi les herbes, courant vers la colline. Miranda s'émerveillait de la couleur de l'herbe : un bleu-vert foncé. Cependant, elle ne vit aucune trace de tuyaux d'arrosage ou d'engrais, ou encore de ces petits panneaux avertissant de la présence de produits chimiques qui apparaissaient comme des indicateurs de tombes miniatures sur les pelouses de son monde. Elle se demandait comment les Elfes réussissaient à rendre leurs pelouses si parfaites. Elle se dit dans sa tête qu'elle devrait trouver la réponse avant de rentrer chez elle. « Peut-être pourrions-nous faire pareil au Canada », pensa-t-elle.

Alors qu'elles atteignaient le sommet de la colline, Miranda accéléra le pas, ses yeux cherchant la salle du Conseil à travers les trous dans les arbres. Puis, elle s'arrêta et se retourna pour attendre la coureuse la moins rapide. Arabella regarda l'expression de défaite qui se lisait sur le visage de son amie et laissa échapper un grand sourire.

— Ha ! lança-t-elle. Tu as perdu.

Miranda resta silencieuse jusqu'à ce qu'Arabella la rejoigne, puis elle pointa à travers les arbres.

— Oh, non , marmonna Arabella en voyant l'édifice qui lui était familier. Ce n'est pas juste. Tu étais censée de tromper. Tu as toujours tort.

— Pas toujours, répliqua Miranda en se mettant à rire.

— Tu as triché, l'accusa Arabella, la dépassant et dévalant la colline vers le parc.

Miranda sourit, mais ne se donna pas la peine de répondre. Son cœur battait de plus en plus vite au fur et à mesure qu'elle s'approchait de la salle du Conseil. Sa tête était pleine de souvenirs de cet endroit — de bons souvenirs qui la suivraient le reste de sa vie, et de mauvais qui continueraient longtemps à lui faire mal au cœur. La Salle, comme les Elfes l'appelaient, était un édifice blanc et bas avec de massives portes en chêne. À l'intérieur, le roi et ses conseillers, l'Erudicia, se rencontraient pour discuter de sujets concernant la sécurité nationale.

Soudain, les deux jeunes filles se mirent à marcher plus vite, les yeux fixés sur le sol à droite des épaisses portes de chêne. Elles s'arrêtèrent à l'endroit occupé jusqu'à récemment par une grande souche. Bouche bée, elles se regardèrent sans voix. Miranda fut la première à rompre le silence.

— Il n'est plus là ! cria-t-elle, à la fois furieuse et perplexe.

— Dis-moi quelque chose que je ne sais pas, marmonna Arabella. On ferait mieux d'avertir le roi Elester et le Druide.

Miranda ne pouvait pas croire que Mini s'était enfui. Elle suspectait que son ancien professeur n'était pas seulement fou, mais aussi dangereux. Comment avait-il réussi à rompre le sort de Naïm ? Miranda toucha le bras de son amie.

— Il se peut que les Elfes aient enfermé le professeur ailleurs ou qu'ils l'aient déterré et déplacé, conclut-elle. Ça fait plus d'un an.

Arabella frissonna, se souvenant comment Mini l'avait traitée, la giflant et lui tirant les cheveux jusqu'à les arracher quand Nicholas et elle avaient été capturés par une bande de Trolls et amenés à Swampgrass.

— Si c'est ça, pourquoi personne ne *nous* l'a dit ? s'enquit-elle. Pourquoi le Druide n'a-t-il rien dit ?

Miranda étreignit l'épaule de son amie.

— On va lui demander, dit-elle. Ne t'inquiète pas, Bell. Mini ne te fera plus jamais de mal.

— Il ne me fait pas peur, répliqua Arabella en s'efforçant de sourire.

Au lieu de retourner directement au palais, les deux amies passèrent par le parc, poussant des cris de plaisir quand elle reconnurent le banc en bois solitaire près d'un petit étang où Miranda allait quand elle voulait être seule.

— Regarde, cria Bell. Les arbres de la Porte !

Miranda regarda les chênes jumeaux et, pendant une fraction de seconde, elle fut tentée de sauter dans son monde pour vérifier si les créatures cachées dans le fossé y étaient toujours. Or, la pensée que les Nains la pousseraient de la falaise et qu'elle se balancerait dans les airs avant de plonger dans le lac Leanora pour affronter de nouveau Dilemme était trop terrifiante. Elle s'éloigna des arbres.

Les deux amies firent le tour de la petite villa qui avait été leur maison lors de leurs visites précédentes dans la capitale elfique, pressèrent leur nez contre les fenêtres et regardèrent les pièces du bas. Puis, Miranda mena Arabella en haut des escaliers raides découpés dans la falaise à l'arrière de la villa, son cœur se gonflant de plaisir devant la réaction de son amie à la vue de Béthanie qui s'étendait en contrebas. De là où elles se tenaient, la ville ressemblait à une vaste mer verte d'arbres feuillus, s'agitant au vent, et les toits blancs aveuglants faisaient penser à des îles immobiles au milieu du vert.

— Je me demande pourquoi tous ces toits sont blancs, dit Arabella.

— Pour l'eau, expliqua Miranda. Les toits sont faits en calcaire Et regarde toutes ces rainures ! Quand il pleut, l'eau de pluie ruisselle des sillons jusqu'à des réservoirs en hauteur sur chaque maison, et ne me demande pas pourquoi, mais il y a un poisson dans chaque réservoir.

— Je devine, dit Arabella. Mais ne serait-il pas plus simple de creuser des puits ?

— On ne pense pas... Je veux dire que les Elfes ne pensent pas comme les gens de notre monde, Bell. Ils croient que nous gaspillons. Ils ne peuvent pas comprendre comment nous avons réussi à empoisonner la majorité de notre eau, de notre air et de notre terre depuis le peu de temps que nous existons. Le pire crime ici, c'est de nuire à la planète.

— Nous sommes plutôt autodestructeurs, approuva Arabella. Et souviens-toi de ce que Naïm a dit de Rhan. Je n'en suis pas sûre, mais je crois qu'il parlait en fait de nous.

— Je sais. J'ai compris la même chose.

— Mince ! s'exclama Arabella, notant que le soleil n'était plus au-dessus de leur tête, mais qu'il avançait vers l'ouest. On est en retard. Le Druide va nous tuer.

Vingt minutes plus tard, les deux filles arrivèrent à l'écurie, à bout de souffle, le visage rouge et brillant. Les portes étaient entrouvertes, accotées contre le mur extérieur. Arabella disparut à l'intérieur en criant « Marigold ! » Miranda fit une pause dans l'ouverture de la porte, laissant ses yeux s'ajuster à la douce lumière de l'écurie. Elle eut chaud au cœur quand elle repéra le cheval du Druide. Elle vit un jeune lad qui brossait patiemment la longue queue de l'étalon. Elle regarda autour et sourit quand elle reconnut Noble, l'étalon gris d'Elester, faisant encore des siennes — poussant dans les poches d'une jeune Elfe pour obtenir des gâteries. Deux chevaux brun pâle scrutaient curieusement le mouvement autour d'eux tout en mâchant bruyamment du foin. Miranda sourit, heureuse que Tonnerre et Éclair soient à l'aise dans leur nouveau pays. Le Druide avait *emprunté* les chevaux belges à une écurie d'Ottawa il y a plus d'un an, et leur avait fait vire l'aventure de leur vie. Vers le fond de l'écurie, Arabella était perchée sur une porte de stalle à discuter gaiement avec Marigold, une petite jument grise. Miranda se sentait comme si elle allait exploser de joie en voyant les chevaux qu'elle connaissait et aimait. C'était comme une fête — des retrouvailles entre anciens amis.

Miranda avança vers la stalle et se dirigea vers le bel étalon rouan.

— Salut, Avatar, dit-elle doucement en tendant le bras pour caresser le doux museau de l'animal.

Sans prévenir, l'étalon hennit et se cabra, ses membres antérieurs martelant le sol de façon menaçante. Miranda fit un saut en arrière, effrayée.

— Tout va bien, Avatar, c'est moi, réussit-elle à dire d'une voix tremblante.

Cependant, l'étalon tapa des pieds et rua, avançant vers Miranda et arborant des yeux blancs de peur ou de haine. Soudain, à sa grande terreur, Miranda réalisa qu'elle était piégée dans un coin. Le lad, énervé, saisit les rênes d'Avatar, essayant désespérément de protéger la jeune fille sans blesser le puissant étalon, mais il ne parvenait pas à maîtriser l'animal déchaîné.

En quelques secondes, le tumulte régnait dans toute l'écurie. Alarmés par les hennissements d'Avatar, les autres chevaux étaient devenus enragés, hennissant et ruant, frappant de leurs membres antérieurs contre les portes des stalles, et donnant des coups avec leurs pattes de derrière. Du coin de l'œil, Miranda vit Arabella disparaître dans la stalle de Marigold. Le lad avait le visage aussi rouge qu'une betterave et il luttait pour calmer le cheval, mais il fut projeté sur le côté comme une puce.

Puis, miraculeusement, le Druide se trouvait là. Doucement, il s'approcha de l'étalon roux. Il parla à voix basse au cheval dans une langue que Miranda n'avait jamais entendue auparavant. Avatar avait les oreilles qui se trémoussaient lorsqu'il reconnut la voix de son maître, mais ça ne l'empêcha pas de ruer en direction de Miranda encore et encore. Naïm s'approcha en face du cheval déchaîné, une main tendue pour caresser le museau de l'animal.

— Sors doucement d'ici, Miranda, ordonna-t-il, sans changer le ton de sa voix. Vas-y, maintenant !

La jeune fille était à moitié paralysée de peur, mais elle se força à faire des pas lents et mesurés pour sortir de son coin. Elle réalisa qu'elle criait, aussi hystérique que les chevaux, tandis que des larmes coulaient sur son visage. Elle avait aussi beaucoup de peine. Qu'avait-elle fait pour provoquer l'imposant étalon ? Elle aimait le cheval du Druide. Avatar avait déjà risqué sa vie pour elle. Maintenant, il agissait comme s'il avait peur d'elle ou qu'il la détestait au point d'essayer de l'écraser. Pourquoi ?

Miranda avança lentement le long de la stalle, tapie pour se cacher des autres chevaux déchaînés. Elle entrevit Elester, une main accrochée aux rênes de Noble, l'autre caressant gentiment l'animal terrifié. L'endroit était dans un chaos total et, pour une raison étrange, tout était de sa faute. Les larmes la faisant hoqueter et s'étouffer, et elle courut à l'extérieur, mettant le plus de distance possible entre elle et les chevaux fous.

— Mir, que s'est-il passé ? Est-ce que ça va ?

C'était Bell qui, le visage marqué par l'inquiétude, avait le corps aussi tendu que les cordes d'un violon.

— Je-je ne s-sais pas, bégaya Miranda. B-Bell, Avatar a es-essayé de me tu-tuer.

Arabella entoura Miranda de son bras et la rapprocha d'elle.

— Non, non , dit-elle d'une voix rassurante. Quelque chose lui a fait peur. Tous les chevaux de l'écurie étaient devenus fous. Une minute, tout allait bien, puis la minute d'après, ils étaient fous.

— Ouais, dit Miranda en reniflant. Tout était normal jusqu'à ce que j'entre.

Elle remarqua que les hennissements avaient cessé. L'écurie était calme à nouveau. Pendant une seconde, elle crut presque qu'elle avait rêvé toute cette scène de cauchemar. Puis, elle réalisa que Bell lui parlait.

— Je ne sais pas pourquoi les chevaux ont eu peur de toi, avoua Arabella. As-tu fait quelque chose pour les provoquer ?

— Non, répondit Miranda. Que veux-tu dire ?

— Mir, je ne t'accuse de rien. Je sais que tu n'as jamais voulu faire peur, mais peut-être as-tu fait quelque chose sans le vouloir.

— Je n'ai rien fait, insista Miranda, sentant la colère monter en elle. Absolument rien.

— Dis-moi exactement ce qui s'est passé, dit le Druide, s'accroupissant sur un genou et plaçant gentiment ses mains sur les épaules tremblantes de Miranda.

Miranda était dans un tel état qu'elle riait presque nerveusement, pensant à la façon dont le Druide tentait de la calmer. Il agissait avec elle de la même manière qu'il s'était comporté avec Avatar.

— Rien n'est arrivé, dit-elle. Bell est entrée dans l'écurie, mais je me suis arrêtée sur le seuil de la porte. Je n'ai rien fait. C'est vrai ! Je ne pourrais jamais faire de mal aux chevaux. Je voulais juste regarder Avatar se faire brosser la queue et je me demandais s'il se souviendrait de moi après tout ce temps. Puis, j'ai marché vers lui, et il... et il...

Elle ne réussit pas à finir.

— Tout va bien, dit gentiment Naïm. Je sais que tu ne ferais jamais de mal à Avatar et que tu ne ferais jamais rien qui puisse l'effrayer.

Il tapota affectueusement les épaules de Miranda et se leva.

— Cependant, quelque chose s'est passé, expliqua-t-il, et je suis inquiet. Alors, nous devons en parler et essayer de comprendre ce qui est arrivé. Mais, d'abord, je veux que tu retournes à l'intérieur avec moi.

Miranda eut un mouvement de recul, les yeux effrayés et le visage blême.

— Non, dit-elle en secouant la tête furieusement. Je ne peux pas. Ne me demandez pas ça. Je ne peux pas.

— Tu le dois, jeune fille, insista Naïm.

— Allez, Miranda, dit Arabella. Il a raison. Tu dois retourner dans l'écurie, ou tu auras toujours peur. Viens. Je vais avec toi.

— Non, Arabella, dit Naïm. Je m'en occupe.

Il tapota l'épaule tendue d'Arabella.

— Tu es une jeune fille courageuse, mais pas assez pour faire face à une écurie avec des chevaux effrayés.

Voyant qu'Arabella allait discuter, il leva une main.

— Je te promets que je protégerai ton amie, poursuivit-il. Je suis capable de maîtriser les chevaux, ce que tu ne peux pas faire.

Arabella acquiesça. « Il a raison, pensa-t-elle. Lui, il a des dons. »

À contrecœur, Miranda se laissa ramener vers les portes ouvertes de l'écurie. Naïm sifflait doucement. Les oreilles d'Avatar remuèrent, tandis que sa tête pivota vers le bruit. Puis, le fier animal trotta vers son maître. Miranda, apeurée, à moitié cachée derrière le long manteau du Druide, fixait la puissante créature. Comment avait-elle pu penser que les chevaux étaient des êtres dociles et gentils ? Avait-elle vraiment cru une telle chose ? Avatar n'avait jamais été docile ni gentil. Il n'était pas humain. Il ne pensait ni ne raisonnait comme un humain. Il réagissait selon les instincts développés depuis des millénaires.

— Tu ne dois pas avoir peur maintenant, Miranda, dit le Druide.

Respirant rapidement, Miranda tendit la main et toucha la tête chaude et soyeuse du cheval. Pendant une seconde, Avatar la fixa comme s'il la voyait pour la première fois. Puis, il avança lentement et poussa la tête contre la petite main de la jeune fille. Miranda regarda dans les yeux noirs de l'animal et, soudain, sa tête fut pleine de mots dans une langue étrange que Naïm avait utilisée plus tôt. Sans savoir comment, elle sut que les mots étaient réels et qu'ils avaient un sens pour elle. À sa grande surprise, elle comprit le langage comme si elle l'avait toujours connu. Et, tandis qu'elle regardait dans les yeux sombres d'Avatar, elle sut que les mots venaient du cheval. Avatar lui parlait dans sa tête, et ce qu'il lui dit lui donna les larmes aux yeux.

— Ce n'était pas toi. Ça n'a jamais été toi. Il y avait quelqu'un d'autre qui se tenait à ta place et qui te bloquait.

Miranda ravala ses larmes et posa son front contre le museau d'Avatar.

— Merci, murmura-t-elle.

Puis, les yeux ronds de surprise, elle se tourna vers Naïm.

— Avatar m'a parlé, expliqua-t-elle. Il m'a dit ce qui s'était passé.

— Hummm ! fit le Druide en se mettant à rire. Bien ! Maintenant que tu n'as plus peur, peut-être que nous pourrions disposer.

Il allait faire demi-tour quand Miranda l'attrapa par la manche.

— Naïm, je ne faisais pas de blague et je n'ai pas menti. Avatar m'a vraiment parlé.

— Miranda ! s'exclama le grand homme en soupirant. Très bien. Que t'a dit mon cheval ?

— Il a dit « Ce n'était pas toi. Ça n'a jamais été toi. Il y avait quelqu'un d'autre qui se tenait à ta place et qui te bloquait. »

Pendant un moment, le Druide resta sans voix. Il regarda le cheval, comme s'il s'attendait à ce que la bête lui confirme ce que la jeune fille venait de lui dire. Avatar remua simplement la queue et frappa avec ses sabots sur le sol dur et terreux, pressé de partir.

— Vous ne me croyez pas, conclut Miranda, mais c'est la vérité.

— Je te crois, dit Naïm, la voix douce, mais le visage dur. Il y a de la magie ici. Je ne sais pas ce que ça veut dire. Par contre, je reconnais cette magie. Ce n'est pas celle du Démon. Non, c'est une interprétation différente — presque comme si quelque chose, une présence, vivait ici ou y avait été apporté.

Il secoua la tête.

— Au diable ! poursuivit-il. Je ne comprends pas ce qui se passe.

Miranda sentit des frissons sur ses bras.

— Comment quelque chose aurait-il pu partir sans que je le voie. Naïm, je n'ai vu personne. Même les Pierres de sang étaient calmes.

Miranda trembla alors qu'elle tendait le bras et prenait la main du Druide.

— Naïm, j'ai peur, avoua-t-elle. Qu'est-ce qui va m'arriver après ?

CHAPITRE DOUZE

LES CHASSEURS ET LES CHASSÉS

iranda se pencha sur le côté et scruta autour du Druide.

— Sommes-nous arrivés ? demanda-t-elle Naïm gloussa.

— Je vais répéter ce que j'ai dit il y a cinq minutes. Tu le sauras quand nous y serons.

Trois jours plus tôt, deux bateaux avaient quitté en silence le port de Béthanie comme des fantômes dans la nuit. Le premier à lever l'ancre transportait des messagers envoyés par le roi des Elfes pour avertir les Nains, les Trolls des Rivières, les Géants de Vark, et d'autres races, du réveil du roi des Morts. Un autre groupe avait pour ordre de parcourir le continent à la recherche du garçon humain, Nicholas, et de la jeune fille, Pénélope. Le second bateau transportait le petit groupe qui accompagnait le Druide dans sa quête pour trouver la lame tordue de Calad-Chold, ainsi que les deux jeunes filles d'Ottawa, Elester et son premier assistant, Andrew Furth, et une douzaine de cavaliers Elfes austères. La membre de la petite compagnie débarquèrent sur le continent au nord de l'île d'Ellesmere une heure avant l'aube. Ils montèrent à cheval sans attendre et chevauchèrent jusqu'à la tombée de la nuit, ne faisant que très peu d'arrêts pour se reposer et faire boire les chevaux. Ce matin, la compagnie avait levé le camp dans l'obscurité et avait déjà parcouru de nombreux kilomètres depuis le début de la journée.

Miranda voulait monter sur Marigold avec Arabella, mais elle était trop fatiguée pour discuter quand le Druide s'y opposa, insistant sur le fait qu'il pourrait mieux la protéger si elle montait derrière lui sur Avatar. Elle était étrangement tranquille et ses pensées étaient brouillées. Elle avait très hâte de voir le Clos des Druides, où Naïm vivait avec les Druides et les Apprentis mais, en même temps, elle était très inquiète pour Nicholas et Pénélope, elle était gagnée par l'anxiété en raison des voix des morts dans la faille à Ottawa, et elle avait peur de mourir en pensant à la magie horrible qui avait déchaîné les chevaux. De plus, Miranda se sentait jeune et inutile, en partie parce qu'elle était le seul membre de la compagnie à ne pas être un cavalier accompli, et en partie parce qu'elle avait peur de ne pas être capable d'aider Naïm à trouver la lame tordue.

Alors que le jour baissait, elle était incapable de s'enlever de la tête le sentiment qu'ils n'étaient pas seuls. Elle sentait qu'ils étaient épiés, traqués par quelque chose qui se déplaçait dans l'obscurité des grands arbres longeant la route poussiéreuse. Ses yeux erraient d'un côté du sentier à l'autre, mais elle ne voyait rien. Pourtant, le sentiment restait présent, l'obsédant et la coupant de ses compagnons comme un mur impénétrable.

— Naïm ? demanda-t-elle après un moment. Comment se fait-il que les Pierres de sang aient fonctionné à Ottawa, alors que ce n'était pas le cas avant.

— Je ne sais pas, répondit Naïm. Je ne comprends pas pourquoi elles ne fonctionnaient pas avant, à moins que tu *sois* différente dans ton propre monde. Rappelle-toi qu'il est plus facile de croire en la magie ici, parce qu'elle est plus évidente. Cependant, dans ton monde, les gens ne croient pas, et il se peut que le fait de croire *t'empêche* d'utiliser les Pierres.

— Hummm, marmonna Miranda, digérant les paroles du Druide. Je ne crois pas. Quand c'est arrivé, j'ai pensé que c'était probablement la faille qui les faisait fonctionner.

— Si elle donne sur ce monde, dit Naïm, tu as peut-être raison.

— Je sais que la magie du Démon fonctionne dans mon monde. Et la vôtre ?

— Je n'ai aucune raison de croire qu'elle ne marchera pas, répondit le Druide. Ma magie, comme tu dis, n'est rien de plus que la mesure de la confiance que j'ai en moi.

Miranda soupira. Elle n'avait aucune idée de ce dont il parlait. Comment pouvait-il faire jaillir le feu d'un bâton simplement par la confiance en soi ? Comme d'habitude, le Druide simplifiait les choses, mais elle savait que ce n'était pas si facile.

— Qu'a voulu dire Avatar quand il a mentionné que quelqu'un d'autre se tenait à ma place ?

— Je ne sais pas, répondit le Druide. Mais, puisque tu es la seule qui prétend être capable de parler avec mon cheval, demande-lui ce qu'il a voulu dire. Peut-être qu'il te donnera des éclaircissements.

— Je le ferai peut-être, dit sèchement Miranda, sarcastique.

— Écoute, Miranda, fit le Druide après un moment. Je sais que tu as peur. J'aimerais te dire ce qui s'est passé dans l'écurie, mais je ne peux pas. Comme je te l'ai déjà mentionné, j'ai senti de la magie, mais de qui, je ne sais pas.

— Le Démon ! s'exclama Miranda, la voix presque aussi faible qu'un soupir.

— Je t'ai dit qu'il ne s'agissait pas du Démon, rectifia Naïm. Au début, j'ai pensé que c'était Indolent...

Miranda sentit son estomac se nouer. Elle connaissait le magicien Indolent. Ce dernier avait déjà été un Apprenti Druide, mais il avait été chassé pour ne pas avoir respecté le Code des Druides en réalisant des expériences interdites. Naïm avait dit une fois qu'Indolent utilisait la magie pour gagner du pouvoir et que, comme Calad-Chold, le sorcier maléfique avait un grand besoin de pouvoir.

— Que me veut Indolent ? demanda Miranda.

— Ce qu'il a toujours voulu, répondit sèchement le Druide. Les Pierres de sang.

— Mais pourquoi ? Vous avez dit vous-même qu'elles lui seraient inutiles.

— C'est vrai, mais personne ne sait ce que les Pierres de sang peuvent faire et c'est ce qui les rend si effrayantes. Par contre, il est fort probable qu'elles deviendraient inutilisables si tu mourais.

— Voulez-vous dire que si je mourais, les Pierres de sang mourraient aussi ?

Le Druide réfléchit une seconde.

— Oui, finit-il par répondre.

« Comment des pierres peuvent-elles être en vie ? »
se demanda Miranda, saisissant la petite bourse argentée
à son cou et versant les Pierres de sang dans sa main.
Elle les fixa pendant un long moment, presque comme
si elle attendait un signe, un mouvement infinitésimal,
quelque chose qui prouverait que les six pierres ovales
et vertes étaient des organismes vivants. Elle les tint ainsi
pendant plusieurs kilomètres avant de les remettre dans
la bourse.

— Je parie que des mauvaises personnes ou d'autres
créatures vont toujours vouloir essayer de s'approprier
les Pierres de sang, dit-elle.

— Aussi longtemps que tu les posséderas, jeune fille,
il y aura ceux qui voudront te les prendre et ceux qui
voudront t'empêcher de les utiliser.

— Je pourrais vous les donner, suggéra Miranda, tout
en sachant qu'elle n'accepterait jamais de se départir des
Pierres de sang.

— Tu pourrais, acquiesça Naïm, en esquissant
un léger sourire. Grand bien te fasse ! Cependant, les
Pierres de sang t'appartiennent. Alors, tôt ou tard, elles te
retrouveraient.

Miranda redevint silencieuse, perdue dans ses
sombres pensées. Arabella mena Marigold aux côtés de
son amie et essaya de briser le mur que celle-ci avait
érigé autour d'elle. Or, comme Miranda ne répondait
pas, la jeune fille haussa les épaules tristement et
chevaucha à côté d'Avatar en silence.

Il restait encore une heure avant le coucher du soleil
quand Elester pointa une ouverture dans les arbres et
orienta Noble dans cette direction. Le roi avait remarqué
la sombre humeur de Miranda et avait décidé qu'ils
avaient tous besoin d'une longue pause, d'un repas

chaud, et que les filles apprécieraient de se reposer les membres après la chevauchée. Pas très loin de la forêt, le sentier s'ouvrait sur une clairière à côté d'un petit ruisseau. Elester descendit de cheval et ordonna aux cavaliers de dresser le campement pour la nuit. Puis, conduisant Noble, il se dirigea vers le cheval du Druide et attrapa Miranda quand elle glissa vers le sol. Arabella se tenait déjà debout à côté de la petite jument grise, tenant lâchement les rênes dans sa main.

— Viens avec moi, Miranda, ordonna Elester en ôtant les rênes d'Avatar des mains du Druide. Toi aussi, Arabella. Nous avons du travail.

Les filles le suivirent avec empressement, sachant ce qui s'en venait. Aux environs, les cavaliers s'affairaient à installer les tentes pour le roi, le Druide et les deux jeunes filles. Miranda se demanda pourquoi ils s'embêtaient avec les tentes d'Elester et de Naïm. Depuis longtemps, les deux hommes préféraient dormir à la belle étoile. Miranda pensait qu'ils se sentaient plus en sécurité à l'air libre que confinés dans une tente. Tout près, un autre cavalier creusait un trou pour le feu et allumait une pyramide de bûches. À côté, ses compagnons installaient les provisions pour le repas du soir.

Ils attachèrent les chevaux aux pieux enfoncés dans le sol et leur ôtèrent leurs selles. Puis, ils se rassemblèrent autour d'Andrew Furth, qui fouillait dans une sacoche. Andrew leur lança des habits chauds en coton. Miranda frotta affectueusement les flancs d'Avatar jusqu'à ce que les poils du cheval deviennent humides et que sa robe brille comme du satin. Puis, elle le brossa doucement, lui parlant tout bas. Tandis qu'elle œuvrait, l'obscurité qui l'avait enveloppée comme une forteresse s'éclaircit et, pour la première fois depuis des jours, elle se sentit calme et détendue. Cependant, elle avait toujours en mémoire les muscles puissants de l'étalon — les événements dans l'écurie étaient encore trop récents. « Parle-moi, Avatar », pensa-t-elle, mais, comme le grand cheval se trémoussa simplement de contentement, elle commença à croire qu'elle avait imaginé la terrible scène où il s'était cabré, ses membres antérieurs le maintenant en équilibre pour la frapper à mort. Elle chassa cette image et donna une petite tape affectueuse au cheval. Puis, elle alla retrouver Arabella.

Son amie regardait en l'air, songeuse, quand elle sentit le bras de Miranda sur sa main.

— Bell, je suis désolée pour aujourd'hui.

— Désolée de quoi ?

— D'avoir été distante. Je ne pouvais pas m'empêcher de penser à tout ce qui s'était passé.

— Tu n'as pas à t'excuser, dit Bell. Je me sens comme ça aussi.

— O.K., dit Miranda en souriant. Viens. Allons parler de Mini à Elester.

Miranda roula des yeux vers le ciel.

— J'avais complètement oublié.

Les deux jeunes filles allèrent voir le roi Elester.

— Mini est parti ! s'exclamèrent-elles en chœur.

— Éclairez-moi, demandant Elester en se mettant à rire.

Il n'avait absolument aucune idée de ce dont parlaient les adolescentes.

— Qui est ou qu'est-ce que ce Mini ? demanda le Druide, qui se tenait derrière les jeunes filles. Le petit homme changé en souche ?

Puis, il apparut devant elles, tel un grand vautour noir.

— Bien sûr qu'il est parti, grogna-t-il. Pensiez-vous que j'aurais changé un homme en souche pour le laisser dans cet état pour toujours ?

— Pourquoi pas ? s'enquit Arabella.

— Bien oui, moi, je le pensais maugréa Miranda, réalisant aussitôt qu'elle n'aurait jamais cru que Naïm laisserait partir Mini.

Le roi ne répliqua pas.

— Où est Mini maintenant ? demanda Miranda.

— Comment le saurais-je ? Les Elfes lui ont offert un endroit où rester et du travail, s'il le voulait. Il n'a choisi ni de rester ni de travailler, et a préféré prendre le premier bateau qui quittait l'île.

Miranda et Arabella échangèrent de brefs regards, mais restèrent silencieuses. Elles n'aimaient pas l'idée que Mini soit libre quelque part.

Après un repas chaleureux, les jeunes filles aidèrent à laver les assiettes et les tasses en étain dans le ruisseau. Puis, elle s'assirent, les jambes croisées, dans l'herbe autour du feu, brûlant le bout de longs bâtons et parlant tout bas de Mini. Elester et le Druide étaient assis, en grande conversation, sur une grosse bûche à proximité de là.

Quand Miranda leva les yeux et qu'elle s'aperçut que le Druide l'observait, elle ne put s'empêcher de rire nerveusement. Arabella finit par dire « bonne nuit » et disparut dans la tente qu'elle partageait avec Miranda.

Naïm secoua la tête, surpris que les deux adolescentes puissent rire après tout ce qu'elles avaient traversé. Il avait remarqué le mur de silence que Miranda avait érigé brique par brique autour d'elle depuis l'incident de l'écurie. « Elle a peur », pensa-t-il, se demandant s'il aurait pu agir différemment pour la protéger de tout ce qu'elle avait appris sur le Mal. Mais comment protéger une personne de la connaissance ? N'était-ce pas un mal encore pire ? Et s'il n'était jamais allé dans son monde pour la chercher ? La réponse était facile. La jeune fille serait morte maintenant. Et le Démon serait libre — ravageant les pays et abattant tous les êtres vivants qui oseraient le défier. Naïm se demanda s'il n'en avait pas plus dit à Miranda qu'elle avait besoin d'en savoir, lui accablant les épaules, déjà frêles, avec des soucis au-delà de sa compréhension ?

Le vieux Druide soupira fortement. Au cours de sa longue bataille contre les Forces du Mal, il avait cru que c'était le manque de connaissance — l'ignorance et les demi-vérités — qui faisait souvent glisser les gens vers le côté sombre. Il le croyait encore. « Mais, Miranda est encore une enfant, pensa-t-il tristement. Et je ne veux pas être responsable de la rendre cynique avant l'heure et vieille avant son temps. »

Miranda sentit les yeux du Druide sur elle. Elle sourit, se disant que Naïm avait l'air plus triste que d'habitude. Elle se demanda pourquoi. « Il pense probablement que je vais piquer une crise ou quelque chose du genre », pensa-t-elle. Elle n'était pas du tout fatiguée. Parfois, elle aurait aimé ressembler à Bell, qui s'endormait généralement avant même que sa tête touche l'oreiller. Sauf à de rares occasions, Miranda, elle, avait du mal à trouver le sommeil. Elle resta donc près du feu, poussant le bâton dans les bûches qui grésillaient et sifflaient. Des étincelles volaient dans les airs — des êtres flamboyants minuscules qui s'animaient pendant un instant, puis qui faiblissaient et se transformaient en cendres.

Elle était lointaine, perdue dans ses pensées, quand elle sentit une main sur son épaule.

— Viens t'asseoir avec nous, l'invita Elester en lui prenant la main.

Miranda jeta son bâton dans le feu et marcha à côté du grand Elfe vers l'endroit où le Druide était assis sur la bûche inerte, le dos contre un arbre, ses longues jambes allongées devant lui. Elester libéra la main de la jeune fille quand cette dernière se laissa tomber avec légèreté sur le sol, aux pieds de Naïm. Miranda regarda tour à tour le vieil homme et le roi.

— Nous discutions des Pierres de sang, dit Elester. Comme elles t'appartiennent, tu dois être au courant de notre conversation.

Miranda inclina la tête et le regarda, l'air interrogateur.

— Au courant ?

— Le Druide pense que les Pierres de sang pourraient nous aider à trouver la lame tordue, expliqua le roi.

— Je sais, c'est ce qu'il a mentionné lorsque nous étions à Béthanie, dit Miranda. Mais comment ?

Naïm se pencha vers la jeune fille.

— Les Pierres de sang sont plus vieilles que le temps dans ce monde, expliqua-t-il. Elester m'a dit qu'elles avaient été apportées par les premiers Elfes qui sont venus sur la terre depuis Empyrée. Elles étaient ici quand Calad-Chold a forgé les dangereuses épées de Rhan et qu'il a combattu les Géants.

Il s'arrêta, ses yeux bleu-noir perçants regardant Miranda comme pour s'assurer que la jeune fille était attentive.

— J'écoute, fit simplement Miranda.

Elle espérait que le Druide remarque le sarcasme dans sa voix.

— Qu'est-ce que leur âge a à voir avec le fait de trouver la lame tordue ? ajouta-t-elle pour lui montrer Àqu'elle écoutait attentivement. Je veux dire, pourquoi est-ce important ?

Le Druide fit un geste d'impatience de la main.

— Je n'ai pas fini, dit-il sèchement en fixant Miranda. D'après les choses que tu m'as dites, les Pierres de sang conservent la mémoire de ceux qui les ont possédées. N'est-ce pas ce que tu m'as dit ?

— Je ne m'en souviens pas, répondit Miranda.

— Écoute, alors. J'espère que ton ancêtre, celui qui possédait les Pierres pendant le siège de Vark, faisait partie des Elfes qui se sont battus avec les Géants contre Calad-Chold.

Miranda regarda le vieil homme, à la fois surprise et intriguée par les paroles qu'il venait de prononcer.

— Vous voulez dire... Dites-vous que les Pierres de sang pourraient avoir été là et avoir vu ce qui s'est passé ?

— Oui, Miranda, répondit doucement Naïm. C'est exactement ce que je dis.

Tapie dans l'ombre des arbres touffus, la créature qui suivait la compagnie aiguisait ses longues griffes sur la dure écorce de l'arbre le plus près. Les ongles, coupants comme des rasoirs, tailladaient la résistante écorce aussi doucement qu'un couteau dans la crème fouettée. Le TUG regardait la jeune Elfe assise sur l'herbe près du méchant Druide et du méprisé roi des Elfes. Dans la noirceur de son capuchon flottant, on pouvait apercevoir ses yeux rouges qui brûlaient de haine. La jeune fille était si petite qu'il pourrait la prendre tout entière dans une main et écraser chaque os de son corps. Comment quelque chose de si fragile pouvait-il être la principale source de douleur et de souffrance de sa Maîtresse ?

La méchante jeune fille aurait dû mourir la nuit où il l'avait trouvée dans cet autre monde morne. Elle aurait dû trépasser une douzaine de fois depuis. Le TUG aurait voulu la tuer maintenant, mais il la voulait vivante.

— Amène-la au Nain, avait ordonné sa Maîtresse. Vivante !

Le monstre ignorait pourquoi sa Maîtresse avait changé d'avis et il s'en fichait. Si maintenant elle voulait la fille vivante, il laisserait cette dernière en vie. Plus tard, quand elle la voudrait morte, il la tuerait. Ce n'était pas son travail de remettre en question les ordres de sa Maîtresse. Il était son serviteur, son favori, malgré ce que le stupide Nain pouvait en penser. Il était celui que la Haine avait envoyé pour faire l'innommable quand les autres, les sots et moins que rien, avaient échoué.

Le TUG inclina la tête et se concentra sur le ciel nocturne. Il serait bientôt temps de réaliser les ordres du Démon. Dans quelques minutes, il attraperait la jeune fille et les précieuses Pierres de sang.

Le feu s'était éteint. Elester étendit son manteau sur le sol humide, et s'installa pour dormir. Le Druide, toujours le dos contre le tronc du gros arbre, tira son capuchon sur sa tête et allait bientôt se mettre à ronfler. Cependant, Miranda ne voulait pas se coucher. Depuis que Naïm avait suggéré que les Pierres de sang pouvaient conserver la mémoire de ceux qui avaient été leurs propriétaires, elle ressentait à la fois de l'agitation et de l'excitation. Est-ce que ça se pouvait ? Est-ce que la mémoire de tous les Elfes qui avaient possédé les Pierres de sang était stockée quelque part en elle ? L'idée était si incroyable que la jeune fille pouvait difficilement y adhérer parce que, si elle pouvait lire la mémoire de l'Elfe qui avait combattu lors du siège de Vark et trouvé la lame tordue, elle pourrait lire les pensées de son père et découvrir ce qui lui était arrivé. Les doigts tremblants, elle déposa les six pierres ovales dans sa main. Puis, elle ferma les yeux et attendit d'être atteinte par la familière sensation de chaleur. Comme rien ne se passa, elle mit les gemmes dans son autre main et attendit, mais les Pierres restèrent froides et inertes.

Jamais Miranda et les cavaliers qui patrouillaient autour du camp n'eurent connaissance qu'une attaque se préparait. Comme si une épaisse couverture noire avait soudain été lancée dans le ciel, les étoiles disparurent et un bruit comme celui de la chute d'un immense édifice rompit le lourd silence. L'horrible bruit de destruction fit sursauter Miranda. Certaine que le ciel allait lui tomber sur la tête, elle leva les yeux et vit des milliers de paires de petits points enflammés grossir chaque seconde — on aurait dit des étincelles rougeoyantes dans un feu gigantesque.

— NAïM ! cria-t-elle, tandis qu'une foule de Werecurs atterrissaient maladroitement et s'efforçaient de se redresser.

Le Druide et le roi étaient déjà debout, se précipitant vers les attaquants. Son épée brillant comme du cristal givré, Elester avait le visage dur comme de la pierre. Naïm tenait son long bâton si serré que ses phalanges étaient aussi blanches que du marbre.

— Reste derrière moi, cria-t-il à Miranda sans cesser d'avancer.

Puis, il s'arrêta brusquement et regarda les Chasseurs du Démon, ses yeux noirs passant de l'un à l'autre.

— RECULEZ ! hurla-t-il.

Il avait le visage marqué par le dégoût à la vue des créatures. Celles-ci avaient jadis été humaines, mais c'était avant que le Démon les trouve — ce n'est pas qu'elles aient été difficiles à trouver —, les sollicite et les vide des derniers vestiges de leur humanité.

Les Werecurs criaient avec rage et battaient des ailes de façon très agressive. Ceux qui étaient dans les premiers rangs découvrirent leurs crocs pointus et se ruèrent sur le Druide, grondant comme des chiens enragés, s'arrêtant à quelques centimètres de lui, prêts à mordre et à griffer. Puis, ils firent demi-tour à vive allure pour rejoindre leurs compagnons. Naïm ne bougeait pas un muscle. Il restait aussi impassible que du roc, tandis que les créatures difformes s'approchaient de lui. Il tenait son bâton fermement dans sa main tendue.

Non seulement les créatures difformes terrifiaient Miranda et la dégoûtaient, mais aussi elles l'attristaient. Même en sachant qu'elles s'étaient elles-mêmes offertes à la Haine, qu'elles avaient volontairement choisi le Mal par rapport au Bien, la jeune fille ne pouvait s'empêcher d'avoir pitié d'elles. « Pourquoi est-ce tellement plus difficile d'être bon ? » se demanda-t-elle, désireuse de rejoindre Naïm maintenant et de lui poser la question. Cependant, après avoir lancé un regard vers le Druide, qui se tenait comme une porte noire massive contre les monstres ailés, elle sut qu'il se passerait beaucoup de temps avant qu'elle ait la chance de lui parler à nouveau. Du coin de l'œil, elle vit Arabella sortir de la tente, puis y retourner rapidement.

Les cavaliers, sauf les deux qui couraient pour seller les chevaux, se rassemblèrent autour du roi, dégainant leurs épées pointues d'Elfes, leurs yeux d'un vert froid arrimés aux yeux rouges des assassins démoniaques.

— Reculez doucement, dit Naïm. Ils ne peuvent pas dépasser les chevaux dans la forêt.

Puis, il avança vers les attaquants ailés.

— ALLEZ-Y MAINTENANT OU VOUS MOURREZ ICI !

Le Druide attendit, donnant aux créatures une chance de fuir. Cependant, le parfum des humains, le parfum qu'elles avaient déjà possédé et perdu, leur collait à la gorge et les rendait folles. Criant avec rage, elles s'élancèrent vers l'homme à la cape noire et le petit groupe d'Elfes. Des étincelles blanches jaillirent du bout du bâton de Naïm. Comme un feu d'artifice, les étincelles fusèrent dans tous les sens, s'embrasant en des milliers de plus petites étincelles qui éclataient vivement avant d'éclabousser les attaquants comme une pluie d'argent en fusion. Les abominations ailées se tordirent de douleur quand les gouttes de feu pénétrèrent dans leur chair. Leurs membres tordus s'en prenaient à elles en essayant de griffer la source de la douleur et en arrachant ainsi des morceaux de leurs propres corps.

Elester et les cavaliers qui le suivaient de près saisirent l'avantage de la confusion causée par la magie du Druide et attaquèrent les premières lignes de Werecurs, leurs épées tailladant les vilains monstres avec une précision mortelle. Des créatures tombaient et disparaissaient instantanément — piétinant les pieds de leurs compagnons Werecurs qui les poussaient par-derrière. En un éclair, le roi et ses gardes se retirèrent plus loin dans les arbres avant de retourner faire face à l'ennemi.

Naïm regarda vers le roi.

— Quand je donnerai le signal, chevauchez aussi vite que vous le pourrez. Allez au nord. Je vous retrouverai à Fand, le vieux mur.

Miranda parcourait le sol à la recherche d'une arme. Elle finit par saisir une lourde branche qui était tombée d'un arbre. Elle chancela sous le poids du bout de bois, puis le laissa tomber, sachant qu'il n'avait aucune utilité et qu'elle était impuissante contre les Chasseurs aux yeux rouges.

Le Druide martela le sol avec son bâton, puis fit bouger son bras de gauche à droite d'un côté à l'autre du mur de Werecurs. Tout à coup, un feu blanc surgit du bâton. Les flammes touchèrent violemment les créatures et les incinérèrent en les transformant en petits monticules de cendres noires en quelques secondes. À nouveau, Elester et les cavaliers se battirent, terrassant trois créatures avant de se retirer plus loin dans la forêt.

— AUX CHEVAUX ! cria Naïm.

Il créa un mur de feu pour arrêter les féroces Werecurs.

— COUREZ ! répéta-t-il en sifflant Avatar, tandis qu'il se tournait et courait à travers les arbres.

En avant, il vit la petite silhouette d'Arabella sauter sur le dos de Marigold et disparaître dans la noirceur.

— OÙ EST MIRANDA ? cria-t-il, saisissant les rênes d'Avatar et regardant partout.

Il ordonna aux autres de fuir. Elester et lui se mirent à la recherche de la jeune fille, criant son nom sans s'interrompre, jusqu'à ce que le mur de feu faiblisse et que les Werecurs traversent les flammes agonisantes et entrent dans la forêt. Puis, le Druide et le roi poussèrent leurs montures loin des attaquants et chevauchèrent comme le vent qui traverse la nuit, le cœur lourd, ruminant la même pensée. « Qu'est-il arrivé à Miranda ? »

CHAPITRE TREIZE

EN CAVALE

iranda observait la vague de Werecurs surgir vers le Druide et vers le petit groupe de cavaliers à proximité du roi — leurs épées brillant dans leurs mains fermes. « Il y en a trop », pensa-t-elle, saisie de peur. Elle saisit une lourde branche, mais la lâcha presque immédiatement. Puis, elle chercha un endroit où se cacher. Derrière, dans la forêt, loin des créatures cauchemardesques, elle pouvait distinguer une petite source et la forme d'un arbre dont la croissance avait été retardée par un gros rocher. Elle avança vers la source et s'accroupit entre l'arbre et le rocher.

De sa cachette surélevée, Miranda pouvait voir les points rouges que formaient les yeux des ennemis. Les créatures remplissaient la clairière et dessinaient un cercle dans les airs au-dessus du campement. « Il y en a trop, se dit la jeune fille à nouveau. Nous sommes trop peu. Nous ne pouvons pas en combattre autant. » Une certitude terrifiante émergea en elle comme une trombe d'eau jaillissant du sol.

« Nous allons mourir ici », se dit-elle. Cette découverte la paralysa de peur. Mourir cette nuit dans un lieu dont elle n'avait jamais entendu le nom, c'était trop. Ils n'avaient aucune chance de trouver la lame tordue. L'armée des morts de Calad-Chold détruirait les Elfes, puis l'arme magique qui scellait le Lieu sans nom disparaîtrait comme neige au soleil. La Haine, le Démon, et ses compagnons maléfiques donneraient l'assaut, laissant sur leur passage des terres calcinées où rien ne pousserait pendant des milliers d'années, et les corps dévastés et brisés de ceux qui les auraient défiés. À Ottawa, les millions de morts qui attendaient dans l'abysse grouilleraient hors du trou, augmentant les rangs des adversaires, tandis qu'ils ravageraient la maison de Miranda et son monde. Sa mère et les centaines de milliers de personnes qui vivent là n'auraient aucune chance d'arrêter les créatures.

« Le pire de tout, pensa Miranda, c'est l'idée que ma mère, Naïm et Elester rejoindraient les morts et deviendraient comme eux. » Non ! Non ! Elle ne devait pas voir les choses comme ça.

Naïm avait raison quand il lui avait dit qu'aussi longtemps qu'elle posséderait les Pierres de sang, les personnes maléfiques et d'autres créatures la pourchasseraient jusqu'au bout du monde pour l'empêcher de les utiliser.

Qu'étaient ces Pierres de sang ? Pouvaient-elles penser ? Ou ressentir ? Étaient-elles vivantes d'une façon qu'elle ne pouvait comprendre ? Que pouvaient-elles faire ? Miranda chercha dans sa tête la clé de leurs pouvoirs impressionnants. Elle avait déjà utilisé les Pierres de sang pour altérer la vue de quelqu'un — pour créer une illusion, comme quand elle avait fait apparaître Pénélope sous l'apparence d'un monstrueux dragon pour effrayer les méchants Simurghs. Une autre fois, elle s'était elle-même transformée pour qu'au moment où le Démon la regarderait, il voit son pire cauchemar — un reflet de sa propre image, rien de plus, rien de moins. Elle avait utilisé les Pierres pour revenir du seuil de la mort, nettoyant son corps des toxines mortelles après qu'un Serpent de feu gigantesque lui avait planté ses crocs empoisonnés profondément dans l'épaule. Une fois, elle les avait même employées pour voyager à l'extérieur de son corps et créer des créatures imaginaires afin de sauver Nicholas et une compagnie de Nains des Werecurs. Était-il possible que les créatures qu'elle avait créées n'aient pas été des illusions du tout, qu'elles aient été bien réelles ? Et si c'était le cas, de quoi d'autre les Pierres de sang étaient-elles capables ? Pouvaient-elles déclencher un feu comme le bâton du Druide ? Miranda se demanda si elle pouvait retourner les Pierres de sang contre ces monstres là-bas et les blesser réellement... peut-être même les tuer. La pensée qu'elle pouvait posséder quelque chose de si puissant que rien ne pouvait y résister la remplit d'horreur. « C'est impossible, pensa-t-elle. Ça ne se peut pas ! Les Pierres de sang viennent de la magie des Elfes. Elles ne peuvent pas être assez puissantes pour tuer, car ça voudrait dire que les Elfes ne valent pas mieux que Calad-Chold. »

« Arrête ! rouspéta-t-elle. Tu ne connais rien à propos des Pierres de sang. Alors, arrête ! »

Miranda ramena son esprit à la scène qui se déroulait dans la clairière. Le Druide levait son bâton, formant un mur de feu blanc pour arrêter les attaquants. Or, la vue des humains rendait les Werecurs fous. Ces derniers se lançaient d'eux-mêmes dans les flammes, jetant leur peau combustible et huileuse sur le feu. Ils disparaissaient en un battement de cœur. Certains se frayaient un passage dans le mur ardent derrière leurs compagnons en feu. Les cris des créatures inondaient la nuit et Miranda sentit sa gorge se remplir de l'odeur de chair brûlée, ce qui la fit s'étouffer involontairement. Elle observa que de plus en plus de créatures traversaient le mur du Druide. Quand un des cavaliers disparut dans une nuée de griffes acérées et de crocs pointus, elle poussa un cri.

« Je dois les aider, murmura-t-elle pour elle-même », tout en prenant les Pierres de sang dans sa main.

Miranda abandonna sa cachette et descendit la colline. Elle avança rapidement vers la bataille, les yeux fixés sur la silhouette noire du Druide. Elle n'avait fait que quelques pas quand elle sentit un courant d'air froid sur son visage. Puis, elle entendit un bruit tout près, un bruit si faible qu'elle faillit ne pas le déceler. Elle fit une pause, tendit l'oreille pour repérer le bruit, ses yeux scrutant l'obscurité entre elle et ses compagnons. Respirant doucement, elle était sur le point d'avancer quand quelque chose d'énorme se détacha de la noirceur et se dirigea résolument vers elle. Les yeux rouges de la créature brûlaient comme des torches. « Un TUG ! »

Miranda ouvrit la bouche pour appeler à l'aide, mais la ferma soudain. Même si Naïm et les autres réussissaient à l'entendre par-delà les cris perçants et les hurlements, que pourraient-ils faire ? Ils avaient assez de problèmes comme ça. Non, elle ne crierait pas. Elle devait se débrouiller seule contre l'assassin envoyé par le Démon. Elle n'avait pas réalisé qu'elle serait la petite bourse en argent si étroitement que la chaîne se brisa et la bourse s'ouvrit dans sa main. « Aidez-moi ! », dit-elle, regardant les arbres semblables à des géants au-dessus du TUG. Elle imagina leurs solides branches se tendre vers le mort-vivant. Cependant, quand elle cligna des yeux, le TUG était à moins de quelques mètres de distance, les arbres demeurant aussi immobiles qu'une forêt sur un tableau.

De plus en plus effrayée, Miranda supplia les Pierres magiques de faire quelque chose avant qu'il soit trop tard. Malheureusement, les six pierres ovales étaient froides à travers les fils délicats argentés de la petite bourse des Elfes. La sensation de pénétrer dans les cailloux lisses était absente. Le désespoir envahit d'abord Miranda, puis il fut remplacé par une colère aussi ardente que le feu du Druide. Quelque chose n'allait pas. « Pourquoi ? Pourquoi ? » Miranda ferma fort son poing sur la bourse et leva le bras vers le TUG.

— C'est ça que tu veux ? cria-t-elle, tout en avançant plus profondément dans la forêt alors que le monstre hésitait. Tu veux les Pierres de sang ? Prends-les !

Elle lança la bourse brillante à la créature et s'enfuit.

— Miranda ! Cours !

Marigold surgit tout à coup des arbres devant Miranda.

— Vite ! cria Arabella. Monte !

Elle ralentit. Pressant ses genoux sur les flancs de la jument pour la calmer, elle prit Miranda par le bras et la tira vers le cheval jusqu'à ce que son amie réussisse à grimper sur le dos de Marigold.

— Je ne sais pas où sont allés les autres, hurla Arabella. Mais Naïm a dit de chevaucher vers le nord jusqu'à ce que nous atteignions le vieux mur. Ils nous retrouveront là-bas.

Puis, elle donna un petit coup avec les rênes et Marigold s'élança, laissant le TUG et les Pierres de sang derrière.

La jument grise était petite, mais elle avait du cœur. Sentant que les filles avaient peur, elle fila à travers la forêt comme un vent violent, contournant les arbres et sautant sans difficulté sur les racines à moitié enterrées. Les narines de la jument s'évasaient tandis que l'odeur putride des créatures ailées se dissipait, laissant place aux odeurs familières et rassurantes des pins et de la mousse des bois.

Arabella gardait la tête baissée pour éviter d'être heurtée par les branches en surplomb. Elle essayait instinctivement de se pencher vers le cou du cheval et d'y presser son corps plat, mais ses mouvements étaient limités par la présence de Miranda derrière elle. En outre, les minces bras de son amie l'enveloppaient comme une ceinture trop serrée.

Les yeux fermés, Miranda pressait son visage contre le dos d'Arabella. Jusqu'ici, elle n'avait pas prononcé un mot. Son échec à invoquer le pouvoir des Pierres de sang la tracassait. Qu'avait-elle fait pour s'aliéner les Pierres, les détourner d'elle ? Tandis qu'elles fuyaient toutes les deux à travers la nuit, la même question se répétait sans cesse dans sa tête : « Pourquoi les Pierres m'ont-elles trahie ? » Cependant, l'obscurité n'apportait aucune réponse.

— On doit s'arrêter, cria Arabella. Marigold a besoin de repos.

Elle ralentit la bête et la fit s'arrêter pour que cette dernière puisse se reposer.

La jument grise avait peine à respirer et sa robe mouillée brillait de sueur. Les jeunes filles marchèrent en avant, menant l'animal exténué. Elles trébuchaient sur le sol accidenté, se heurtaient aux souches cachées et se tordaient les chevilles dans des trous profonds. Miranda était impressionnée par la capacité de la jument à se diriger sans hésiter sur le sol dangereux de la forêt dans l'obscurité.

Soudain, elle se crispa et regarda par-dessus son épaule.

— Qu'y a-t-il ? lui demanda Arabella, lui pinçant le bras libre au point de la faire grimacer.

— Shut ! ordonna Miranda, ôtant les doigts d'Arabella. Il y a quelque chose derrière nous.

— Quoi ?

— Reste calme ! Écoute !

Les jeunes filles attendirent, immobiles, regardant et écoutant.

— Partons d'ici, murmura Arabella.

— Bell !

Miranda eut la voix cassée quand elle vit le TUG avancer rapidement vers elles comme une tache noire lui obscurcissant les yeux. Comment cette créature les avait-elle rejointes si vite ?

Elle se tourna vers Arabella.

— Écoute-moi ! Prends Marigold et partez tout de suite !

Arabella regarda l'énorme forme noire se rapprocher de plus en plus et se posa les mains sur les hanches, son visage revêtant une expression d'entêtement que ses amis connaissaient trop bien.

— Je ne te laisserai pas, déclara-t-elle.

Ses mots étaient courageux, mais sa voix était aiguë et faible en raison de la peur.

Il était trop tard de toutes façons. Des Werecurs se laissaient tomber parmi les arbres, poussant des cris perçants, et s'approchaient des jeunes filles avec leurs longues griffes difformes. Arabella lâcha les rênes de Marigold et saisit Miranda par le bras.

— Cours ! hurla-t-elle.

Miranda avait commencé à courir avant même l'avertissement d'Arabella et s'était mise à cavaler à côté de la jument grise aux grands yeux effrayés. Les Chasseurs replièrent leurs ailes charnues lâchement contre leurs corps et filèrent à vive allure après les jeunes filles en fuite. Cependant, ils ne pouvaient pas se déplacer très vite parmi les arbres touffus. Leurs ailes, façonnées par le Démon avec leur propre chair, une chair déchirée et étirée, puis greffée sur leurs bras, côtés et jambes, se prenaient dans les branches, ce qui ralentissait les créatures et les rendait enragées.

Le TUG siffla aux Chasseurs peu habiles, exprimant son mépris pour ces stupides créatures qui hurlaient. Comme il les détestait, elles et leurs horribles voix discordantes ! Le Démon aurait dû les réduire au silence — arracher leur langue de leur gorge et déchiqueter leurs cordes vocales avec ses longues griffes pointues. Le TUG se dit qu'il le ferait volontiers pour lui si elles échouaient à nouveau.

La brute eut le cœur touché à la pensée de sa Maîtresse, qu'il n'avait pas vue depuis plus d'un an. Cependant, les choses allaient changer. Calad-Chold, le roi des Morts, était en route, réunissant l'Armée noire de tous les morts depuis le début des temps. Les pitoyables Elfes ignoraient totalement ce que l'ignoble Nain avait lâché contre eux. Le temps qu'ils le découvrent, il serait trop tard. Ils seraient tous morts et auraient rejoint Calad-Chold contre les Nains dégoûtants et les Géants empotés.

Le TUG massa distraitement un tatouage sur son avant-bras — un crâne hideux. Le Démon lui avait découpé des poches sous la peau et y avait façonné le crâne à partir d'éclats d'or pur qu'il avait introduits dans les poches. Le crâne doré était la marque du Démon et son moyen de communication avec ses serviteurs. Le monstre s'immobilisa. De sa prison sombre et vide, la Haine lui parlait maintenant. En entendant la voix de sa Maîtresse dans sa tête, le TUG se mit à chavirer comme s'il avait été ivre.

— Bientôt ! siffla la Haine. Je vais te retrouver bientôt. Prends la fille. Ne me fais pas échouer, toi, ma création.

Le TUG sentit sa poitrine se gonfler de plaisir. De ses yeux rouges, il balayait les arbres à la recherche de la jeune Elfe. Il ne s'attendait pas à la trouver ici, mais ça ne l'inquiétait pas. Les deux filles couraient pour sauver leur vie. Eh bien, elles pouvaient continuer à le faire ; elles ne parviendraient pas à se cacher — pas de lui. Avant le lever du jour, elles voudraient ne jamais être nées.

CHAPITRE QUATORZE

DES POILS ET DES PLUMES

 egar aiguisait son bec avec vengeance sur le crâne d'Otavite.

— Arrête ça ! siffla le Géant, qui leva le bras et attrapa l'oiseau dans son énorme poing.

« Il ne me faudrait qu'une seconde pour ôter la vie de ce misérable parasite suceur de sang », pensa-t-il. Cependant, le Pic-Bois géant devait avoir lu dans les pensées du soldat, car il ouvrit son bec et émit un flot de cris rauques pathétiques voulant dire à tous ceux qui se trouvaient aux alentours qu'il était en train de se faire assassiner. L'explosion cacophonique incita les soldats aux alentours à se retourner et à observer le couple comique. Au grand dam d'Otavite, ses compagnons ricanèrent et se poussèrent du coude.

— Cet Eegar ! s'exclamèrent-ils d'un ton qui en disait long.

Il y eut un court silence.

— Encore mal à la tête ? ajoutèrent-ils, riant follement de leur blague.

Otavite grimaça timidement et libéra doucement l'oiseau, qui recommença immédiatement à se servir de la tête du soldat comme d'une pierre à aiguiser. « Un mal de tête, ce n'est rien, pensa Otavite, mais c'est plutôt une migraine constante. » Déterminé à ignorer son persécuteur, le jeune Géant ajusta ses larges épaules et poursuivit sa longue marche sur le sentier escarpé.

Otavite dirigeait une compagnie de deux cents Géants armés de longs couteaux et d'épées pointues pour protéger le Bronks. Ses ordres étaient clairs : « Assurez la sécurité de la forteresse », lui avait-on dit. Derrière les soldats, six Carovorari blancs suivaient, leurs grosses pattes de lion silencieuses, alors qu'ils marchaient à pas feutrés sur le sentier enneigé, la queue enroulée fièrement sur le dos, la pointe meurtrière prête à attaquer comme une flèche dans un arc tendu.

Un jour et demi s'était écoulé depuis qu'Otavite et ses camarades survivants avaient échappé au maléfique Nain-serpent et aux Ogres dans la pièce secrète au fin fond du Bronks. À mi-chemin dans la montagne, ils étaient tombés sur les Carovorari, qui avaient fui quand le feu mortel magique avait anéanti Vé, le vétéran. Otavite savait que ce n'était pas la crainte qui avait fait fuir les gardiens. Les Carovorari n'avaient peur de rien, ni dans la vie ni dans la mort. En fait, la notion de peur leur était inconnue. Ce que le Géant avait lu sur leurs visages muets mais expressifs, c'était qu'ils avaient compris qu'ils seraient morts s'ils étaient restés et qu'ils avaient défendu la Forteresse contre une telle magie. Ils avaient fui pour rester vivants afin d'accomplir leur travail quand les créatures maléfiques seraient parties.

Quand les survivants atteignirent enfin Erog-gore, Otavite assigna à plusieurs de ses compagnons le rôle d'accompagner les étonnants gardiens à fourrure vers les écuries, tandis que lui et les autres feraient leur rapport au quartier général. Le sous-chef, commandant de la Patrouille nationale de la Montagne, ordonna à ses soldats de se reposer pendant qu'il portait son attention sur Otavite.

Se jurant silencieusement d'ôter chaque plume du corps d'Eegar si l'oiseau continuait à lui donner des coups secs, Otavite prit une lente et profonde respiration, et livra son rapport d'une voix forte et claire. Il n'omit rien et sa voix se cassa seulement quand il décrivit ce qui était arrivé à Vé et aux soldats hypnotisés qui avaient servi à nourrir la mare noire dans la pièce secrète. Comme s'il était conscient de la nature grave du rapport d'Otavite, Eegar se comporta comme un vrai soldat, perché au garde-à-vous sur la tête du Géant comme une sculpture de bois.

Quand le jeune soldat eut fini, le commandant regarda les autres pour confirmer le rapport d'Otavite, mais ces derniers ne purent que secouer la tête. Leurs souvenirs étaient aussi vierges qu'un tableau noir bien propre. Ils ne savaient pas comment ils s'étaient retrouvés dans la pièce où la mare noire luisait comme de l'huile. Ils ne connaissaient rien du soulèvement du roi des Morts. Ils se souvenaient seulement de deux choses : Otavite les avaient interpellés et ils avaient couru.

Avant la tombée de la nuit, Otavite avait livré son horrible rapport au moins une douzaine de fois aux divers sous-chefs des différentes branches de l'armée. Puis, il fut convoqué par le haut-chef, élu souverain de Vark, pour raconter son histoire. Le chef l'avait écouté un bon bout de temps, sans l'interrompre. Cependant, lorsque le soldat mentionna le nom de Calad-Chold, la peau grise du vieux Géant devint aussi blanche que la toison d'un jeune agneau et les cheveux roux tombant sur sa poitrine et ses bras se dressèrent comme les poils raides d'une brosse à cheveux. Puis, comme un parent qui viendrait juste d'apprendre la mort d'un enfant chéri, le chef des Varks avait quitté la pièce en trébuchant, étourdi, le visage aussi sinistre que la mort.

Otavite avait pensé, ou espéré, qu'une fois qu'il aurait atteint Vark, il obtiendrait des réponses aux innombrables questions qui lui tourbillonnaient dans la tête ; au même moment, il sentit Eegar qui s'agitait sur ses cheveux. Cependant, au lieu de réponses, on lui avait ordonné de faire un rapport à son unité. Ses acolytes et lui avaient quitté le pavillon du chef au début de l'après-midi, les épaules pendantes en signe de déception ou de frustration.

— Ça augure mal, murmura Otavite.

Ses compagnons acquiescèrent en grognant, mais ne dirent rien.

Alors qu'ils marchaient à travers les rues familières d'Erog-gore en direction de la caserne de la PNM, Otavite réalisa que, même s'il avait encore des millions de questions sans réponses qui bourdonnaient dans sa tête, il était soulagé de savoir que ses supérieurs avaient cru en son histoire de façon inconditionnelle et qu'ils avaient réagi immédiatement. La ville grouillait de soldats. Il était clair que toute l'armée du pays avait été mise sur un pied d'alerte.

Tandis qu'Otavite grimpait sur le sentier escarpé de la montagne en compagnie des autres soldats, il vit à nouveau la grande silhouette effrayante de Calad-Chold émerger de la mare opaque comme un commandant cruel. Il fut alors encerclé par un vent glacé qui ne venait pas de la montagne. « Qui est ce roi des Morts ? se demanda-t-il. Et qu'avait voulu dire le Nain-serpent quand il avait ordonné "Réunissez vos armées !" Quelles armées ? »

Soudain, il entendit un grondement éclater derrière lui, noyant le bruit de ses bottes qui craquaient sur la neige dure, et dispersant ses pensées au vent. Les poils des Carovorari se hérissèrent en épines pointues, transformant les bêtes gigantesques en créatures deux fois plus énormes. Otavite allait se retourner quand quelque chose le frappa violemment à la poitrine, lui coupant la respiration. Il s'écroula sous l'impact et se retrouva au sol. Sonné, le Géant se mit à dévaler la pente comme une boule de bowling humaine.

Eegar lâcha un cri rauque et s'élança comme une balle vers le perchoir sécuritaire le plus près — un tas de roches très haut, la seule trace d'un éboulement passé. La confusion parsema les rangs, tandis que les soldats détalèrent de tous les côtés du sentier. Ils se tapirent parmi les rochers ou se couchèrent sur la neige. Otavite avait l'impression qu'un missile l'avait traversé et il pensa immédiatement à l'explosion qui avait fait un trou dans la poitrine de Vé. « Je dois être mort, ou en train de mourir », murmura-t-il, triste d'avoir rompu sa promesse de venger la mort de Vé. Il essaya de lever les bras, mais une petite voix à proximité de sa poitrine l'arrêta net.

— On a réussi ! On est vivants… Je crois.

Otavite se redressa, oubliant son sternum meurtri et le fait qu'il était en train de mourir. Il remarqua de petits morceaux de bois brisés qui reposaient sur la neige à côté de lui.

— Mince ! cria la voix, alors qu'un mouvement brusque du Géant fit tomber une jeune fille à la renverse dans la neige.

Le soldat resta bouche bée, impressionné à la vue de la créature qui le fixait comme s'il avait été une sorte de monstre. Ses camarades quittèrent leur abri et se rapprochèrent en traînant les pieds pour regarder l'étrange créature. Quand Otavite aperçut les cheveux roux frisés, il pensa qu'il s'agissait d'un Géant miniature.

— Qui es-tu ? demanda-t-il.

Quand une petite tête jaune à fourrure émergea de la veste de la petite créature, il changea sa question en « Qu'es-tu ? »

— Ça a deux têtes ! murmura un autre Géant, perplexe.

— Ne soyez pas stupides, dit sèchement la voix. Vous n'avez jamais vu un chien auparavant ?

Les Géants s'agitèrent et échangèrent des regards surpris. Pénélope se leva et ôta la neige de ses vêtements, tandis qu'elle regardait les énormes monstres.

— Si vous osez vous approcher, je lâcherai ma chienne sur vous, ajouta-t-elle. N'espérez pas nous manger ou vous auriez des problèmes. Vous mourrez car, dans mon monde, les gens sont toxiques.

Le bruit des rires étouffés lui révéla que les êtres gigantesques n'avaient peur ni d'elle ni de Muffy.

— D'où viens-tu ? demanda Otavite, incapable de détacher ses yeux de l'étonnante créature.

Elle était si petite qu'il se demanda comment elle avait pu survivre en dégringolant sur lui.

Pendant une seconde, Pénélope faillit révéler toute la vérité, mais elle se demanda ensuite si ce serait sage, considérant qu'elle ne savait rien de ces étrangers intimidants.

— D'où viens-tu ? répéta le Géant.

— De l'île d'Ellesmere, répondit Pénélope, son cerveau œuvrant furieusement à créer une histoire plausible.

— Tu es une Elfe ? demanda Otavite, étonné.

Il n'avait jamais été au pays des Elfes, mais il en connaissait les habitants. En fait, il avait déjà rencontré un Elfe et n'avait jamais oublié la grande créature aux cheveux d'or. La jeune fille devant lui ne ressemblait pas du tout à cet Elfe, ou à celui de la caverne, ou encore aux images qui apparaissaient dans les livres qu'il avait lus. Une chose l'en distinguait : ses cheveux étaient aussi orange que des carottes. « Ce doit être une enfant Elfe », pensa-t-il.

— C'est ça, bravo ! s'exclama Pénélope.

— Que fais-tu ici ? demanda Otavite, réalisant que la jeune fille se montrait brusque pour cacher sa peur.

La jeune Elfe était complètement terrifiée.

—, D'abord, dites-moi ce que vous comptez nous faire, s'enquit-elle.

Otavite feint de réfléchir une seconde.

—Tu n'as pas à avoir peur, dit-il en esquissant un grand sourire. Nous avons déjà mangé.

Plusieurs Géants se mirent à rire, mais pas méchamment.

Un bruit venant du haut, un vrombissement d'ailes en fait, incita Pénélope à lever les yeux. Une tache rouge fonça sur elle. Elle cria, levant une main pour se protéger et recouvrant la tête de Muffy de l'autre.

— Eegar !

Le cri d'Otavite retentit dans les oreilles de Pénélope.

À ce moment-là, Muffy se tortilla pour sortir de la veste de la jeune fille, y réussit, s'élança sur le sol et, en aboyant sauvagement, décrivit des cercles sous la menace qui approchait. Puis, l'oiseau et le caniche se heurtèrent dans un fracas de poils jaunes et de plumes rouges. Pénélope et la foule de Géants étaient trop stupéfaits pour réagir. Ils observaient tandis que Muffy et Eegar roulaient et roulaient encore dans la neige qui recouvrait le sol comme une boule de neige rousse et jaune, montrant les dents et poussant des cris rauques.

— Muffy !

À la consternation des Géants, le minuscule être humain éclata en sanglots et se dirigea vers la boule de poils et de plumes qui roulait. Cependant, Otavite y parvint avant le petit être et, après quelques morsures sur une main et une douzaine de coups de bec sur l'autre, il réussit à séparer la paire de tueurs fous.

Pénélope arracha Muffy de la solide poigne du Géant et berça dans ses bras le caniche qui grognait.

— Pauvre petite Muffy, dit-elle en sanglotant. Est-ce que ce méchant oiseau t'a fait mal ?

— C'est Eegar, dit Otavite.

Il agita son doigt exsangue à la suite des coups de bec d'Eegar et parcourut doucement de sa grande main les ailes de l'oiseau qui poussait des cris rauques. Puis, à la surprise de Pénélope, il installa le volatile sur sa tête. Eegar le punit d'avoir mis fin à son activité en lui piquant méchamment le cuir chevelu.

— Garde le chien dans ta veste, ordonna le Géant en pointant quelque chose sur le sentier derrière les soldats.

Pénélope n'avait pas remarqué les Carovorari jusqu'à maintenant. Elle jeta un coup d'œil aux bêtes monstrueuses dont les poils étaient hérissés et faillit s'évanouir.

— Au secours ! Au meurtre ! Faites quelque chose !

Elle enfonça à la hâte Muffy dans sa veste et remonta la fermeture éclair.

— Ils ne te feront aucun mal si nous répondons de toi, fit remarquer Otavite. Cependant, ils aiment le goût des petits animaux et ils pourraient accidentellement manger ton chien.

Puis, il s'accroupit sur les talons devant la jeune fille.

— Maintenant, dis-moi ce que tu fais ici.

Pénélope soupira, les yeux fixés sur les immenses choses blanches qui lui renvoyaient un regard froid comme celui des requins. « Dans quoi me suis-je encore fourrée cette fois ? » se demanda-t-elle en silence. Elle ne savait quoi penser de ces créatures géantes et de leurs étranges et terrifiantes bêtes. Jusqu'ici, ils ne l'avaient ni mangée ni essayé de lui faire du mal. Ils étaient inquiétants, mais ça ne voulait pas dire qu'ils étaient mauvais. Peut-être qu'elle pourrait tout leur dire — comment elle s'était retrouvée ici, où que ce soit ? La croiraient-ils ? Probablement pas. « Même moi, je ne me croirais pas », pensa-t-elle. Elle imagina les regards incrédules sur les visages quand elle dirait qu'elle venait d'un autre monde. Finalement, elle gonfla les joues et expulsa l'air, puis commença.

— Mon cousin, Elester, le roi d'Ellesmere, m'a envoyée en mission secrète à Dunmorrow, le pays des Nains. Je ne peux pas vous parler de la mission mais, lorsque nous étions en chemin, mes gardes et moi, je peux vous dire que nous avons été attaqués par une bande de créatures maléfiques qui ressemblaient à des… des crapauds.

Elle s'arrêta une seconde pour analyser la réaction des Géants par rapport à son histoire. « Jusqu'ici, ça va ! » pensa-t-elle.

— Bref, ces affreux crapauds ont tué tous mes gardes, poursuivit-elle, environ une centaine… mais ils nous ont prise, moi et mon am… ehu… mon domestique. Ils nous ont enfermés et attachés et, quand nous avons repris connaissance, nous étions dans cette montagne.

Elle indiqua le Bronks.

— Nicholas… euh… enchaîna-t-elle, mon domestique, et moi, nous nous sommes échappés. Malheureusement, cet horrible Nain est ensuite apparu et les crapauds nous ont attrapés, Nick et moi. Toutefois, je les ai combattus. En fait, j'ai failli y rester, car ils étaient très nombreux, mais j'ai réussi à me sauver. Puis, je me suis cachée dans un tonneau, mais un des crapauds y a donné un coup de pied et le tonneau a dévalé la montagne.

Elle haussa les épaules.

— Voilà, continua-t-elle. Donc, ces petits crapauds gluants ont capturé Nick et j'ai besoin de votre aide pour le secourir.

— Des Ogres, corrigea Otavite. Pas des crapauds.

— Peu importe ! dit sèchement Pénélope. De vrais Ogres ? Beurk ! Ils étaient dégoûtants ! Je les déteste. Bon, allez-vous m'aider, oui ou non ?

— Tu dis que tu es liée au roi des Elfes ? demanda Otavite d'un air incrédule.

— C'est vrai ! cria Pénélope, les yeux brillant de défi. Je ne mens pas. Le roi Elester est mon cousin germain, ce qui fait de moi une princesse. Et, si vous ne me croyez pas, posez-moi des questions. Le nom du père du roi était Ruthar. Le roi Ruthar est mort l'année dernière lors de la Bataille de Dundurum. J'y étais.

Otavite secoua sa grosse tête. L'histoire que cette enfant racontait était si incroyable qu'il prit un moment pour l'avaler. Il parcourut distraitement ses cheveux touffus avec ses doigts, bousculant Eegar, qui lui picota la tête et essaya de lui couper le bout des doigts avec son bec pointu. Otavite ôta brusquement ses mains de ses cheveux comme s'il s'était brûlé, injuriant le Pic-Bois géant jusqu'à en voir bleu. Pénélope colla ses mains sur ses oreilles pour ne pas entendre les mots du Géant. Quand les autres Géants étouffèrent leurs rires et que les choses se rétablirent, Otavite se tourna vers Pénélope.

— Princesse, si le Nain-serpent a capturé votre domestique, il s'en servira pour nourrir la mare noire.

— Quelle mare noire ?

— La mare qui a pris mes amis, répondit le Géant.

— Je n'ai pas vu de mare, fit remarquer Pénélope. J'ai seulement aperçu cette grande pièce avec des piliers géants et d'énormes drapeaux. Oh, et en passant, ce n'est pas un Nain-serpent. C'est Malcom.

Otavite respira à travers ses dents et échangea de rapides regards avec certains de ses camarades. Pénélope s'agita nerveusement quand les Géants la regardèrent, les yeux remplis de suspicion.

— Comment connaissez-vous son nom ? demanda Otavite, d'une voix quelque peu moins chaleureuse qu'auparavant.

— Je le sais parce que je l'ai déjà rencontré.

— Où ?

— Sur l'île d'Ellesmere... Je veux dire, chez moi.

— Que faisait le Nain Malcom dans votre pays ? s'enquit Otavite. Et comment en savez-vous autant sur lui ? Est-il un ami des Elfes, Princesse ?

— Bien sûr que non, répondit sèchement Pénélope avec impatience, regardant le Géant comme s'il était simplet. Mon cousin m'a dit que Malcom le Nain était tailleur de pierre à... Béthanie. En réalité, le serpent appartient au Démon. Il est venu à Béthanie, a tué Malcom et en a pris le corps.

D'autres regards s'échangèrent entre les Géants. Puis, Otavite se retourna vers Pénélope.

— Princesse, que savez-vous de l'autre créature, celle qui se fait appeler le roi des Morts ?

— Vous pouvez m'appeler Pénélope. Et pour répondre à votre question, je ne sais rien sur le roi des Morts. Je vous ai dit que j'ai seulement vu Malcom et les Ogres.

— Attendez ici, dit le Géant.

Il se dirigea vers ses camarades et s'adressa à un des soldats qui avaient survécu au Nain maléfique.

— L'histoire de la jeune Elfe change tout, expliqua-t-il. Je ne sais pas si je crois *tout* ce qu'elle a dit, mais elle a assurément été dans Tabou. Elle connaissait le Nain-serpent. Si le Démon est impliqué dans ce qui est arrivé à Bronks, nous devons aviser le quartier général immédiatement. Prends un des hommes et retourne à Vark. Dis aux autorités que la Haine est responsable de ce qui est arrivé à Tabou.

Puis, il se tourna vers ses hommes.

— Partons et chassons le Mal de nos montagnes, puis libérons le domestique de la Princesse.

— S'il est encore en vie, fit remarquer un des Géants, d'une expression témoignant qu'il croyait que Nicholas était mort.

— Hum ! toussa Pénélope derrière eux. Pouvons-nous y aller maintenant ?

Ils partirent sur-le-champ. La jeune fille dut courir à fond de train pour garder le rythme des grandes enjambées des Géants. Malgré tout, elle était loin, très loin derrière. Finalement, Otavite fit marche arrière et, d'une main puissante, il la souleva et la déposa doucement sur ses épaules comme si elle ne pesait pas plus qu'une bulle.

— Vous êtes quoi ? demanda-t-elle, gardant un œil vif sur le bec malicieux d'Eegar pointé dans sa direction.

— Je m'appelle Otavite. Je suis un Géant.

— Oh ! s'exclama Pénélope, la gorge serrée. Dans quel pays sommes-nous ?

— Vark, répondit le Géant. C'est le plus beau pays du monde.

Pénélope n'était pas d'accord, mais elle n'allait pas discuter avec le Géant. Ce dernier semblait assez gentil, mais elle décida qu'il serait plus sage de se taire. Qui sait ce qu'il ferait si elle le mettait en colère. D'après ce qu'elle savait, il pouvait avoir l'air gentil, mais devenir soudain dément si on le regardait de travers.

Au moment où ils repérèrent la tour de guet, il était tard dans la journée. Les Géants se déployèrent en demi-cercle et s'approchèrent prudemment de la forteresse, resserrant les rangs au fur et à mesure qu'ils avançaient. Ils guettaient les signes de la présence d'Ogres ou d'autres créatures maléfiques. Otavite sentit son sang se glacer à la pensée de se retrouver devant le Nain-serpent que la jeune fille humaine appelait Malcolm, ou devant le Druide vêtu de noir et ses griffes assassines. Convergeant devant les murs de la forteresse, les soldats regardèrent, choqués, les matériaux brisés et les fermoirs de fer tordus — tout ce qui restait des épaisses portes.

— Attends que je mette la main sur l'ennemi qui a fait ça, murmura un des Géants.

À voir l'expression sur le visage du Géant, Pénélope se dit qu'elle n'aimerait pas être dans les chaussures de Malcom. Puis, elle entendit un cri qui la fit sortir de ses pensées. La compagnie avait repéré le squelette blanc brillant étendu sur le côté, sur la neige sanglante. En même temps, les soldats, profondément tristes, inclinaient la tête. Pénélope vit les larmes monter aux yeux des grands et durs soldats qui dominaient leur camarade mort, les lèvres bougeant en silence, tandis qu'ils faisaient leurs adieux à Vé, le vétéran.

À l'intérieur de la forteresse, il n'y avait aucun signe d'occupation. Cependant, Otavite en étant à son premier commandement, il ne voulut prendre aucun risque. Il envoya un grand nombre de soldats parcourir la forteresse et éliminer l'ennemi.

— Mais ne faites pas de mal au jeune garçon Elfe, ordonna-t-il.

Puis, il se dirigea vers le trou noir béant où deux portes de fer scellaient auparavant l'entrée de Tabou. Jusqu'ici, les seules preuves qu'une créature maléfique était passée par là, c'étaient la flaque de fer, les portes brisées et le triste squelette blanc. Après avoir posté des gardes à l'extérieur de l'entrée, Otavite saisit un grand morceau de fer et conduisit les autres membres de sa compagnie le long de la fissure, au fin fond de Bronks. Cette fois, il s'était assuré que ses hommes avaient des torches pour éclairer le passage.

Au grand soulagement du Géant, la porte secrète était ouverte. Ne prenant aucun risque, il coinça la barre de fer dans l'espace entre le panneau coulissant et le mur de pierre, bloquant efficacement le panneau caché. Puis, ses hommes et lui passèrent dans l'ouverture et accédèrent à une énorme pièce ovale. S'arrêtant juste sur le seuil, il posa Pénélope sur le sol et inclina la tête pour écouter avec ses oreilles géantes. Il n'entendit rien. À son signal, la compagnie se dispersa et commença à fouiller les passages latéraux et les pièces plus petites.

« Oh, oh ! » pensa Pénélope en apercevant l'immeuble en ruine au bout de la pièce ovale. « Comment vais-je expliquer ça ? »

— Qu'est-ce que c'est ? demanda Otavite en se déplaçant rapidement vers la pile de briques et de bois. D'où cela vient-il ?

Il se tourna et baissa les yeux vers Pénélope.

—Avez-vous une explication ?

Pénélope haussa les épaules.

— Comment le saurais-je ? Je n'ai pas remarqué ça quand je me trouvais ici.

Quand ils atteignirent les ruines, Otavite regarda les débris, confus. Son cerveau lui dit que ce qu'il voyait ne pouvait pas s'être produit. L'emplacement des briques et du bois de construction lui indiquait que cette maison détruite n'avait pas été transportée ici. Elle était tombée et s'était effondrée. Mais, d'où était-elle tombée ? Le Géant leva les yeux, mais le toit de la caverne n'était pas visible. La maison ne pouvait pas venir de la montagne, car la seule entrée pour le Bronks, c'était par Tabou. Otavite secoua la tête, intrigué par ce mystère. « Rien n'est comme ça devrait », pensa-t-il, sans savoir si c'était pour le mieux ou pour le pire.

— Je ne comprends pas, chuchota-t-il.

— Vous n'êtes pas le seul, répliqua Pénélope.

Ils fouillèrent partout. Puis, ils fouillèrent de nouveau. Mais les êtres maléfiques étaient partis ; ils avaient disparu aussi mystérieusement qu'ils étaient apparus. Et ils avaient amené le garçon, le domestique de la jeune fille, avec eux.

CHAPITRE QUINZE

QUI SE RESSEMBLE S'ASSEMBLE

icholas trébucha et tomba à genoux sur le chemin rocailleux. Ses muscles étaient meurtris et blessés, et il était physiquement et émotionnellement épuisé. Si ses amis avaient pu le voir en ce moment, ils auraient été peinés de son apparence. Il était presque méconnaissable. Ses yeux, enfoncés derrière des cercles noirs dans son visage maigre, avaient le même air hagard et sauvage que ceux des prisonniers de guerre sur les photos. Ses vêtements étaient déchirés et pendaient sur son corps maigre, et il aurait probablement échangé sa précieuse épée d'Elfe contre une croûte de pain moisi. Dès que possible, il l'arracherait de la ceinture de l'ogre mesquin et à l'odeur fétide qu'il nommait Ka-Ka et qui tenait l'extrémité de la solide corde qui lui liait les poignets.

Ils étaient en marche depuis près d'une semaine, ne prenant que de brèves pauses. Chaque fois que Nicholas s'écroulait sur le sol et qu'il fermait les yeux une minute, il était remis debout par un violent coup de pied et il reprenait sa marche tel un zombie. Il n'avait toujours aucune idée de l'endroit où il était ni de celui où on l'amenait. Il scrutait l'horizon à la recherche d'un point de repère familier, n'importe quoi qui aurait pu l'aider à identifier son emplacement, mais il ne vit rien qui lui rappela quelque chose. Il jeta un coup d'œil à ses étranges ravisseurs et il sut avec une absolue certitude qu'il n'était plus du tout dans son monde.

Au fil des jours, le garçon commençait à redouter le moment où les Ogres arriveraient à destination. Les mots de départ de Malcom résonnaient encore dans sa tête : « Mangez-le ! » « Ces horribles créatures vont d'abord devoir me mettre dans une marmite », murmura-t-il. Puis, il fut frappé par une terrible pensée. Et si les Ogres mangeaient leur nourriture crue ? Et s'ils le mangeaient vivant ? Il ne connaissait rien de ces créatures. Chaque fois qu'elles s'arrêtaient pour se reposer et soulager leur soif, elles ouvraient une bourse en cuir et le nourrissaient avec quelque chose au goût de flocons d'avoine froids qu'elles lui inséraient dans la bouche. Qu'est-ce que c'était ? Il n'avait jamais vu ses ravisseurs manger, mais il remarqua que plusieurs créatures s'esquivaient du camp et que toutes les autres formaient un cercle autour d'elles quand elles revenaient. Étaient-elles parties chasser ? Se rassemblaient-elles en un cercle étroit pour consommer leur proie fraîche en un cercle étroit ? Nicholas l'ignorait. « Je ne veux pas le savoir », pensa-t-il, chassant ces idées morbides de son esprit.

Les curieuses montagnes aux sommets rouges étaient derrière eux maintenant. Le sentier qu'ils avaient suivi serpentait vers l'ouest parmi les affleurements rocheux qui parsemaient les contreforts. En avant, le paysage austère s'effaçait, laissant place à des collines onduleuses verdoyantes. Hormis un nuage noir, le ciel était dégagé au loin. Chauves et ressemblant à des singes, les Ogres utilisaient leurs longs bras ballants pour propulser leur corps et sautillaient sur le sentier. Ils avaient instauré un rythme épuisant, communiquant ensemble par d'étranges sifflements et des respirations bruyantes, et gardaient les yeux bien ouverts sur la nature environnante.

Le méchant Ka-Ka tira sur la corde d'un coup sec, ce qui fit tomber Nicholas à genoux. Le garçon se retrouva le visage contre le sol. Les Ogres de chaque côté de lui le saisirent par les bras et le remirent brutalement sur ses pieds. Il eut du mal à se redresser. Les poignets en sang, il sentait une rage presque incontrôlable croître en lui. Réprimant sa colère, il grinça des dents et força ses jambes à se mouvoir, un pas à la fois.

Il était jeune et fort, et il réussit à continuer. Souvent, ses pensées s'égaraient et il oubliait qu'il était captif pendant quelques minutes. Il se demandait si ses amis pensaient qu'il était mort et si ses parents allaient bien. Il espérait que Miranda et les autres étaient à sa recherche. Il se dit que si c'était lui qui avait vu Miranda disparaître dans le sombre abîme, il aurait déplacé ciel et terre pour la retrouver et la ramener chez elle. Lorsque son esprit vagabondait, il traînait derrière, mais une traction subite sur la corde autour de ses poignets dispersait ses pensées comme des nuages un jour venteux et le ramenait à la réalité.

Le soir, quelques heures avant le coucher du soleil, ses ravisseurs ralentirent soudain et quittèrent le sentier pour emprunter un chemin escarpé qui descendait abruptement la colline. Ils formèrent bientôt un étroit défilé entre les collines puis en bas de celles-ci. L'énorme nuage était plus près maintenant, presque sur leurs têtes. Ils se dirigeaient directement vers l'orage qui se préparait, mais les créatures ne semblaient pas l'avoir remarqué ou, si elles l'avaient fait, elles ne s'en inquiétaient pas. De chaque côté, le long des sommets, Nicholas voyait d'autres créatures — des gardes — qui tenaient de longues perches avec des lames pointues fixées à l'extrémité, comme des lances de fortune. Brusquement, le défilé s'élargit dans une petite vallée circulaire. « C'est probablement un cratère causé par un astéroïde qui aurait percuté la terre dans le passé », pensa Nicholas.

Il observa la zone, sous le choc, puis fut dégoûté en voyant ce qui était arrivé au paysage. L'endroit ressemblait à un champ de bataille ; les milliers d'arbres gigantesques gisant sur le sol indiquaient que la forêt qui avait occupé cette vallée jusqu'à très récemment avait perdu le combat. Aucun arbre n'avait été épargné. Comme des fourmis grouillant sur des morceaux de sucre, des centaines d'Ogres se traînaient sur les arbres abattus, leur arrachant les membres avec des haches pointues, ou transportaient des énormes troncs pour les disposer en tas retenus par de gros pieux enfoncés dans le sol. Alors que Nicholas observait les créatures escalader le tas de bûches avec un gros tronc d'arbre en équilibre sur leurs épaules, un des pieux qui soutenait la pile céda, entraînant une réaction en chaîne. Tout à coup, il lui sembla que les bûches bondissaient sur les Ogres. Puis, elles se mirent à dégringoler et à rouler sur les créatures condamnées comme si elles s'étaient vengées de l'abattage des leurs.

En quelques secondes, des douzaines de créatures disparurent sous la terrible avalanche. Les Ogres qui s'approchèrent des piles de bûches virent les arbres géants se renverser vers eux et paniquèrent. Dans des sifflements très aigus, certains laissèrent tomber leurs lourds fardeaux et se dispersèrent. D'autres détalèrent sur les piles de bûches adjacentes et fixèrent l'endroit où leurs compagnons se tenaient l'instant d'avant. Puis, ils retournèrent à leurs activités comme si rien ne s'était passé.

Nicholas se détourna, pâle et mal à l'aise. Rencontrant le regard d'un de ses ravisseurs qui avait été témoin de la mort de bon nombre de ses camarades, il hocha la tête pour exprimer sa sympathie envers le destin des Ogres perdus, mais la créature ne fit que découvrir ses dents pointues et grogner méchamment.

Le garçon leva les yeux et remarqua que le nuage noir était juste au-dessus de leur tête, obscurcissant la terrible vallée et l'isolant ainsi du reste du monde. Ça lui rappela le manteau ondulant du Démon, et autre chose sur quoi il n'arrivait pas à mettre le doigt. La vallée, autrefois tranquille, était maintenant d'une désolation abominable — une cavité congestionnée par des êtres fétides, et au-dessus de laquelle aucun oiseau ne volait.

Ka-ka mena Nicholas sur le pourtour de la vallée vers un énorme bâtiment en construction. Telle une chaîne de montage vivante, des Ogres, presque courbés en deux sous le poids de lourds blocs de pierre, sortaient d'une gigantesque carrière, marchant d'un pas pesant vers le site du bâtiment, déposaient leur fardeau, se redressaient et retournaient dans la carrière béante et enfumée. Nicholas eut le souffle coupé et devint aussi blanc qu'un fantôme quand il reconnut les énormes créatures terreuses postées çà et là le long de l'itinéraire des Ogres, tenant de longs fouets bien serré dans leurs mains bosselées. « Des Trolls des Marais ! »

« Cours ! Va te cacher ! Sauve-toi ! » Tous ces avertissements lui traversèrent l'esprit. Il réagit instantanément : il enfonça le pied dans la poussière et tira sur la corde, qui se dégagea des mains de Ka-Ka. Puis, il se tourna et courut vers le chemin où se trouvait l'étroit défilé. Alors qu'il n'avait parcouru que quelques mètres, il entendit un claquement suivi d'une sensation de piqûre sur son dos, près de son épaule gauche. Il sut, sans regarder autour de lui, qu'un des Trolls lui avait lacéré un morceau de chair avec son fouet. Il continua à courir, mais les Ogres, qui sautillaient, étaient plus rapides que lui. La corde lâche se tendit tout à coup, le faisant tomber sur le côté, tandis que plusieurs créatures le saisirent, l'empêchant de respirer, le frappant avec les pieds et les poings jusqu'à ce qu'il s'évanouisse presque.

— Vous commencez à m'énerver, marmonna Nicholas en grinçant des dents, alors que les créatures lui saisirent les bras et le traînèrent vers un abri délabré érigé près du bâtiment partiellement construit.

Il s'efforça de se relever et repoussa brutalement les créatures maléfiques. S'enveloppant les côtes avec ses bras, il avança tant bien que mal vers Ka-Ka et les autres. Il pouvait sentir son tee-shirt collé à sa peau ensanglantée en raison du coup de fouet sur son épaule, mais il ne devait pas s'y attarder maintenant. Il devait en savoir plus sur cet endroit avant de se retrouver enfermé en train de pourrir dans un sombre cachot quelque part.

Était-ce la vue des ordures traînant dans l'espace dégagé à l'extérieur de l'abri ou l'odeur aigre qui lui remplissait la gorge ? Peu importe ce que c'était, Nicholas fut envahi par un fort sentiment de déjà-vu ; quelque chose par rapport à cet endroit déclencha en lui le sentiment qu'il était déjà venu ici.

— C'est impossible, dit-il, inconscient de parler tout haut.

Se sentant très mal à l'aise, il ralentit et regarda les alentours, repérant d'autres Trolls des Marais qui utilisaient leurs longs fouets douloureux. Qu'est-ce que les Trolls faisaient ici, loin des Marais ? Il ne fallait pas être un génie pour voir qu'ils contrôlaient les Ogres. Mais dans quel but ? Quel mauvais coup tramaient Malcom et les Trolls au nom du Démon ?

Ka-Ka tira d'un coup sec sur la corde, faisant à nouveau presque perdre l'équilibre au garçon. Nicholas grimaça et, tant bien que mal, avança plus rapidement. Il faisait sombre à l'intérieur de l'abri, mais il pouvait distinguer la forme d'un homme voûté sur une boîte noire posée sur un bureau ou une table. Le désagréable sentiment augmenta au fur et à mesure que la distance entre lui et l'abri diminuait. Quand ils atteignirent l'entrée, Ka-Ka poussa Nicholas à l'intérieur et se dirigea vers la silhouette penchée, attendant patiemment que l'homme s'intéresse à sa présence. Il prit l'épée de Nicholas et la déposa sur la table de travail rudimentaire : un morceau de bois plat, de la taille d'une porte, en équilibre sur deux blocs de pierre carrés.

Quand le magicien Indolent leva la tête et regarda Nicholas, le garçon ne fut pas vraiment surpris. Au fond de lui, il avait tout compris, même avant d'avoir été frappé par la sensation de s'être déjà trouvé là dans le passé. Or, ce n'était pas uniquement l'endroit qui lui disait quelque chose. En fait, l'état déplorable des lieux, les ordures et les détritus lui avaient permis d'identifier Indolent.

— Eh bien, eh bien ! Qu'avons-nous ici ?

La bouche malicieuse du magicien se tordit en un sourire hideux, tandis que ses yeux dévisageaient le garçon.

Le regard rivé sur la table et le contenu de la boîte noire, Nicholas était à la fois fasciné et dégoûté. D'un noir bleuté, des douzaines d'araignées géantes et velues rampaient hors de la boîte. Ce devait être des tarentules. Certaines arboraient sur leur dos des pierres précieuses ou des cristaux taillés. Puis, Nicholas remarqua le tas de diamants sur la table et, à côté, le minuscule scalpel incrusté de sang. Sous le choc, il réalisa soudain ce que le magicien était en train de faire quand il était penché sur la table. Le garçon n'en croyait pas ses yeux. Quelle sorte de personne pouvait découper la chair d'insectes et insérer des bijoux dans les cavités ? « Seulement un monstre dépravé et aliéné », pensa-t-il, la colère transformant ses yeux bleu pâle en noir cobalt alors que son regard passa des araignées au magicien.

Déterminé à ne pas regarder les yeux maléfiques d'Indolent, Nicholas lui fixa le nez, sa bouche grimaçant à la vue des horribles points noirs regroupés autour des narines poilues de l'homme comme des taches de goudron. Sans prévenir, le magicien leva brusquement la main et lui asséna un coup retentissant sur le côté de la tête qui le fit chanceler. Les yeux cuisant de douleur, Nicholas combattit l'impulsion de cracher au visage répugnant de la créature. Il chassa toute expression de son visage et s'assura de surveiller le moindre mouvement de cet homme imprévisible. À ce moment, il n'était pas attaché et la seule chance qu'il avait de sortir d'ici vivant était de continuer de cette façon. Toutefois, pour ce faire, il devait être extrêmement prudent et ne pas provoquer la colère du magicien. Sinon, il finirait par se retrouver dans la peau d'un crapaud ou avec des pierres incrustées chirurgicalement dans la chair.

Nicholas n'oublierait jamais à quel point il avait souffert quand la déloyale Muffy l'avait amené dans le piège d'Indolent. Ça semblait faire une éternité mais, en réalité, l'incident était survenu il y avait tout juste un an. Le magicien avait battu le garçon avec ses pouvoirs magiques et lui avait brisé le bras. Sans Miranda et ses autres amis, Nicholas serait probablement encore dans le château de l'Indolence infesté de cafards, ou mort. Non, cette fois, il devait bien se tenir. Comme si une ampoule s'allumait dans sa tête, il sut soudain ce qu'il devait faire. Il devait ravaler sa colère, cacher son dégoût et faire tout ce qui était en son pouvoir pour gagner la confiance d'Indolent.

Ses yeux furent attirés par un tatouage sur l'avant-bras du magicien, tandis que l'homme relevait les manches de sa robe dégoûtante. Le tatouage avait la forme d'un crâne. Nicholas reconnut la marque du Démon et, pendant une seconde, il se sentit petit et impuissant. Qui était-il pour penser qu'il pouvait vaincre Indolent ? L'homme était maléfique, la marque suffisait pour le savoir, mais il n'était pas stupide. Nicholas se demanda à quoi il avait pensé. Qu'avait-il que l'autre pourrait vouloir ? Rien, voilà le problème. Furieux, le garçon chassa ses doutes. Il devait essayer parce que, sinon, Malcom trouverait Miranda et la jeune fille subirait un destin pire que la mort. La pensée de ce que le Nain réservait à son amie était insupportable.

Le magicien Indolent se leva et souleva l'épée elfique. Au moment où sa main toucha le métal froid, il recula presque comme si le contact l'avait fait souffrir.

— Quel est ton nom ? demanda-t-il, le regard fixé sur la lame.

— Nicholas, répondit promptement le garçon qui ajouta, en manquant s'étrangler, « Monsieur ».

— Comment as-tu eu cette épée, jeune homme ?

Le magicien déplaça ses yeux jaunes vers Nicholas, le dévisageant tandis qu'il examinait l'équilibre de l'épée. « Swit ! » Il fendit l'air, toucha la boîte noire et les araignées mortellement incrustées de bijoux fuirent sur le sol. En fixant toujours Nicholas, Indolent lança l'épée par-dessus son épaule et l'arme atterrit sur le sol de pierre avec un tintement. Puis, il fit claquer ses doigts.

Le garçon ne put réprimer le hoquet de surprise qui s'échappa de sa gorge à la vue du petit être qui émergea de l'obscurité dans un coin de l'abri en réponse à la sommation du magicien. Perplexe, il regarda l'homme qui était censé passer sa vie en souche d'arbre à Béthanie. C'était M. Petit, l'ancien professeur de Miranda. Comment, diable Mini avait-il rompu le charme du Druide et réussi à échapper aux Elfes ?

— Ne laissez pas mes petits trésors s'échapper, dit sèchement le magicien.

Il fit une courte pause.

— Et Petit, ajouta-t-il, ne leur fais pas de mal.

Tapant sur sa jambe avec une baguette mince et souple, Mini fit claquer ses doigts vers l'entrée. Un des Ogres se précipita dans l'abri et salua l'ancien professeur. Nicholas faillit rire tout haut à la vue du sourire suffisant qui apparut sur le visage de Mini devant les manières serviles de l'Ogre.

— Attrape les araignées, ordonna l'ancien professeur. Fais du mal à l'une d'elles et tu t'en repentiras.

M. Petit pointa les énormes araignées et frappa l'esclave sur le dos avec sa baguette piquante. Cependant,

Nicholas remarqua que Mini gardait une distance de sécurité entre lui et les insectes venimeux.

Tremblant de façon incontrôlable, l'Ogre s'approcha de la boîte noire. Il commença à ramasser les tarentules et à les déposer à l'intérieur de la boîte. Il travaillait vite, mais la peur et les tremblements, qui avaient changé ses doigts en pouces, le rendaient maladroit. Une araignée particulièrement grosse échappa à la poigne de l'Ogre, lui rampa le long de la main et lui mordit la chair douce à l'intérieur du poignet. Le pauvre regarda avec horreur l'araignée noire. Puis, il laissa tomber la boîte, secoua sa main furieusement pour déloger la grande tarentule, saisit son poignet et poussa des sifflements stridents. En quelques secondes, la pauvre créature se retrouva écrasée en boule sur le sol, se tordant dans tous les sens et s'agitant spasmodiquement. Puis, l'Ogre poussa un long et fort sifflement et devint aussi raide qu'un bâton, ses yeux ronds et fixes sortant de leur orbite comme des balles de golf.

Pendant une seconde, personne ne parla. Puis, tout en émettant des « Tsk, tsk », Indolent fit à nouveau claquer ses doigts. Mini réagit instantanément. Il fit lui aussi claquer ses doigts et d'autres Ogres se précipitèrent dans l'abri, saisissant les bras et les jambes de leur compagnon mort. Puis, ils sortirent rapidement. Un autre camarade se pencha et commença à mettre les araignées dans la boîte.

Nicholas était indigné. Un Ogre, un être vivant, venait juste de mourir de façon horrible et douloureuse devant lui, et tout ce qu'il avait fait, c'était regarder sans rien faire. Il rougit de honte et de colère. Il devait partir d'ici.

Le magicien Indolent fit signe au professeur de sortir. Mini hésita une seconde, faisant craquer les articulations de sa main, tandis que ses yeux de fouine alternaient de Nicholas au magicien. Puis, il haussa les épaules et se pressa vers la sortie.

— Bon, où en étais-je ? dit le magicien.

— Vous me demandiez mon nom et je vous ai dit que je m'appelais Nicholas.

« Peut-être qu'il ne me reconnaît pas », pensa le garçon, qui saisit ce mince espoir comme un homme en train de se noyer s'accroche à une corde de sécurité. Malheureusement, son dernier espoir fut anéanti par les prochains mots du magicien.

— Je crois que nous nous sommes déjà vus, dit froidement Indolent. Je ne t'aimais pas avant et je ne t'aime pas plus maintenant.

— Et je ne vous aime pas non plus, dégoûtant petit lézard malodorant, rétorqua Nicholas, incapable de s'en empêcher.

À ces mots, Indolent fronça les sourcils, l'air enragé. Il leva le bras et Nicholas se retrouva soudainement projeté en arrière dans les airs.

— Hey, Petit, je ne veux plus voir cet horrible visage par ici !

« Bravo pour gagner la confiance de cet énergumène ! » grogna Nicholas, une seconde avant d'atterrir sur le dos.

CHAPITRE SEIZE

UN AUTRE
ENDROIT SOMBRE

icholas retrouva soudain ses esprits en raison de mains humides et collantes sur sa gorge.

— Ahhh ! cria-t-il, se redressant et envoyant des coups en même temps.

En battant l'air de ses bras, il toucha une peau coriace. Il ferma alors son poing et l'envoya contre son assaillant aussi fort qu'il le pouvait de sa position assise. Il voulait renverser l'adversaire, peu importe ce que c'était. L'attaquant s'enfuit, le raclement d'un objet en métal le long du sol masquant le bruit de ses griffes pointues sur la pierre.

Il faisait plus sombre que dans le cœur du Démon à l'intérieur de la petite cellule où Nicholas avait été jeté comme un sac-poubelle après avoir été sorti brutalement de l'abri rudimentaire de l'ignoble Magicien. « Où se trouvent le Druide et son bâton quand j'en ai besoin ? » pensa le garçon, attristé. Il scruta l'obscurité pour essayer de repérer l'emplacement de son attaquant.

Incapable de voir son ennemi et se sentant dangereusement exposé et vulnérable, Nicholas glissa rapidement vers l'arrière jusqu'à ce que son dos touche de la pierre. Il se sentit tout de suite mieux, sachant que son attaquant ne pouvait le surprendre par-derrière. Il grimaça quand il s'aperçut que le devant de son tee-shirt lui avait collé à la peau lors de son déplacement sur le sol. Il prit une seconde pour palper le vêtement sur sa poitrine, éloignant sa main comme s'il s'était piqué tandis qu'il avait sur les doigts quelque chose d'épais et de gluant. Le devant de son tee-shirt était trempé de cette substance. Timidement, il porta ses doigts à son nez et les sentit. L'odeur, en plus de la sensation d'une substance collante, lui révéla immédiatement de quoi il s'agissait. *Du sang !*

Puis, une horrible pensée le frappa comme un coup de marteau. Les mots de départ de Malcom aux Ogres lui revinrent en tête, le paralysant. « Mangez-le ! » « Oh, non ! grogna-t-il intérieurement. Pas ça ! » C'est alors qu'il comprit, avec une certitude qui le terrifia, que la créature lui avait arraché un morceau de poitrine et d'estomac, et qu'à tout moment la douleur était susceptible de commencer et de le faire crier. Craignant ce qu'il découvrirait, il parcourut frénétiquement son corps avec ses mains, s'attendant à toucher d'un instant à l'autre l'endroit où un morceau de chair de la taille d'une morsure manquerait. Quand ses doigts effleurèrent quelque chose de gluant, son cœur s'arrêta. Ses pires craintes étaient fondées !

Réfrénant sa panique, il examina la chose collante, pensant que s'il la pressait contre la blessure, la peau pourrait se régénérer. Il savait que c'était ce qu'on était censé faire avec un membre sectionné. Cependant, il n'était pas sûr que la technique fonctionnait avec de la chair.

« Ha ! » s'exclama Nicholas. Le garçon se trouva tout à coup soulagé quand il réalisa qu'il ne s'agissait pas d'un morceau sanglant de sa propre chair, mais d'un petit animal, un rat ou autre, et que la bestiole était morte. C'est de là que venait le sang. « Ha ! » dit-il à nouveau, jetant le rongeur mort au loin. Il frissonna de dégoût quand la petite bête fit un « splatch » contre le mur, puis qu'elle s'écrasa sur le sol de pierre.

Le garçon essuya ses mains collantes sur les jambes de ses pantalons et scruta l'obscurité. Où était son attaquant maintenant ? Pouvait-il le voir dans le noir ? L'observait-il ? Nicholas se figea quand il entendit un faible sifflement en provenance de sa droite. Le sifflement lui permit d'identifier son attaquant comme étant un Ogre. Il aurait pu le parier. Cependant, que faisait son adversaire avec un rongeur mort au bord des lèvres, et les mains sur la gorge ? Nicholas secoua la tête pour écarter l'incroyable pensée qui prenait rapidement forme dans son esprit. Or, la pensée resta dans sa tête, le forçant à l'examiner. Il pouvait difficilement croire ce à quoi il songeait. Cependant, il devait admettre que ça avait du sens, même si c'était d'une façon plutôt dégoûtante. Était-il possible que la créature n'ait pas essayé de l'étrangler ? qu'elle avait simplement voulu partager son repas avec lui ? La pensée de ce qu'elle avait essayé de lui faire entrer de force dans la bouche lui donna un haut-le-cœur.

— Qui es-tu ? demanda-t-il, les yeux fixés sur la noirceur entre lui et l'endroit où se cachait la créature, sifflant doucement, presque tristement.

Le sifflement cessa et un lourd silence tomba sur la cellule. Le seul son que Nicholas entendait était le bruit de sa propre respiration. Il attendit jusqu'à ce que le silence devienne insupportable. Il ouvrit la bouche pour crier, mais un frottement à peine perceptible émergea de l'obscurité et, avec lui, un bruit âpre de métal lourd traîné sur la pierre. Puis, l'Ogre poussa un doux et court sifflement, tandis qu'il se déplaça furtivement sur le sol vers le garçon.

— Stop ! dit brusquement Nicholas. N'approche pas plus près !

Le frottement s'arrêta tout d'un coup.

— Peux-tu comprendre ce que je dis ? demanda le garçon.

Il y avait quelque chose de si pathétique dans les sifflements qu'il se sentit touché par la créature.

— Je ne sais pas si tu peux me comprendre, ajouta-t-il, mais je suis désolé de t'avoir frappé. Je croyais que tu étais... oh, peu importe ! Ne te jette plus sur moi et n'essaie plus de me nourrir. O.K. ?

La créature siffla deux coups rapides.

— Que fais-tu ici ? Est-ce que cette fouine d'Indolent t'a enfermé ici pour garder un œil sur moi ?

Nicholas entendit un court sifflement.

— On dirait que ça veut dire *non*, dit-il. Que fais-tu ici, alors ?

En réponse, la créature fit un son métallique sur le sol.

Tout en gémissant alors qu'il déplaçait son corps raide et meurtri, Nicholas se poussa sur les mains et les genoux, et rampa sur le sol, s'arrêtant quand ses mains touchèrent le métal froid. Puis, il repéra les maillons de la lourde chaîne jusqu'à ce qu'il atteigne un morceau de fer serré autour de la cheville de la créature.

— Tu es prisonnier, murmura-t-il.

Nicholas sentit la présence de l'Ogre et la chaleur du corps de la créature. Il plissa le nez quand la forte odeur de l'Ogre croisa son chemin, lui donnant envie de vomir. « Il ne peut probablement pas supporter mon odeur non plus », pensa-t-il. « Je me suis déjà retrouvé dans de pires endroits », se dit-il, pensant à la fois où il avait été capturé par les Trolls des Marais.

— Alors, ne t'inquiète pas, dit-il à l'Ogre pour le rassurer. Je vais nous sortir de là.

Puis, il rampa dans un coin, se mit sur le côté et essaya de dormir. Il observa toutefois l'obscurité longtemps avant de pouvoir fermer les yeux.

Quand il se réveilla des heures ou des jours plus tard, l'odeur fétide qu'il huma lui fit comprendre que son camarade prisonnier était toujours là. Ce dernier était pelotonné sur le sol tout près de lui. Nicholas aurait tant aimé avoir de la lumière. Chaque seconde de son emprisonnement dans les Marais s'était déroulée dans une noirceur totale. Après des jours sans voir le soleil, il s'était replié sur lui-même et, pour la première fois de sa vie, il avait sérieusement pensé qu'il pouvait mourir dans l'obscurité, loin de tous ceux et de tout ce qu'il connaissait.

« Je vais sortir d'ici », se dit-il. Il se leva et mesura le sol en comptant ses pas. La cellule mesurait à peu près trois mètres sur trois. Le sol était fait de pierre comme les murs, et le plafond devait être fait du même matériau. Il s'affala sur le sol et se demanda comment il réussirait à s'échapper d'une cellule en pierre sans fenêtres. Est-ce qu'Indolent leur avait envoyé quelqu'un pour les surveiller ? Ça faisait longtemps qu'il n'avait vu personne. Et si personne ne venait, jamais ? Et si Indolent les avait laissés ici pour qu'ils meurent ? « Jamais je ne mangerai de rats ! » murmura-t-il. Il se releva et parcourut la cellule à nouveau.

Il entendit l'Ogre s'agiter et se réveiller dans le coin derrière lui. Puis, la chaîne érafla le sol quand la créature se traîna le long du mur. Un sifflement excité et aigu sortit de l'obscurité, comme si l'Ogre avait soudain trouvé quelque chose de précieux. Nicholas combattit l'aigreur qui remplit sa gorge quand il entendit les bruits secs de la bouche de son camarade de cellule en train de dévorer les restes du rongeur mort qu'il avait jeté.

Les heures s'écoulaient très lentement. Nicholas avait perdu toute notion du temps. Quand il était éveillé, il faisait de l'exercice et marchait dans la petite cellule ou il parlait à son compagnon, interprétant les sifflements de la créature selon ce qu'il voulait qu'elle dise. Le reste du temps, il dormait. Malheureusement, la nourriture et l'eau étaient devenues un problème. Le garçon ne pouvait passer plus de temps sans les deux. Chaque fois qu'il levait la tête rapidement, il devenait si étourdi qu'il s'évanouissait presque. Ce qui le rendait malade, c'était la façon dont il avait étendu le bras presque avec empressement pour partager les derniers restes du rongeur que l'Ogre avait attrapé, à peine capable de ramener sa main au dernier moment.

— Il faut qu'on parle, dit-il. Je ne tiendrai pas une journée de plus. Qu'as-tu fait pour te retrouver dans ce cachot ? Étais-tu un des ouvriers ? Si oui, tu dois savoir quelque chose qui nous aiderait à nous enfuir.

Il ferma les yeux et s'appuya la tête contre le mur, s'attendant à un sifflement faible et curieux. Or, à sa grande surprise, il n'en fut rien. À la place, il sentit la main de l'Ogre sur son bras.

— Tu veux me montrer quelque chose ? demanda-t-il.

Il sentit les mains sur son bras se serrer.

À peine capable de contenir son excitation, Nicholas laissa l'Ogre l'amener dans un coin. Puis, la créature prit la main du garçon et la mit sur les blocs de pierre à environ trente centimètres au-dessus du sol. De ses mains, Nicholas parcourut la pierre et l'espace la séparant des blocs avoisinants. Il n'y avait plus de mortier. Le bloc était décollé des autres.

— C'est toi qui as fait ça ? demanda le garçon.

Il était surpris. La créature avait dû passer des mois à gratter le mortier.

— Depuis combien de temps es-tu ici ? s'enquit le garçon.

La créature émit deux sifflements courts et une longue respiration bruyante.

— O.K., dit Nicholas. Donc, *c'est* toi et je devine que la longue respiration signifie que tu es là depuis longtemps. Mais qu'as-tu utilisé, tes ongles, ou quoi ?

L'Ogre pressa quelque chose de dur et de pointu dans sa main.

— Qu'est-ce que c'est ?

Nicholas comprit au moment même où il avait posé la question. C'était un petit os, probablement tout ce qui restait de quelque chose que son compagnon avait attrapé et mangé.

— Il s'agit d'une idée excellente ! s'exclama-t-il en tendant la main et en tapotant le bras de la créature.

Quand l'Ogre siffla, le garçon aurait juré que c'était un son de bonheur.

Les deux prisonniers entreprirent de pousser le bloc, le faisant glisser doucement vers eux. C'était un travail dur et pénible. Ils s'y attelèrent pendant ce qui sembla être des heures mais, quand ils finirent par faire une pause, Nicholas fut déçu de constater que le bloc de pierre avait bougé de moins de deux centimètres. Ses doigts étaient à vif et boursouflés comme si on les avait frottés avec du papier sablé. Malgré tout, il n'allait pas se laisser décourager. Le bloc de pierre était comme une porte éclatante dans la nuit et Nicholas savait que c'était la seule chose qui leur permettrait de s'échapper.

— Ça ne va pas, dit-il, le lendemain. Nous allons mourir ou, du moins, je vais mourir de faim au rythme où nous allons.

Puis, il eut une idée brillante.

— Où est le morceau d'os ? demanda-t-il.

L'Ogre prit du temps à émettre un bruit en guise de réponse. Cependant, Nicholas se dit que le jeu en valait la chandelle quant il entendit le clic au moment où s'ouvrit le fer qui prenait place sur la cheville de l'Ogre.

— Si quelqu'un vient, avertit-il son partenaire, n'oublie pas de remettre le fer. Compris ?

Il tendit à son compagnon l'os qui avait servi de clé.

La chaîne était assez longue pour être enroulée autour du bloc de pierre. Nicholas commença toutefois par faire des allées et venues avec la chaîne sur les bords du bloc, essayant de creuser des entailles dans la pierre pour ancrer la chaîne. Quand l'Ogre comprit le but du garçon, il prit le fer à sa cheville et le fracassa contre la pierre jusqu'à ce qu'il en déloge de petits éclats sur les côtés.

— Excellent ! s'exclama Nicholas, qui ajusta la chaîne dans les entailles et l'entoura deux fois autour du bloc de pierre. Espérons que ça va fonctionner !

Et ça fonctionna ! De toutes leurs forces, les deux prisonniers tirèrent la chaîne, criant et sifflant, tandis que l'énorme bloc de pierre s'écartait centimètre par centimètre du mur. Des heures plus tard, le bloc s'affaissa sur le sol. Pendant une seconde, les prisonniers gardèrent le silence, presque comme s'ils avaient peur d'approcher de la cavité et de s'échapper.

— On ne peut plus faire marche arrière maintenant, chuchota Nicholas, essuyant la sueur de son visage et de son cou. On ne pourra jamais remettre ce bloc en place.

Il avança prudemment vers la cavité dans le mur et se pencha à l'intérieur, les bras étirés en avant pour sentir la terre, qui était tout ce qui les séparait du monde extérieur, et de la liberté. Des larmes d'amertume lui piquèrent les yeux tandis que ses mains touchèrent la pierre. Indolent n'avait couru aucun risque en construisant ce cachot. Il était impossible de s'y échapper. Tout ce travail pour rien ! Nicholas aurait voulu se retourner et dire à l'Ogre que tout irait bien, mais il ne le pouvait pas.

Il s'écroula sur le sol et se mit la tête entre les mains.

— Je suis désolé, dit-il, se demandant si la douce respiration de son compagnon signifiait qu'il pleurait.

Brusquement, un bruit sourd provint de l'extérieur de la solide porte de pierre, suivi du son d'une lourde barre qui coulisse.

— Qu'allons-nous faire ? murmura Nicholas, sachant qu'ils seraient capables de bloquer la cavité avec leur corps, mais qu'il n'y avait aucun moyen de cacher l'énorme bloc de pierre.

Il sentit le contact de l'Ogre sur son bras quand ils s'accroupirent ensemble, scrutant l'obscurité, la seule barrière entre eux et la porte.

CHAPITRE DIX-SEPT

L'APPEL DES MORTS

 ans l'obscurité de la tour noire du Démon, au sein du cataclysme qui protégeait les Terres Noires, Calad-Chold avait les yeux qui flamboyaient dans leur orbite. Il porta un vieux clairon cabossé et terni à son visage sans lèvres et convoqua ses armées, leur ordonnant de sortir du Royaume des Morts pour revenir dans leur monde. Les créatures vivantes n'entendirent pas le souffle silencieux. Elles vaquaient à leurs occupations, inconscientes qu'une bataille, de celles qu'ils n'avaient jamais connues, s'organisait au-delà de leurs frontières et de leur compréhension. Seuls les loups, qui chassaient en meutes dans les forêts sombres, s'arrêtèrent un instant tandis qu'un courant d'air hérissa leur fourrure, puis cessa. Tout en poussant des hurlements plaintifs, ils reniflèrent l'air, momentanément confus. Un instant après, ils n'en avaient plus aucun souvenir.

Le souffle silencieux du clairon transperça la terre et la pierre, le bois et le fer, sonnant comme un tambour dans l'esprit des morts qui dormaient dans des tumulus ou des cercueils paisibles. Les morts remuèrent, puis s'éveillèrent d'un coup, se frayant un chemin hors des objets ou endroits où ils se trouvaient confinés. Des os blancs brillaient sous les manteaux usés de ceux qui étaient morts depuis des siècles, tandis que de la chair noire en pourriture était suspendue en lambeaux aux squelettes des autres, révélant une mort plus récente.

Ils arrivaient silencieusement par groupes de deux ou trois. Les silhouettes spectrales avançaient résolument de partout. Elles arrivaient en grand nombre, telles des Faucheuses enveloppées de brume, remplissant l'air d'un son ressemblant à une longue expiration. Une foule de morts-vivants chevauchaient des chevaux sans chair, dont les os bougeaient et grinçaient sous les manteaux noirs déchiquetés. Et là où ils passaient, de la fumée s'élevait de la terre roussie et noircie.

Ils venaient de tous les pays et de toutes les époques : des rois et des reines, des indigents et des nobles. Méconnaissables, des hommes de Cro-Magnon à la tête allongée, de grands hommes de Néanderthal et des Nains trapus, des Elfes graves, massacrés dans d'anciennes batailles, ainsi que d'imposants Géants, des Sorcières, des TUGS effroyables et d'autres êtres qui n'avaient pas marché sur terre depuis des millions d'années se hâtaient maintenant vers les Terres Noires pour rejoindre les rangs de l'armée de Calad-Chold. Ils avaient accepté de venir sans discuter. De toutes façons, il leur aurait été impossible de résister. L'appel du roi des Morts était un impératif.

Il n'y avait pas d'enfants, de Druides, de Dragons ou de chiens parmi eux. L'appel de Calad-Chold ne pouvait pénétrer le profond silence où reposaient ces âmes.

Le cruel commandant abaissa son clairon, laissant échapper un soupir par le vide qui se trouvait sous sa couronne en fer bosselée. Sa poitrine squelettique se gonfla et il sembla grandir, donnant ainsi l'impression de faire rapetisser les Werecurs, recroquevillés et effrayés, et faisant siffler les Ogres qui étaient venus le servir. Il se dirigea vers une des longues et étroites fenêtres qui entouraient la pièce du dernier étage de la tour et regarda l'obscurité dehors, ses orbites vides voyant au-delà du cataclysme qui séparait et protégeait les terres du Démon de celles de ses ennemis au loin.

C'était fait ! Les morts s'agitaient dans leurs macabres enclos. Les premières recrues arriveraient bientôt. Elles passeraient sans encombre entre les sentinelles noires immobiles de Dar, qui gardaient l'entrée des Terres Noires, et sortiraient en masse par l'étroit passage pour se tenir devant lui comme un océan de morts. Plus tard, Calad-Chold prendrait la place qui lui revenait, à la tête de cette vipère meurtrière à crochets, et la chasserait.

Brusquement, il se détourna de la fenêtre, une faim grossissante et dévorante émoussant sa satisfaction. Plus ! Il voulait plus ; non, il mourait d'envie de plus ! Il était le roi des Morts après tout. Il avait réveillé ses camarades et leur avait ordonné de venir à lui. Ensuite, il les dirigerait contre les Elfes. C'était aussi clair que du verre. Alors, quelle était la source de cette douleur aiguë qui charcutait sa mémoire affaiblie comme de l'air froid poignardant le nerf à vif d'une dent ? Réprimant la faim qui faisait rage dans sa tête vide et qui envoyait des poignards dans ses membres, comme s'il était encore un être vivant avec de la chair, il arpenta la pièce. Ses sombres pensées essayaient de comprendre le sentiment persistant qu'un danger le menaçait derrière les fenêtres, au-delà de la barrière fourmillante impénétrable du Démon.

Qu'est-ce que c'était ? Qu'est-ce qui pouvait constituer une menace contre lui, maintenant ? Rien ne pourrait le tuer parce qu'il était déjà mort — un mort-vivant, réveillé et libéré du cercueil tenu fermé par de solides chaînes, dans lequel il avait été confiné pendant des centaines de siècles. Calad-Chold arrêta de marcher et s'immobilisa, saisissant le mince souvenir qui lui parvint aussi soudainement qu'une étoile filante dans le ciel nocturne. Il vit un jeune soldat Elfe avancer vers lui, un bras levé. Qu'est-ce que l'homme pouvait tenir de si serré pour que ses articulations soient aussi blanches que la neige ? Calad-Chold se pencha en avant et inclina la tête comme s'il fouillait dans sa mémoire.

Une cascade de frissons avait parcouru toute son imposante stature quand le roi mort, sous le choc, avait reconnu son poignard dans la main du jeune Elfe. Il avait chancelé, une main osseuse s'appuyant sur le mur pour l'empêcher de tomber. « Son propre couteau ! » Il pouvait à peine le croire. C'était celui qu'il avait sur cet ancien champ de bataille à Vark, et qui lui avait ôté la vie. Calad-Chold secoua la tête, ses os secs *vrombissant* comme les morceaux calleux et branlants de la queue d'un serpent à sonnettes. Où était la lame maintenant ? Si elle existait encore, il devait la trouver.

La lame tordue était un couteau très spécial. Façonnée à partir du plus fin mélange de métaux, elle avait été refroidie avec du sang et imprégnée de la force de vie d'un esclave. C'était la seule arme qui pouvait couper le lien reliant Calad-Chold à celui qui l'avait ramené du pays des Morts. Et si le lien était rompu, les longs bras de la Faucheuse s'étireraient et le réclameraient.

Le roi des Morts repéra une ombre noire effaçant la fenêtre sur le mur de la pièce ronde. Une grande silhouette glissa vers lui et s'arrêta au milieu de la pièce. Dans la cavité noire de son sombre capuchon, rien n'était visible sauf une longue mèche de cheveux épars qui avait défié la mort et qui continuait à pousser, et — ce qui était assez rare pour un squelette —, des dents d'un blanc éclatant, magnifiées par l'absence de lèvres. Sous le manteau en décomposition, Calad-Chold remarqua les fines mailles argentées et le manche d'une longue épée dépassant d'une gaine sur le côté du soldat. Le roi des Morts inclina la tête et mit sa main sans chair sur l'épaule osseuse du premier officier.

— Je pars ce soir pour ôter du corps d'une voleuse quelque chose qui m'appartient. C'est une petite chose, mais ça ne doit pas tomber entre les mains de l'ennemi. Les troupes arrivent. Je reviendrai à temps pour les mener hors de cet endroit. Entre-temps, je place mes armées sous vos ordres. Je compte sur vous !

La grande créature leva sa main osseuse et prit le roi par le bras.

— Non, on a besoin de vous ici. Je m'occuperai de cette autre affaire.

Le premier officier s'inclina, se tourna, et disparut dans l'obscurité. Calad-Chold le fixa un long moment, mais il ne regardait pas son subordonné. Il était concentré sur le passé, suivant le chemin alambiqué de la lame tordue à partir du champ de bataille sanglant jusqu'à l'endroit où elle demeurait maintenant, sur un bloc de bois loin des Terres Noires.

Le roi des Morts fit de grandes enjambées dans la pièce, franchit la porte et descendit en flottant les étroits escaliers en colimaçon. Là où ses pieds touchaient le sol, la pierre grésillait et un mince flot de fumée noire s'élevait de ses empreintes. À l'extérieur, il inclina la tête en arrière et cria dans la nuit. Le vent soudain souleva son long manteau en lambeaux comme les tentacules d'une énorme pieuvre noire. La foudre transperça le ciel et frappa profondément la terre. Presque instantanément, un mystérieux hennissement émergea dans le vent. Un imposant cheval de bataille aux os noirs sembla se matérialiser hors de l'obscurité, son armure ébène grinçant quand il avança sur la cour pavée. L'horrible créature agitée martela le sol avec ses pattes quand Calad-Chold saisit les rênes et s'élança sur la vieille selle. Puis, le roi des Morts enfonça ses éperons dans les os des flancs du cheval et, dans un puissant mouvement en avant, le cheval et le cavalier disparurent dans l'orage.

En haut de la tour noire, le premier officier de Calad-Chold se tenait immobile à une fenêtre, regardant le roi des Morts jusqu'à ce que la nuit l'engloutisse et qu'il soit hors de vue.

CHAPITRE DIX-HUIT

ATTRAPÉE !

 — ttends, dit Arabella en haletant. Je dois faire une pause.

Elles avaient couru depuis ce qui leur semblait des années. Cependant, contrairement à son amie, Miranda se sentait euphorique, comme si elle avait atteint un autre plan où elle pourrait courir sans cesse.

— Non, répliqua-t-elle, saisissant Arabella par le bras et la traînant derrière elle. Ne t'arrête pas ! Viens ! Tu peux y arriver.

— Je n'en peux plus. Trouvons un endroit où nous cacher.

— Bell, si on s'arrête, ils nous trouveront.

— Utilise les Pierres de sang, suggéra Arabella.

« Les Pierres de sang ! » Miranda ne voulait pas qu'on lui rappelle les Pierres de sang.

— Elles ne sont plus là, murmura-t-elle.

— Que veux-tu dire par elles ne sont plus là ?

Arabella s'arrêta et prit le bras de Miranda.

— Où sont-elles ?

Miranda secoua la tête, ses membres se rebellant contre l'arrêt soudain.

— Je les ai jetées, expliqua-t-elle. Maintenant, allons-y !

Arabella était hors d'elle à présent.

— Pourquoi ?

Miranda arrêta son élan de colère avant qu'il s'échappe de ses lèvres.

— Bell, je ne peux pas les utiliser, répondit-elle. J'ai essayé et elles n'ont pas fonctionné.

Elle sentit des larmes lui piquer les yeux, alors qu'elle pensa à la trahison des Pierres. « Elles m'ont presque laissée mourir. »

— Tu les as jetées parce qu'elles n'ont pas fonctionné ! s'exclama Arabella. Je ne te crois pas.

Elle avait l'impression de gifler sa meilleure amie.

— Bon, faisons demi-tour et allons les chercher, poursuivit-elle.

— Oublie ça ! dit Miranda, le visage brûlant comme si la gifle dans les pensées d'Arabella avait laissé une marque cuisante sur sa joue. Ça ne servirait à rien. Elles ne sont plus là. Elles ne sont plus là. Le TUG les as prises.

— Voyons, Mir, cria Arabella. À quoi as-tu pensé ?

— Écoute, des gens mouraient à cause de moi, parce que j'avais les Pierres de sang. J'ai cru que ces choses partiraient et nous laisseraient tranquilles si je leur donnais ce qu'elles voulaient.

— Tu as eu tort, dit sèchement Arabella en pointant les arbres derrière elles.

Elles entendaient des brindilles craquer sous les griffes des TUGS.

— Tu entends ? Peut-être que, toi, tu penses qu'ils partent. Mais, d'après mes oreilles, ce n'est pas le cas.

— Ça ne sert à rien de te fâcher, Bell. Les Pierres de sang sont à moi, pas à toi. Je peux faire ce que je veux avec elles et je n'ai pas besoin de ta permission.

Miranda ôta la main de son amie de son bras.

— Je suggère que nous partions, poursuivit-elle, à moins que tu préfères rester ici ?

Arabella était si furieuse qu'elle pouvait à peine penser. Une partie d'elle voulait foncer dans la forêt et ne plus jamais revoir Miranda. Elle se mit alors à courir.

— Allons-y, dit tout haut l'autre partie d'elle, d'un ton aussi froid que de la glace.

La colère de Miranda cessa aussi brusquement qu'elle s'était embrasée. La jeune fille regarda la petite silhouette sombre d'Arabella se faufiler comme l'éclair parmi les arbres, le cœur lourd comme une pierre jetée dans un puits profond. « Tu es si mesquine ! se gronda-t-elle en silence. Bell essayait seulement d'aider. » Soupirant de tristesse, elle courut à la poursuite de sa compagne.

Sans prévenir, un Werecur s'élança d'en haut et tomba maladroitement sur le sol devant Miranda, lui coupant la route et la séparant d'Arabella. Il ouvrit sa bouche hideuse et poussa des cris grinçants, penchant la tête et battant des ailes de façon menaçante. Le cœur battant la chamade, Miranda dérapa et s'immobilisa, puis elle s'élança sur le côté pour se retrouver bloquée, tandis que d'autres créatures tombaient à travers les arbres et s'approchaient d'elle. Elle pivota, ses yeux verts à la recherche d'un miracle, et vit qu'elle était complètement encerclée par un mur de Werecurs. Elle n'avait aucun moyen de s'échapper. Le désespoir l'envahit quand elle réalisa qu'elle n'avait finalement aucune chance.

— Cours, Bell ! cria-t-elle, sachant que ses mots étaient perdus, absorbés par les cris perçants et les grondements, tandis que le cercle se resserrait et que les créatures terrifiantes s'approchaient de plus en plus.

Puis, le silence tomba sur la forêt. Miranda regarda frénétiquement les environs à la recherche d'une nouvelle terreur. Derrière elle, sur le chemin qu'Arabella et elle avaient emprunté, les Werecurs se mirent de côté, créant une ouverture dans le mur vivant. Elle sentit son cœur marteler sa poitrine. Une rage aussi sauvage qu'inapprivoisable telle une tornade éclata en elle, aussitôt dévorée par une terreur absolue qui s'éleva comme un mur de glace, gelant son cœur, son esprit et ses muscles. Des larmes insensibles coulèrent sur son visage, tandis que le TUG, vêtu de son énorme cape noire, évinçait les Werecurs et qu'il avançait dans le cercle, une délicate bourse argentée se balançant à ses longues griffes coupantes comme des lames de rasoir.

Les yeux rouges luisant comme des braises dans le capuchon noir, l'assassin du Démon siffla avec plaisir devant sa victoire sur la maléfique enfant humaine. Il ne pouvait toujours pas croire que cette créature quelconque, tremblant comme un lapin effrayé par sa propre ombre, était la source de l'angoisse indescriptible responsable de la douleur de sa Maîtresse. Comment quelque chose de si petit et de si insignifiant avait-il réussi à lui échapper à maintes reprises ? La fille aurait dû mourir la nuit où il était allé chez elle. Elle aurait dû perdre la vie une douzaine de fois depuis. Elle devait mourir *maintenant* !

Enragé, le TUG fit un pas de géant vers la jeune fille. Miranda sentit la haine de la créature brûler en elle comme si l'émotion était vivante et elle comprit qu'elle n'avait plus que quelques minutes à vivre. Elle fit un pas en arrière, mais elle n'avait nulle part où aller, nulle part où s'enfuir. La terre semblait se diviser sous ses pieds et elle avait l'impression de chanceler sur le bord d'un puits sombre et sans fond, tout en écoutant les cris l'encourageant à sauter vers une mort certaine.

« Tu es fichue ! », pensa-t-elle. Il lui fallut tout son courage pour faire disparaître la panique de son esprit. Puis, un éclair d'argent lui sauta aux yeux. « Les Pierres de sang ! » Elle garda les yeux rivés sur la bourse argentée qui se balançait comme un pendule aux griffes terrifiantes du TUG. Si le monstre s'approchait davantage et qu'elle était assez rapide, elle pourrait peut-être s'emparer de la bourse. C'était risqué, mais elle devait tenter le coup. Aussi longtemps qu'elle resterait en vie, elle devait continuer d'essayer. Cependant, même si elle réussissait à prendre les Pierres de sang, que se passerait-il ensuite ? Est-ce que les Pierres agiraient selon ses pensées ? Pourrait-elle les faire fonctionner ? Elle n'avait aucune réponse, mais elles étaient son seul espoir. Le souffle court, elle attendit que la créature l'atteigne.

« NON ! » Le TUG fut immobilisé par le brusque ordre du Démon. « NE TOUCHE PAS À UN DOIGT DE CETTE FILLE ! JE LA VEUX VIVANTE ! » La voix ronronna dans son esprit : « Sois patient, ma création. Elle n'est rien pour moi. Quand j'en aurai fini avec elle, tu pourras la tuer. Puis, quand je serai libre, je te donnerai son monde et tous ceux qui s'y trouvent. »

Le TUG resta immobile, massant le crâne doré incrusté dans la chair de son avant-bras pendant un long moment après que la voix de sa Maîtresse eut cessé. Puis, comme s'il se réveillait brusquement d'un rêve, il leva la tête et regarda la jeune fille. Sa rage meurtrière était partie, et ce qu'il vit reculer devant lui n'était maintenant qu'une enfant stupide, terrorisée. Cela le fit rire. Il leva sa main munie de griffes, signalant quelque chose dans le ciel.

Animée par la colère, Arabella courait à vive allure sur le sol accidenté. « Bon ! » pensa-t-elle. Les Pierres de sang étaient à Miranda, pas à elle. Elle le savait. Elle ne voulait pas les Pierres comme le Démon et les autres les voulaient. « Et si c'est ce que Miranda croit, c'est qu'elle ne me connaît pas », se dit-elle. C'était Miranda qui l'avait blessée par son attitude ; elle avait jeté les Pierres sans dire un mot, puis elle avait agi comme si de rien n'était. Arabella renifla.

Les cris perçants que lançaient les Werecurs tandis qu'ils dégringolaient du ciel la firent grincer des dents. Elle se retourna vivement, sa colère s'étiolant comme la fumée dans le vent. La peur pour son amie chassa tout le reste de son esprit et la propulsa dans l'action. Ignorant ses membres raides et douloureux, elle fit marche arrière, avançant péniblement parmi les arbres, suivant les cris stridents des Chasseurs. Penchée derrière un arbre, elle observa le cercle des créatures difformes. Elle ne pouvait pas voir Miranda, mais elle savait que son amie était quelque part au milieu des monstres. « Qu'est-ce que je vais faire ? se demanda-t-elle. Allez, trouve quelque chose ! »

Arabella détestait rester passive. Elle voulait attaquer les Werecurs, mais son impulsion la fit rire. « Ha ! Je ne survivrais même pas une seconde ! murmura-t-elle. Et si je mettais le feu, auraient-ils peur ? paniqueraient-ils ? Pas forcément ! » Tout ce qu'ils auraient à faire, c'était regarder autour pour n'apercevoir ni flammes ni fumée. Ils la verraient et ce serait la fin pour elle. Elle secoua la tête en signe de frustration. Il devait bien y avoir quelque chose à faire pour aider Miranda, sans se faire tuer. Mais Quoi ? Quoi ?

Soudain, elle sentit une main lui fermer la bouche et un bras énergique la tira en arrière de l'arbre, au cœur des broussailles.

— Reste calme ! lui siffla à l'oreille une voix autoritaire.

Arabella se retourna et se retrouva en face du visage sévère d'Andrew Furth.

— Je suis désolé, murmura l'aide du roi, qui libéra sa main à la hâte. Je ne savais pas si tu allais crier et je ne pouvais pas prendre le risque.

Arabella vit le Druide et les autres.

— Miranda est prisonnière, dit-elle.

— Shut ! fit simplement Andrew. Reste ici.

Il se dirigea à vive allure vers son cheval.

— Il n'y a rien que tu puisses faire ici, poursuivit-il.

— Je ne pars pas de cet endroit, cria Arabella, attrapant la manche du jeune Elfe. S'il vous plaît, faites quelque chose !

Puis, comme si la réclamation d'Arabella avait été entendue, Avatar surgit à travers les arbres, ses muscles puissants ondulant le long de sa robe d'un rouge brillant. Tel un prédateur de la jungle sur le point de sauter sur sa proie, la silhouette noire et vague du Druide se tenait en selle, le bâton mortel rougeoyant comme un tison vivant dans sa main levée. Dans la foulée du majestueux étalon se trouvait le roi des Elfes, une main agrippant les rênes de Noble, l'autre tenant son épée luisante. Onze cavaliers flanquaient leur roi. Dans la faible lumière, leurs visages pâles semblaient sévères et déterminés. Ils se déployèrent de chaque côté pour surprendre les Werecurs par-derrière. Le courageux étalon du Druide galopait droit sur le mur de Chasseurs ailés, qui transperçaient la nuit avec des cris de haine pour le

Démon et le Mal qui étaient entrés sournoisement dans la forêt.

— Reste ici, répéta Andrew en se tournant vers Arabella. Je reviendrai te chercher.

— S'il te plaît, ne me laisse pas, supplia la jeune fille.

— Ne discute pas, dit doucement l'Elfe. Tu seras plus en sécurité ici.

Il sauta sur son cheval.

— Ne quitte pas cet endroit, poursuivit-il en faisant avancer son cheval. S'ils nous chassent d'ici, je dois être en mesure de te repérer rapidement, sinon tu te retrouveras seule.

Puis, il partit. Arabella sentit la chaleur de la rébellion grandir en elle, mais elle en éteignit les flammes et se força à obéir aux ordres du jeune Elfe. Même si elle savait que ce dernier avait raison, elle ne s'en sentait pas mieux. Miranda était son amie et elle voulait être là quand ils la sauveraient. Soupirant en signe de résignation, elle se blottit dans les broussailles et regarda la bataille.

Un souffle de lumière blanche émergea du bâton du Druide et explosa au sein des Werecurs, qui formaient un cercle étroit autour de Miranda. Arabella eut le souffle coupé devant l'impressionnant pouvoir tandis que les créatures se désintégraient en morceaux de charbon brûlant sous ses yeux. Elle se laissa tomber sur le sol, s'entoura les genoux de ses bras et se balança d'arrière en avant, attendant que quelqu'un vienne la chercher.

Miranda fit un saut juste à temps pour voir un grand nombre de Werecurs brûler et s'envoler comme des feux d'artifice avant qu'ils sachent ce qui les attaquait. Horrifiée, elle fixa l'endroit où les créatures s'étaient tenues les unes contre les autres, à peine capable de croire que, quelques secondes auparavant, elles avaient vraiment existé. Puis, Avatar surgit dans l'espace créé dans le mur vivant et se précipita vers elle, ses sabots puissants creusant le sol et arrachant des morceaux de terre. Elle vit Naïm se pencher sur le côté pour l'attraper avec son bras. Cependant, avant qu'il puisse l'atteindre, quelque chose de noir descendit du ciel. Des griffes pointues émergèrent de l'obscurité, l'enveloppèrent et l'écrasèrent. Elle aurait crié de douleur, mais la pression sur ses côtes et sa poitrine était si forte qu'aucun son ne sortit de sa bouche. « C'est fichu ! » pensa-t-elle, sentant un pincement de remords de ne pas avoir eu la chance de dire à Bell qu'elle était désolée. Et Nicholas ? Maintenant, elle ne le retrouverait jamais. Elle revit dans son esprit le doux visage de sa mère : « Oh, maman ! Tu vas être si triste. Je suis désolée. Je suis désolée. » Elle se mit à pleurer à chaudes larmes. Ses épaules se soulevaient, tandis que de gros sanglots assaillaient son corps.

Le Werecur poussait des cris perçants, serrant la mince jeune fille entre ses griffes. Ses ailes battaient désespérément, tandis qu'il cherchait à s'éloigner du Druide maléfique et de son bâton de feu magique. Doucement, sans grâce, comme une ridicule chauve-souris, la créature se souleva dans les airs. Du coin de l'œil, Miranda vit Naïm viser avec son bâton. Ensuite, elle aperçut le bras du Druide tomber brusquement et elle entendit un hurlement.

Naïm brûlait de colère. Après avoir été si proche de réussir, il trouvait insupportable l'idée d'avoir échoué. Il ne pouvait pas déchaîner le feu du bâton de peur de tuer Miranda en même temps que le ravisseur maléfique. Quelques secondes plus tard, il réalisa qu'Elester et la petite compagnie de cavaliers devaient sûrement être encore en train de lutter contre plusieurs centaines de Werecurs qui étaient restés dans la clairière. Il sauta du dos d'Avatar, son bâton en l'air, et courut aider les Elfes.

Miranda cessa de crier. Jusqu'ici, le Chasseur du Démon ne l'avait pas mortellement écrasée. Elle ne pouvait pas croire qu'elle était encore en vie. « Vous venez de commettre une grosse erreur, avertit-elle ses ravisseurs en silence. Tant que je vivrai, je chercherai un moyen de m'échapper. »

Sous elle, elle vit Naïm, le bâton dans les airs et, à sa grande surprise, elle n'aperçut aucun souffle vaporeux de feu blanc. En fait, le Druide, les bras levés, était aussi immobile qu'une statue. Miranda eut soudainement l'impression que les Werecurs sur le sol se déformaient, lui rappelant les personnages dans une scène de film au ralenti. Leurs ailes, lâches et charnues, s'agitaient de moins en moins vite ; leurs griffes, d'habitude aussi rapides que l'éclair, tailladaient paresseusement les Elfes, qui esquivèrent l'ennemi sans effort. C'était une scène des plus étranges. Quelque part dans les airs, tout près, la jeune fille entendit un sifflement âpre et râpeux de rage, tandis que l'assassin du Démon regardait l'ennemi abattre les Werecurs comme des arbres.

Quand elle ne parvint plus à distinguer les petites silhouettes de ses compagnons, Miranda grinça des dents et fit face à sa propre situation fâcheuse. La seule chose dont elle était certaine, c'était que Naïm ne l'abandonnerait jamais. Il la chercherait et ne s'arrêterait pas avant de l'avoir trouvée. Où allaient les Chasseurs ? Pourquoi l'avaient-ils gardée vivante quand il aurait été si simple de se débarrasser d'elle une fois pour toutes ? Tandis que le nuage noir des Werecurs volait vers les Terres Noires, Miranda se laissait porter, tantôt consciente, tantôt non. Pendant ses moments de lucidité, une question précise lui venait en tête : « Ils ont les Pierres de sang, qu'attendent-ils de moi ? »

CHAPITRE DIX-NEUF

DES CHEMINS SÉPARÉS

rabella était dans tous ses états.

— Ils ont pris Miranda ! cria-t-elle, même si elle savait qu'il était injuste de blâmer le Druide pour l'enlèvement de son amie. Vous ne les avez pas arrêtés !

Naïm avait les yeux qui brillaient dangereusement, mais il se mit sur un genou et plaça ses mains sur les épaules de la jeune fille affolée.

— Je suis désolé. Je ne suis pas arrivé à temps.

— Que vont-ils faire à Miranda ? demanda Arabella en pleurant et en se tordant les mains.

— Je ne lis pas l'avenir, répondit le Druide. Cependant, je ne crois pas qu'ils feront du mal à ton amie.

Il utilisa le bâton pour se relever.

— Non, poursuivit-il. Quelqu'un la veut vivante mais j'en ignore la raison.

Il se tourna vers Elester.

— Les choses ont changé, mon ami. Les Chasseurs sont à l'œuvre. Nous devons y aller. Je dois trouver la jeune fille.

Elester acquiesça.

— Vous savez où ils l'ont amenée ?

— Oui, répondit le Druide, sa voix reflétant l'abattement qu'il ressentait dans tout son corps.

— Vous savez que je vous accompagnerais dans les Terres Noires si je le pouvais, fit doucement remarquer le roi, mais nous avions prévu d'aller au Clos des Druides pour trouver un indice permettant de situer la lame tordue. Et maintenant, les Chasseurs sont lâchés, ce qui me fait dire qu'un grand Mal se prépare et j'ai peur qu'il s'abatte sur Ellesmere comme un marteau. J'irai à Dunmorrow consulter nos alliés, les Nains, puis je retournerai à Béthanie préparer une défense contre un ennemi qui ne peut être tué.

L'air désespéré, il prit le bras du vieil homme.

— Pendant des milliers d'années, poursuivit-il, nous avons préservé le monde de la Haine. Si nous échouons, vous savez ce qui va arriver ?

— Oui, répondit Naïm, ses yeux sombres scrutant ceux d'Elester. Nous ne trouverons peut-être pas la lame tordue à temps, mais je vous jure que je sauverai la jeune fille et que je parcourrai ciel et terre pour être avec vous quand le moment sera venu.

Il mit ses mains sur celles du roi et sourit faiblement.

— Mais, si je ne réussis pas, poursuivit-il, je vous enverrai les autres pour vous aider. Maintenant, dépêchez-vous, mon ami. Les nuages se rapprochent. L'orage arrive.

— Et moi ? demanda Arabella. Je veux aller à la recherche de Miranda.

— Tu iras à Béthanie avec le roi, dit fermement le Druide.

— Je ne veux pas, cria la jeune fille, tapant des pieds, puis s'asseyant sur le sol. Vous m'amenez avec vous ou je reste ici.

Pendant une seconde, le Druide et le Roi échangèrent des regards impuissants, puis, à sa grande consternation, la jeune fille comprit que sa manifestation de colère avait attiré l'attention des cavaliers. Elle se mit à rougir en sentant leurs yeux se poser sur elle comme une pellicule adhésive sur sa peau. Elle lut le mépris dans leurs regards et sut qu'elle agissait comme une enfant gâtée.

— Viens maintenant, Arabella, dit Andrew en se mettant à rire pour essayer d'alléger la tension qui chargeait l'air comme du courant électrique. Le Druide détient des pouvoirs magiques, mais nous serions honorés d'avoir une courageuse guerrière comme toi en notre compagnie.

Ils n'étaient pas méprisants, finalement, juste inquiets. Arabella avait si honte qu'elle voulait pleurer. À la place, elle sourit timidement.

— Ce n'est pas juste. Je veux simplement aider Miranda.

— Oui, jeune fille, la vie est injuste, approuva Andrew. Viens. Marigold est par là, effrayée et probablement perdue. Elle te retrouvera.

— O.K., acquiesça Arabella en soupirant comme si elle accordait une grande faveur. Je viendrai avec vous et je trouverai Marigold.

Les poings solidement plantés sur les hanches, elle se leva et se tourna vers le Druide.

— Dites à Mir que je voulais l'aider, mais que vous m'en avez empêchée.

— Je le ferai, fit simplement Naïm en se mettant à rire.

— Hum ! toussa Arabella, en trépignant à côté des chevaux.

Elle n'avait pas entendu le bruit des sabots d'Avatar mais, quand elle regarda autour d'elle, le Druide était déjà parti. Pendant une seconde, elle scruta l'obscurité, sentant qu'un petit morceau de son cœur partait avec Naïm.

Bien que les cavaliers étaient au bord de l'épuisement après leur combat contre les Werecurs deux fois en une nuit, Elester leur ordonna de se mettre en selle. Il savait qu'ils étaient eux aussi affligés par le massacre de leurs camarades. Leurs regards étaient fixés sur un cheval gris. La bête était triste, debout, immobile sous un arbre, à scruter l'obscurité, cherchant du regard et attendant un cavalier qui ne reviendrait jamais.

Arabella chevaucha un des chevaux de réserve, regardant elle aussi le cheval sans cavalier. Elle s'imagina que les autres cavaliers l'observaient et qu'ils auraient préféré voir leur camarade défunt chevaucher à leurs côtés à sa place. Toutefois, ils ne dirent rien pendant le long trajet jusqu'à Dunmorrow, la montagne où vivaient les Nains. Les seuls sons provenaient du tonnerre de sabots et de la voix d'Arabella criant le nom de Marigold encore et encore.

Les Montagnes Blanches, connues localement comme les Montagnes de la Lune, brillaient dans la lumière matinale. Arabella plissa les yeux, tandis qu'elle regardait les sommets élevés et argentés, se rappelant douloureusement ce que le Démon avait fait aux Nains.

Il y a un peu plus d'un an, Arabella et ses amis avaient découvert avec horreur que Dundurum, l'ancien royaume des Nains, avait été englouti dans la noirceur du Lieu sans nom, avec le Démon et ses serviteurs morts-vivants aliénés. Grégoire XV, roi des Nains, avait amené son peuple au mont Oranon, le plus haut sommet des Montagnes Blanches, l'habitat des Dragons Noirs. Dans l'immensité du mont Oranon qui tournait en spirale, les Nains avaient commencé à se construire un nouveau pays, Dunmorrow, après avoir négocié avec succès un bail de quatre-vingt-dix-neuf ans avec Typhon, le chef Dragon et gardien du trésor.

Tandis que les Montagnes Blanches apparaissaient de plus en plus proches, Arabella sentait une excitation grandissante. Malgré sa grande fatigue, elle était impatiente de voir le nouveau pays construit par les Nains depuis sa dernière visite. Tôt, le lendemain matin, la compagnie mena ses chevaux sous un imposant passage voûté dans la grande cour de Dunmorrow. Arabella regarda derrière elle, espérant voir Marigold faisant claquer ses sabots dans leur sillage, mais il n'y avait aucune trace de la jument grise.

Dans la cour, juste à l'intérieur de deux énormes portes en fer, les gardes Nains, armés de petites épées et de haches pointues, sortirent du corps de garde et encerclèrent les camarades. Leurs visages pierreux craquèrent sous leur sourire quand ils reconnurent le roi des Elfes. Les lads arrivèrent à la hâte et menèrent les chevaux las aux écuries pour les nourrir, les abreuver et les brosser. Après une période enthousiaste de bruits de bottes et de tapes dans le dos, Cyril, le capitaine de la Garde, mena la compagnie vers les quartiers du roi.

— Bienvenue, mon ami Elfe, dit le roi Grégoire, d'un ton bourru, se passant des formalités.

Il étreignit très chaleureusement Elester et lui tapota dans le dos jusqu'à ce que le roi Elfe chancelle. Puis, il remarqua Arabella et se dirigea vers elle, lui donnant chaleureusement de grands coups dans le dos.

— Tu es l'amie de Miranda, hein ? Où est la jeune fille alors ?

— Les Werecurs l'ont prise, renifla Arabella, gênée par les larmes qui coulèrent soudain de ses yeux.

— QUOI ?

Grégoire piétina le sol de pierre, le visage aussi rouge qu'un poivron.

— Nick et Pénélope ont aussi disparu, expliqua Arabella. Mir et moi, nous pensons qu'ils sont quelque part dans ce monde. Nous sommes venues ici pour les trouver.

— Le Démon est libre ? Les jeunes sont partis ?

— Écoutez, mon ami, dit Elester. Je vais vous dire ce que je sais.

Ils s'assirent sur des bancs de pierre inconfortables devant le bureau du roi. Elester raconta tout ce qui s'était passé depuis que le tremblement de terre avait secoué Béthanie. Grégoire l'écouta avec impatience, mais il ne l'interrompit pas, sauf pour écraser son poing trapu sur le bureau et piétiner le sol de pierre avec ses lourdes bottes quand il entendit de quelle façon les Werecurs s'étaient envolés avec Miranda. Quand Elester eut terminé, le roi des Nains se leva et arpenta la pièce derrière son bureau.

— L'œuvre du Démon, murmura-t-il, la voix aussi dure que les semelles de ses bottes robustes. Ce roi des Morts s'attaquera d'abord à Ellesmere, n'est-ce pas ?

Elester se pencha et saisit le bord du bureau.

— C'est la seule chose qui aurait du sens, expliqua-t-il. Si le Démon est derrière tout ça, comme l'indique la soudaine apparition des Chasseurs sortis de leurs trous dans les Terres Noires, ces êtres maléfiques ont tramé un plan pour le libérer du Lieu sans nom. La magie permettant de sceller la prison de la Haine échouera si ma race est détruite.

— Ouais, dit Grégoire, acquiesçant vigoureusement. Tuer les Elfes, libérer la Haine, le roi des Morts. Que savez-vous d'autre ?

— Rien, répondit simplement Elester. Je vous ai dit tout ce que le Druide m'a révélé.

— La lame tordue doit être trouvée, déclara Grégoire.

— C'est un vaste monde, mon ami, fit remarquer le roi Elfe en souriant tristement. Où suggérez-vous que nous cherchions ?

— Hrumph ! murmura Grégoire en tirant distraitement sur ses cheveux raides. Vark ? La lame a été vue là la dernière fois.

— Non, le Druide croit que qu'elle a été prise par le soldat Elfe qui a tué Calad-Chold.

— Cherchons à Béthanie, mon garçon ! bredouilla Grégoire.

— La lame tordue n'est pas sur l'île d'Ellesmere, affirma Elester. Je le sais parce que, moi ou les autres, nous aurions senti sa présence et ce n'est pas le cas.

— Elle est magique, cette lame ?

— Pas tant magique que puissante, expliqua Elester. Selon ce que j'ai compris, la lame tordue a été refroidie dans le sang s'écoulant d'un esclave vivant. Le roi des Morts croyait qu'elle absorbait en elle la force vitale de cette créature malchanceuse.

— J'ai une idée, cria Arabella, qui avait écouté attentivement la discussion.

L'air interrogateur, Grégoire fronça ses sourcils touffus, tandis que, les yeux vifs, il se tournait vers la jeune
fille humaine.

— Parle alors ! ordonna-t-il.

— Il faudrait des années pour chercher la lame tordue dans tous les pays, mais ne pourrions-nous pas
envoyer des messages aux autres dirigeants du monde
pour qu'ils demandent à leur population de nous aider
dans nos recherches ? Ça prendra du temps, mais pas
autant que si nous devions agir seuls.

Pendant un moment, tout le monde regarda
Arabella. « Oh, oh ! pensa-t-elle, se sentant soudain jeune
et idiote. Ce n'était pas une bonne idée ! » Cependant, à
sa grande surprise, le roi des Nains frappa son poing sur
le bureau et laissa échapper un gros éclat de rire.

— Ça devrait marcher, dit-il. Envoyons des messagers.

Andrew Furth poussa Arabella du coude en souriant.

— Tu vois, je t'avais dit qu'on aurait besoin de toi.

Arabella était si fière qu'elle avait l'impression de
mesurer trois mètres. Et si le couteau était retrouvé
grâce à son idée ! Elle était impatiente de dire à ses amis
qu'elle avait proposé un moyen qui allait résoudre tous
leurs problèmes, et peut-être permettre d'arrêter le roi
des Morts avant qu'il commence à tuer les gens.
Malheureusement, penser à ses amis la rendit triste,
anéantissant son exaltation et la remplissant d'un sentiment de vide. Elle pensa à Miranda tout seule dans
les griffes des Werecurs. Était-elle effrayée ? Était-elle
encore en vie ? « Et si je ne revoyais jamais Mir ou Nick,
ou encore Pénélope ? songea Arabella. Que ferais-je
sans eux ? »

— Vous avez vu cette épée ? demanda le roi Grégoire.

Elester secoua la tête.

— Nous espérions que les Druides seraient en mesure d'en faire une description ou que nous trouverions des réponses dans leur bibliothèque mais, maintenant que la jeune fille a été enlevée, je dois retourner à Béthanie.

— Envoie un message aux Druides, suggéra le roi Grégoire en adressant un grand sourire à Arabella. Ils peuvent chercher.

Elester se tourna vers Arabella en souriant.

— Il semble que tu peux aider Miranda plus que tu ne le penses, dit-il.

Puis, remarquant qu'Arabella avait la tête inclinée et que ses yeux étaient à moitié fermés, il avança vers son aide.

— Montre ses quartiers à la jeune fille. Elle dort debout.

Le roi Grégoire et Elester continuèrent leur discussion dans le Pavillon avec quelques verres de Boot, la bière forte brassée par les Nains et noircie ou, comme le Druide le prétendait, complétée par du cirage à chaussures.

— Pourquoi prendre la jeune fille ? demanda Grégoire, qui aimait beaucoup Miranda et qui la considérait comme une des siens.

— Le Démon craint les Pierres de sang, répondit Elester. Vous seriez surpris, peut-être alarmé, de ce que Miranda peut faire avec elles, mon vieil ami. Je me souviens quand mon père les lui a données. Elle ne parvenait pas du tout à s'en servir. Depuis, je l'ai vue voyager hors de son corps pour sauver le garçon, Nicholas. Elle prend des risques qui vous donneraient des cheveux blancs. Le Démon ne comprend pas le pouvoir des Pierres de sang, le pouvoir des Elfes. Cependant, il sait que s'il réussit à mettre la main dessus, il n'aura plus rien à craindre.

— Vous. Le Démon craint votre magie ?

— Oui, répondit Elester. Je détiens de grands pouvoirs magiques, mais ils sont différents de ceux des Pierres de sang. Les miens fonctionnent avec les sens. Avec la pierre de l'ouïe, Miranda peut faire entendre ce qu'elle veut, comme le hurlement d'une bête sauvage dans son esprit. De plus, ce pouvoir lui permet d'entendre des murmures à travers un mur de pierre. Elle vient de commencer à expérimenter les pouvoirs des Pierres de sang. J'ai peur pour elle et peur de ce que les autres vont faire pour l'empêcher de les utiliser.

— Ne réponds pas à ma question, dit Grégoire. Pourquoi prendre la jeune fille ? Pourquoi ne pas la tuer et s'emparer des Pierres ?

Elester réfléchit une minute. La question du Nain était à la fois embarrassante et inquiétante. « Pourquoi les Chasseurs avaient-ils pris Miranda ? » Aucune réponse logique ne lui vint, mais il savait que, peu importe la raison, ça avait à voir avec les Pierres de sang. Le Démon pensait-il pouvoir utiliser le pouvoir des Pierres par le biais de la jeune fille ? Était-ce son but ? « Oui ! » Elester sut dans chaque fibre de son être qu'il avait raison. Or, cela signifiait que la Haine devait contrôler Miranda. Comment avait-il prévu de le faire ? Et s'il réussissait ? Pourrait-il déchaîner le Mal par le biais des Pierres de sang ? Elester parcourut de la main ses cheveux dorés, soudain conscient qu'une longue douche purifiante ne serait pas de trop.

— J'essaie seulement de comprendre pourquoi les Chasseurs n'ont pas tué Miranda quand ils en ont eu la possibilité, avoua-t-il. Je me trompais quand j'ai dit que la Haine voulait les Pierres de sang pour qu'elles ne puissent pas être utilisées contre elle. Son plan était beaucoup plus tortueux que ça. Le Démon ne veut pas simplement éliminer les Pierres de sang en tant que menace. Il a l'intention de s'emparer du pouvoir des Pierres pour son propre compte.

— Impossible ! s'exclama Grégoire d'une voix râpeuse.

Il bondit sur ses pieds et marcha à pas pesants le long de la table de réfectoire jusqu'à ce que les chopes sautent, faisant déborder la Boot noire et mousseuse.

— C'est la jeune fille qui possède les pouvoirs des Pierres de sang, poursuivit-il..

— C'est ce que nous avons toujours cru, admit Elester. Mais si le Démon contrôlait Miranda ? Est-ce que ça voudrait dire qu'il pourrait aussi contrôler les Pierres de sang ?

Le roi Grégoire ouvrit la bouche pour protester, mais la pensée du Démon utilisant les Pierres de sang à des fins maléfiques était si horrible, si indescriptible, qu'il ne pouvait trouver les mots pour exprimer son désaccord. Il retourna à son siège, s'y effondrant comme si quelqu'un l'avait frappé dans le ventre et qu'il manquait d'air. Finalement, il leva la tête.

— C'est la fin, dit-il, sa voix habituellement bourrue n'étant plus qu'un faible murmure.

Pour la première fois au cours de leur longue amitié, Elester lut un désespoir total dans les yeux de l'autre homme.

Tôt le lendemain matin, alors que les premiers rayons éclairaient timidement le ciel de l'est, annonçant le lever du soleil, des centaines de pigeons voyageurs dressés étaient lâchés depuis une fente étroite en haut de la montagne. Pendant une minute, ils volèrent ensemble, remplissant le silence matinal du bruit des ailes battant dans les airs comme des feuilles qui s'agitent dans le vent. Puis, ils se séparèrent, empruntèrent différentes directions et volèrent rapidement vers leurs destinations respectives. Dans les cylindres attachés à leurs pattes, ils transportaient des messages aux chefs des États de toutes les nations dans le Vieux Monde, requérant leur aide dans la recherche d'un vieux couteau de combat muni d'une lame tordue et ternie. Un pigeon vola vers le nord-ouest où, plus loin que ce que voyaient ses yeux perçants, des piliers de pierre blancs et des tours brillantes indiquaient le Clos des Druides.

Les oiseaux avaient déjà rejoint le lointain horizon quand, peu de temps après l'aube, le roi des Nains et les membres de son imposante armée sortirent à flots de la montagne pour accompagner le roi des Elfes et sa troupe aux navires qui les attendaient pour les transporter à Béthanie, où des nuages noirs, présageant l'arrivée d'un orage, perturbaient déjà le ciel. Quand ils arrivèrent aux parties du sol qui fumaient et qui sentaient la pourriture, même les braves chevaux gris des Elfes refusèrent d'avancer et de parcourir la terre roussie et noircie où l'armée des morts-vivants de Calad-Chold était passée. Elester serra son manteau sur sa poitrine pour réchauffer le sang froid qui coulait dans ses veines et remarqua qu'Arabella frissonnait de façon incontrôlable.

CHAPITRE VINGT

QUITTER VARK

tavite leva sa grande main pour se gratter la tête, mais il réfléchit et laissa tomber son bras sur le côté. Eegar ne remuait pas une plume. L'oiseau faisait encore semblant d'être mort, étendu sur le dos dans les cheveux rêches et roux du Géant, les pattes aussi raides que des brindilles. Il était comme ça depuis qu'Otavite avait installé Pénélope sur ses épaules — depuis presque une journée maintenant.

Pénélope détestait le stupide oiseau, mais elle savait qu'Otavite était de plus en plus inquiet au sujet d'Eegar.

— Il n'a jamais rien fait de tel avant, dit-il, levant les bras en signe de frustration.

— Je sais pourquoi il agit ainsi, déclara Pénélope. Il est j-a-l-o-u-x.

Elle avait épelé le mot au cas où Eegar écouterait.

— Non, dit Otavite. E-e-g-a-r n'est pas j-a-l-o-u-x. C'est juste E-e-g-a-r.

— Je vous dis qu'il est j-a-l-o-u-x de moi et de Muffy.

Otavite secoua la tête, écartant la suggestion de la jeune fille. C'était ridicule. Ce que disait la Princesse ne pouvait être vrai. Eegar et lui étaient ensemble depuis que le Géant était enfant, et ils le resteraient jusqu'à la mort. C'était ainsi. Soupirant fortement, il décida d'avoir une discussion avec le Pic-Bois géant têtu quand la jeune fille Elfe dormirait.

Pénélope avait collé Otavite comme une seconde ombre depuis qu'ils étaient arrivés à la forteresse, lui posant des millions de questions sur la vie des Géants et le harcelant implacablement pour sauver Nicholas.

— Vous devez beaucoup tenir à ce domestique, fit remarquer Otavite.

— Eh bien, vous savez comment c'est avec les domestiques, expliqua Pénélope sur le ton de la boutade. Quand on en trouve un bon, on fait tout ce qu'il faut pour le garder. Dieu sait comme c'est difficile de trouver des domestiques compétents de nos jours !

Otavite n'avait aucune idée de la façon dont ça se passait avec les domestiques, car il n'en avait jamais eu. En fait, la plupart du temps, en étant dans la Patrouille nationale de la Montagne, il se sentait exactement comme un domestique.

Après le dîner, assise dans le local des soldats sur un grand tabouret qui ressemblait plus à une table ronde qu'à un siège, Pénélope tenta une approche coupable.

— Comme vous avez entendu Malcom dire au roi des Morts de tuer les Elfes, ne pensez-vous pas que vous devriez avertir mon cousin ?

— Vous avez raison, admit le Géant. J'ai mis tout ça dans mon rapport. Le roi des Elfes sera averti.

— Mais, persista Pénélope, faisant tourner la tête du jeune soldat. C'est vous qui devriez aller à Béthanie.

— Mon devoir est ici, expliqua le Géant.

Pénélope changea de tactique.

— Je connais quelqu'un qui en sait long sur Tabou et Calad-Chold.

Elle s'arrêta une seconde pour s'assurer qu'elle avait toute l'attention d'Otavite. Elle l'avait. Le Géant la fixait comme si elle était la personne la plus étonnante au monde.

— Qui est cet ami important ? demanda-t-il.

Quelque chose dans son esprit lui disait de ne pas croire tout ce qui sortait de la bouche de la jeune fille. Par contre, comme elle connaissait les Elfes, il croyait qu'elle était ce qu'elle prétendait et il voulait croire qu'elle avait vraiment un ami qui pourrait éclaircir le mystère de Tabou.

— Oh, non ! s'exclama Pénélope en secouant la tête d'un air suffisant. Si vous m'aidez à retrouver mon domestique, je vous ferai rencontrer mon ami. Il sait tout.

— J'aimerais connaître Tabou et les choses qui s'y sont passées depuis si longtemps que personne ne s'en souvient. Je l'écrirai dans nos livres d'histoire et ce ne sera plus ensuite un sombre secret. Tous les Géants de Vark seront au courant de cette histoire.

— Eh bien, tout ce que vous avez à faire, c'est d'accepter de sauver Nicholas, insista Pénélope.

Finalement, au grand soulagement de la jeune fille, Otavite envoya un message au quartier général pour demander que des soldats accompagnent la Princesse perdue chez elle sur l'île d'Ellesmere, le pays des Elfes.

— Mon cousin, le roi Elester, sera si heureux de me voir que vous pouvez être sûr qu'il vous offrira une grosse récompense.

Otavite sourit. Il trouvait cette jeune fille fascinante. « Depuis que son petit compagnon jaune m'a mordu une douzaine de fois, pensa-t-il, je fais des progrès avec la chienne. » Plus tard dans la nuit, tandis qu'il marchait d'un poste à l'autre, vérifiant si tout allait bien dans la forteresse et le long de ses grands murs, il chercha les mots pour réconforter l'oiseau inerte sur sa tête.

— Écoute… euh… Eegar, commença-t-il. La Princesse et son petit compagnon sont loin de chez eux et ils ont besoin de notre aide pendant encore quelque temps. Es-tu fâché parce que tu penses que je les aime plus que toi ?

Il attendit l'agitation familière dans ses cheveux. Comme rien ne se passait, il continua.

— Je les aime, mais ils ne sont pas toi. Rien ne pourra jamais te remplacer.

Il crut sentir une plume lui effleurer doucement le crâne, mais il pensa que ce devait être son imagination. Le cœur lourd, il avança vers la caserne, mais le sommeil le gagna.

Deux jours plus tard, un message arriva de Vark à la suite de la requête d'Otavite. La missive comprenait des nouvelles et des ordres secrets.

— Quand partons-nous ? demanda Pénélope, qui brûlait d'impatience.

Elle était pressée de quitter la forteresse. La structure et tout ce qui prenait place dans l'édifice étaient si énormes qu'elle se sentait toute petite et aussi peu importante qu'une goutte d'eau sur le dos d'un canard. Tandis qu'elle mangeait ses repas en compagnie de deux cents créatures gigantesques qui pouvaient l'assommer d'un seul regard, elle mourait d'envie que ses amis soient à ses côtés. Les imposants Géants la traitaient avec bonté,

riaient beaucoup en sa présence et subissaient les morsures de Muffy avec le sourire, mais elle savait qu'ils
seraient soulagés quand elle ne serait plus là. Pourquoi ?
Parce que lorsqu'ils n'étaient pas assis ensemble, les
Géants étaient nerveux et terrifiés à l'idée de les écraser,
elle et son petit caniche.

— On partira ce soir, répondit Otavite. J'aime marcher
dans la neige au clair de lune.

Ce soir, le local des officiers était inhabituellement
tranquille. Les soldats dînaient en silence, la tête penchée
sur leurs assiettes. Vers la fin du repas, Pénélope se
surprit à pleurer. Enfin, Otavite repoussa son assiette et
se leva. Pénélope prit Muffy et mit le caniche dans sa
veste. Puis, elle s'essuya les yeux sur sa manche et grimpa
sur la table.

— Merci de nous avoir laissées, Muffy et moi, rester
dans la forteresse. Et merci d'avoir fouillé Tabou pour
Nicholas.

Voyant la mer de visages tristes, elle n'avait plus le
cœur de parler de Nick comme étant son domestique. Ça
ne lui semblait pas juste. C'était comme gifler quelqu'un
qui venait juste de vous sauver la vie en vous empêchant
d'être renversé par un bus. Pénélope renifla fort.

— Je ne vous oublierai pas, ajouta-t-elle.

Un des Géants se leva et s'éclaircit la voix.

— Adieu, petite Princesse. Vous nous manquerez.
Revenez nous voir un de ces jours.

— Et amenez l'animal à poils jaunes, dit un autre
camarade.

— Adieu, dirent tous les Géants à l'unisson. Nous ne
vous oublierons pas.

— Assurez-vous qu'il y aura des filles dans la Patrouille nationale de la Montagne quand je reviendrai, dit Pénélope.

À ces mots, les Géants se mirent à rire si fort que toute la forteresse trembla comme si elle allait s'effondrer.

Peu de temps après, une grande créature blanche apparut sur le seuil des nouvelles portes de la forteresse. Elle fit une pause, à l'extérieur, sa tête de rapace dressée comme si elle entendait des sons que seules ses oreilles pouvaient détecter, puis elle s'éloigna silencieusement de la forteresse vers un sentier peu fréquenté qui menait vers l'ouest. Avec sa fourrure blanche, le Carovorare blanc, qui se nommait Kurr, était presque invisible sur le sol recouvert de neige. Tout ce qui indiquait qu'il s'éloignait, c'étaient les brefs reflets lumineux qui apparaissaient quand le clair de lune éclairait ses épines pointues étroitement serrées sur ses flancs.

Otavite marchait dans le sillage de Kurr, son baluchon bourré de denrées pour un long voyage. Il respirait profondément l'air frais de la montagne en se demandant quels dangers allaient les menacer, les guettant sur le long chemin sinueux aussi sûrement que les chasseurs nocturnes attendaient la nuit. Sur sa tête imposante, Eegar était aussi calme que la mort. À côté du Géant, courant pour garder le rythme des longues enjambées, se tenait Pénélope, un bras appuyé contre sa poitrine, protégeant Muffy qui se tortillait comme une anguille pour se libérer. En quelques secondes, ils s'étaient fondus dans le paysage et avaient disparu. Dans l'énorme tour de garde, à la base de Bronks, les compagnons d'Otavite les avaient observés jusqu'à ce qu'ils les voient disparaître dans la nuit. Puis, ils s'étaient détournés, se demandant s'ils reverraient un jour le jeune Géant.

— Attendez, cria Pénélope, à bout de souffle.

Ils n'étaient pas sur le sentier depuis plus de quinze minutes, mais elle était déjà épuisée de courir à toute vitesse.

Otavite s'arrêta brusquement. Il était si absorbé dans ses pensées qu'il avait complètement oublié la jeune fille.

— Je suis désolé, dit-il, en soulevant Pénélope et en l'installant sur ses épaules.

— Wow ! soupira la jeune fille.

De son perchoir élevé, elle eut le souffle coupé lorsqu'elle aperçut le paysage éclairé par la lune. Elle était surprise de voir à des lieues à la ronde au milieu de la nuit.

— Il n'y a rien de plus beau ! s'exclama gaiement Otavite.

Ils voyagèrent pendant longtemps en silence. Enveloppée dans un manteau chaud et laineux qui la recouvrait de la tête aux pieds (un cadeau de départ des Géants), Pénélope ne sentait pas le vent froid. Sous le manteau, elle défit la fermeture éclair de sa veste et Muffy sortit la tête. Le caniche renifla l'air avec excitation. Pénélope sentait les longues oreilles jaunes du caniche lui battre le visage et lui frapper les joues comme des gifles. Elle étreignit son chien, trop préoccupée par le but de rattraper les ravisseurs de Nick pour penser à se pelotonner sur les larges épaules du Géant et à essayer de dormir.

La pensée que Nicholas avait pu s'échapper de Malcom et des Ogres, et qu'il soit perdu dans les vastes montagnes, lui traversa l'esprit, mais elle l'écarta. Non, les Ogres le gardaient prisonnier. De plus, le seul passage pour sortir du Bronks était la fissure. Ils avaient fouillé Tabou à fond et n'avaient trouvé aucune trace du garçon.

Si Nicholas s'était échappé, les Carovorari auraient déjà décelé son odeur ou détecté ses mouvements. « Non , pensa-t-elle. Il est avec les Ogres et je vais le sauver. »

Pénélope n'avait pas réalisé qu'elle s'était endormie jusqu'à ce que le Géant, botté, se cogne les orteils sur un rocher à moitié enterré sous la neige et qu'il s'arrête brusquement. Elle se redressa tout d'un coup, surprise que ce soit déjà le matin. Elle regarda derrière elle et vit le Bronks au sommet rouge, encore visible à cette distance, mais ils avaient couvert beaucoup de terrain au cours de la nuit. Quand Otavite la déposa sur le sentier enneigé, Pénélope chercha Kurr, mais elle ne voyait le Carovorare nulle part. Soulagée, elle ouvrit sa veste et libéra Muffy. Le Géant se mit à rire lorsque le caniche se précipita sur la neige comme une balle en émettant des aboiements aigus et qu'il explora le nouveau territoire, courant après sa queue en vesse-de-loup.

Otavite dégaina son long couteau, coupa des brindilles mortes qui pendaient aux arbres touffus et trapus, et en fit un tas pour le feu, alors que ses compagnons sculptaient des sièges rudimentaires dans la neige. Ils s'installèrent près de l'énorme feu et dégustèrent un petit-déjeuner réconfortant, arrosé de grands cafés chauds sucrés par un sirop blanc crémeux qui avait un goût de glace à la vanille. Le Géant était d'excellente humeur après la randonnée vivifiante sur le chemin de montagne et parlait amicalement de sa famille.

— Quel est le nom de votre sœur ? demanda Pénélope.

Elle essayait d'imaginer à quoi pouvait ressembler la vie d'un Géant, sans se rendre compte qu'Otavite se demandait comment des personnes aussi petites qu'elle réussissaient à rester en vie.

— Beryl, répondit le Géant, soudain nostalgique.

Cependant, quand il commença à énumérer les noms de tous les membres de sa famille, ce que Pénélope trouva très déroutant, elle les oublia rapidement.

— Comment communiquez-vous avec les Carovorari ? demanda-t-elle.

— Hum ! s'exclama Otavite.

Il prit quelques instants pour réfléchir à la question.

— C'est dur à expliquer, dit-il. Nous lisons dans nos pensées.

— Vous voulez dire de la télépathie ?

— Nous appelons ça de...

Et le Géant sortit un autre long mot que Pénélope ajouta à sa liste de *choses à oublier*.

Ils discutèrent jusqu'à ce qu'ils aient terminé leur café, puis Otavite essaya sans succès d'encourager et d'amadouer Eegar, l'oiseau têtu sur ses cheveux. Après moins d'une heure, ils étaient de nouveau en marche, Muffy douillettement installée à l'intérieur de la veste de Pénélope sous le manteau chaud offert par les Géants. La jeune fille se mit à penser à Eegar. Elle savait qu'Otavite était très inquiet du comportement de l'oiseau et du fait que la créature n'avait rien mangé depuis des jours. Elle détestait ce vicieux Pic-Bois géant, mais elle se dit que l'oiseau ne faisait peut-être pas semblant, après tout. Et s'il était vraiment mort ? C'est avec précaution qu'elle scruta la tête du Géant, essayant de repérer Eegar à travers les épais cheveux roux.

Puis, elle aperçut des ailes d'un rouge brillant. Elle s'approcha, son nez touchant presque la tête du Géant, et observa l'oiseau immobile. Le volatile avait les yeux grands ouverts et vitreux. Il était apparemment bien mort. La jeune fille fixa la poitrine de l'oiseau, cherchant un faible pouls qui lui dirait que le cœur d'Eegar battait encore. Malheureusement, elle ne perçut rien, pas le moindre battement. « Il est mort ! réalisa-t-elle, choquée, rejetant la tête en arrière. Il est mort depuis longtemps. » Pauvre Otavite ! Devait-elle le lui dire maintenant, ou attendre qu'il soit de plus en plus accoutumé à l'absence de réponses de l'oiseau ? Elle hésita pendant seulement une seconde puis, utilisant son pouce et son index comme une paire de pinces, elle tira délicatement sur les plumes d'Eegar et jeta l'oiseau mort dans la neige épaisse, sur le côté du sentier.

CHAPITRE VINGT ET UN

L'ATTAQUE SURPRISE

Petit regardait les deux Ogres d'un air mauvais et faisait claquer ses doigts.

— Sitruc, et toi, Yekim ! Venez avec moi !

Il avait craché leurs noms comme s'il avait un insecte dans la gorge.

— ET QUE ÇA SAUTE ! cria-t-il.

Il frappa le malheureux Yekim avec le fouet qu'il transportait pour remplacer la baguette des salles de classe qu'il utilisait jadis pour menacer Miranda et les autres élèves à l'école primaire de Hopewell, à Ottawa.

Sifflant de peur, Sitruc et Yekim se penchèrent sur le côté et firent tomber les lourds blocs de pierre de leurs dos. Puis, ils se redressèrent, échangèrent des regards effrayés et se précipitèrent vers l'ancien professeur.

Alors qu'il se dirigeait vers le poste de garde en pierre, M. Petit se raidit comme un cygne en colère, marmonnant des choses incohérentes, tout en imitant la voix du magicien. « Allez voir le garçon, Petit ! Assurez-vous qu'il est vivant, Petit ! On ne veut pas qu'il arrive quelque chose au garçon, n'est-ce pas, Petit ? Peut-être devrions-nous arranger un petit accident, Petit ! » Mini avait encore le visage rouge de rage à la pensée d'Indolent qui gloussait sans cesse des jeux de mots insipides avec son nom.

Somme toute, le poste de garde n'était qu'une grande pièce construite avec des blocs de pierre comme ceux utilisés dans le nouveau château de l'Indolence. Il formait une annexe au château. À l'intérieur, sur le mur opposé à l'entrée, se trouvait une porte robuste munie de barreaux. Derrière la porte, des escaliers de pierre descendaient vers le cachot aménagé par Indolent. La seule issue pour entrer et sortir du cachot était le poste de garde et il fallait passer la massive table de bois où une demi-douzaine de grands Trolls au visage blanc, en service vingt-quatre heures sur vingt-quatre, étaient assis.

Petit monta à pas lourds les larges escaliers et fit irruption dans le poste de garde, surprenant les Trolls, qui essayèrent à la hâte de cacher le jeu de société auquel ils jouaient, ou essayaient de jouer, en le poussant sous la table. De petites pierres rouges et jaunes translucides se répandirent sur le sol. Mini se mit presque à rire en voyant la tentative maladroite des Trolls pour cacher les pierres avec leurs pieds. Cependant, il était encore trop exaspéré de la façon dont Indolent l'avait traité pour se laisser aller à rire de ces stupides créatures empotées. Les ignorant, il fit claquer ses doigts et pointa la porte à barreaux sur le mur opposé.

— Euh, chef.

Un des gardes se leva lourdement, se traîna jusqu'à la porte, saisit le lourd verrou de fer et le souleva de son fermoir. La porte s'ouvrit vers l'intérieur en faisant du bruit. Mini donna trois coups de fouet sur les jambes nues du Troll, passa la porte et descendit lourdement les escaliers, furieux. Le tête inclinée pour éviter le regard des gardes, Yekim et Sitruc prirent des torches enflammées sur le mur de pierre et suivirent M. Petit de près.

Au bout d'un étroit couloir malodorant, Mini s'arrêta devant une solide porte de pierre munie d'épaisses charnières en fer. La porte était fixée au moyen de trois énormes verrous qui coulissaient dans des trous creusés dans le mur, et d'une longue barre de fer qui s'insérait dans une ouverture en métal.

— Ouvrez-la, ordonna Mini.

Il se calma quelque peu lorsqu'il vit les expressions terrifiées qui se lisaient sur les visages idiots des Ogres. « Ils ont peur que je les enferme », pensa-t-il, s'empêchant de rire. Pendant une seconde, il en caressa l'idée, mais il se ravisa. Il prit la torche de Yekim et la mit devant lui tout en poussant la lourde porte de la cellule sans fenêtres où il faisait noir comme dans un four.

— Oh, Nicholas ! Eiznek, petit ver… chanta-t-il en scrutant le cercle de lumière projeté par la torche.

Il s'arrêta brusquement de chanter quand il remarqua le gros bloc de pierre sur le sol à côté du mur qui donnait sur l'extérieur. Qu'est-ce que ce bloc faisait là ? Quelque chose n'allait pas ! Mini se précipita dans la cellule, les Ogres sur les talons, et balaya de son bras les coins sombres pour les éclairer. Puis, il vit le grand trou carré dans le mur, au-dessus du bloc de pierre, et sentit son corps se paralyser. La torche tomba de sa main, heurta le sol et s'éteignit, remplissant la cellule d'une fumée noire. La pièce était vide. Le garçon à l'esprit tortueux et le dégoûtant Eiznek s'étaient échappés à travers le mur.

L'ancien professeur ouvrit la bouche pour alerter les gardes Trolls mais, avant qu'il puisse dire un mot, il entendit le grincement familier de la pierre sur la pierre.

Ses cheveux se hérissèrent. La porte se refermait. Finalement, il voulut crier, mais c'était trop tard. Il entendit une série de sons métalliques quand les verrous se fermèrent et que la lourde barre s'inséra dans la fente.

Les Ogres ont une ouïe plus fine que les anciens professeurs. Les oreilles fines de Yekim et de Sitruc captèrent le bruit de la lourde porte juste au moment où elle se fermait. Avec des sifflements aigus, Sitruc resserra sa main sur la torche et bondit vers la porte. Yekim arriva en premier et fit irruption dans le couloir. Son compagnon retint son souffle et réussit à se glisser dans l'étroite ouverture avant que la porte se referme et que la solide barre tombe.

Excité, Nicholas poussa du coude son camarade de prison. Il ne pouvait pas croire que son plan fonctionnait. Quand il s'était écroulé sur le bloc de pierre à regarder la lumière en provenance du couloir se répandre dans la cellule au moment où la lourde porte s'était ouverte, il avait réalisé que la porte donnait sur une pièce et une idée avait germé dans son cerveau. Il n'eut pas le temps de se demander si elle était une bonne ou non. C'était une idée, et c'est tout ce qu'il avait.

— Vite ! murmura-t-il.

Il saisit son ami détenu par le bras et le traîna dans le coin derrière la porte. Osant à peine respirer, il attendit, espérant que tout fonctionnerait à son avantage pour changer. Puis, il reconnut la voix moqueuse de Mini les appeler et il garda ses yeux rivés sur l'ancien professeur, tandis que ce dernier se précipitait dans la cellule en compagnie des Ogres.

— Maintenant, murmura Nicholas en enfonçant son coude dans les côtes de son compagnon.

Les prisonniers se faufilèrent près de la porte et glissèrent comme des ombres silencieuses dans le couloir. De toutes leurs forces, ils saisirent la barre de fer, s'arcboutèrent et fermèrent la lourde porte.

— Ahhh ! cria Nicholas en se tournant et en se retrouvant face à face avec les Ogres pétrifiés de Mini.

— Sssst ! sifflèrent les Ogres, le dévisageant, leurs yeux jaunes aussi ronds que des billes.

— Aiiii ! cria Eiznek, voyant Nicholas pour la première fois.

Nicholas se remit le premier.

— Taisez-vous ! marmonna-t-il en se tournant vers les Ogres geôliers.

Il dressa l'oreille contre la porte de la cellule.

— Écoutez ! Je connais ce sale type. Il va être très fâché quand il découvrira qu'il est en dedans et que nous sommes dehors.

Il leva la main pour faire taire le soudain sifflement.

— Si vous criez, les gardes vont arriver, et on… commença-t-il en indiquant son compagnon. On nous ramènera très probablement dans la cellule. Mais vous auriez sûrement de gros problèmes pour vous être enfuis et avoir abandonné Mini. Vous comprenez ?

Les Ogres mirent une seconde à revenir de leur effroi, puis ils hochèrent la tête vigoureusement.

— Bon, soupira Nicholas. Maintenant, on doit travailler ensemble si on veut sortir d'ici sains et saufs. Et rappelez-vous, une fois qu'on sera dehors, on ne pourra plus faire marche arrière. Ne vous laissez pas distraire par quoi que ce soit. Si quelqu'un crie, ne vous retournez pas. Continuez à marcher jusqu'à ce qu'on soit sauvés.

Il regarda tour à tour les deux Ogres.

— Bon, voilà ce qui va se passer, poursuivit-il. Soit nous restons tous les quatre enfermés dans cette sombre cellule à manger des rats vivants pour le reste de notre vie, soit nous essayons de sortir d'ici.

Il eut la chair de poule quand une lueur émergea des yeux des Ogres à la mention des rats vivants et, pendant une seconde, il paniqua presque, pensant que les malheureux allaient choisir la sombre cellule et un régime de rongeurs plutôt que la chance de s'échapper. Cependant, quand les Ogres inclinèrent la tête à nouveau et qu'ils sifflèrent d'excitation, il fut soulagé.

Au bruit des pas montant les escaliers du cachot, les Trolls regardèrent vers la porte. Leurs visages bosselés et blancs revêtirent des expressions coupables comme s'ils s'étaient fait prendre en train de dévorer les bestioles d'Indolent. Marmonnant « Eh, chef », ils se relevèrent à la hâte de sous la table où ils ramassaient les morceaux de leur jeu de société qui n'avaient pas été réduits en poudre quand ils avaient tenté de les cacher avec leurs pieds.

Faisant claquer son fouet contre sa jambe, Mini arriva en furie en ne jetant qu'un bref regard dans leur direction. Derrière, arrivèrent les deux lèche-bottes de Petit, le misérable garçon humain au milieu. Un des Trolls sourit méchamment et passa sa langue noire sur ses lèvres grasses quand il vit que Nicholas le regardait. Les autres Trolls rirent et pilonnèrent la table avec leurs poings, écrasant le reste des petites pierres rouges et jaunes.

Nicholas sentit la sueur descendre le long de son cou et de son dos. « À quoi j'ai pensé ? se demanda-t-il. Je dois être fou. On ne s'en sortira jamais. » Il détourna rapidement les yeux de l'horrible garde au regard sournois pour regarder la porte juste devant. « Plus que quelques pas, pensa-t-il. Pitié, ne les laissez pas nous attraper. » À ce moment, cette courte distance lui parut des milliers de kilomètres. Il observa son Ogre compagnon de cellule faire une assez bonne imitation de Mini quand il se dirigea vers la sortie, ignorant les Trolls comme s'ils étaient invisibles.

Les Ogres avaient croisé les bras et sifflé furieusement quand le garçon avait insisté pour qu'ils repartent dans la cellule et qu'ils maîtrisent le professeur, tandis qu'Eiznek et lui ôteraient la robe à capuchon de Mini. Cependant, Nicholas savait que c'était la seule chance qu'ils avaient de passer les gardes. Heureusement, quand Eiznek enfila la robe, il était couvert jusqu'aux pieds.

— Oh, oh ! s'exclama Nicholas en remarquant les griffes aux pieds nus qui dépassaient sous la robe.

Il était évident que les Trolls allaient reconnaître que la robe n'était pas celle de leur chef.

— Ne t'arrête pas, Eiznek ! murmura le garçon.

Il craignait que, même si les Trolls ne remarquaient pas les pieds nus, ils verraient le cœur d'Eiznek battre violemment contre sa poitrine, leur signalant que le prisonnier était en train de s'échapper.

Puis, soudain, ils étaient à l'extérieur, respirant l'air vicié de la vallée d'Indolent comme s'il était aussi pur et frais que la brise en montagne. Nicholas saisit la grille pour stabiliser ses jambes tremblantes et regarda autour de lui. Il faisait nuit, mais il distingua la longue file d'Ogres sortant de la vaste carrière noire et secoua la tête. « Pauvres choses ! », pensa-t-il tristement, se demandant pourquoi ils ne s'étaient pas unis pour combattre les Trolls, s'enfuir, ou autre. Il leva les yeux vers le ciel nocturne.

Ni les étoiles ni la lune n'étaient visibles au-delà du nuage noir suspendu comme de la fumée solide juste au-dessus de la partie achevée du château. Le garçon ne pouvait toujours pas croire qu'ils avaient réussi — marchant juste devant les Trolls avec tant de culot. Il voulait crier et rire, mais il savait qu'ils n'étaient pas encore hors de danger. Ils devaient continuer, mettre une distance entre eux et les gardes à l'intérieur du poste ainsi qu'avec les Trolls qui brandissaient leurs fouets à l'extérieur.

Nicholas avança et faillit tomber tête contre terre. Il était plus faible qu'il le croyait. « J'aurais dû manger des rats ! » murmura-t-il pour lui-même. Il n'avait fait que quelques pas quand Sitruc et Yekim lui libérèrent les bras, ouvrirent la bouche et commencèrent à émettre de forts sifflements. Puis, ils partirent, courant vers la file d'Ogres et les gardes Trolls, agitant les bras et gesticulant comme des fous devant les prisonniers.

— TRAÎTRES ! cria Nicholas, oubliant son état de faiblesse.

Il descendit à la hâte les larges escaliers et courut aveuglément vers l'obscurité, loin des gardes.

— J'ESPÈRE QUE VOUS ALLEZ VOUS ÉTRANGLER AVEC UN OS DE RAT.

Jetant un coup d'œil par-dessus son épaule, il vit Eiznek — son compagnon de tant de mauvais jours — qui le regardait, le visage affligé aussi imperturbable qu'une statue.

— VIENS, cria-t-il, faisant signe à l'Ogre de le suivre.

Eiznek n'attendit pas qu'on lui dise deux fois. Ses yeux s'éclairèrent comme des pierres précieuses jaunes et il courut derrière le garçon, un large sourire rendant son visage hideux presque beau.

— J'espère que tu sais où nous allons, parce que, moi, non, dit Nicholas quand son ami arriva à ses côtés.

En réponse, Eiznek prit la tête, sautillant vers le contour noir d'une colline qui se profilait dans le sombre horizon. Nicholas gardait les yeux fixés sur le dos de la créature et la suivait de près, luttant contre des vertiges qui menaçaient de le faire tomber. Il trouvait toujours en lui une force cachée qui lui permettait de continuer. Toutefois, la colline vers laquelle ils se dirigeaient le préoccupait. Il avait en effet remarqué que les collines étaient protégées par des gardes, quand ses ravisseurs Ogres et lui avaient marché en étroit défilé dans la vallée d'Indolent. En dehors de quelques buissons rabougris, il n'y avait aucune couverture ni endroit pour se cacher. S'ils ne passaient pas les collines avant la nuit, ils seraient exposés comme le postérieur d'un babouin.

CHAPITRE VINGT-DEUX

EN ROUTE
VERS LES COLLINES

énélope enfonça son coude dans la tête d'Otavite.

— Regardez ! cria-t-elle en indiquant une des basses collines onduleuses au loin. Là-bas ! Dans l'herbe ! Quelque chose bouge !

Otavite s'arrêta brusquement, expulsant presque Pénélope de son perchoir sur ses larges épaules. Il leva un bras puissant pour se protéger les yeux du soleil éblouissant de l'après-midi et regarda dans la direction que lui indiquait la Princesse en pointant du doigt les coteaux lointains. Il compta dix grandes créatures qui descendaient rapidement la colline et il les reconnut immédiatement à leurs formes blanches et gonflées.

— Des Trolls ! cracha-t-il avec dégoût. Ils se déplacent terriblement vite. Ils doivent suivre quelque chose.

Il leva le bras pour soulever Pénélope de ses épaules, mais la jeune fille comprit l'intention du soldat. Elle s'accrocha à la veste de laine d'Otavite comme une sangsue collée à la jambe d'un nageur.

— Non, cria-t-elle. Je refuse de rester là. Ça doit être Nicholas. Je viens avec vous.

Le Géant soupira. D'abord Eegar, puis la Princesse. Pourquoi cette fille était-elle si difficile, alors que tout ce qu'il voulait, c'était la ramener chez elle en un seul morceau ? Était-il trop doux ? Aucun des autres Pic-Bois géants ne s'était comporté comme Eegar. En fait, il n'en avait eu qu'un bref aperçu sur la tête de ses amis. Tous les oiseaux de ce genre semblaient contents de rester à un endroit. Maintenant, la jeune fille Elfe agissait exactement comme l'oiseau.

— C'est pour votre bien, dit-il enfin. Vous serez en sécurité ici, tandis que Kurr et moi, nous découvrirons ce que chassent les Trolls.

— Non ! Je vous ai dit que je ne resterai pas ici.

Pénélope enfonça profondément ses doigts dans la veste du Géant.

Otavite soupira à nouveau.

— Comme vous voudrez, dit-il finalement. Mais si vous vous faites tuer, ce sera de votre faute. Kurr ne sera pas loin. Alors, prenez garde à votre caniche.

Il porta la main à sa bouche et poussa un cri étrange, profond, tel un beuglement. Quelques secondes plus tard, le même bruit vint en réponse de la gauche, au loin. Pénélope regarda autour d'elle, mais elle ne pouvait pas voir le Carovorare. Puis, Otavite partit, se déplaçant si vite que la jeune fille dut se cramponner à la veste du Géant pour ne pas tomber sur le sol rocailleux.

Ils avaient laissé les montagnes et la neige derrière eux depuis des heures, et avaient suivi le même sentier qui serpentait parmi les basses collines onduleuses. Pénélope avait ôté son chaud manteau de laine, tandis que l'air glacial de la montagne s'estompait et que le soleil brillait sur les voyageurs, leur réchauffant le visage. Du coin de l'œil, elle crut voir un mouvement furtif et tourna la tête. Or, tout ce qu'elle put distinguer, c'étaient des étincelles quand le soleil dansait sur quelque chose d'énorme et de blanc filant à vive allure parmi les petits arbres en lisière du chemin de terre.

Devant, les Trolls étaient nettement visibles maintenant. Leur nombre avait quadruplé au fur et à mesure que les créatures apparaissaient depuis les côtés de la colline et qu'elles avançaient vers leurs camarades qui descendaient. Quoi qu'ils chassaient, la proie était prise entre les trois bandes.

— S'il vous plaît, plus vite, implora Pénélope, sachant qu'Otavite se déplaçait aussi vite que le vent.

Toutefois, le Géant ralentit soudainement et finit par s'arrêter complètement.

— Nous devons nous cacher et nous approcher sans être vus, dit-il en faisant appel au camouflage magique.

Il attendit la sensation de picotement qui remontait toujours le long de ses bras quand il évoquait le don particulier d'Eegar. Rien ne se produisit. Otavite resta immobile et essaya à nouveau. Toujours rien. Quelque chose n'allait pas.

— Je ne comprends pas, dit-il. La magie n'a jamais échoué avant.

— Que diable faites-vous ? s'enquit Pénélope, se demandant si son nouvel ami avait perdu la tête.

— La magie d'Eegar, expliqua calmement Otavite. Aussi longtemps que le Pic-Bois géant vit sur ma tête, je peux utiliser sa magie pour nous cacher, pour nous fondre avec le paysage. Il n'est plus là, Pénélope.

— De quoi parlez-vous ? demanda Pénélope, qui sentit grandir un sentiment de culpabilité en elle.

Otavite prit une profonde respiration.

— Dans mon pays, les oiseaux comme Eegar font leur maison sur nos têtes. Nous les accueillons, car ils nous font profiter de leur don de camouflage. Eegar est comme un caméléon, un oiseau-caméléon. Quand je ne veux pas être vu, j'utilise son don.

Il secoua la tête tristement.

— Je ne sais pas pourquoi il est parti, poursuivit-il.

« Oh, oh ! » Pénélope était contente que son visage ne puisse être vu par le Géant parce qu'il était devenu soudain aussi blanc que la neige tombée à la forteresse. Comment allait-elle lui dire qu'il n'y avait plus d'Eegar — qu'elle avait jeté l'oiseau mort ? « Je dois lui en faire part », pensa-t-elle, souhaitant de tout son cœur avoir laissé l'oiseau mort sur sa tête. Elle se demanda comment Otavite réagirait quand il découvrirait ce qu'elle avait fait. « Le pire qu'il puisse faire, c'est de me tuer, pensa-t-elle. Eh bien ! Je ferais aussi bien de le dire maintenant et d'en finir. »

— Otavite… ? commença-t-elle, la gorge serrée.

— Oui, Princesse.

— Arrêtez de m'appeler comme ça. Je vous ai dit que je m'appelais Pénélope.

— Je sais, Princesse, mais je ne me sens pas le droit de vous appeler par votre nom.

— Vous ne me rendez pas la chose facile, soupira la jeune fille, les larmes lui collant les cils. Je dois vous dire quelque chose. Vous n'allez pas aimer ça…

— Pas maintenant ! ordonna le Géant, qui se mit à courir. Là ! Les Trolls se rapprochent de quelque chose. Ils ne l'ont pas repéré encore. Attendez ! Il y a deux créatures… petites comme vous. Pouvez-vous les voir ? Les connaissez-vous ?

Pénélope plissa les yeux en raison du soleil, essayant de distinguer les créatures prises au piège.

— Oh, Otavite, c'est Nicholas… et … je ne peux pas le croire… mais ça ressemble à… Mince ! C'est un de ces horribles Ogres.

Tapi dans les grandes herbes à mi-chemin vers le bas de la colline, Nicholas tapa sur le dos de son compagnon qui tremblait. Il y avait des Trolls partout. Certains ratissaient la colline au-dessus et d'autres grimpaient par l'autre côté.

— Je suis désolé, Eiznek, dit le garçon. Je ne sais pas comment nous allons nous en sortir cette fois. On ne peut aller nulle part.

Ezneck inclina la tête, soupirant tristement. Nicholas avait le cœur serré pour son compagnon. Il sentait la peur de l'autre et se sentait responsable.

— C'est ma faute, dit-il, se forçant à croiser le regard de l'Ogre. Je t'ai impliqué là-dedans. Tu aurais probablement mieux fait de rester dans la cellule.

— Sssst ! fit l'Ogre en secouant la tête avec véhémence. Sssst !

Cependant, Nicholas ne se sentait pas mieux. Il se sentait responsable parce qu'il avait encouragé la créature à venir avec lui. Il lui avait dit : « Je vais nous sortir d'ici. Je ne laisserai rien t'arriver. Fais-moi confiance. » Ses paroles avaient l'air peu sincères quand elles résonnèrent dans son esprit. « C'était facile à dire », pensa-t-il, se sentant aussi coupable que s'il avait poignardé Eznek dans le dos.

— Regarde où ça te mène de m'avoir fait confiance, dit-il doucement, détournant les yeux.

Et Miranda ? Comment allait-il la retrouver avant Malcom… et l'œuf ?

Il saisit le bras de l'Ogre si fort que l'autre grimaça de douleur.

— Je viens de penser à quelque chose, dit-il, les yeux illuminés d'excitation. Tu te rappelles comment nous avons trompé les gardes ?

Son compagnon acquiesça.

—Aucun d'entre eux n'était là, poursuivit Nicholas. Donc, ils ne savent pas ce qui s'est passé dans le cachot. Et je ne crois pas que les deux Ogres aient eu le temps de leur dire que nous avons enfermé Mini dans la cellule. Donc, pourquoi ne pas agir de la même façon ? Fais quelque chose pour attirer l'attention des gardes, puis prends mon bras et prétends que tu m'as capturé. Qu'en penses-tu ?

Pendant une seconde, Eznek, le visage inexpressif, fixa le garçon comme s'il n'avait pas compris, mais Nicholas pensa, ou espéra, que l'Ogre était en train de digérer le plan qui venait de lui être soumis. Le garçon prit une grande respiration, incapable de comprendre l'expression de l'autre. Puis, l'Ogre fit un grand sourire, hocha la tête et siffla gaiement.

— Parfait ! acquiesça Nicholas, en esquissant un sourire.

Il tapa dans la main de l'Ogre dans une tentative boiteuse de faire un geste de félicitation. L'Ogre regarda sa paume, puis, perplexe, fixa le garçon.

— Ça ne fait rien, dit Nicholas. Ça serait trop long à expliquer. Maintenant, écoute ! On doit être capables de jouer le jeu tant qu'ils penseront que tu es le chef. Si tout va bien, ils ne m'attacheront pas. Par contre, tu devras te montrer fort et brave. Fais en sorte que tu veux le mérite pour m'avoir capturé. Ne les laisse pas m'enlever à ton contrôle. Et ne les laisse pas voir ton visage. Agis comme Mini !

L'Ogre acquiesça et, avant que Nicholas ait le temps de cligner des yeux, il l'attrapa par le bras et le souleva, le remuant violemment. Quarante Trolls tournèrent leurs têtes pleines de bosses dans la direction de l'Ogre déguisé et du prisonnier en fuite. Eznek secoua sa charge durement et monta la colline vers les gardes qui avançaient.

Puis, un fort beuglement gronda sur la colline, faisant plier les longues herbes presque à plat et immobilisant quasiment Nicholas et Eznek. Un énorme monstre cauchemardesque avançait sur la colline, laissant dans son sillage une large allée d'herbes piétinées. Les grands poils de Kurr ressortaient comme les piquants d'un porc-épic géant. Cependant, tout le monde sur la colline pouvait voir que la créature n'était pas un spécimen de ce genre. Nicholas oublia qu'il était censé jouer le prisonnier. Il saisit le bras d'Eznek et commença à courir. Il se fichait de se diriger directement vers les Trolls ; sa seule pensée était de mettre le plus de distance possible entre lui et l'horrible chose qui chargeait. Les Trolls crièrent et se dispersèrent dans toutes les directions, se heurtant les uns les autres dans leur bousculade effrénée pour s'enfuir.

Pénélope eut le souffle coupé quand Kurr se jeta sur une bande de Trolls, retroussant les babines tandis que ses dents acérées mordaient l'ennemi. C'était horrible. Le Carovorare géant ressemblait à une machine monstrueuse devenue enragée. Sa grande queue pointue frappait encore et encore. Les épines géantes sur ses côtés pénétraient profondément dans les Trolls, empalant les créatures dont les vains efforts ne faisaient que rentrer les épines plus profondément dans leurs corps.

Les griffes aiguisées de Kurr découpaient les ennemis avant que ceux-ci puissent crier. En moins d'une minute, plus d'une douzaine de Trolls étaient étendus morts, les corps déchiquetés comme des bonhommes Michelin géants renversés par une tondeuse.

— Faites-moi descendre ! cria Pénélope, luttant pour ne pas vomir.

Or, Otavite l'ignorait, ou plutôt était tellement concentré sur la bataille qui se déroulait en avant que la petite Princesse Elfe avait tout simplement cessé d'exister pour lui. Pénélope enfouit son visage dans la veste du Géant et sanglota sans pouvoir s'arrêter, ses bras serrant Muffy si fort que le caniche gémissait et se tortillait pour l'alarmer.

Réalisant qu'ils ne pourraient pas distancer la créature géante, les Trolls se regroupèrent et allèrent au combat, s'organisant pour encercler le Carovorare.

— Meurs, gros tas stupide ! chantaient-ils.

Ils échangeaient des regards enragés avant d'asséner à la créature des coups en même temps et de tous les côtés. Ils faisaient claquer leurs fouets et lui entaillaient la peau avec leurs épaisses épées incurvées.

— Partez ! cria Otavite en levant le bras vers le sommet de la colline. On ne vous fera aucun mal si vous partez.

Au son inattendu de la voix du Géant, Pénélope risqua un bref coup d'œil pour voir si les Trolls obéissaient. Cependant, ils se mirent à rire et la moitié d'entre eux se tournèrent et avancèrent vers Otavite, se rapprochant de plus en plus. Pénélope vit que le Géant faisait de son mieux pour écarter les Trolls avec ses grands bras sans les tuer, mais ils commençaient à constituer une sérieuse menace pour lui. Ils le chargeaient, leurs longs fouets claquant dans les airs comme des sacs en papier remplis d'air éclatant au contact de la chair. Le Géant avait les bras couverts d'une multitude de coupures sanglantes, mais il ne semblait pas s'en apercevoir. En fait, il essayait de raisonner les gardes déchaînés.

— Arrêtez maintenant ! Vous ne pourrez pas éliminer Kurr. Rebroussez chemin et vous serez vivants pour voir l'aube. Nous voulons seulement le domestique, Nicholas.

Pénélope remarqua que le Carovorare ne partageait pas les scrupules d'Otavite envers la mort des Trolls. « Ce doit être parce que ce n'est qu'un animal, pensa-t-elle. Il agit par pur instinct. Mais Otavite est humain, et sa grande humanité pourrait le faire tuer par des créatures qui n'attachent aucune valeur à la vie humaine ou à toute autre forme de vie ». « Pas même la leur », murmura-t-elle, regardant avec dégoût comment les Trolls prenaient leurs camarades et essayaient de les offrir à la bête pour se protéger eux-mêmes.

Puis, un des Trolls fit une feinte et enfonça son épée dans la jambe d'Otavite, infligeant au Géant une profonde coupure. Avant que la créature puisse libérer son arme, Otavite hurla de douleur et de colère, et frappa avec son long couteau, tailladant trois Trolls en un mouvement. Les créatures sentir leurs genoux fléchir et tombèrent à la renverse comme des arbres lors d'un glissement de terrain. Pénélope essaya de se baisser derrière la tête du Géant pour éviter d'être éclaboussée par la substance laiteuse verte qui giclait des blessures des Trolls, mais elle n'alla pas assez vite. La matière malodorante pleuvait sur sa tête et ses épaules, la recouvrant d'une sorte de pus visqueux qui sentait encore plus mauvais qu'une mouffette tuée sur la route depuis trois jours.

— Beurk ! cria-t-elle.

Elle raclant l'horrible matière de ses cheveux et la fit tomber de ses doigts. Elle remarqua que son caniche aimait le goût du liquide des Trolls et qu'il léchait activement une goutte sur l'encolure de la veste qu'elle portait.

— Stupide chienne ! s'écria-t-elle en donnant une tape sur le museau de l'animal.

Du coin de l'œil, elle vit d'autres Trolls apparaître, surgissant du sommet et des flancs de la colline. Ils ressemblaient à d'énormes larves blanches fourmillant sur un corps. Dans quelques minutes, Otavite serait envahi.

— Allons-y ! cria-t-elle. D'autres arrivent. Partons d'ici.

Elle se sentit responsable des blessures infligées à Otavite.

Le Géant remplit ses grands poumons d'air. La Princesse avait raison. Otavite pouvait entendre les cris de nombreux Trolls venus rejoindre leurs camarades. Il agita son long couteau dans un grand mouvement circulaire de gauche à droite, puis dans l'autre sens, touchant six ou sept créatures. Puis, il recula et suivit les indications de la jeune fille vers le chemin que le méchant petit Ogre avait pris avec le domestique. Ils distancèrent facilement les Trolls qui les pourchassaient en beuglant comme des sangliers sauvages, et retournèrent vers la bête ennemie à la vilaine queue pointue.

— Nii-iik ? cria Pénélope. Nicholas ?

Elle rit presque quand le Géant ouvrit sa grande bouche pour l'imiter.

— Nich-o-las ? avait-il crié à son tour.

La scène rappela à la jeune fille une publicité à la télé où un homme sur un sommet des Alpes en Suisse criait le nom d'un sirop pour la toux.

— Le voilà ! s'exclama Pénélope.

Elle mourait d'envie de sauter des épaules du Géant et de courir vers Nicholas, mais elle savait qu'elle irait plus vite si elle restait là où elle était. Le fait d'être complètement immobile lui donnait l'impression qu'Otavite se déplaçait très lentement.

Nicholas entendit son nom résonner d'un côté à l'autre de la colline comme si quelqu'un avait parlé dans un haut-parleur. Il se tourna, plissant les yeux tellement il était perplexe de découvrir l'origine de cette forte voix. Avant qu'il puisse réagir, la créature humaine la plus énorme qu'il n'avait jamais vue arriva et saisit Eznek, qui était tapi derrière lui. C'est seulement à cet instant que Nicholas bougea. Il chargea la jambe du Géant, donna des coups de pied et de poing, et cria à en faire exploser ses poumons.

— NON ! Laisse-le, sale type !

Pénélope était sidérée. Nicholas avait-il fini par perdre l'esprit ? Pourquoi s'intéressait-il à ce qui arrivait à ce vilain crapaud ? « Aha ! pensa-t-elle. Il s'est identifié à ses ravisseurs, comme les victimes d'enlèvement. C'est le syndrome de Stockholm. Pauvre Nicholas. » Elle cria le nom de son ami.

Nicholas s'immobilisa en reconnaissant la voix.

— Pénélope ! Mais… comment ?

Il leva doucement la tête, sans oser deviner comment la voix de son amie pouvait arriver de cette énorme créature.

— Nick ! En haut, ici. Otavite ne te fera pas de mal. Nous sommes venus te sauver.

— Pénélope ?

Nicholas regarda la jeune fille perchée sur les épaules du Géant comme si elle le possédait.

— Que fais-tu là ?

— C'est une longue histoire, répondit Pénélope.

— Dis à ton ami de laisser Eiznek. Il n'est pas comme les autres. Il m'a aidé à m'échapper.

Otavite déposa doucement le petit Ogre sur le sol et tourna la tête vers Pénélope.

— Princesse, est-ce votre domestique perdu ?

Nicholas sembla confus. Princesse ? Domestique ? Que se passait-il ?

Pénélope devint aussi rouge que les plumes d'Eegar. Humm... euh... C'est une autre longue histoire.

— Allons-y, suggéra Otavite, qui se tourna et fit de grandes enjambées sur la colline.

— Où ? demanda Nicholas, courant pour suivre le Géant.

— J'accompagne la Princesse jusqu'au pays des Elfes, dit Otavite.

Pénélope se mit le doigt sur les lèvres et avertit Nicholas de rester calme.

— Je t'expliquerai plus tard, dit-elle en articulant les mots sans les prononcer.

— On doit trouver Miranda ! s'exclama Nicholas. J'ai découvert ce qu'ils veulent faire avec le dernier œuf. Malcom le réserve pour elle. On doit la trouver en premier et l'avertir.

— Oh, mon dieu ! s'écria Pénélope.

Elle frissonna en visualisant le serpent aux yeux rouges émerger du corps de son hôte humain. Elle avait vu un tel serpent une fois auparavant. À Béthanie, au couronnement du roi Elester. Elle ne pouvait pas supporter l'idée que quelque chose de si horrible pouvait arriver à Miranda — qu'un des serpents du Démon pourrait tuer son amie et vivre à l'intérieur de son corps.

— Oh, Otavite. S'il vous plaît, vite.

Ils laissèrent rapidement les Trolls survivants derrière eux. Pénélope cherchait Kurr des yeux, mais il n'y avait aucune trace de la grosse bête blanche. Quand ils s'arrêtèrent pour se reposer dans un endroit reculé entre deux montagnes, Otavite annonça qu'il devait dormir. Pénélope ne pouvait pas croire qu'il avait marché, sans s'arrêter, pendant presque deux jours. Tandis que le Géant s'occupait de ses blessures et se pelotonnait dans les herbes hautes, Pénélope laissa Muffy sortir de sa veste. Nicholas et elle se blottirent l'un contre l'autre et murmurèrent longtemps dans la nuit. Quand elle jeta un coup d'œil sur l'Ogre, ce dernier sourit timidement et tordit nerveusement ses longs doigts évasés.

— Comment as-tu fait la connaissance de... quel est son nom ? demanda-t-elle.

— Il s'appelle Eiznek, répondit Nicholas d'un ton protecteur.

Il raconta comment les Ogres l'avaient finalement capturé dans le nouveau château d'Indolent. Il narra tout ce qui s'était passé et comment le magicien maléfique l'avait jeté dans le cachot.

— C'est là que j'ai rencontré Eiznek, fit-il remarquer. Il était captif aussi.

— Nous devons parler au roi Elester et au Druide au sujet d'Indolent, dit Pénélope.

— Oui, acquiesça Nicholas. Et au sujet de la caverne et de Malcom. Quelque chose se prépare et je ne comprends pas quoi. Quand je me suis trouvé dans le château de l'immonde cafard, j'avais l'impression de faire un rêve. Quelque chose était différent, mais je ne sais pas quoi. J'avais le sentiment que tout le monde attendait quelque chose ou quelqu'un.

Il se tut, secouant la tête. Puis, il regarda Eiznek.

— J'aimerais que mon ami puisse parler français, car je crois qu'il sait ce qui se prépare.

Eiznek siffla pour acquiescer.

— J'en sais un peu, dit Pénélope. Mais je crois qu'Otavite est au courant plus qu'il ne le dit. Il a parlé d'une mare et a même dit que si Malcom te détenait, il t'y jetterait. Puis il m'a questionnée à propos du roi des Morts.

Elle regarda Nicholas dans les yeux et haussa les épaules.

— Je ne sais pas de quoi il parlait, avoua-t-elle.

— Demandons-lui, proposa Nicholas.

— Demander quoi ? s'enquit Otavite en se frottant les yeux.

— À propos de la mare et du roi des Morts, répondit Nicholas.

Alors, Otavite leur dit tout ce qui s'était passé dans le Bronks. Ses compagnons avaient les yeux grands quand il décrivit le sarcophage et le corps que l'Elfe et les Ogres avaient libéré et glissé dans la mare calme.

Nicholas regarda Pénélope.

— L'Elfe, ce devait être Mathus, dit-il.

— C'est ça, acquiesça-t-elle. J'avais tout oublié de Mathus. C'est parce qu'il était si, tu sais, si passif.

— Plus maintenant, dit Otavite. Il n'est plus là. Un de mes camarades l'a jeté dans la mare. Je l'ai vu couler sous mes propres yeux.

Ses compagnons se turent. Les trois savaient qu'un terrible plan était en train de se tramer, mais il manquait trop de morceaux dans le puzzle et leurs cerveaux étaient épuisés d'essayer de découvrir lesquels. Un par un, ils sombrèrent dans le sommeil, mais des squelettes géants et des serpents sifflant envahirent leurs rêves et les firent pousser des cris dans la nuit.

CHAPITRE VINGT-TROIS

UN VOL VERS
LES TERRES NOIRES

 e désespoir envahit Miranda comme une immense vague noire. La jeune fille se sentit menacée d'être tirée vers le bas et poussée vers le fond de l'océan. Il était tôt le matin et ils étaient dans les airs depuis un jour et une nuit. Les Chasseurs ailés avaient volé sans interruption, le bruit de leurs ailes grondant comme le tonnerre dans le ciel. Au loin, Miranda vit une tache noire. Elle n'avait pas besoin de s'en approcher davantage pour la reconnaître avec autant de certitude que la Tour de la paix, à Ottawa. Le cataclysme tourbillonnant et hurlant protégeait les terres du Démon aussi efficacement qu'un mur massif. Or, ce n'était pas un mur. C'était une tempête constituée de l'essence de toutes les créatures qui s'était tournées vers la Haine pour répondre à leur soif de pouvoir et qui s'étaient retrouvées à son service.

Miranda avait des sentiments partagés à propos des morts-vivants, des disciples de la Haine. Elle les craignait, mais elle les plaignait aussi. Elle se souvint que Naïm avait déjà dit que les morts-vivants savaient ce qu'ils faisaient quand ils avaient choisi volontairement le Mal. Cependant, elle n'en était pas si sûre. S'ils avaient su que la Haine leur ôterait leurs esprits et détruirait ce qu'ils avaient été, ne laissant que des coquilles vides, l'auraient-ils suivie ? S'ils avaient su qu'ils cesseraient d'exister, l'auraient-ils suivie ? Ces questions la troublaient. Elle voulait désespérément comprendre pourquoi les TUGS et les Werecurs s'étaient tournés vers le Démon. Peut-être était-ce la même avidité qui avait mené Calad-Chold à forger ses terribles épées.

La jeune fille n'était pas vraiment surprise de voir que les Terres Noires étaient leur destination finale. Elle s'était tellement efforcée de comprendre pourquoi le Démon la voulait vivante qu'elle ne s'était pas préoccupée de l'endroit où on l'emmenait. Maintenant, cette découverte lui donnait la chair de poule. Qu'est-ce qui l'attendait dans l'obscurité aux éléments déchaînés ? Était-ce le Démon ? Et si la Haine s'était échappée du Lieu sans nom à l'insu des Elfes ? Et si… ? « Ça suffit », chuchota-t-elle en silence.

Elle pensa à ses amis. Où étaient-ils maintenant ? Nick et Pénélope étaient-ils en vie ? S'étaient-ils retrouvés et étaient-ils rentrés chez eux ? Ou avaient-ils atterri ici, quelque part dans ce monde ? Et si le roi des Morts les avait trouvés ? Et, Bell ? Tout ce que Miranda avait vu de sa meilleure amie la dernière fois, c'était une petite silhouette sombre qui s'enfuyait, lui donnant l'impression qu'elle était son pire ennemi. « Oh, Bell, je suis désolée, pensa-t-elle. J'espère que tu vas bien. » Elle se demanda si elle allait revoir un jour ses amis. Elle imagina que ces derniers pensaient à elle tout comme elle pensait à eux, et elle s'accrocha à cette idée de tout son cœur.

Soudain, un cri strident déchira le ciel et la fit frémir, on aurait dit le bruit d'un couteau émoussé qui taillait du cristal . Elle sentit une vague émotion parcourir le Chasseur, qui serra sa poitrine tremblante avec ses griffes acérées. Était-ce de la peur ? Les Chasseurs pouvaient-ils craindre quelque chose ? Elle tourna la tête, parcourant le ciel des yeux à la recherche de l'origine de la peur ou de la rage de la créature. Cependant, elle ne vit rien d'étrange. Puis, les Werecurs réagirent en même temps, se laissant tomber et plongeant la tête vers le sol lointain comme de monstrueuses mouches noires. Les ailes charnues se serrèrent autour de Miranda, lui coupant la vue et l'étouffant à moitié.

« C'est Naïm », pensa-t-elle, sachant au moment même où cette pensée lui traversa l'esprit que les créatures ne réagissaient pas au Druide. Elles étaient au moins à trois cents mètres d'altitude et à des kilomètres de la portée des pouvoirs de Naïm. Incapable de voir, elle ferma les yeux et écouta les pulsations rapides de son cœur, comptant les battements pour s'empêcher de crier.

Haut dans le ciel, au sud-est des Montagnes Blanches, le majestueux Aigle à deux têtes, Charlemagne, glissait sur les courants d'air chaud. Là où le soleil touchait ses ailes à l'extrémité dorée, il avait l'air de flammes qui jaillissent ; on aurait dit une boule de feu vivante. Ses yeux perçants de la couleur de l'ambre étaient rivés sur la masse noire en dessous. L'Aigle volait à vive allure vers les Terres Noires mais il changea de direction.

Depuis plusieurs jours maintenant, il parcourait le ciel, scrutant le territoire à la demande de Naïm, le Druide, qui était très inquiet de ce qui s'y passait. Quand il avait vu la terre noircie et dévastée, il avait pensé que c'était une rivière croupie et extrêmement polluée serpentant dans la vallée vers le nord-est. Il avait plongé pour voir de plus près, mais il ne s'était pas posé. La puanteur et le sentiment de quelque chose de maléfique l'avaient incité à rester éloigné. Il avait réalisé qu'il ne s'agissait pas d'une rivière, mais d'une piste qui avait été créée par quelque chose d'énorme. Alors, l'Aigle s'était élevé de plus en plus haut jusqu'à ce qu'il eut une vision globale du territoire avec les sentiers noirs et fumants qui arrivaient et partaient des Terres Noires. Quel était ce nouveau mal déchaîné par le Démon ?

Des turbulences heurtèrent violemment l'Aigle, le secouant de leurs poings invisibles, et le faisant tourner et se renverser dans la soudaine perturbation. L'oiseau se redressa et effleura les abords du vent violent, puis se crispa, tandis que le ciel devenait noir et qu'une ombre gigantesque passait au-dessus de lui.

Trois mille mètres au-dessus des Werecurs, là où l'air mordait la chair de ses dents de glace, un énorme Dragon Noir décrivait paresseusement des cercles dans le ciel matinal. Il tourna la tête sur le côté et cracha dans le vent, s'éclaircissant la gorge des os encore présents dans sa bouche caverneuse. La seule chose qu'il ne pouvait pas digérer des Ogres, c'étaient leurs os. Les petits os étaient toujours embêtants. « Donnez-moi des Trolls tous les jours, marmonna-t-il. Le même nombre d'os, mais plus gros et plus faciles à expulser ! »

Le monstrueux Dragon Noir avait eu une chasse fructueuse au cours de la nuit, mais le profond grondement en provenance de son estomac lui fit réaliser qu'il avait encore faim. Il roula sur le dos et se laissa porter par les courants d'air, savourant le goût des diverses créatures qu'il avait dévorées ces six dernières heures, sans compter la bande d'Ogres qui, bien que nourrissants, avaient un goût de suie. D'abord, il y avait eu cette espèce de long serpent. « Pas mauvais, pensa le Dragon, mais un peu trop coriace. » Pourtant, il avait gardé l'œil ouvert pour en trouver un autre. Ensuite, il avait entamé une descente vers une douzaine de Trolls et les avait surpris. Les Trolls n'étaient pas à proprement parler un mets exotique, mais on pouvait toujours compter sur eux pour avoir le même goût, un goût qui rappelle celui du fromage blanc.

L'énorme prédateur volant bavait, tandis qu'il se rappelait le plus délectable mets de la nuit — un troupeau de bovins. Le Dragon adorait les bovins, mais les bêtes de ce genre se faisaient rares. Ayant les yeux plus gros que le ventre, quand il tombait sur un troupeau, il avait tendance à manger outre mesure. Combien avait-il englouti de bovins la nuit dernière ? Une douzaine ? Deux douzaines ? Il ne s'en souvenait plus, mais il croyait que c'était plus de dix. C'est drôle mais, contrairement aux os de Trolls et d'Ogres, ceux des vaches sont vraiment succulents, surtout quand l'animal est avalé en seulement quelques bouchées. Tous ces goûts terriblement excitants en même temps !

De ses yeux perçants, le Dragon avaient détecté le mouvement d'autres créatures vivantes au cours de la nuit : des lapins et des proies plus petites qui n'excitaient en rien ses papilles. Cependant, il avait aussi vu autre chose, et il en était perplexe. Atterrissant dans une forêt dense au milieu d'une violente tempête d'arbres et de rochers causée par la puissance de ses grandes ailes et de ses coups de queue, il avait senti la présence de quelque chose de noir et de menaçant. Normalement, les

Dragons ne voyaient pas de signification au terme « menaçant », parce que rien ne leur faisait peur. Or, le Dragon avait su, au silence inhabituel et pesant des arbres et des habitants de la forêt, que quelque chose de maléfique avait sournoisement pénétré dans les bois. Il avait eu l'impression que le monde entier retenait son souffle, attendant dans la peur que la fin arrive.

Il n'avait pas découvert la source du mal, mais ses larges narines avaient détecté une odeur suave de moisi et il vit de ses propres yeux la terre fumer là où l'être était passé. C'était l'odeur de la créature qui l'étonnait. Son nez lui dit que cette senteur émanait de quelque chose qui était mort depuis des siècles. Cependant, la terre roussie et fumante indiquait que le passage de la créature était récent. Le Dragon frissonna. Des flammes jaillirent de sa bouche, réchauffant l'air froid environnant, sans toutefois faire fondre la glace qui s'était emparée de son cœur.

Le Dragon se mit sur le dos pour changer de direction, étira ses ailes puissantes et descendit lentement. Il décrivait de grandes spirales et scrutait la terre à la recherche de quelque chose d'étranger, quelque chose qui n'était pas à sa place. Il repéra l'Aigle rougeoyant et, pendant un moment, il pensa à souffler sur les plumes de l'oiseau pour l'envoyer dans l'autre monde, mais ses yeux furent attirés par un grand nuage noir filant à vive allure à travers le ciel comme une ombre, effaçant la surface de la terre. Le Dragon allait se diriger vers les Montagnes Blanches quand quelque chose à propos du nuage attira son regard. Les larges spirales se rétrécirent et il se laissa tomber pour mieux voir.

De ses yeux perçants aux couleurs de flammes, le Dragon fixa la tache noire. « Si ça, c'est un nuage, je me mange la queue », pensa-t-il. De la vapeur sortit de ses narines géantes quand il reconnut les créatures : « Les Chasseurs de la Haine ! » Pendant une seconde, il pensa qu'il avait résolu l'énigme de la forêt. Or, il y repensa ensuite à deux reprises. Non ! Ce n'étaient pas les infects Werecurs qui pétrifiaient la forêt. Les êtres ailés n'étaient ni astucieux ni intelligents. Ils ne pouvaient ni penser ni raisonner. Ils ne pouvaient pas être heureux ou tristes. Le Démon avait fait en sorte de les dépouiller de leur humanité et de les transformer en aberrations stupides, asservies à sa volonté. Ils effrayaient les Elfes et les Nains, mais ils ne faisaient pas peur aux Dragons et ils ne préparaient assurément rien comme la présence dans la forêt.

Que faisaient les Chasseurs en dehors des frontières des Terres Noires ? La dernière fois que le Dragon avait croisé les êtres ailés, lui et un grand nombre des siens les avaient ramenés dans l'obscurité. Les choses s'étaient passées il y avait déjà un an et il ne les avait pas revus depuis. Quelque chose se tramait. « Ça ne me regarde pas », pensa le Dragon. Il expulsa ces mots dans un flot de flammes et plongea vers le nuage noir.

Les Werecurs poussèrent des cris perçants et filèrent à vive allure pour s'abriter dans les arbres, mordant et entaillant les membres inférieurs de leurs grotesques compagnons. Miranda avait l'impression de se trouver sur des montagnes russes géantes dans un endroit sombre et sans air. Elle avait de la difficulté à respirer. Serrée dans les ailes infectes de la créature, elle se sentit enveloppée par la puanteur de la mort et de la décomposition, ce qui lui donna de multiples haut-le-cœur. Soudain, elle sentit la créature vaciller comme si quelque chose d'énorme l'avait heurtée violemment. Tout ce qu'elle réalisa ensuite, c'est que le corps du Chasseur était devenu mou et que ses ailes se détachaient. Elle tomba en chute libre dans les airs, dégringolant en faisant la culbute vers les arbres qui se rapprochaient de plus en plus rapidement.

Typhon, le chef des Dragons Noirs et le gardien du trésor, cracha du feu tandis qu'il percutait le Werecur. De ses griffes antérieures acérées, il le taillada une seule fois et ce fut suffisant. La créature était morte. Déjà avant que sa silhouette sans vie commence sa chute, le Dragon l'avait oubliée et en avait repéré une autre. Cependant, un mouvement en dessous de lui, à sa droite, attira son regard et il vira dans sa direction, la tête la première. Quelque chose à côté du Werecur tombait dans les airs. Typhon plongea de plus en plus bas, ses longs membres antérieurs étirés en avant pour attraper la petite bourse en argent qui avait glissé des griffes du TUG.

Ravi de ce trésor, le chef des Dragons Noirs fit en sorte que les Chasseurs s'éloignent vers les Terres Noires, puis il vira à vive allure et se dirigea vers les Montagnes Blanches, et surtout vers chez lui.

CHAPITRE VINGT-QUATRE

LE CONSEIL DE BÉTHANIE

 irlie était l'Elfe le plus âgé du royaume et le chef des conseillers d'Érudicia.

— Pardon, Sire. Êtes-vous en train de dire que nous ne lèverons pas le petit doigt pour arrêter le roi des Morts ?

Elester venait juste d'aviser le Conseil que Calad-Chold avait été rappelé de la mort et qu'il réunissait toutes ses légions sanguinaires dans les Terres Noires.

— Ils ont ciblé Béthanie pour leur sombre projet, conclut-il. Et ils arrivent. Ils viennent aussi sûrement que l'hiver survient dans les hautes montagnes.

Il se tourna vers Airlie.

— Il y a une chose qu'il faut savoir, dit-il, mais nos chances de réussir à temps sont pratiquement nulles.

Le jeune roi des Elfes serra la pierre de sagesse verte de son père dans sa main, tandis qu'il regardait l'expression sur les visages des hommes et des femmes qui siégeaient à la longue table.

— Calad-Chold s'est forgé un couteau, expliqua-t-il. Le Druide croit que cette lame tordue est la seule arme qui peut être utilisée contre le roi des Morts.

Airlie prit la parole, ses yeux vert émeraude brillant vivement.

— Où est cette lame ? demanda-t-il.

— Je ne sais pas, avoua Elester en secouant la tête de lassitude. Elle peut être partout.

— Je vous le dis, elle est ici !

Au son de la voix râpeuse, tous les yeux se tournèrent vers le Nain bourru assis vers l'extrémité de la table.

— Absurde ! s'écria Airlie. Je m'excuse, mon ami Nain, mais, si le couteau du roi des Morts était caché quelque part sur cette île, nous, les Elfes, nous le saurions. Nos pouvoirs magiques l'auraient détecté au moment même où il aurait pénétré sur nos terres.

— Hrumph ! grogna Grégoire. Vous n'avez pas détecté les œufs du Démon !

Un silence embarrassant s'ensuivit.

— Vous avez raison, finit par admettre Elester. Nous avons laissé aller les choses. Nous avons mis de côté nos pouvoirs de recherche, peut-être parce que nous espérions que la bataille de Dundurum avait marqué la fin de la terreur du Démon. Mais depuis, aucune nuit ne s'est passée sans que j'utilise mes pouvoirs pour rechercher le Mal sur cette île. Le couteau est maléfique et il n'est pas ici.

Il n'était pas question de pouvoir absolu. Comme son père avant lui, le jeune roi Elfe prenait des décisions qui affectaient la sécurité de l'île d'Ellesmere après avoir sollicité l'aide du Conseil de Béthanie. Les membres du Conseil comprenaient Érudicia, douze des hommes et des femmes les plus sages du royaume, élus par le peuple

Elfe. Les chefs des différentes armées et toute personne ou être pouvant apporter son savoir étaient aussi autorisés, même encouragés, à être présents à des réunions spéciales du Conseil ou à y participer.

Assise sur une des trois chaises au bout de la table, Arabella se tenait aussi droite qu'un tisonnier, essayant de paraître plus grande. En examinant les autres dans la pièce, elle avait remarqué le visage pâle des membres d'Érudicia quand le roi avait livré son rapport. Elle avait vu leur chair devenir aussi blanche que les tuniques à capuche qu'ils portaient comme symboles de leurs fonctions, comme s'ils étaient âgés de centaines d'années. Elle se sentait peinée pour eux, car toute leur sagesse cumulée s'avérait inutile contre l'horreur qui arrivait.

« C'est la fin du monde ! » pensa-t-elle. Et, pendant un moment, elle ne pouvait penser à rien d'autre. Arabella en était si profondément convaincue qu'elle s'étrangla presque de désespoir. Puis, elle serra les poings et combattit ses pensées, les amenant dans les coins sombres de son esprit où elle refusait d'aller.

Elle parcourut la table des yeux. Renfrogné, le roi Grégoire marmonnait grossièrement, tandis qu'il raclait avec impatience ses bottes sur le sol et qu'il tapait du coude la surface de bois lisse. Arabella ne put s'empêcher de sourire, mais elle se cacha la bouche avec sa main et regarda vite ailleurs avant qu'il la remarque.

Le roi des Nains était un homme d'action. Il détestait rester assis quand il pouvait être dehors à traquer l'ennemi. Arabella soupira. « Mais cette fois, c'est différent, pensa-t-elle. Comment peut-on traquer et combattre un ennemi qui est déjà mort — un ennemi invulnérable ? » Pourtant, elle comprenait l'impatience du roi des Nains, car elle avait aussi très envie d'agir. Le fait qu'ils soient tous assis à attendre la rendait folle.

En regardant vers le bout de la table, la jeune fille remarqua qu'Andrew Furth était occupé à prendre des notes. Sentant le regard d'Arabella sur lui, le jeune sujet leva les yeux, fit un clin d'œil et esquissa un sourire qui ressemblait à un éclair furtif dans la pièce sombre. Arabella lui rendit un bref sourire, puis continua à examiner les autres. Ce qu'elle avait réalisé la déprimait, lui alourdissant les épaules. On aurait dit qu'elle se fondait dans le tissu de sa chaise. Elle soupira, se demandant ce qu'elle pouvait bien faire ici. Quel était son rôle dans la guerre qui allait se dérouler dans ce pays avec la force d'un tsunami ? Que connaissait-elle à la guerre ? « Je vais probablement apercevoir Calad-Chold et fuir à toutes jambes comme une souris devant un faucon », songea-t-elle.

Cette idée lui alourdissait le cœur, mais elle devait admettre qu'elle n'avait que onze ans. Elle s'était toujours vue forte et intelligente — une meneuse, au point que certains de ses amis la surnommaient « mademoiselle Contrôle ». Elle dévorait les livres et connaissait beaucoup de choses. Ses notes à l'école étaient excellentes. Pourtant, dans cette pièce, parmi les gens les plus intelligents du monde, et des soldats aux visages sévères et aux yeux verts glacials, elle se sentait petite et stupide — complètement impuissante. Elle ne pouvait absolument rien faire pour aider à sauver les Elfes et leur monde contre le roi maléfique et son armée assassine. Le fait de prendre conscience qu'elle était aussi insignifiante qu'une gouttelette d'eau dans une violente averse la frustrait terriblement.

Arabella soupira à nouveau. « Je veux rentrer chez moi ! » Cette pensée la sortit de son cafard. Et soudain, elle souhaita qu'en un simple clignement d'yeux elle pourrait se retrouver à Ottawa, en sécurité chez elle, à regarder un film ou à s'amuser avec des amis. Même une de ses conversations sans fin avec sa mère serait mieux qu'attendre que la mort vienne et la prenne. Or, elle se rappela la faille qui s'était ouverte le long de la rivière Rideau près de sa maison ; selon Miranda, des créatures rôdaient dans l'obscurité au fond du vaste abîme. Elle réalisa que même si elle revenait chez elle, elle n'y serait pas en sécurité. Quand Calad-Chold en donnerait l'ordre, les morts afflueraient de la faille dans la terre, inondant Ottawa comme une rivière qui déborde et tuant tout le monde sur leur passage. C'était trop affreux à imaginer. L'esprit de la jeune fille s'emballa, tandis qu'il cherchait frénétiquement un moyen d'échapper à la horde assassine, mais il était pris au piège, comme un oiseau sauvage se cognant les ailes contre les barreaux de sa cage.

— On va mourir !

Arabella n'avait pas réalisé qu'elle parlait tout haut jusqu'à ce que le lourd silence la fasse brusquement se lever de sa chaise. Toutes les têtes dans la pièce étaient tournées vers elle. Elle rougit et sentit les larmes lui monter aux yeux.

— Je suis désolée, dit-elle d'un ton légèrement aigu. C'est juste que tout le monde parle de cette histoire de mort qui ne peut être arrêtée et que j'ai peur. J'ai si peur que ça me fait mal ici.

Elle se croisa les poings sur la poitrine et appuya fort contre son sternum.

— J'en ai assez, continua-t-elle, son regard passant d'un visage sans sourire à un autre. Alors, s'il vous plaît, dites-moi : allons-nous rester ici sans rien faire ?

Pendant une seconde, personne ne parla, puis le doux rire d'Elester rompit le silence. — Viens ici, jeune fille.

Arabella glissa de sa chaise et se dirigea lentement vers le bout de la table, consciente que tout le monde la regardait. Ça lui était égal. Il n'y avait rien de mesquin ou de méchant dans les regards posés sur elle. Les adultes s'inquiétaient pour elle, car ce n'était encore qu'une enfant. Quand elle eut rejoint le roi, elle s'arrêta. Elester plaça délicatement ses mains sur les épaules de la jeune fille.

— Tu as raison d'avoir peur, Arabella, dit-il. Mais tu n'es pas la seule. Regarde !

Il montra les hommes et les femmes dans la pièce.

— Regarde dans leurs yeux, poursuivit-il. Ne vois-tu pas que nous avons tous peur ?

Arabella obéit. Elle regarda les gens autour de la table et les autres assis le long des murs. Cette fois, elle ne vit pas seulement des adultes. Elle vit des êtres humains comme elle, juste plus âgés. Et, alors qu'elle scrutait leurs regards, elle réalisa qu'Elester avait raison. « Ils ont aussi une peur bleue ! » pensa-t-elle. Toutefois, la vue d'une salle pleine d'adultes terrifiés ne la réconfortait pas.

— Tant qu'il reste du temps, il y a de l'espoir, fit remarquer Elester. Ce n'est pas la première fois que le Mal menace de nous balayer de la surface de la terre. Et ce ne sera pas la dernière.

— Mais, Sire, allons-nous mourir ? demanda Arabella, qui sentait la peur toujours incrustée en elle.

— Je ne te mentirai pas, jeune fille, dit Elester, les contraintes des derniers jours lui donnant l'air plus vieux. Contre cet ennemi, nous pourrions fort bien mourir.

Arabella s'effondra, sanglotant et reniflant de façon incontrôlée.

— J-j'ai s-si p-peur. Je-je ne v-veux pas ê-être l-lâche.
Personne ne savait quoi faire pour réconforter la jeune
fille désespérée. Elester prit une longue respiration.

— Arabella, commença-t-il.

Il parlait doucement, mais sa voix était énergique,
assurée et si déterminée que, pendant un instant,
l'humeur morose de la salle du Conseil s'égaya et l'espoir
s'embrasa dans le cœur d'Arabella. La jeune fille leva la
tête et rencontra les yeux vert clair de la seule personne
du monde à qui elle faisait confiance de la garder en vie.

— Arabella, poursuivit Elester, tu n'as pas de sang
elfique, mais tu as le cœur de mes plus valeureux guerriers.
Si tu n'avais pas peur, j'aurais pitié de toi. Reconnaître le
Mal et le craindre, c'est le début de la sagesse. Et toi,
jeune fille, tu es sage malgré ton jeune âge.

Arabella fut grandement étonnée lorsque le roi la
félicita devant les autres.

— Cette jeune fille est venue d'un autre monde avec
une des nôtres, Miranda, pour nous avertir du danger,
malgré le fait qu'elle craignait dans tout son être le Mal
qui avait été appelé et qui serait bientôt lâché contre
nous. Sa présence ici aujourd'hui doit être un rappel à la
nation des Elfes de ne jamais cesser de craindre le Mal.

Elester s'arrêta et sourit à Arabella.

— Mais nous devons être forts et ne pas laisser la
peur faire le jeu du Mal, poursuivit-il.

Arabella hocha la tête. Elle n'était pas sûre de comprendre tous les mots que le roi Elester venait de
prononcer, mais elle savait ce qu'il voulait dire. Si elle
laissait sa peur la paralyser, elle ferait aussi bien d'abandonner ou de se coucher et mourir, car elle serait déjà
perdue. Elle avança pour retourner à son siège, mais le

roi lui mit la main sur le bras et l'arrêta. Il inclina la tête vers le siège vide près de lui.

— Assieds-toi, dit-il. Je pourrais avoir besoin de ta sagesse.

Puis il se tourna et s'adressa aux autres.

— Je pars pour Vark cette nuit, annonça-t-il, levant la main pour calmer les soudains murmures de protestation. Cette mission ne serait pas nécessaire si le Druide était ici. Malheureusement, notre plan pour retrouver la trace de la lame tordue depuis la guerre de Vark contre Rhan à son emplacement actuel a échoué quand les Chasseurs du Démon ont capturé la jeune fille, Miranda. Notre ami, Naïm, ne pouvait pas l'abandonner. Il est allé à sa recherche. Je dois donc partir sans les précieux conseils du Druide et chercher ce cercueil de fer. Je m'assurerai ainsi que le roi des Morts est en marche.

Arabella se leva brusquement, les yeux brillant d'excitation. « Enfin ! pensa-t-elle. On va faire quelque chose. » Elle lança un regard au roi Grégoire et s'efforça de retenir un ricanement quand elle vit le visage du Nain craquer sous un large sourire tout en dents. Lui aussi, il était heureux d'agir.

— Attendez, Sire, dit Coran, le commandant grisonnant de la garde des Elfes. Vous êtes notre roi. Votre place est ici. Vous ne connaissez pas les dangers qui vous attendent sur la route des Montagnes Rouges. Je serais heureux de faire le voyage à votre place.

— Coran a raison, admit Math, un aîné à la voix douce qui avait été un ami proche et un confident du défunt roi Ruthar.

Arabella aurait été surprise d'apprendre que l'homme frêle à l'air si gentil avait jadis commandé toute l'armée des Elfes.

— Risquer votre vie en mission ne nous aidera pas à combattre le roi des Morts et son armée, poursuivit Math, et ce serait imprudent.

Elester écoutait patiemment, tandis que d'autres voix rejoignaient l'aîné dans sa protestation. Puis il secoua la tête avec lassitude.

— Vous avez raison, dit-il tranquillement. Et tort. En tant que soldat, j'ai dormi sur le sol avec les hommes et les femmes sous mon commandement. Je n'ai jamais demandé à personne de me remplacer. En tant que roi, ne pensez-vous pas que j'ai le devoir de tout savoir sur le Mal auquel nous faisons face avant de demander aux autres de mourir en le combattant ?

— Mais, et si… ?

Elester leva la main pour faire taire l'aîné.

— Ce n'est pas par caprice que j'ai pris cette décision. Nous devons d'abord protéger l'île. Des troupes se rassemblent pendant que nous parlons. Si l'armée des Morts ne peut être vaincue, je dirigerai nos soldats vers les bateaux. Mon voyage sera court. Airlie s'occupera du royaume pendant mon absence avec l'aide de ses collègues d'Érudicia. Math commandera la partie de l'armée qui restera ici pour défendre notre territoire, et s'occupera de la sécurité. Dans la matinée, notre population évacuera les villes. Elle se rassemblera à Basilic. Et si tout échoue, nous irons vers la mer et conduirons notre peuple vers l'ouest.

— Où est Basilic ? demanda Arabella.

Elle avait oublié qu'il était impoli d'interrompre un roi, mais Elester ne sembla pas s'en soucier.

— Basilic est notre forteresse murée dans les montagnes nordiques, répondit-il. C'est un vaste endroit qui peut facilement accommoder toute la nation elfique. Tu le découvriras par toi- même, Arabella, car tu voyageras avec Airlie.

— Quoi ?

Arabella s'était levée avant que le mot sorte de sa bouche.

— Que voulez-vous dire par je voyagerai avec Airlie ? poursuivit-elle.

— Tu seras en sécurité dans les montagnes, dit Elester.

« Ce n'est pas juste ! » pensa Arabella. Une minute, ils agissaient comme si elle était vraiment importante et, la minute suivante, ils la traitaient comme une enfant. Eh bien, elle ne leur appartenait pas. Elle n'était même pas de leur monde. Elle était libre : elle pouvait donc aller où elle voulait et faire ce qu'elle voulait. « Il est hors de question que je reste en arrière », se jura-t-elle en souriant innocemment à Andrew Furth, qui la regardait avec suspicion.

Après la réunion, Arabella erra sans but à travers la ville en ne prêtant attention à rien. Elle avait l'esprit occupé à trouver un moyen de suivre Elester et les autres. Il faisait noir quand elle se retrouva à l'extrémité sud de la ville, près du port.

— Je n'ai trouvé la jeune fille nulle part, annonça Andrew. Mais, Sire, je l'ai observée de près quand vous avez dit qu'elle devait rester ici et j'ai pu lire sur son visage qu'elle préparait quelque chose.

Elester prit les rênes de Noble et sortit l'étalon gris de l'écurie.

— Cette jeune fille est perdue et effrayée, expliqua-t-il. Imagine ce qu'elle peut ressentir… seule… sans ses amis. Laisse-la, Andrew. Elle est intelligente et les choses s'arrangeront.

Il donna à son sujet une tape sur l'épaule.

— Elle comprendra qu'il est sage de rester ici, enchaîna-t-il.

— J'ai peur de ne pas partager votre certitude, Sire, répliqua simplement Andrew en haussant les épaules.

Elester glissa son pied dans l'étrier et sauta en selle. Puis, il fit avancer Noble jusqu'à ce qu'il se retrouve en face des hommes qui l'accompagneraient au pays des Géants. Il y avait Grégoire, le roi des Nains, aussi raide que s'il était assis sur une selle d'épines pointues au lieu d'avoir pris place sur une selle de cuir délicat et aguerri. Deux soldats Nains, le drapeau des Nains et l'étendard du roi en berne sur de longs pôles, étaient avec lui. Andrew Furth était là, incapable de cacher son amusement devant l'inconfort du roi des Nains. Faron, le capitaine des cavaliers du roi, et dix de ses meilleurs cavaliers composaient les derniers membres de la compagnie.

— Allons-y, ordonna le roi. Notre flotte nous attend.

Puis, il mena sa troupe vers le port. Les sabots des chevaux ne faisaient pas de bruit dans les sentiers herbeux, tandis que les membres de la compagnie se déplaçaient comme des fantômes dans la ville endormie. Personne ne remarqua le petit bateau voguer hors du port tel un spectre silencieux et noir, dans le sillage de dix gros transporteurs.

CHAPITRE VINGT-CINQ

JUSTE À TEMPS POUR DÎNER

e vieil homme aurait trébuché sur la petite forme étendue sur la neige si son chien-loup n'avait pas grogné d'un air menaçant. Le vieillard sentait sa vue baisser depuis tant d'années qu'il ne se souvenait plus quand ça avait commencé. Cependant, il refusait de porter des lunettes, insistant sur le fait que le problème était temporaire et qu'un jour il verrait aussi bien que lorsqu'il avait vingt ans.

— Qu'est-ce que c'est que ça, mon chien ? Qu'as-tu trouvé, hein ?

L'homme avança vers la forme vague du chien, d'une démarche extrêmement lente comme s'il marchait sur de grandes racines exposées.

— Tu es un bon chien, dit-il, en tapotant la tête du chien-loup.

Il sentit ses vieux os craquer tandis qu'il s'agenouillait sur le sol, sans se préoccuper de la neige et des aiguilles de pin pointues qui piquaient ses frêles genoux.

— Bien, bien, Chercheur, poursuivit-il. C'est un humain. Une jeune fille humaine.

Il pressa un doigt ridé contre le cou de l'adolescente, cherchant le pouls de la jeune fille.

— Elle est en vie, mon garçon ! s'exclama-t-il. Tout juste !

Le vieil homme prit doucement la jeune fille dans ses bras, se releva avec difficulté et avança en chancelant dans le blizzard vers la petite maison à peine visible dans la clairière à la lisière du bois. Le gros chien-loup faisait la trace avec des va-et-vient, annonçant leur arrivée par une série d'aboiements perçants.

Peu de temps auparavant, Miranda était tombée. En dessous, sur l'épais lit de branches, caché parmi les grands pins, quelque chose attendait. La jeune fille ne savait pas quoi, mais elle savait ce qu'il voulait. Il voulait la tuer. Alors, elle devait être prudente et rusée. Elle ne devait pas le laisser la trouver. Son corps heurta les arbres, cassant les branchages qui griffaient la peau nue de ses bras et de son visage. Elle s'accrocha aux grosses branches dans une vaine tentative de ralentir sa chute. Les aiguilles piquaient ses mains et ses doigts, et restaient plantées, enfoncées comme des échardes. La dernière chose dont elle se souvint avant de s'écraser au sol, c'est la douleur qui parcourait son corps et plus tard, beaucoup plus tard, les aboiements d'un gros chien. Elle se demanda ce que le chien de Nicholas faisait ici.

Elle ouvrit les paupières et cligna des yeux. « Où suis-je », demanda-t-elle tout haut. Elle donna des coups aux couvertures qui se trouvaient au pied du lit et s'efforça de s'asseoir. « Aïe ! » Elle avait mal partout, comme si elle avait été frappée par une voiture. Elle avait l'impression que sa tête était coupée en deux. Elle essaya de lever le bras pour maintenir sa tête en un seul morceau et réalisa qu'un de ses bras, le gauche, était étroitement apposé sur ses côtes. « Cassé ? » se demanda-t-elle. Plissant les yeux en raison de la lumière qui rentrait par une petite fenêtre, elle scruta autour d'elle, enregistrant les détails de la chambre dans son cerveau. La pièce n'était meublée que d'un lit simple, d'une petite table de chevet et d'un grand miroir sur pied dans le coin, près d'une vieille armoire en bois.

La jeune fille baissa les yeux et vit qu'elle portait encore ses vieux habits. Elle se renfrogna quand elle remarqua à quel point ses vêtements étaient déchirés et sales après ses démêlés avec les Werecurs et sa chute dans les arbres. Elle descendit du lit et marcha doucement vers l'armoire. Là, elle s'arrêta pour se regarder dans la glace. « Beurk ! » s'exclama-t-elle en se rapprochant pour examiner toutes les éraflures sur son visage et ses bras. « Tu es affreuse, mais je t'aime encore », murmura-t-elle. Tandis qu'elle ôtait l'écharpe de son bras, elle se crispa soudainement. Elle avait l'impression que… qu'elle était déjà venue ici, dans cette même chambre, devant ce miroir, à regarder les coupures et les éraflures d'un autre temps. « Non ! » Elle chassa ce sentiment et ouvrit la porte de l'armoire. Elle resta figée, perplexe devant le contenu de la vieille commode.

« C'est impossible », murmura-t-elle, alors qu'elle tendait son bras indemne pour toucher une paire de pantalons amples en flanelle suspendue à une patère en bois à l'intérieur de la porte de l'armoire. Pendant une seconde, elle fut sûre d'avoir vraiment perdu la tête. Elle connaissait ces pantalons. Elle les avait portés. Puis, elle vit les collants rouges en laine et la longue robe jaune qu'elle avait laissés pour Nicholas. L'ombre d'un sourire lui traversa le visage quand elle se rappela à quel point elle avait ri lorsque Nicholas était sorti de cette chambre avec les ridicules collants de laine et la robe. Elle était devenue aussi rouge que les collants.

Miranda secoua la tête. Peu importe ce qu'elle voyait, il ne s'agissait pas des mêmes vêtements. Ça ne pouvait pas être les mêmes. L'idée était ridicule. Nicholas et elle s'étaient enfuis dans ces habits et les avaient jetés au feu, quelque part sur la route de Dunmorrow. C'est pourquoi ce ne pouvait pas être les mêmes. En outre, les pantalons qu'elle avait portés avaient des trous aux genoux quand elle avait fini par les jeter. C'est tout de même avec crainte qu'elle leva les jambes des pantalons et qu'elle les observa sur toute leur longueur. « Ouf ! Aucun trou ! » Miranda était sur le point d'abandonner son investigation quand elle remarqua la délicate et presque invisible couture autour des genoux. Elle avait le visage livide et les mains tremblantes tandis qu'elle s'éloignait de l'armoire.

Elle avait vu les habits brûler, les avaient tapotés avec un bâton jusqu'à ce qu'ils soient en cendres. Comment avaient-ils pu se retrouver dans cette armoire… dans la maison des Augures ?

Réaliser qu'elle était revenue dans le monde dément des Augures la remplit de terreur. Pendant une minute, elle ne parvint ni à penser clairement ni à bouger.

« Je dois sortir d'ici », finit-elle par murmurer, tout en marchant prudemment vers la porte. Elle appuya l'oreille contre l'espace entre la porte et le châssis, écouta attentivement, mais n'entendit rien. Elle toucha la poignée et en écarta brusquement la main, comme si elle avait effleuré un brûleur chaud, quand le bouton en verre tourna sous sa main. Miranda recula, essayant de mettre assez de distance entre elle et ce qui allait passer la porte légèrement ouverte.

La porte craqua en s'entrouvrant. Puis, un visage rond aux joues rouges se pencha dans la porte.

— Aha ! Bienvenue au pays des vivants ! dit le vieil homme, rayonnant de bonheur. On croyait que tu étais fichue !

Miranda se força à sourire, mais son moral tomba à plat quand elle fixa les yeux couleur ambre du vieil homme joyeux.

— Eh bien ! s'exclama le vieillard, les yeux scintillants. Tu t'es réveillée juste à temps pour dîner. Vite ! La patronne a cuisiné toute la journée. On ne peut plus la faire attendre.

Il regarda les habits déchirés de Miranda, comme s'il les voyait pour la première fois.

— On s'habille toujours pour le dîner dans cette maison, expliqua-t-il. Quand tu seras prête, rejoins-nous.

Puis, sa tête disparut et la porte se ferma.

Miranda ouvrit la bouche pour protester, mais la ferma promptement. Elle ne voulait pas porter ces affreux pantalons à nouveau, mais elle n'avait pas l'intention d'argumenter avec ce vieil homme imprévisible. « Je ne porterai pas ces habits », pensa-t-elle. Cependant, quel choix avait-elle ? « Aucun », réalisa-t-elle en ôtant furieusement les pantalons de la patère. Pendant une seconde, elle regarda le vêtement ample. Puis, elle enfila rapidement les pantalons par-dessus ses jeans en loques. Elle fit la même chose avec le grand pull molletonné. Elle se regarda dans la glace et fut heureuse de constater que personne ne pourrait voir qu'elle portait deux tenues. Elle fit un signe de tête affirmatif devant son image, prit une grande respiration et avança vers la porte.

Le vieil homme était avachi dans une chaise berçante devant un feu crépitant. Son menton reposait sur sa poitrine et de légers ronflements s'échappaient de sa bouche ouverte. C'était une scène tellement normale et apaisante que Miranda en eut le frisson. Le vieil homme sursauta au bruit de la porte qui se fermait.

— Morda, amour de ma vie, cria-t-il en se levant avec enthousiasme. Notre invitée est ici et elle a l'air assez affamée pour nous mettre à la rue.

Miranda observa la pièce douillette. Près du mur en face de la cheminée, une longue table de réfectoire étroite était dressée pour le dîner. La jeune fille observa un petit animal argenté — « un blaireau, pensa-t-elle » — soutenant un plat en métal entre ses pattes. À sa grande surprise, elle vit que son nom était gravé sur le plat. « Tout comme la dernière fois, songea-t-elle. Seulement, c'était une espèce de gros oiseau alors, pas un blaireau. »

La jeune fille regarda vers la cheminée et remarqua un gros chien pelotonné sur un tapis devant le foyer. L'animal avait la tête qui reposait sur ses pattes antérieures et, de ses yeux jaunes, il suivait chacun de ses mouvements. Le chien leva la tête et Miranda remarqua qu'il avait maintenant les yeux verts. « Ce chien n'était pas là la dernière fois », pensa-t-elle.

— Très chère enfant ! Tu nous as tellement inquiétés.

La femme qui apparut sur le seuil sombre de la porte donnant sur une autre pièce de la maison était aussi belle que sa voix. Miranda ne pouvait détacher ses yeux de la dame. Cette dernière avait un visage présentant un ovale parfait, orné d'une paire d'yeux couleur ambre. Ses cheveux courts, coupés au carré et passés derrière les oreilles, étaient d'un blond très pâle. Ils étaient presque blancs. Morda entra dans la pièce, s'essuya les mains sur son tablier impeccable et serra la main de Miranda.

— Bienvenue dans notre humble demeure !

Cette fois, la voix charmante et douce ne réchauffa pas le cœur de Miranda. Elle la gela jusqu'aux os et elle se mit à frissonner de façon incontrôlable. « À la minute où cette femme me reconnaît, tout est fichu », pensa-t-elle.

— Regarde ! s'exclama Morda. La pauvre petite est gelée. Donne-lui un châle, vieil homme.

Miranda aurait aimé que les choses soient différentes — que le vieux couple soit exactement ce qu'il semblait être, des âmes gentilles et bienveillantes. Elle se rappela à quel point elle aurait aimé avoir des grands-parents comme eux. « Ouais, parfait ! pensa-t-elle. Tout ce dont j'ai besoin... des grands-parents déments et meurtriers. »

L'été passé, quand Nicholas, Emmet, le Nain irascible, et elle avaient suivi le Druide à travers le Portail de Kingsmere, ils étaient arrivés en plein blizzard. Ignorant les avertissements du Nain, Naïm avait laissé les membres du groupe dans une minuscule chaumière jaune, afin qu'ils puissent se réchauffer et s'abriter de la tempête. Malheureusement, le couple démoniaque leur avait fait quitter la table, puis la maison, avant qu'ils aient la chance de goûter à la cuisine de Morda. Miranda frissonna quand elle se souvint de cette autre visite. Maintenant, elle était là, de retour dans la douillette petite chaumière, sur le point de partager un repas avec l'étrange vieux couple dont les doux visages et les manières angéliques cachaient des esprits dérangés.

— Ma chérie, roucoula la vieille femme, relâchant la main de Miranda et s'enveloppant les épaules d'un châle. Je n'arrive pas à croire à quelle vitesse tu t'es rétablie. Tu as l'air en pleine forme !

Elle indiqua la chaise à sa gauche en inclinant la tête.

— Assieds-toi ici, petite.

Puis, Morda se tourna, franchit le seuil sombre et disparut. Miranda, la gorge serrée, s'assit sagement à la table.

« Ne touche à rien ! se prévint-elle. Ne pose pas de questions ! » Elle se souvenait des avertissements du Druide lors de sa dernière visite : « Et, quoi que tu fasses, ne parle pas de l'avenir ou de quoi que ce soit qui puisse les contrarier. » C'est ce qui s'était passé la dernière fois. Elle avait laissé échapper une question sans réfléchir. Eh bien, cette fois, elle avait la ferme intention que ça ne se produise pas. « Je sourirai poliment et je ne dirai que des jolies choses », se promit-elle.

Miranda se sentait comme prisonnière dans un cauchemar récurrent, un cauchemar duquel elle ne pourrait pas se réveiller. « Peut-être que je peux changer les choses, pensa-t-elle. Si Morda me demande de l'aider à débarrasser la table, je prendrai un air triste et lui montrerai mon bras blessé. » Cependant, elle réalisa bientôt que, pour ne pas se montrer tout à fait impolie, elle n'avait pas beaucoup de choix.

— Voilà, jeune fille, dit Morda en apparaissant sur le seuil avec un plat fumant. Mets-le sur la table. Tu es une bonne petite.

Puis, elle remarqua Miranda qui regardait son bras foulé.

— Ce n'est pas lourd, très chère, ajouta-t-elle. Tu peux assez facilement prendre le plat d'une main.

Miranda sentit son esprit s'emballer. Elle essaya de trouver un moyen d'empêcher le dîner d'avoir lieu. Et si elle renversait le plat ? Est-ce que ça mettrait fin au dîner ? Ou est-ce que ça transformerait le vieux couple en monstres maniaques ? Forçant ses lèvres à faire un sourire gentil, elle prit le plat des mains de la vieille femme et le déposa sur la table.

— Viens et prends les autres, cria Morda de la cuisine.

Comme auparavant, la vieille femme rencontra Miranda sur le seuil de la porte. La jeune fille essaya de scruter la cuisine, mais elle ne put rien voir. Elle eut la folle pensée qu'il n'y avait pas de pièce du tout de l'autre côté — absolument aucune. Par contre, si c'était vrai, d'où venait la nourriture ? « Il faut que je sorte d'ici », se répéta Miranda.

Elle évalua la distance entre sa chaise et la porte principale. Si elle courait tout de suite, elle était sûre d'y arriver. Mais, comme s'il avait lu dans son esprit et su ce qu'elle préparait, le vieil homme se glissa dans sa chaise au bout de la table, entre elle et la porte. Puis, Morda entra dans la pièce, portant un grand plateau qui contenait une énorme volaille rôtie. Miranda sentit toutes ses idées s'échapper de son esprit comme une bande d'oiseaux migrateurs quand le merveilleux parfum lui titilla les narines et lui donna l'eau à la bouche. Elle n'avait pas mangé depuis la nuit où les Chasseurs du Démon avaient attaqué le campement et l'avaient capturée. Ça faisait combien de temps ? Elle n'en avait aucune idée. Tout ce qu'elle savait, c'est qu'elle était affamée et que, si elle ne mangeait pas quelque chose bientôt, elle attaquerait la volaille rôtie avec ses doigts.

Morda déposa le plateau sur la table devant la jeune fille et regarda Miranda puis le vieil homme, qui rayonnait de bonheur.

— N'est-ce pas charmant ?

— Miam-miam ! acquiesça Miranda. Ça sent très bon.

— Tu es si mignonne ! s'exclama Morda. Merci, ma chère.

Puis, elle secoua la tête en signe d'exaspération, jetant un coup d'œil sur la table.

— Que diable est-il arrivé à mon couteau à découper ? s'écria-t-elle.

Elle regarda Miranda et sourit à la Mona Lisa.

— L'as-tu pris, jeune fille ?

— Non, répondit Miranda en secouant frénétiquement la tête. Il n'était pas ici quand j'ai apporté les légumes.

Elle avait les mains moites et le visage pâle. Elle se souvint du couteau de boucher de Morda. Dans un accès de rage, la vieille femme s'était presque embroché la main à la table quand elle avait poignardé la jeune fille avec le dangereux couteau l'été passé.

« Oh, s'il vous plaît, murmura Miranda. Ne la laissez pas le trouver. »

Pendant une seconde, un silence complet s'installa dans la pièce. « Oh ! Oh ! » Miranda essaya de prendre un air innocent, mais elle sentait son visage rougir et elle savait qu'elle avait l'air coupable comme si elle avait pris le couteau. Puis, à son grand soulagement, le doux rire de Morda rompit le silence, tintant comme des cloches dans la pièce chaleureuse.

— Bien sûr que tu ne l'as pas pris, dit la vieille dame en tapotant la main de Miranda. Je me souviens maintenant. Je l'ai laissé sur la planche de bois dans la cuisine.

Elle disparut en franchissant le seuil. La lumière semblait s'achever à la porte.

Miranda prit sa serviette et essuya son front humide et ses mains moites. Elle était aussi tendue qu'une corde d'arc et terrifiée à l'idée de faire ou de dire quelque chose qui pourrait faire exploser la vieille femme. « S'il vous plaît, laissez-moi sortir d'ici vivante », murmura-t-elle.

— La patronne devient étourdie ! soupira le vieil homme. Ce dont elle a besoin, c'est d'un verre de vin en dînant. C'est bon pour la mémoire.

« Oh, non ! », cria Miranda dans sa tête en réalisant que les choses allaient rapidement empirer. « Pas du vin ! » Maintenant, elle se souvenait. Naïm ! Il lui avait dit qu'il était inflexible, même violent, quand il était question de vin. « Nous ne voulons pas de vin ! » avait-il dit, la voix aussi froide que le vent d'hiver. C'est là que Morda était devenue enragée.

La jeune fille soupira, regardant le vieil homme traîner les pieds vers un petit placard dans le coin à côté du feu. Elle jeta un coup d'œil vers la porte. « Cours ! pensa-t-elle. Maintenant ! » Cependant, à ce moment-là, Chercheur se leva du tapis près du feu et traversa la pièce à pas feutrés. Le gros chien-loup s'arrêta derrière la chaise de Miranda, ses narines saisissant l'odeur de la peur qui émanait de la petite étrangère. Puis, il s'en alla et s'avachit sur le sol devant la porte d'entrée, mettant ainsi fin à la dernière chance de s'échapper de Miranda.

La jeune fille faillit hurler de frustration. Le bruit des bouteilles en verre se cognant les unes aux autres lui tapait sur les nerfs alors que le vieil homme fouillait dans le placard. Le vieillard finit par pousser un cri de triomphe et agita une bouteille au-dessus de sa tête.

— Rien ne vaut un petit vin de grenade ! s'exclama-t-il en regagnant sa chaise.

Il se battit avec le bouchon, puis finit par mettre la bouteille entre ses genoux et à tirer le tire-bouchon de toutes ses forces. Quand le bouchon se dégagea brusquement, le vieillard perdit l'équilibre et serait tombé sur le dos si Miranda ne l'avait pas rattrapé avec son bras. Il se dirigea vers le bout de la table et remplit le verre de Morda. Quand il arriva à Miranda, cette dernière mit la main sur son verre.

— Non, merci ! dit-elle poliment. Je ne bois pas de vin.

— Absurde ! s'écria le vieil homme.

Miranda décida de ne pas discuter. Elle ôta sa main et regarda le vieillard remplir le verre. « Je n'ai qu'à ne pas le boire », se dit-elle.

— Ah, chouette ! s'exclama la vieille femme, qui apparut de la cuisine avec un long couteau dans une main et une pierre à aiguiser dans l'autre. J'adore le vin, pas toi, très chère ?

Elle regarda Miranda, les yeux aussi lumineux que ceux d'une jeune fille.

Miranda hocha la tête, les yeux rivés sur le couteau. « Je ne donnerai pas la chance à cette femme de me poignarder, cette fois », pensa-t-elle.

Morda commença à aiguiser le long couteau à découper, faisant glisser le côté mince de la lame sur la pierre avec des mouvements doux et fluides. Miranda était hypnotisée par le mouvement de la lame sur la pierre. Brusquement, Morda mit la pierre de côté, planta une fourchette dans un côté du poulet et commença à découper des tranches de blanc.

— Maintenant, parle-nous de toi, jeune fille. D'où viens-tu et que fais-tu par ici ?

« Attention à ce que tu vas dire ! » pensa Miranda. Elle prit une profonde respiration.

— Je viens d'une ville nommée Ottawa, expliqua-t-elle. C'est la capitale du Canada.

Au moment où les mots sortirent de sa bouche, elle sut qu'elle commettait une erreur. « Morda va se souvenir de moi maintenant », songea-t-elle, attendant que le déclic se produise dans le cerveau de la vieille femme. La jeune fille tomba presque de sa chaise quand la dame réagit comme si elle n'avait jamais entendu parler d'Ottawa, ou du Canada.

La vieille femme s'interrompit pour prendre une grosse gorgée de vin. Puis, elle se mit à rire.

— Si tu le dis, ma chère, fit-elle simplement.

Elle se tourna vers son mari.

— N'est-elle pas mignonne ?

Miranda détestait les adultes qui parlaient des enfants comme si ces derniers n'étaient pas là.

— Mais, c'est vrai, cria-t-elle, regrettant immédiatement son emportement.

— Bien sûr que c'est vrai, admit la vieille dame d'une voix rassurante en lui tapotant la main. Maintenant, bois du vin, jeune fille. Ça te calmera.

— Je l'ai fait, mentit Miranda.

— Non ! rétorqua sèchement Morda. Tu n'en as pas pris une gorgée.

Miranda se trémoussa de désespoir. Elle pouvait sentir croître l'agitation de Morda.

— S'il vous plaît, essaya-t-elle. Je suis reconnaissante pour tout ce que vous avez fait pour moi. Je ne veux pas être impolie. C'est juste que j'ai onze ans et que je ne bois pas de vin.

— Tu ne grandiras pas si tu n'en bois pas quelques gouttes.

— Dire que je pensais que c'était une gentille fille, dit le vieil homme en secouant tristement la tête.

Miranda devait calmer sa main tremblante. Clignant des yeux pour s'empêcher de pleurer, elle tendit involontairement le bras vers la minuscule carte en argent servant à placer les convives. Elle avait espéré que le métal poli serait froid contre sa peau, mais il était chaud, presque brûlant. C'était le plus adorable petit blaireau qu'elle n'avait jamais vu. Elle le souleva.

— Aïe !

Le blaireau argenté sauta sur la table en émettant un petit cri. Miranda regarda son doigt. Du sang s'écoulait de deux petites marques de piqûre.

— Il m'a mordue ! cria-t-elle, tout en se retournant vers la vieille femme et en exhibant sa main. Regardez ! Cette chose m'a mordue !

— TAIS-TOI, cria Morda, frappant la table avec son poing et renversant les plats de légumes sur le sol.

Puis, elle se leva et posa ses mains sur la table. Elle regarda Miranda, les yeux plissés de colère.

— NOUS T'AVONS SAUVÉ LA VIE ET C'EST COMME ÇA QUE TU NOUS REMERCIES POUR NOTRE HOSPITALITÉ — AVEC DES MENSONGES ET DES DUPERIES !

— Ne sois pas si dure avec cette enfant, ma chérie, dit le vieillard. Elle vient du Canada et les jeunes de là-bas ne connaissent pas les bonnes manières.

Miranda n'en pouvait plus.

— C'est la chose la plus insignifiante que je n'ai jamais entendue, cria-t-elle en repoussant sa chaise et en se levant. Et ce n'est pas vrai. C'est vous qui mentez, pas moi.

Morda saisit le couteau à découper et le planta dans l'énorme volaille à maintes reprises, jusqu'à ce que la viande soit réduite en bouillie.

— EMMÈNE-LA HORS DE MA VUE ! hurla-t-elle, postillonnant sur l'oiseau rôti.

Les veines de son cou se démarquaient comme des vers quand elle leva à nouveau le couteau.

Les yeux rivés sur la longue lame pointue, Miranda suivait les mouvements du haut vers le bas du bras de la vieille femme. « Je ne sortirai pas d'ici vivante, pensa-t-elle, le visage de la couleur des cendres froides, mais je vais essayer. » Elle s'écarta de la table et chancela comme si elle avait bu toute la bouteille de vin.

Dans son coin à côté de la porte, Chercheur ouvrit les yeux et grogna jusqu'à ce que la jeune fille recule vers la table. La vieille femme planta violemment le couteau et s'attaqua à une des cuisses de l'oiseau, la dégagea, puis la lança à Miranda, qui se pencha avant que le missile passe à toute vitesse devant son visage. Quand elle se redressa, elle vit la vieille femme se débattre avec l'autre cuisse, la détacher, puis la lancer au vieil homme.

— Doucement, patronne. Tu sais que je préfère le blanc.

— TAIS-TOI, MÉPRISABLE VIEUX SCHNOQUE !

Morda prit à nouveau le couteau à découper et l'agita de façon menaçante devant le vieil homme.

— TU ME MENAÇES ? cria le vieillard, sautant sur ses pieds et saisissant la bouteille de vin par le goulot. TU VAS VOIR QUI PORTE LES CULOTTES DANS CETTE MAISON.

Les yeux exorbités et le visage se contorsionnant de rage, il fracassa le cul de la bouteille contre la table et s'avança vers la vieille femme.

Miranda était sous le choc. Les choses lui avaient échappé si rapidement qu'elle ne pouvait pas penser clairement. « Ils vont se tuer, songea-t-elle en avançant à petits pas vers la table. Vite ! Trouve quelque chose ! »

Morda avait la main en l'air. La lumière du feu de cheminée faisait briller dangereusement la tranche coupante de la lame.

Tremblant à la fois de peur et d'espoir, Miranda s'assit discrètement sur sa chaise et glissa la main sur la table vers la vieille femme. Elle savait que ce qu'elle s'apprêtait à faire était dangereux, voire fatal. L'avertissement de Naïm sonna dans ses oreilles comme si ce dernier était dans la pièce à côté d'elle : « Quoi que tu fasses, ne pose pas de questions sur l'avenir ! » Cependant, elle devait faire quelque chose pour que les conjoints cessent de vouloir s'entretuer.

— Êtes-vous vraiment des Augures ? demanda-t-elle. Pouvez-vous vraiment prédire l'avenir ?

Miranda eut à peine le temps de voir le couteau descendre. Elle ramena sa main en arrière, sentant l'air provenant de la force du coup soulever ses poils fins et pâles sur le dos de sa main. Le couteau pointu plongea dans la table et coupa la jeune fille entre le majeur et l'index. Miranda sentit les yeux lui piquer quand un bout de peau s'arracha. Puis, elle se leva d'un bond et repoussa la vieille femme, qui lâcha le couteau à découper. Morda hurla et se rua vers la cuisine obscure ou quoi que ce soit qui se trouvait derrière la porte.

La jeune fille regarda le vieillard et fut soulagée de voir qu'il observait la bouteille cassée comme s'il ne comprenait pas comment elle avait fini dans sa main. Marmonnant sans cohérence, il se traîna vers la chaise berçante près du feu et s'affala dans le siège rembourré.

En quelques secondes, le bruit d'un ronflement remplit la pièce.

Miranda saisit le manche du long couteau à découper et, invoquant les dernières forces cachées en elle, elle sortit la lame de la table de bois. Elle pensa qu'elle pourrait avoir besoin du couteau comme arme. Elle prit aussi la fourchette de service sur le côté du plateau et se précipita vers la porte.

C'est alors que Chercheur, le chien-loup dont les poils le long de la colonne étaient hérissés, grogna du plus profond de sa gorge et montra les dents. Pointant le couteau vers l'énorme chien, Miranda avança vers lui.

— VA-T'EN ! cria-t-elle.

Surpris par l'agressivité de l'étrangère au comportement de type alpha, le chien jappa, se cacha la queue entre les pattes et s'éloigna honteusement de la porte.

Miranda saisit la poignée de la porte juste au moment où Morda apparut sur le seuil obscur. La vue du sourire sournois de la vieille femme lui donna la chair de poule. Elle poussa la porte et se retrouva à l'extérieur. Elle s'arrêta un bref instant, se tourna et posa son épaule indemne contre la porte. Puis, elle enfonça la fourchette de service dans l'espace entre la porte et le châssis. Elle se mit ensuite à courir dans la tempête de neige perpétuelle qui faisait rage près de la petite chaumière jaune, et disparut.

À l'orée de la forêt, Calad-Chold tira sur les rênes et son cheval s'arrêta, se cabrant et martelant le sol. La piste de la lame tordue devint soudain aussi froide que l'hiver dans le Grand Nord. Le roi des Morts rugit dans la tempête qui faisait rage près de la clairière. Il agita les rênes, encourageant son gigantesque cheval osseux à avancer.

Or, le cheval regimba et recula nerveusement. Le roi descendit de sa monture et le bruit de ses os fragiles se frottant les uns contre les autres fut absorbé dans le hurlement du vent. Voûtant ses épaules et baissant la tête, Calad-Chold essaya d'avancer dans la neige tourbillonnante, mais quelque chose semblait le repousser — une force qu'il était incapable d'identifier.

Le squelettique roi des Morts monta en selle et détourna son grand cheval de bataille de la tempête, retournant vers les Terres Noires.

CHAPITRE VINGT-SIX

LA BOURSE ARGENTÉE

vatar filait à vive allure comme le vent. Courbé le long du cou massif de son cheval comme un oiseau aux ailes noires, Naïm, le Druide, errait dans un sombre état de désespoir — un désespoir tel qu'il n'en avait jamais connu. À la poursuite des Chasseurs du Démon, il longeait de vastes étendues de terres roussies et fumantes où des hordes de morts étaient passées, aussi silencieuses et insensibles que la peste, avançant résolument vers les Terres Noires où Calad-Chold les attendait. Avatar avait refusé de traverser les terres souillées. Alors, ils avaient parcouru de nombreux kilomètres supplémentaires. Naïm était accablé par l'immensité de la destruction. Il craignait que la terre appauvrie ne se remette jamais du choc. Cependant, il avait encore plus peur des morts. « Ils sont si nombreux, pensa-t-il. Comment pouvons-nous leur faire face ? »

Le Druide se blâmait pour l'enlèvement de Miranda. S'il avait surveillé la jeune fille comme il l'avait promis jadis à la mère de celle-ci, elle serait ici maintenant, juchée derrière lui, accrochée à son manteau et le bombardant de milliers de questions auxquelles il n'aurait pas le temps de commencer à répondre. Il savait depuis le début que les Chasseurs cherchaient Miranda. Malheureusement, il s'était laissé gagner par la bataille contre les créatures ailées et avait négligé de protéger la jeune fille. Maintenant, par sa faute, la recherche de la lame tordue avait échoué avant même d'avoir vraiment commencé. Et, sans la lame, ils étaient perdus.

Malgré tous ses pouvoirs, le Druide n'avait pas encore découvert comment se trouver à deux endroits en même temps. Il avait pris la seule décision possible : abandonner la recherche et retrouver Miranda. Il parcourut le cou d'Avatar de sa main et sentit la robe lisse en sueur. Le cheval galopait à toute vitesse depuis des heures. Et bien qu'il semblait infatigable, il était fait de chair et de sang. Il était donc temps de s'arrêter et de se reposer.

— Calme-toi, mon vieil ami, dit le Druide.

Il se redressa et relâcha les rênes pour amener Avatar vers un trop rapide, puis une marche. Il laissa tomber les rênes, libérant la tête du cheval. Avatar marcha jusqu'à ce que ses flancs ne forcent plus et que son rythme cardiaque ralentisse. Puis, le majestueux cheval s'arrêta et renifla fortement. Naïm se laissa glisser sur le sol, ses vieilles articulations aussi raides et fragiles que des brindilles sèches après de longues heures passées en selle. Prenant un chemin parsemé de cailloux, le vieil homme mena Avatar vers une ancienne forteresse en ruine. Dans la faible lumière qui précédait l'aube, la construction avait l'air d'un ours géant endormi. Naïm s'interrogea un moment sur l'histoire de cette forteresse. Il imaginait que cette dernière n'avait pas entendu les voix âpres des soldats depuis plus d'un millier d'années. « Il y a quelque chose de triste dans ces ruines », dit-il doucement, pensant que s'il survivait à l'holocauste à venir, il se renseignerait sur cet endroit perdu et désolé.

Rendu près du mur extérieur, le Druide ôta la selle d'Avatar et l'essuya avec un tissu doux. Il parlait doucement au cheval en même temps. Les oreilles de l'étalon bougeaient comme si la bête avait participé au monologue du vieil homme. Tandis que Naïm était occupé à nourrir et à abreuver Avatar, il essaya d'élaborer un plan pour arracher Miranda aux griffes des créatures du Démon sans risquer leur vie. Il se tourna vers le nord-est et scruta l'horizon. Devant, là où le ciel et la terre se rencontraient, même dans la faible lumière, il put distinguer une tache noire dans le bas du ciel. Le cataclysme, une violente tempête de coquilles vides de créatures naïves venues chercher la Haine et l'ayant trouvée, faisait rage au-dessus des Terres Noires comme un mur vivant.

« Il va bientôt faire clair, se dit Naïm. Je dois me reposer quelques heures. » Il s'installa sur le sol dur, s'enveloppa de son manteau pour se protéger du froid et, en quelques minutes, tomba dans un sommeil perturbé.

Le hennissement d'Avatar était rempli de rage et de haine. Il réveilla le Druide en sursaut. Plissant les yeux en raison de la forte luminosité, Naïm repoussa son manteau de ses épaules et saisit son bâton. Il s'accroupit et chercha la source de la peur de l'étalon. Cependant, il ne vit rien. Serrant le bâton, il invoqua ses pouvoirs de vision et élargit sa vue à un grand cercle autour de lui. À nouveau, rien ! Or, il y avait pourtant quelque chose, car Avatar l'avait senti. Le cheval continuait à marteler le sol et à hennir. Naïm avait confiance dans le sens parfaitement affiné du danger dont était doté son cheval.

Il se précipita vers l'animal, tout en scrutant les ombres des ruines.

— Qu'y a-t-il ? demanda le Druide en caressant affectueusement le cou d'Avatar.

Puis, le cheval se cabra et Naïm leva les yeux. Il vit des créatures venant du ciel descendre sur eux, comme des mouches noires géantes.

En un éclair, Naïm pointa son bâton vers le ciel, invoquant le feu blanc des Druides. Cependant, au moment où il allait déchaîner la force de la flamme, quelque chose dans le ciel au-delà des Chasseurs attira son regard. Le Druide réalisa que les Chasseurs ne se souciaient absolument pas de sa présence ou de celle d'Avatar. Ils ne lançaient pas une offensive. Ils fuyaient pour ne pas mourir. Et la créature qu'ils fuyaient était un gigantesque Dragon noir.

« Mais d'où viennent-ils ? » se demanda-t-il, comptant une douzaine de créatures. Il était sûr que les Chasseurs qu'il avait poursuivis avaient déjà atteint les Terres Noires. Est-ce que certains s'étaient séparés de leur bande ? Le Druide n'avait jamais entendu parler de Chasseurs qui se dispersaient en petites unités. Ils chassaient toujours en un seul groupe.

Rapidement, il courut le long du mur extérieur jusqu'à ce qu'il atteigne un grand espace dans le bâtiment délabré. Il devait trouver un endroit sécuritaire pour attendre la bataille imminente entre le Dragon et les Werecurs ou il risquerait d'être mis en pièces. Heureux qu'Avatar ait pu facilement se faufiler dans la porte, il se tourna et siffla doucement. Le grand cheval se mit à trotter vigoureusement et suivit son maître dans l'espace vide jusqu'à une vieille écurie. Le vieillard était content de voir que le toit était encore en place, mais il pria pour qu'il ne leur tombe pas sur la tête.

Ils venaient juste de passer la porte quand le sol se déforma sous eux. D'énormes blocs de pierre tombèrent dans la structure, faisant bouger les murs et délogeant le mortier effrité qui plut sur eux comme si quelqu'un saupoudrait des grains de sable. Le Druide sortit un mouchoir de sa poche intérieure et le pressa contre son nez et sa bouche. Puis, il avança vers la porte et regarda le chaos à l'extérieur de l'abri.

Il était clair que les Chasseurs du Démon avaient perdu la bataille. Le monstrueux Dragon agitait sa queue puissante, balayant plusieurs créatures sans connaissance. Il les propulsait dans les airs et les faisait atterrir en plusieurs morceaux à des mètres à la ronde. Sans s'arrêter, il fit descendre sa queue puissante sur une autre créature condamnée, la réduisant en une flaque noire et jaune qui ressemblait à une gigantesque mouche écrasée. Au même moment, des flammes jaillirent de la gueule ouverte de l'animal géant, grillant deux Werecurs dont les hurlements cessèrent d'un coup sec. Naïm secoua la tête en songeant à la puissance effrayante du Dragon et passa la porte de l'écurie.

— Pourquoi chasses-tu sur mes terres, Druide ? cracha le Dragon, qui atteignit le dernier Werecur survivant et le cloua au sol avec ses griffes pointues.

— Heureux de te voir aussi, Typhon, dit ironiquement Naïm.

Il regarda le Werecur prisonnier des énormes griffes du Dragon et ressentit presque de la pitié pour la créature.

— Réponds à ma question ou pars d'ici avant que je perde patience, ordonna le Dragon, qui ouvrit sa bouche caverneuse et brisa net la tête du Werecur qui se tordait de douleur. Que fais-tu ici ?

Naïm eut un haut-le-cœur et se détourna de cette vue horrible.

— Comme toi, je suis à la poursuite des Chasseurs.

« Mais je ne les mange pas », pensa-t-il. Soudain, ses yeux vifs saisirent une étincelle en provenance des griffes du Dragon. Il se tourna vivement, le cœur battant quand il vit la chaîne argentée entortillée autour d'une des griffes de la créature.

— Es-tu encore là ? gronda le Dragon. Je me souviens nettement de t'avoir dit de PARTIR !

— Je ne partirai pas avant de savoir comment tu t'es procuré la bourse argentée.

— En quoi ça te regarde ? demanda sèchement le Dragon, frappant le sol avec sa queue pour accentuer son message et recrachant une pleine bouchée d'os.

Quand le Druide se mit à parler, il avait la voix aussi dure que du roc.

— Cette bourse était suspendue au cou d'une jeune Elfe capturée par les Chasseurs il y a deux jours, expliqua-t-il.

— C'est peut-être vrai, dit le Dragon, déchirant le bras du Werecur et le dévorant à pleines dents. Mais, maintenant, c'est à moi.

L'énorme créature tourna le dos au Druide, agitant sa queue assassine de tous côtés à moins de trois centimètres du visage de l'homme.

— CE-N'EST-PAS-À-TOI ! s'exclama Naïm.

Le Dragon se crispa, ses muscles massifs faisant onduler les écailles sur toute sa longueur. Il réalisa qu'il venait de commettre une erreur de jugement. Normalement, les Dragons étaient immunisés contre la magie aussi longtemps qu'ils faisaient face à leur adversaire. Cependant, en tournant le dos au Druide, Typhon s'était rendu vulnérable. « Trop tard », se dit-il au moment même où le Druide tapa le sol avec son bâton magique et le fit pi-voter. Soudainement, le fier chef des Dragons se retrouva soulevé dans les airs.

— DRUIDE ! cria-t-il, une vapeur chaude émergeant de ses larges narines.

Naïm éclata subitement de rire. Il fit pivoter le bâton à nouveau. Le Dragon commença à tourner, doucement au début, puis de plus en plus vite jusqu'à ce qu'il devienne flou. Quand Naïm vit un petit objet brillant être éjecté du corps qui tournait, il leva le bâton et récupéra rapidement la bourse argentée de Miranda. Il était soulagé de sentir la forme ovale des six Pierres de sang à travers les mailles délicates. Il mit l'objet dans sa poche et marcha vers l'écurie. Il ne se retourna même pas pour voir le Dragon s'écraser au col avec le bruit et la force d'un immeuble de vingt étages qui explosait.

Avatar attendait juste à l'extérieur de la vieille écurie en pierre, les oreilles aplaties contre la tête.

— Peut-être que notre voyage ne nous mènera pas aux Terres Noires après tout, dit le Druide en se mettant en selle.

Il prit les rênes et conduisit le cheval là où il avait laissé le Dragon en tas, les membres tout emmêlés.

— Tu es allé trop loin cette fois, Druide, se plaignit le Dragon, se démêlant et crachant ses derniers mots comme si un os de Chasseur non comestible était coincé dans sa gorge.

Naïm arrêta Avatar à une courte distance du Dragon furieux.

— Typhon, je n'ai pas le temps de jouer avec toi. Je dois savoir où tu as trouvé la bourse de la jeune fille.

Le Dragon fixa le Druide avec un regard vitreux.

— Vu ton grand âge, si les histoires futiles d'une enfant sont devenues si importantes pour toi, je vais te le dire.

— Comme d'habitude, Dragon, tu ne sais pas ce qui se passe chez toi.

Typhon renifla avec dédain, roulant ses énormes yeux vers le ciel.

— Et, comme d'habitude, répliqua-t-il, tu vas me le dire.

Il se releva et baissa les yeux vers le vieil homme assis sur son cheval roux. Ce qu'il voyait, c'était une silhouette minuscule, à peine plus grande qu'un jouet. Pendant une seconde, le grand Dragon se demanda pourquoi il tolérait le harcèlement de cet homme. Une bouchée, c'est tout ce qu'il faudrait pour débarrasser à jamais le monde de cette infecte épine humaine.

Naïm, imperturbable, fixa le Dragon.

— Oui, fit-il. Je vais te le dire. Pourquoi ? Parce qu'un terrible Mal a été réveillé et qu'il vient anéantir tout être vivant dans ce monde.

— S'il te plaît, soupira le Dragon avec une fausse lassitude. N'inclus pas ma race dans ton petit drame. On est venus à ton aide dans le passé, nous impliquant dans tes petites guerres d'usure. Cette fois, la réponse est NON !

— Est-ce que j'ai demandé ton aide ? s'enquit doucement Naïm.

Le Dragon réfléchit un instant, puis se mit à rire.

— Pas encore, répondit-il, mais ça va venir, Druide. Je lis en toi comme dans un livre ouvert.

— Tu es plus stupide que je le croyais, dit sèchement le Druide, tirant sur les rênes d'Avatar. Je ne suis pas venu ici pour te chercher ou demander l'aide des

Dragons. Ce n'est pas une guerre d'usure dans laquelle les morts-vivants du Démon nous entraînent. Contre ce Mal, nous pouvons seulement fuir. Ce à quoi nous faisons face cette fois n'est même pas une guerre, parce que rien, pas même les Dragons noirs, ne peut résister à un ennemi qui ne peut être arrêté.

— HA ! s'exclama Typhon. Mon peuple a déjà vaincu de tels ennemis.

— Jusqu'ici, rectifia Naïm, mais, quand le roi des Morts mènera son armée depuis les Terres Noires, l'époque des Dragons achèvera. Ton espèce disparaîtra.

Le Dragon ouvrit la bouche pour protester, mais le Druide continua.

— Si certains sont assez chanceux pour survivre, expliqua Naïm, ils diminueront en taille jusqu'à ce que les Dragons noirs autrefois puissants ne soient pas plus grands que des caméléons.

« Bien, pensa-t-il. Je dois sûrement avoir attiré son attention maintenant.

— Je vais te montrer ce Mal, poursuivit-il, mais, pour ce faire, je dois te toucher avec mon bâton.

Typhon se tourna et se rapprocha de l'homme.

— Pas de magie, Druide, dit-il, ou tu rejoindras les esprits de tes ancêtres.

— Pas de magie, approuva Naïm, sachant que Typhon ne faisait pas de vaines promesses.

Un rapide coup des griffes meurtrières de Typhon et c'en serait fini du Druide. Naïm se dit que l'imposant Dragon ne lui tournerait pas le dos et qu'il ne le laisserait pas se servir de la magie une seconde fois. Avec le bâton, il toucha délicatement le membre antérieur du Dragon. Puis, il envoya dans le bâton tout ce qu'il savait sur Calad-Chold.

Le gigantesque Dragon sentit son corps devenir aussi rigide qu'une barre d'acier quand les images passèrent de l'esprit du Druide au bâton puis à son cerveau. Il ouvrit les yeux de plus en plus grand au point où Naïm eut peur qu'ils lui sortent de la tête. Le Dragon noir vit une énorme armée de créatures mortes venir des Terres Noires comme un balai géant en feu. Et là où elle passait, il ne restait rien sauf de la fumée et des ruines. Les vastes forêts qui avaient résisté au monde changeant depuis des milliers d'années disparaissaient en un clin d'œil. Les rivières se mettaient à bouillir, régurgitant des poissons sans chair et d'autres créatures jusqu'à ce qu'il ne reste rien. Typhon vit des montagnes noircies et des villes transformées en cendres. Les écailles noires le long de sa colonne vibrèrent à la vue des êtres vivants qui s'écroulaient devant la menace. Puis, le Dragon vit avec horreur les nouveaux morts se lever et suivre Calad-Chold, augmentant son armée jusqu'à ce que le monde entier soit une tempête tourbillonnante invulnérable. Quand les images cessèrent, il ne put trouver les mots pour décrire ce qu'il avait vu.

— Je ne te crois pas, murmura-t-il enfin, mais sa voix trahissait ses paroles.

Le Druide ne répondit pas. Ce n'était pas nécessaire. Typhon savait que ce qu'il avait vu était vrai.

— Il existe une seule chose qui arrêterait le roi des Morts, confia Naïm. Je cherchais le talisman quand les Chasseurs ont capturé la jeune fille. J'ai abandonné mes recherches pour la secourir. Si je pouvais la trouver, j'aurais peut-être le temps de continuer ma recherche et de trouver cet objet avant qu'il ne soit trop tard.

Il soupira fortement.

— Je dois trouver la jeune fille, Typhon, ajouta-t-il.

— Je n'ai vu aucune fille, Druide, mais j'ai aperçu les Chasseurs et un des assassins noirs. J'ai pris le bibelot argenté quand il tombait vers le sol. Si cette fille était avec eux, peut-être qu'elle est aussi tombée. Ça s'est passé il y a quelques heures.

Naïm fit avancer Avatar.

— Merci, dit-il. Maintenant, file comme le vent et fais ce qu'il faut pour protéger tes proches des morts.

Puis, il parla doucement à Avatar et le majestueux cheval fit un mouvement brusque en avant.

CHAPITRE VINGT-SEPT

DE RETOUR AU CHÂTEAU

icholas prit la parole.

— Je repars, dit-il. Indolent a pris mon épée et je ne m'en irai pas sans elle.

— Dans tes rêves, cria Pénélope en serrant Muffy jusqu'à ce que le malheureux caniche jappe de douleur.

Elle se tourna vers Otavite.

— Ne l'écoutez pas, poursuivit-elle. Depuis qu'il a eu cette stupide épée, il ne pense qu'à ça. On ne fait pas marche arrière.

Elle ouvrit les bras et la petite chienne sauta sur le sol. La bête fut vite engloutie dans les hautes herbes, créant un chemin sinueux, tandis qu'elle courait ici et là sur la colline, aboyant avec enthousiasme.

— Vous ai-je demandé de m'accompagner ? défia Nicholas. L'ai-je fait ?

L'Ogre, Eiznek, le saisit par le bras et siffla d'enthousiasme.

— Tu vois, même Eiznek pense que tu es fou de vouloir y retourner, fit remarquer Otavite.

— Ce n'est pas ce qu'il a dit, rétorqua sèchement Nicholas. Pour ton information, il a dit que si j'y retourne, il viendra avec moi.

— Ce n'est pas vrai, dit Otavite. Le petit Ogre craint ce qui t'arrivera si tu retournes au château du magicien seul et il a peur de ce qui lui arrivera s'il t'accompagne.

— Bien ! fit sèchement Nicholas. Et je suppose que vous avez saisi tout ça à partir d'un seul petit sifflement ?

— Oui, répondit Otavite. Ai-je oublié de mentionner que la plupart des Géants sont capables de communiquer avec les Ogres ?

Nicholas et Pénélope échangèrent un regard qui signifiait clairement qu'ils ne croyaient pas le Géant. Nicholas se tourna vers Eiznek.

— Est-ce vrai ? lui demanda-t-il.

Eiznek hocha la tête vigoureusement, mettant ainsi fin à la question sur les Géants et les Ogres qui se comprennent.

— Très bien, oublions l'épée, suggéra Nicholas. Il y a une autre raison pour laquelle nous devons repartir.

— Je sais ! cria Pénélope. Donc, maintenant, c'est « nous ».

— Dis-nous pourquoi nous devrions y retourner, s'enquit Otavite.

— Ce serait une bonne chose, murmura Pénélope.

Nicholas ignora la jeune fille.

— C'est à cause d'Indolent, dit-il. Il prépare quelque chose et je crois qu'il est important que nous découvrions comment il est impliqué avec le roi des Morts.

— Quel menteur ! s'exclama Pénélope en se mettant à rire amèrement.

— Non, écoute ! plaida Nicholas. J'y étais, pas toi. Tu te rappelles quand on a vu Malcom dans la caverne de la montagne ?

Pénélope acquiesça, à contrecœur.

— Le Nain-serpent, dit Otavite doucement.

— Je vous ai mentionné qu'un des serpents du Démon utilisait le corps de Malcom, dit Pénélope.

— Oui, acquiesça Otavite. Si je ne l'avais pas vu de mes propres yeux, je ne l'aurais pas cru. J'ai vu la chair tomber du Nain et la créature était là. Elle s'est transformée en un énorme serpent qui siffle. Je n'oublierai jamais ce qu'elle a fait à bon nombre de mes amis.

Il inclina la tête avec tristesse.

— Je suis désolé pour vos amis, dit Nicholas. C'est pourquoi nous devons découvrir ce qui se passe avec Indolent.

Voyant que tout le monde le regardait attentivement, il continua.

— Jusqu'ici, voici ce que nous savons. Un tremblement de terre a créé une profonde crevasse dans le sol le long de la rivière Rideau à Ottawa. Pénélope et moi sommes tombés dans cette faille et, sans savoir comment, nous nous sommes retrouvés à l'intérieur d'une montagne, à Vark.

— Mais, interrompit le Géant, qui regarda Pénélope avec perplexité, ce n'est pas ce que vous m'avez dit, Princesse.

Il n'écouta pas le grognement impoli de Nicholas ou du moins l'ignora.

— Vous m'avez dit qu'au cours d'une mission secrète pour votre cousin, le roi Elester, poursuivit-il, une bande d'Ogres vous avait attaqués, vous et votre domestique, et vous avait amenés au Bronks.

— O.K., fit Nicholas en pouffant de rire. Ça suffit cette histoire de domestique et de princesse.

Il regarda son amie en fronçant les sourcils.

— Dis-lui, Pénélope.

— Non, cria la jeune fille, le visage rouge. Je vous ai dit...

— Tais-toi, lui ordonna Nicholas. Si tu n'avais pas menti au début, tu ne serais pas dans cette situation.

Il se tourna vers Otavite.

— D'abord, Pénélope n'est pas une princesse, expliqua-t-il, sauf dans ses rêves. Ensuite, je ne suis pas son domestique. Nous ne sommes pas des Elfes et nous ne venons pas de ce monde. Nous venons d'un pays nommé Canada.

— Que veux-tu dire par le fait que vous venez d'un autre monde ? demanda le Géant, sidéré.

— C'est une longue histoire, répondit Nicholas. Il y a très longtemps, nos mondes n'en formaient qu'un, mais les Elfes ont divisé le monde en deux. Ça a quelque chose à voir avec la magie. Bref, Pénélope et moi, nous vivons dans le nouveau monde.

Comme Otavite et Eiznek écoutaient avec fascination, Nicholas commença à tout leur raconter depuis le début, en commençant par leur première aventure dans le Vieux Monde pour trouver l'œuf du serpent. Quand il eut fini son récit, il y eut un moment de silence et de stupeur avant que trois paires d'yeux se fixent sur Pénélope.

— Je suis désolée d'avoir menti, renifla la jeune fille, misérable. Je ne pensais pas que vous m'auriez crue si je vous avais dit que je venais d'un autre monde. Donc, j'ai inventé une histoire que vous croiriez.

— Tu aurais dû dire la vérité, la réprimanda Otavite.

— Je suppose, admit Pénélope. Mais, rappelez-vous, je n'avais jamais vu de Géants et je ne savais pas si vous étiez gentil ou non.

Elle s'essuya les yeux avec ses mains.

— S'il vous plaît, ne soyez pas en colère, supplia-t-elle.

— Je ne suis pas en colère, rectifia Otavite. Comme les Géants ne mentent pas, je suppose que je ne comprends tout simplement pas. Peut-être que si j'avais été à ta place, j'aurais menti aussi. Mais je ne peux pas m'empêcher de me demander sur quoi d'autre tu as menti.

— Rien ! cria Pénélope, qui devint toute rouge. Je le jure !

— Excusez-moi, dit Nicholas. Pouvons-nous revenir à Indolent, s'il vous plaît ? Comme les autres le regardèrent, il continua.

— Ainsi que je le disais, Pénélope et moi nous sommes retrouvés dans la montagne, à Vark. Cependant, avant que nous arrivions, Malcom et les autres avaient attaqué la forteresse, forcé l'entrée de la caverne et ouvert les joints du cercueil, c'est ça ?

— Oui, répondit Otavite. Ils ont libéré le corps du cercueil et l'ont fait glisser dans une mare profonde.

Sa voix se cassa quand il raconta comment Malcom avait nourri l'eau huileuse et plane avec ses amis.

— Puis, une gigantesque créature qui se nommait elle-même le roi des Morts a émergé de la mare, poursuivit Otavite, et Malcom lui a dit d'appeler les morts et de tuer les Elfes et les Nains.

Il réfléchit une seconde.

— Il y quelqu'un d'autre qu'il voulait voir mort, enchaîna-t-il. Une fille, je crois.

Il tapota l'épaule de Pénélope.

— Peut-être que c'était vous, Princesse. Je veux dire, toi, Pénélope.

— Réfléchissons, dit Nicholas. Malcolm a-t-il dit un nom ?

— Non, répondit le Géant. Il a dit : « Il y a une fille, une enfant humaine mauvaise. Trouvez-la, ôtez la petite bourse de son corps froid et meurtri, et amenez-la moi. » Il regarda les autres en s'excusant.

— J'ai peur que ce soit tout ce qu'il ait dit, poursuivit-il.

Nicholas et Pénélope se regardèrent.

— Miranda ! crièrent-ils à l'unisson.

Le Géant gesticula.

— Le Nain-serpent n'a pas dit le nom de la jeune fille, précisa-t-il.

— C'est notre amie, Miranda, expliqua Nicholas.

— Bien, c'est décidé, nous n'avons plus le choix maintenant, dit Pénélope. Nous devons aller à Béthanie et retourner à Ottawa pour avertir Miranda… si ce n'est pas trop tard.

— Je continue à dire que nous devons découvrir ce que trame Indolent, rétorqua Nicholas.

— Peut-être qu'il ne trame rien, répliqua Pénélope. As-tu pensé à ça ?

— Il est impliqué, répondit Nicholas. Je parierais mon épée là-dessus. Quand les Ogres nous ont capturés, tu t'es enfuie…

Pénélope se détourna pour éviter de rencontrer le regard plein de reproches du Géant.

« O.K., se dit-elle. Donc, je n'ai pas eu à me battre contre une centaine d'Ogres. Bien sûr, je me suis enfuie. Je ne suis pas stupide ! »

— Mais…, continua Nicholas, j'ai été traîné devant Malcom, qui a dit aux Ogres de m'emmener et de me garder vivant jusqu'à ce qu'ils aient Miranda. Eh bien, vous savez où les Ogres m'ont traîné : au nouveau château du cafard.

Otavite eut l'air confus.

— Ne faites pas attention à Nick, dit Pénélope. Lui et le magicien sont de vieux amis.

— Ouais, c'est ça ! dit sèchement Nicholas. Écoutez, Otavite. Je connais Indolent. J'ai eu droit à sa magie maléfique une fois ou deux. J'ai passé quelques nuits dans la décharge qu'il nommait son château.

Il parla au Géant de ses premières rencontres avec le magicien maléfique.

— Indolent a toujours cru qu'il était plus intelligent que la Haine — qu'il pouvait feindre de travailler avec elle, puis s'emparer de son pouvoir. Mais le magicien appartient maintenant à la Haine. J'ai vu le crâne doré sur son bras.

Soudain, Nicholas se tourna vers Pénélope et lui prit le bras comme s'il venait juste de se souvenir de quelque chose d'important.

— Devine qui d'autre j'ai vu là-bas !

Pénélope haussa les épaules. Otavite et Eiznek firent de même.

— Mini ! s'exclama Nicholas, triomphant, tout en racontant brièvement au Géant et à l'Ogre qui était le méchant ex-professeur.

— Mini porte aussi la marque de la Haine.

Pénélope resta bouche bée un instant.

— Comment a-t-il pu s'échapper d'Ellesmere ? finit-elle par demander.

— Quelle importance ! dit Nicholas. Ce qui compte, c'est qu'il est libre et qu'il travaille pour Indolent.

Pendant une seconde, les compagnons se regardèrent en silence. Puis, Eizneck émit quelques doux sifflements. L'air interrogateur, Nicholas et Pénélope détournèrent les yeux du petit Ogre vers le Géant.

— Eiznek dit que le site du magicien grouille de Trolls et de centaines d'Ogres méchants, interpréta Otavite.

— C'est vrai, dit Nicholas, souriant avec reconnaissance à Eiznek. J'avais presque oublié. Il y a une énorme carrière et les Trolls utilisent les Ogres asservis pour construire le nouveau château d'Indolent.

Il s'arrêta et regarda le Géant.

— Ainsi, vous voyez comment tout est relié ? C'est pour ça que nous devons retourner là-bas. On doit découvrir ce que prépare Indolent.

— Nous devons nous rendre à Béthanie et au Portail, suggéra Pénélope.

— Je vote pour faire demi-tour, déclara Nicholas. Et toi, Eiznek ?

Comme l'Ogre hocha la tête, le garçon se tourna vers Otavite.

— Nicholas a raison, dit le Géant. Nous devons repartir.

— Ça n'a pas de sens, cria Pénélope. Vous ne voyez pas ce qu'il fait ? Il a tendu un piège, et maintenant il vous y plonge. IL VEUT SON ÉPÉE.

— Tais-toi, Princesse, se moqua Nicholas.

Puis, il s'adressa au Géant d'un ton qui en disait long.

— Je ne vous mens pas, Otavite. Oui, je veux mon épée. Par contre, si c'était tout ce que je veux, je ne mettrais pas le reste d'entre nous en danger. J'irais tout seul.

— J'y vais avec toi, dit Otavite.

— Allez-y alors ! s'exclama Pénélope, furieuse. Faites-vous tuer ! Je reste ici. MUFFY !

Elle s'éloigna des autres, cherchant à voir des ondulations dans les herbes hautes.

— On ne peut pas laisser Pénélope, déclara Otavite.

— Pourquoi ? demanda Nicholas. Elle va pleurnicher tout le long.

— Elle est très courageuse, Nicholas.

— Vous ne la connaissez pas.

— Je ne la laisserai pas, dit Otavite, obstiné.

Nicholas soupira. Ils n'arriveraient jamais au château à ce train-là. « Peut-être devrais-je partir seul » pensa-t-il. Il avança vers Pénélope.

— Écoute ! Je sais que tu es fâchée parce que j'ai démoli ton histoire devant Otavite. Je n'ai pas voulu te blesser. Je suis simplement fatigué des mensonges. Si on demande aux gens de nous faire confiance, on doit commencer par dire la vérité.

— Je ne suis pas fâchée pour ça, rectifia Pénélope. J'allais dire au Géant la vérité de toutes façons. J'attendais juste le bon moment.

— Pénélope, il n'y a jamais de bon moment. Je suis désolé, mais Otavite ne veut pas te laisser. Si tu ne veux vraiment pas venir avec moi, je comprendrai. J'irai seul.

— Non ! s'écria Pénélope. Je viens. C'est juste que tu es trop arrogant. Tu penses que tu as toujours raison. Eh bien, tu peux te tromper aussi, tu sais.

Elle appela sa chienne à nouveau, se sentant soudain anxieuse. Elle essaya de se rappeler la dernière fois où elle avait entendu le caniche aboyer.

— MUFFY !

Ils fouillèrent le flanc de la colline, appelant Muffy à maintes reprises et cherchant à entendre ses aboiements

aigus, mais leurs appels étaient sans réponse et la chienne n'était nulle part. Muffy avait disparu sans laisser de trace.

— Quelque chose lui est arrivé ! s'écria Pénélope, anéantie.

Ses compagnons essayèrent de la réconforter, mais le fait était que Muffy avait disparu et que rien de ce qu'ils diraient ne pourrait changer la siuation. Quand Otavite suggéra qu'ils devraient penser à partir pour le château, Pénélope recommença à pleurer.

— Muffy nous retrouvera, dit Nicholas pour la consoler. Les chiens sont de bons pisteurs.

Pourtant, il se demandait ce qui avait bien pu arriver au caniche.

Une fois ses trois petits compagnons installés sur ses épaules, Otavite se mit en route, prenant garde à sa jambe droite, qui le faisait encore souffrir à la suite de la blessure infligée par la lance d'un des Trolls. Malgré le boitement, Nicholas était surpris de la vitesse à laquelle se déplaçait le Géant.

— Otavite doit bien parcourir cinquante kilomètres à l'heure, dit-il, après avoir fait des calculs dans sa tête.

À ce rythme, le garçon compta qu'il leur faudrait environ une heure pour atteindre le château de l'Indolence, et il avait raison.

Ils étaient en route depuis un peu moins d'une heure quand ils virent le nuage noir suspendu au-dessus de la vallée du magicien comme un toit de brouillard compact.

— Je n'aime pas cet endroit, avoua Otavite en regardant les éclairs émerger de l'obscurité.

— Moi non plus, avoua Nicholas. En plus, Indolent le magicien n'est pas une bonne personne.

— Ton magicien ne m'inquiète pas, répondit Otavite. Je détruirai cet endroit jusqu'à ce que je trouve le Nain-serpent. Puis, je ferai payer ce misérable pour les meurtres de mes camarades et du garde, Vé.

Le ton du Géant était si glacial que Nicholas en eut la chair de poule.

Comme Eiznek connaissait le site, il fut choisi comme guide. L'Ogre se gonfla fièrement la poitrine devant la confiance de ses compagnons, qui le suivirent dans les collines herbeuses, dans les terres rasées et désolées, puis sur le sentier entre deux des collines formant une partie de l'anneau qui cernait et protégeait le château du magicien. De là, ils pouvaient apercevoir toute la vallée en contrebas. Et ce qu'ils virent les remplit de désespoir.

De la fumée noire s'échappait d'une carrière béante et tourbillonnait comme un entonnoir dans les airs, nourrissant le nuage noir. Toute la vallée avait été dévastée. Tous les arbres avaient été abattus, l'herbe avait été brûlée, et la terre creusée et saccagée.

— Tout ce que touche le magicien, il le gâche, conclut Nicholas.

Le Géant étudia la vallée pendant un long moment. Il remarqua l'endroit où les gardes étaient postés. Il remarqua les immenses supports retenant d'énormes bûches et vit les Trolls qui faisaient claquer leurs longs fouets sur le dos et les jambes exposées des Ogres esclaves. Puis, il compta approximativement les Trolls, sachant qu'il devait y en avoir d'autres dans la caserne quelque part. Il regarda les provisions de nourriture, de matériel et d'armes. Quand il fut satisfait d'avoir mémorisé les détails importants, il se tourna vers les autres.

— Nous devons attendre l'obscurité.

— Quel est le plan ? demanda Nicholas.

— C'est un plan simple, répondit le Géant. Je planifie de détruire cet endroit.

Puis, il se retourna et descendit la colline à grandes enjambées.

M. Petit se parlait tout bas tandis qu'il faisait sa ronde autour du château de l'Indolence. Les responsabilités ne le dérangeaient pas. En fait, il adorait ça parce qu'il se sentait important. De plus, ses fonctions lui laissaient le temps de penser et, justement là, il devait réfléchir. Quand Indolent avait fini par réaliser que son assistant était disparu, Mini avait déjà passé des heures et des heures enfermé dans le cachot sans fenêtres sous le château. Le bruit des griffes des rats qui couraient sur la pierre et de leurs queues sèches et pelées frémissant sur le sol l'avait presque rendu fou. Il avait crié et crié à s'en écorcher la gorge. Puis, il avait martelé la porte et gratté les murs de pierre jusqu'à ce que ses poignets soient éraflés et boursouflés et que ses ongles soient usés jusqu'aux petites peaux.

« Oups ! » était la seule excuse que lui avait offerte Indolent.

Mini avait été aussi consterné que si un Troll lui avait craché en plein visage. Comment le magicien avait-il pu l'oublier ? Et on ne l'avait pas entendu ? Il serait encore en train de se décomposer dans cette cellule dégoûtante et sans air, c'est ça. Avait-il si peu d'importance pour Indolent ? C'était insultant d'être traité comme un Ogre après tout ce qu'il avait fait pour le magicien.

— Espèce d'ordure ! dit-il sèchement, se fouettant les jambes avec sa baguette. Euh, excuse-moi ! Mais, oups ! ce n'est vraiment pas assez.

Un peu après minuit, il s'arrêta et posa les bras sur un haut parapet, du côté ouest du château. Il observa un éclair émerger dans l'air fétide au-dessus de sa tête et heurter le sol comme un serpent blanc brillant. Il gloussa à la vue des Ogres et des Trolls qui hurlaient et fuyaient. Il fut heureux de constater qu'un ou deux Ogres ne purent se sauver à temps. « C'est bien pour eux », pensa-t-il. Il détestait les Ogres, des animaux dégoûtants qui mangent des rats.

Arborant toujours un reste de sourire malicieux, Mini se détourna du parapet et marcha résolument vers la porte de la tour. Il passa devant un Ogre garde et le frappa avec sa baguette avant de se diriger vers la porte voûtée et de suivre un étroit couloir vers un escalier de pierre qui se rendait au niveau du sol. L'ancien professeur descendit les marches, entra dans la cour principale et traversa l'espace ouvert. Une demi-douzaine d'Ogres gardes furent surpris par sa présence, mais ils retournèrent à leurs activités aussitôt.

Mini sourcilla quand il fut hors de vue. « Tu es trop gentil, se gronda-t-il intérieurement. Tu devrais y retourner et leur montrer qui est le chef. » Il faillit succomber à l'envie dévorante de faire marche arrière et de battre ces gardes insolents jusqu'à ce qu'ils effacent leurs sourires suffisants de leurs visages et qu'ils changent d'attitude. Cependant, il avait encore une bonne distance à parcourir avant de finir sa ronde. Il se promit de s'occuper de l'insubordination des gardes avant sa prochaine tournée et prit l'escalier arrière qui descendait vers les énormes réserves de nourriture. Distrait par une sensation subite de picotement dans l'avant-bras gauche, il ne remarqua pas les trois silhouettes cachées dans la sombre cage d'escalier juste au-dessus de sa tête.

Mini massa l'image frémissante du crâne que Malcom, le Nain, lui avait tatoué dans la chair, à l'intérieur de l'avant-bras, avec de minces fragments d'or.

— La Maîtresse est seule, expliqua le Nain. Elle désire ardemment quelqu'un à qui parler — pour lui tenir compagnie dans l'obscurité sans fin.

Le cœur du petit homme battait rapidement et il se hâta dans le passage jusqu'à ce qu'il arrive à une porte de pierre. Ignorant le garde, il franchit la porte qui donnait sur un petit balcon.

— Qu'y a-t-il, Maîtresse ? demanda-t-il doucement, jetant un regard furtif autour de lui pour s'assurer qu'il était seul.

Mini aimait la Maîtresse qui lui parlait par le biais du crâne doré. Il était navré pour elle parce qu'elle était emprisonnée dans une terrible noirceur, enfermée par les mêmes Elfes qui l'avaient gardé transformé en souche pendant presque un an. Il détestait les Elfes et il ferait n'importe quoi pour les faire souffrir si ça pouvait libérer sa Maîtresse. Il sourit sournoisement à la pensée que cette dernière croyait en lui et qu'elle l'appréciait. Elle voulait même l'aider à devenir puissant. « Tu l'as mérité », lui avait-elle chuchoté. Et c'était vrai. Il l'avait mérité. Il se rappela toutes les années qu'il avait passées à essayer d'enseigner la sagesse à des gamins de peu d'esprit. Il se souvint de toutes ces stupides règles qui le dépréciaient et lui dérobaient son pouvoir. Or, le pire de tout, il se rappela la façon cavalière dont Indolent l'avait traité.

Eh bien, il allait lui montrer ! Il allait leur montrer à tous !

La Haine avait été subtile en acquérant l'ancien professeur et en l'asservissant. Elle avait utilisé la flatterie en encourageant le petit homme à nourrir son ego marqué par des envies de grandeur. Elle avait utilisé la compassion et écouté patiemment la voix pleurnicharde de Mini, le laissant s'enchaîner à elle de lui-même avec ses propres mots. Maintenant, même si elle devait apparaître devant lui dans sa véritable forme monstrueuse et lui révéler sa vraie nature, cela ne ferait aucune différence. Il lui appartenait. Ça avait été si facile qu'elle en rit au point où elle faillit s'étrangler avec sa langue épaisse et saillante.

CHAPITRE VINGT-HUIT

LA MARCHE DES MORTS

 alad-Chold se tenait immobile à une fenêtre dans la partie la plus haute de la tour du Démon et regardait les colonnes de son invulnérable armée défiler en une formation sans fin. Il y avait des milliers et des milliers de cavaliers sur des chevaux sans chair, des unités innombrables d'infanterie infatigables qui avaient mené tous les combats depuis le début de l'homme. Il y avait aussi des légions de créatures énormes qui, munies de crocs et de griffes, n'avaient pas marché sur terre depuis des millions d'années, et des vagues et des vagues de soldats dans des uniformes en décomposition, tenant des fusils à baïonnette.

Dans leur sillage, suivaient d'anciens guerriers, dans des armures bosselées et rouillées, qui tenaient dans leurs mains squelettiques des lances brisées. Et il en venait d'autres, comme ces soldats de guerres récentes avec des casques bosselés et une tenue de camouflage en lambeaux, des cantines vides suspendues à leurs cous osseux et des Sten tenus serré dans leurs mains mortes.

Derrière eux, venaient des Sorcières de l'enfer s'en allant
à quatre pattes, leurs os gris scintillant comme de
l'argent dans l'obscurité, et des TUGS aux manteaux
noirs et aux yeux rouges brûlant de haine contre leurs
anciens ennemis qui les avaient décimés lors d'une
grande bataille quand le Démon fut vaincu la première
fois et conduit dans le Lieu sans nom.

Il n'y avait pas de cortège de nourriture, de matériel
pour les armes ou d'autres instruments de guerre. Les
morts n'avaient pas besoin de telles choses.

Pendant des jours, les membres de l'Armée noire
défilèrent devant la tour, en nombre trop élevé pour être
calculé. C'était comme une rivière infinie et fumante de
morts. Et il en venait toujours.

— Ahhh ! souffla le roi des Morts, satisfait. Il était
temps.

Il se détourna de la fenêtre et avança à grands pas
vers le fond de la tour où il avait convoqué ses commandants pour un conseil de guerre.

— Il est temps, répéta-t-il, sa tête encapuchonnée se
déplaçant d'un visage sans expression à un autre.

— Ahhh ! murmurèrent les commandants, comme
un écho effroyable.

Ils se levèrent et se dirigèrent vers les escaliers de la
tour.

À l'extérieur, Calad-Chold pencha la tête en arrière et
appela son cheval de guerre préféré. En réponse, la foudre
éclata et le tonnerre gronda à côté de lui quand Khalkedon
émergea de la violente et soudaine tempête, ses os ébène
brillant comme de l'huile et ses orbites en feu. Ses
sabots firent jaillir des étincelles quand ils touchèrent le
sol pavé et un hennissement lugubre sortit de sa bouche
ouverte, comme un cri qui résonne dans une grotte.

Le roi des Morts prit les rênes filandreuses du cheval et se hissa sur la selle en décomposition. Il se leva sur les étriers et souleva son poing ganté. La puissante armée s'arrêta et un lourd silence tomba sur les Terres Noires comme si le monde était soudain arrivé à sa fin et que toute vie avait été anéantie.

— EN ROUTE ! cria le roi des Morts.

Sa voix grondait comme le tonnerre à en faire frémir la terre fumante sous les pieds brûlants de son armée. Puis, il fit signe à son premier officier, fit tourner Khalkedon, éperonna le cheval sans vie pour qu'il entame un galop, et prit la tête de cet océan destructeur bouillonnant.

Alors que tout était tranquille un peu avant l'aube, Calad-Chold quitta les Terres Noires, traversant un tourbillon de ténèbres entre les deux sentinelles massives de Dar qui se tenaient, pétrifiées, à l'entrée du royaume du Démon — des monuments témoins de la tragédie des cousins d'Otavite, une race de Géants qui avaient osé défier le Démon et qui avaient été balayés de la surface de la terre. Derrière le roi des Morts, aussi silencieuse que les tombes et les tumulus qui avaient contenu les soldats, venait la terrible armée — un cancer violent et incurable.

Loin de là, Naïm arrêta Avatar, vacillant sur sa selle comme si un poing invisible lui donnait des coups. Cherchant son air, il glissa sur le sol, gardant une main sur le pommeau de son bâton pour se tenir droit. Il se tourna vers le nord-est, ses yeux bleu-noir fixés sur les ténèbres qui s'épaississaient malgré les premiers rayons du soleil qui apparaissaient dans le ciel du côté est. « Ainsi, ça a commencé », murmura-t-il tristement.

Pendant un moment, il se demanda comment les autres se débrouillaient. Observaient-ils aussi les ténèbres avec désespoir ? Ou dormaient-ils par à-coups, rêvant à l'horreur qui s'en venait, inconscients que leurs cauchemars étaient déjà devenus réels ? Le vieux Druide se pressa la tête contre le flanc d'Avatar, craignant de penser à Miranda. Était-elle encore en vie ? Sans les Pierres de sang, les monstres du Démon la garderaient-ils vivante ? « Non ! » Il détestait cette idée. Aussi longtemps que les Pierres de sang existeraient, Miranda serait une menace. Cependant, si la jeune fille était éliminée, les Pierres seraient sans pouvoir — six jolis petits cailloux, rien de plus.

Naïm soupira et parcourut délicatement le flanc d'Avatar avec sa main. Il leva les yeux vers le ciel illuminé et ressentit une étrange impression monter en lui. Ça allait être une merveilleuse journée. Il balaya du regard le paysage environnant. À sa gauche s'élevait une crête de grands arbres qui marquaient la fin des prairies et l'orée de la forêt. L'odeur des herbes fraîches et vertes et la senteur du pin s'attardaient dans la douce brise matinale et, loin au-delà de la forêt, les Montagnes de la Lune brillaient comme des montagnes d'argent poli. Le Druide se surprit presque à rire de l'ironie tragique de la scène parfaite et paisible qui se présentait devant ses yeux et de la terreur indescriptible qui émanait des Terres Noires.

Ce ne serait pas une merveilleuse journée. Le soleil ne devrait pas briller un jour comme celui-ci. Le ciel ne devrait pas être d'un bleu clair à pleurer. La cime des arbres ne devrait pas se balancer dans la brise ; elle devrait se tenir raide de peur. L'herbe douce et verte devrait se ratatiner dans ses racines. Naïm savait qu'il devenait irrationnel, mais il voulait crier à la nature — l'avertir que quelque chose allait se produire — pour la prévenir qu'elle aussi faillirait devant la puissance de Calad-Chold.

Les arbres brûleraient. L'herbe se ratatinerait et mourrait. Un voile de fumée noire cacherait le ciel bleu et effacerait le soleil. Non ! Ce ne serait pas une merveilleuse journée. Naïm pencha la tête et écouta. « Quelque chose manque », pensa-t-il, réalisant que tout ce qui troublait la perfection de la scène rurale, c'était le silence total. Il n'y avait ni le bruit d'oiseaux ou d'écureuils ni le jacassement des « suisses » qui se disputent. C'était comme si aucune créature n'habitait cet endroit. Or, Naïm savait que c'était faux. La forêt était le domicile de nombreuses espèces différentes d'animaux, d'oiseaux, de reptiles et d'insectes. « Ils sont partis avant que la tempête les atteigne, se dit le Druide, ou ils se sont cachés, se taisant de peur. »

Il sentit soudain un léger tremblement parcourir la chair lisse d'Avatar. Il ôta le bâton de son attache le long du flanc du cheval et l'agita, le dos appuyé contre l'animal. Ses yeux mesurèrent la distance entre lui et la forêt, s'attardant à la cime des arbres. Maintenant, il sentait aussi une présence étrangère. « Par là ! » pensa-t-il, ses yeux essayant de pénétrer l'obscurité qui délimitait l'orée de l'épaisse forêt. Il remonta rapidement en selle.

— Sois prudent, mon vieil ami, dit-il doucement, conduisant Avatar vers les arbres et la chose menaçante qui s'y trouvait, à attendre aussi calmement que la mort.

« Peu importe ce que c'est, songea-t-il, ça ne fait pas peur à un vieux Druide et à son cheval. »

Le cheval roux n'avait pas besoin qu'on le pousse. De ses fines narines, il avait repéré l'emplacement exact où se dégageait l'odeur désagréable de la créature. La senteur le rendait fou. Il percevait l'agitation du Druide et cette émotion alimentait sa colère. Il combattrait à mort pour protéger l'homme qu'il aimait de toute son âme. Le courageux étalon était encore vivant parce que Naïm l'avait sauvé de la noyade dans un marécage sur les Îles de sable accidentées, un archipel de sept îles dans le Dernier Océan. Le cheval et l'homme étaient inséparables depuis. Avatar hennit violemment et se cabra. Puis, il traversa à vive allure les marais couverts de brume tel un rai de lumière rouge.

À l'orée de la forêt, le Druide arrêta son cheval.

— Attends ici, dit-il, glissant à terre et saisissant son long bâton.

Il donna au cheval une douce tape sur le cou et avança sous les branches d'un arbre géant, puis dans la forêt silencieuse. Ici, l'air sentait le moisi en raison de l'odeur des feuilles et du reste de la végétation en décomposition. Naïm respira par la bouche et avança prudemment plus loin dans les arbres.

Le silence était aussi épais que de la fumée et aussi profond qu'une tombe. Le Druide avait l'impression de se retrouver dans une autre dimension où la vie animale et humaine n'aurait pas encore commencé. Il chercha le bourdonnement des insectes, mais il n'entendit rien hormis sa douce respiration. L'absence de bruit dans la forêt était aussi peu naturelle que des enfants silencieux dans une cour de récréation. Naïm sentit son anxiété grandir jusqu'à ce qu'il eut l'impression qu'il ne pouvait plus rester en ces lieux.

C'est à ce moment-là qu'une énorme créature tomba du ciel, cognant la tête du vieil homme contre le sol de la forêt. Le bâton échappa aux mains de Naïm et se retrouva dans une parcelle de fougères sauvages poussant sur le bord d'un petit ruisseau. Le Druide tenta avec difficulté de se tourner sur le dos, mais la créature le clouait au sol. Il sentit un jet de chaleur sur le bras et sut que son assaillant avait utilisé un couteau pointu ou ses griffes pour lui transpercer la chair et le faire saigner. Il savait qu'il devait faire quelque chose, et vite. Autrement, il mourrait avant de pouvoir s'échapper. Serrant les dents, il se releva. Puis, il fléchit immédiatement les genoux et bondit comme un ressort, repoussant son attaquant. Rapidement, il fit un bond vers la droite, où il avait vu le bâton tomber dans les longues fougères, et se retourna brusquement pour faire face à son ennemi.

Le cœur lui sursauta quand il vit le TUG. Il aurait dû s'en douter. L'odeur de la mort en provenance de la créature aurait dû lui rappeler quelque chose.

Le tueur du Démon leva la tête et siffla de plaisir à la vue du sang qui s'écoulait des doigts de la main gauche du Druide. Son attaque surprise avait blessé l'homme maléfique et l'avait affaibli. Maintenant, il allait l'achever.

Le TUG cherchait la jeune Elfe quand il avait repéré le Druide dans la clairière. Il ne pouvait pas en croire sa chance quand l'homme stupide avait dirigé son cheval vers les arbres. Rapidement, il avait planté ses griffes dans l'écorce d'un vieil arbre et grimpé jusqu'à ce que son énorme corps fut caché parmi les branches épaisses et élevées. L'humain, qui ne se doutait de rien, était si préoccupé à le chercher derrière un des troncs massifs qu'il n'avait pas pensé à regarder dans le ciel. La créature fit remuer ses épaules quand elle siffla à maintes reprises, des sons affreux qui résonnaient dans les arbres comme un rire d'aliéné.

Naïm recula doucement vers le ruisseau et son bâton, ses yeux d'un bleu profond rivés sur la capuche du TUG où une paire d'yeux rouges brûlaient dans l'obscurité. Il chassa de son esprit tout ce qui pourrait le distraire de la bataille qui, il le craignait, finirait par la mort de l'un d'eux. Il sentit son talon heurter quelque chose de dur. Le bâton ! Pourrait-il l'attraper avant que la créature se jette sur lui ? Il fit un autre pas en arrière, puis un autre, pour se placer derrière le bâton.

Le TUG se tenait immobile, ses yeux rouges sondant le vieil homme. « Ce stupide sénile aurait dû fuir pendant qu'il était temps ! Maintenant, il est trop tard ! » Il siffla à nouveau et se précipita sur le Druide. Naïm fut pris par surprise en raison de la rapidité de l'attaque. Avant qu'il n'ait le temps de réagir, la créature était sur lui, brandissant ses griffes comme des ciseaux. Le Druide vit son manteau se faire découper et lâcha un cri de douleur lorsque les griffes lui lacérèrent le torse et l'épaule.

Cependant, il était étonnamment fort et agile. Ignorant la souffrance, il se courba et frappa violemment le milieu de la créature, en même temps qu'il lui saisit un bras. Le bruit écœurant de l'os brisé étouffa la respiration âpre du TUG, tandis que la créature se ruait sur le dos du Druide et qu'elle atterrit sur le sol. Naïm ne perdit pas de temps. Il plongea sur le bâton, le ramassa et l'agita, alors que le TUG se relevait et se ruait sur lui à nouveau.

Une flamme blanche émergea du bout du bâton et foudroya le tueur, brûlant sa chair hideuse et noire. Cependant, au lieu de ralentir la créature, la flamme magique sembla nourrir sa rage. Le TUG siffla de rire, inconscient de la blessure suintante sur son côté. Puis, il fit un saut de biais et s'élança en chancelant vers le Druide, son bras cassé pendant mollement sur le côté.

Naïm leva son bâton.

— ARRÊTE ! cria-t-il.

La créature noire hésita, surprise par le ton inattendu de la voix de l'homme.

— TU NE PEUX PAS ME TUER ! poursuivit Naïm.

Le TUG sentit les mots du Druide résonner dans sa tête. Il tituba en arrière comme si quelque chose lui avait défoncé le crâne.

— PARS MAINTENANT ! enchaîna Naïm d'une voix forte et empreinte de confiance. PARS TANDIS QUE TU LE PEUX !

Le TUG secoua la tête pour se débarrasser de la voix arrogante. Il connaissait ce Druide. Il avait presque déjà réussi à le tuer… Il l'aurait fait si le Dragon volant n'était pas intervenu dans les affaires du Démon et qu'il n'avait pas enlevé ce gringalet. La créature sentit un frisson lui parcourir le dos à travers son manteau noir quand elle revécut le terrible moment où elle se tenait devant la Haine et qu'elle avait avoué comment elle avait échoué à éliminer le Druide maléfique et la jeune Elfe. Sans un mot, la Haine avait levé son pieu en fer pointu et le lui avait enfoncé profondément dans le cœur. Elle avait frappé encore et encore jusqu'à ce que le TUG ait le corps abîmé et brisé, et que le feu rougeoyant dans ses yeux s'obscurcisse pour n'être plus qu'une pâle étincelle. Quand elle fut satisfaite qu'il soit suffisamment puni, elle lui avait retiré son énorme manteau noir et l'avait levé dans le ciel comme un vautour immonde. « Échoue encore une fois et tu mourras ! » avait-elle crié.

Elle avait laissé le corps battu et mutilé dans les herbes sanglantes à l'extérieur de Dundurum. Cependant, elle avait préservé la vie du TUG et avait envoyé un de ses serpents guérir les profondes blessures du malheureux. Le TUG était redevenu comme neuf, hormis la douleur qui était aussi constante que la course des étoiles dans le ciel.

Toutefois, il ne se souciait plus de la douleur. En fait, elle le rendait plus fort et intensifiait sa rage.

De ses yeux rouges et étroits, le TUG observa le Druide, puis, les griffes de sa main valide tendues en avant, il s'avança vers lui, diminuant la distance qui les séparait à trois enjambées. Il atteignit Naïm et s'apprêtait à le taillader mais, au dernier moment, l'homme s'accroupit et roula sur le côté. Puis, le Druide se releva, inconscient que la terre était pleine de sang là où il avait roulé. Il se tourna à temps pour voir le TUG faire voler de la terre quand ses pieds munis de griffes dérapèrent pour s'immobiliser.

La créature se tourna et revint vers lui.

Naïm visa avec son bâton, qui envoya un jet de flammes assaillir le TUG. Le sifflement du tueur brisa le silence, comme le cri rauque et soudain d'un oiseau géant. La puissance du feu fit décoller l'énorme créature, la projeta en arrière où elle s'écrasa contre un arbre et tomba sur le sol, son manteau noir fumant comme du bois vert dans un feu de camp.

— TU NE PEUX PAS GAGNER CETTE BATAILLE ! cria Naïm en regardant le TUG se lever d'un bond aussi facilement que s'il avait simplement trébuché et qu'il était tombé.

Le Druide ne pouvait pas croire que la créature était encore capable de se lever, encore moins de combattre. Là où le manteau avait brûlé, il vit que le feu avait fait un trou dans la chair du tueur, exposant ses os blancs.

Cependant, le TUG n'était plus en mesure de suivre les avertissements du Druide. Son esprit torturé n'était que haine et la seule voix qu'il pouvait entendre était celle de la Haine, sa Maîtresse, criant dans sa tête, répétant deux mots encore et encore : « Meurs, Druide ! » Le TUG bondit en sifflant et en crachant. Cette fois, Naïm ne fut pas assez rapide. La créature se jeta sur lui et ils tombèrent sur le sol, roulant sur la berge et dans le ruisseau peu profond. Naïm se releva le premier, le sang de ses blessures souillant l'eau claire. Il pataugea dans le ruisseau et grimpa sur la rive, entendant clairement son poursuivant. Il atteignit le sol plat, leva son bâton et le fit pivoter. Puis, il le dirigea vers la poitrine du TUG et le poussa de toutes ses forces, faisant retomber la créature dans le ruisseau.

Le TUG se remit sur pied en un éclair, arrachant de grands morceaux de terre et d'herbes tandis qu'il grimpait sur la rive pour se rapprocher du Druide maléfique. Naïm secoua la tête avec lassitude. Il se sentait faible et ses yeux avaient du mal à rester concentrés. Les entailles sur sa poitrine, son bras et son épaule étaient profondes. Il perdait trop de sang. Il devait mettre un terme au combat et soigner ses blessures avant d'être impuissant. Il pointa le bâton vers le TUG.

— C'est mal de tuer, murmura-t-il.

Il s'était rappelé les mots d'Elester à Arabella.

— C'est mal de tuer, répéta-t-il.

Il avait les yeux rivés sur la créature qui avait déjà été humaine, mais qui était maintenant purement mauvaise, un tueur féroce et insensible, l'ombre du Démon, la Haine. Devait-il en avoir pitié et l'épargner ?

Naïm frappa le sol avec le bout de son bâton et leva celui-ci vers le ciel. Là où sa main tenait le bâton, une étincelle blanche s'alluma et s'enflamma soudain. Puis, elle grossit de plus en plus jusqu'à ce qu'elle semble engloutir à la fois l'homme et le bâton. Un hurlement mystérieux remplit l'atmosphère, tandis que la flamme croissait en taille et en brillance. Alors qu'il détourna la tête et ferma les yeux, Naïm pensa que le hurlement ressemblait au bruit d'une chaudière géante. La brillance de la flamme tranchait dans la noirceur sous la capuche du TUG, attirant le feu rouge du Démon hors des yeux de la créature et l'absorbant dans sa blancheur. Elle attaqua la créature comme de l'acier qu'on liquéfie, faisant fondre les petits morceaux d'or incrustés sous la peau de l'avant-bras du TUG. Puis, la flamme s'attisa à nouveau dans un déploiement aveuglant et disparut.

Le silence s'installa dans la forêt une fois encore. Naïm avança d'un pas mal assuré, s'appuyant sur son bâton pour s'aider. Il fixa longtemps la créature inerte étendue tel un tas calciné, à moitié dans l'eau. Puis, il se retourna et, un bras pressé contre son corps, marcha lentement, péniblement, vers l'endroit où il avait laissé Avatar. Là où il passait, il laissait une traînée de sang sur le sol de la forêt.

Tandis qu'il cheminait laborieusement parmi les arbres, il se demanda s'il avait bien agi en épargnant le TUG. Quelle sorte de créature serait-ce maintenant qu'il avait éteint le feu rougeoyant de la haine dans ses yeux ? Qui commanderait le TUG maintenant qu'il avait détruit l'horrible tatouage sur le bras ? Pouvait-il espérer que la créature agisse maintenant pour le Bien — qu'elle en soit capable ?

— Je ne suis pas devin, murmura-t-il. Je ne peux pas savoir.

Devant lui, il vit Avatar qui, immobile, attendait dans l'obscurité de la lisière de la forêt. Redressant les oreilles, l'étalon s'agita légèrement quand il repéra l'homme qui marchait doucement vers lui. Malgré les spasmes de douleur qui le tenaillaient, Naïm sourit faiblement, surpris qu'une telle créature emprunte de noblesse ait choisi de lui être fidèle envers et contre tout.

Brusquement, le cheval martela le sol avec ses sabots antérieurs. Il se cabra, ses yeux roulant de rage. Tout en hennissant, il se rua vers le Druide. Naïm vit le changement s'emparer du puissant étalon et, pendant une seconde, il se figea, abasourdi, tandis que le cheval fonçait droit sur lui. Qu'est-ce qui pouvait provoquer une telle frénésie chez Avatar ? L'animal était-il possédé ? Était-ce ce que Miranda avait vu dans l'écurie à Béthanie ? Naïm leva les bras dans une vaine tentative pour se protéger la tête des puissants sabots du cheval mais, au moment où il pensa que son vieil ami s'apprêtait à le piétiner à mort, Avatar dévia sur le côté et le dépassa, le renversant sur le sol dur à côté d'un grand arbre. Naïm se leva avec difficulté, ses blessures le rendant lent et maladroit. Il avança au pas et regarda autour de l'arbre, son cœur s'emballant comme de l'eau dans des chutes puissantes.

Avatar s'esquiva et se tourna pour éviter les griffes acérées. Puis, il se cabra, frappant le TUG avec ses puissantes pattes avant. La créature que le Druide avait épargnée tailladait le cheval à plusieurs reprises avec son bras indemne dans une attaque effrénée acharnée. Cependant, Avatar était reposé et, malgré la taille imposante du TUG, il était plus fort que celui-ci. Il avait appris à reconnaître le Mal pendant les longues années qu'il avait passées avec le Druide. Il reconnaissait le Mal parce que ce dernier avait l'odeur de la mort. En compagnie de l'homme, il avait combattu des Sorcières de l'enfer, des Werecurs, des TUGS et d'autres spécimens que le Démon avait envoyés pour les détruire ; toutes les créatures avaient la même odeur — une odeur de chair en décomposition.

Il ne tournerait pas le dos à cet être enragé ni mort ni vivant qui avait suivi les traces sanglantes du Druide, et dont le cœur inhumain était programmé pour tuer. Se cabrant, il envoya un coup renversant directement sur la plaie ouverte dans la poitrine du TUG. La créature hurla et tomba à genoux. Avatar n'était pas préoccupé par les valeurs humaines. Le Bien et le Mal étaient abstraits pour lui. Tout ce qu'il savait, c'était que s'il n'éliminait pas cet ennemi, celui-ci les tuerait, lui et le Druide. Il ne laisserait pas une telle chose se produire. Avant que le TUG se remette sur ses pieds, les puissants sabots d'Avatar se dressèrent et s'abattirent sur la créature au manteau noir à maintes reprises jusqu'à ce que le sifflement se taise et que le calme revienne.

CHAPITRE VINGT-NEUF

LE CHÂTEAU
DE L'INDOLENCE

'armée des Géants attaqua juste après minuit. À travers une embrasure du rempart partiel lement construit en haut du château, Pénélope et Nicholas scrutaient l'horizon et observaient, terrifiés, tandis que des créatures démesurées descendaient la montagne et fourmillaient dans la vallée. L'Ogre Eiznek sifflait avec enthousiasme. En montant les escaliers, ils avaient entendu des pas dans le passage en dessous. Ils s'étaient vite cachés dans l'obscurité du palier et s'étaient blottis là, n'osant pas respirer, jusqu'à ce que la silhouette indistincte apparut et passe son chemin. Puis, ils poursuivirent discrètement leur montée des escaliers et suivirent un passage étroit vers le rempart.

Ils regardaient maintenant les Géants descendre le flanc de la colline.

— D'où viennent-ils ? demanda Pénélope à voix basse.

— Reste calme, ordonna Nicholas.

Il plissa les yeux pour s'assurer qu'il ne voyait pas des choses qui n'étaient pas là.

— Wow ! souffla-t-il.

Puis, il aperçut une des bêtes blanches bondir en descendant la colline comme une balle de caoutchouc géante.

— Mais qu'est-ce que c'est que ça ? demanda-t-il.

— Tu ne veux pas le savoir, dit Pénélope.

— Sérieusement, la pressa Nicholas. Qu'est-ce que c'est ?

— C'est un des gardes des Géants, répondit Pénélope. Une sorte d'animal.

Elle s'amusa du regard de surprise qui traversa le visage du garçon quand elle décrivit la bête féroce.

— Dis-moi que je ne rêve pas, murmura Nicholas. Je croyais que les Manticores étaient des créatures mythologiques.

— Ce n'est pas un Manticore, dit sèchement Pénélope, heureuse de découvrir que même Nicholas pouvait se tromper. C'est un Carovorare. Je viens de te dire que la bête avait une tête de rapace, pas d'homme.

— J'avais oublié la tête, dit Nicholas. Cependant, le reste ressemble à un Manticore ou, du moins, je suppose qu'on pourrait parler d'un Rapticore.

Puis, cachant son sourire, il se détourna de l'embrasure et se précipita vers la porte qui permettait de quitter le rempart.

— Où penses-tu aller ? demanda Pénélope. Otavite nous a dit de rester ici.

— Attends ici si tu veux, dit Nicholas. Moi, je veux voir cette créature de plus près.

— Parfait ! s'exclama Pénélope. Et tu vas te faire tuer. Es-tu fou ?

Eiznek saisit le bras de Nicholas et le secoua furieusement.

— Je ne vais pas me faire tuer, déclara Nicholas, soulevant les doigts de l'Ogre de son bras et souriant d'un air conspirateur. De toutes façons, je n'ai pas entendu Otavite se nommer chef. Écoute ! Je suis le seul qui a été enfermé dans le sous-sol d'Indolent. Tu te souviens ? Donc, si Otavite pense que je vais attendre ici tandis que ses copains Géants et lui s'amusent, il va avoir toute une surprise. J'ai l'intention de m'assurer que cette fouine de magicien et Mini à la tête de rat ne se sauveront pas.

Il s'arrêta et se retourna.

— Et je veux mon épée, poursuivit-il.

— Je le savais ! soupira Pénélope. Très bien ! Attends. Je viens aussi.

Réalisant qu'il allait rester seul, Eiznek poussa un sifflement aigu et courut derrière ses nouveaux amis. Nicholas encouragea l'Ogre à prendre la tête dans les étroits couloirs jusqu'aux escaliers qui descendaient vers la cour.

— Es-tu sûr qu'on peut lui faire confiance, qui ou quoi qu'il soit ? demanda Pénélope, qui regardait avec fascination le petit Ogre tandis qu'il sautait sur le mur et qu'il filait comme un crabe dans le couloir.

— Oui, répondit Nicholas sans hésiter. Je lui confierais ma vie.

Soudain, il se mit à rire.

— Quand je l'ai rencontré la première fois, expliqua-t-il, il se tenait sur ma poitrine et j'ai cru que c'était un cannibale. J'ai vraiment eu peur. Mais il n'essayait pas de m'arracher un morceau d'estomac ou autre. Il tentait simplement de me garder en vie en me donnant à manger.

— C'est si gentil, dit Pénélope, heureuse que le petit compagnon se soit révélé être un ami. Que mangent les Ogres ?

— Des rats, répondit Nicholas, plié de rire à la vue du dégoût qui apparut sur le visage de son amie.

Il attendit quelques secondes.

— Des rats morts, ajouta-t-il.

— C'est si répugnant ! s'exclama Pénélope avec des haut-le-cœur en se posant le doigt sur la gorge.

— En fait, expliqua Nicholas, tout en essayant de garder un visage impassible, tu devrais essayer. Les rats n'ont pas un goût si mauvais. Tu finis même par en avoir vraiment envie après un moment.

Il regarda attentivement un endroit sur le sol contre le mur.

— En parlant de rats…

Pénélope poussa un cri perçant et saisit le bras de son ami, cherchant partout autour quelque chose sur quoi grimper. Nicholas rit si fort qu'il dut s'arrêter et se tenir les côtes.

— Tu es dégoûtant ! s'exclama sèchement Pénélope en se frottant les bras vigoureusement pour faire passer sa chair de poule.

Elle regarda Nicholas, puis elle courut pour rattraper Eiznek. Elle ne voulait plus rien entendre à propos de la nourriture de Nicholas en prison. Le rire malicieux du garçon la suivait, rebondissant comme une balle de ping-pong sur les murs du couloir étroit. À une intersection dans le passage, Eiznek s'écarta du mur et fit des signes aux autres pour qu'ils fassent moins de bruit. Il ne comprenait pas comment son ami pouvait rire à un moment comme celui-ci. En ce qui le concerne, il n'y avait rien de drôle à se trouver dans une situation où ils pouvaient être capturés ou tués chaque seconde.

— Ouais, dit Pénélope par-dessus son épaule. Tais-toi, Nick.

— Reviens, Pénélope ! Regarde, j'en ai attrapé un pour toi.

L'air interrogateur, Eiznek observa la jeune fille. Pénélope haussa les épaules et se tapota la tête.

— Plus de neurones, dit-elle en souriant, tandis que l'Ogre se grattait la tête et plissait les yeux de confusion.

Elle caressa l'épaule du petit compagnon.

— Ce n'est rien, dit-elle. Il faudrait que tu viennes de notre monde pour comprendre.

Le chaos régnait à l'extérieur des murs du château. Le tonnerre s'abattit violemment, à en faire éclater les oreilles. La foudre serpenta dans l'obscurité et heurta le sol, grésillant et claquant. Tels des rouleaux compresseurs, d'énormes bûches dévalèrent la vallée, aplatissant tout sur leur passage. D'énormes blocs de pierre volèrent comme des fusées, s'écrasant contre les murs du château et projetant des tessons de roche dans les airs comme des flèches. Les cris des Trolls se mélangeaient aux sifflements aigus des Ogres.

— Attention ! cria Nicholas.

Il poussa Pénélope sur le côté et se baissa pour se protéger d'un gros rocher qui percuta le mur juste au-dessus de sa tête et frappa le sol en créant un cratère de la taille d'un pneu d'avion.

— Je veux repartir ! cria Pénélope, qui se releva vivement et regarda avec horreur le trou dans le sol, là où elle se tenait une seconde avant le choc de l'énorme roc.

— Non !

Nicholas saisit la jeune fille par le bras et la traîna loin du mur.

— Le château va s'effondrer, expliqua-t-il. On est mort si on repart.

Il chercha Eiznek comme un fou et finit par le repérer. Blotti en boule à la porte de la tour, l'Ogre tremblait de façon incontrôlable comme s'il avait soudainement contracté une forme avancée de la maladie de Parkinson.

— Eiznek !

Nicholas laissa tomber le bras de Pénélope et courut vers la créature terrifiée. Il s'agenouilla à côté d'Eiznek, lui entoura le corps de ses bras et le rassura jusqu'à ce que les tremblements cessent. Il pouvait sentir le cœur de la créature battre la chamade.

— Je ne te laisserai pas, murmura-t-il, touché par son petit compagnon. Mais nous devons sortir d'ici avant que le mur nous tombe sur la tête.

Il prit Eiznek par la main.

— Allons-y.

L'Ogre cligna des yeux et siffla doucement. Puis, il laissa le garçon l'aider à se relever et le suivit comme une ombre. Nicholas agrippa Pénélope et ils coururent en direction de l'abri délabré d'Indolent.

— S'il vous plaît, s'il vous plaît, faites qu'on sorte de là vivants ! implora Nicholas, menant ses compagnons à travers le dangereux champ de bataille.

Il eut la gorge serrée quand un grand Troll tomba sur leur chemin, les écrasant presque. Incapable de ralentir, le trio paniqué grimpa sur la créature qui criait et se débattait, et atterrit de l'autre côté au milieu d'une bande d'Ogres esclaves qui sortaient de la carrière pour se précipiter vers les collines, leurs hideux visages verts de peur.

— On va mourir ! s'exclama Pénélope en pleurant et en s'accrochant au bras de Nicholas comme une sangsue, inconsciente qu'elle le pinçait si fort que ses ongles lui rentraient dans la peau.

Mais Nicholas remarqua à peine la douleur. Il essayait désespérément de voir à travers la cohue des Ogres, à la recherche d'une clairière ou d'un endroit pour se cacher jusqu'à ce que la foule affolée soit passée. Soudain, une créature gigantesque se lança vers eux. Nicholas et ses amis s'immobilisèrent, inconscients des Ogres paniqués qui les bousculaient, les blessaient et les griffaient.

— On est morts ! s'écria Nicholas, à la fois terrifié et fasciné. Si seulement j'avais une caméra !

— Oublie la caméra, siffla Pénélope, qui donna un coup de coude dans les côtes meurtries du garçon. Avance !

Nicholas, la gorge serrée, avança péniblement au milieu des Ogres. Il essaya de garder la tête baissée mais, hypnotisé par le grand Carovorare blanc, il était incapable de s'en détacher les yeux.

— C'est incroyable ! s'exclama-t-il. C'est comme regarder un volcan en éruption.

Ce qui finit par détourner son esprit de la créature fut un grondement assourdissant qui remplit brusquement l'atmosphère et fit trembler le sol. Nicholas se tourna, redoutant ce qu'il allait voir. Eiznek le poussa du coude et lui indiqua un gros tas de bûches qui dégringolaient vers eux, tandis que les Géants démontaient le support qui les avait contenues.

— Oh, non ! gémit Nicholas, les yeux rivés sur les bûches monstrueuses qui retentissaient de plus en plus près, pulvérisant des blocs de pierre et écrasant les Ogres et les Trolls comme des crêpes.

— Fais quelque chose ! cria Pénélope.

— Que veux-tu que je fasse ? rétorqua sèchement Nicholas, son cœur battant plus fort que les bûches qui rebondissaient.

Il essuya ses paumes en sueur sur les jambes de ses jeans. Que pouvait-il faire ? Il n'y avait aucun moyen de s'échapper d'ici avant que les bûches les atteignent. Il n'y avait nulle part où se cacher et seul un miracle pourrait les sauver, ses amis et lui.

Le miracle fut énorme et puissant. Otavite ramassa les êtres miniatures dans ses mains évasées, sauta sur la première bûche géante et bondit hors du chemin juste avant que la montagne de bûches les atteigne, grondant comme un millier d'avalanches qui n'en formeraient plus qu'une.

Pénélope enfouit son visage contre le poignet du Géant et éclata en sanglots.

— Nicholas ! s'exclama Otavite. Que va-t-on faire ? Je pense que la princesse pleure.

— Ce n'est pas une princesse et elle pleure tout le temps, expliqua Nicholas. Vous verrez. Elle ira mieux dans une minute. Maintenant, allons chercher mon épée !

Otavite déposa les adolescents et l'Ogre sur le sol.

— Si vous restez éloignés du château, vous serez en sécurité. Mais je dois vous laisser maintenant. Nous n'avons pas encore trouvé le Nain-serpent.

— J'espère que vous le trouverez, dit Nicholas. Mais soyez prudent, Otavite. Cette créature n'en a pas l'air, mais elle est très puissante. Elle a les pouvoirs magiques du Démon.

Otavite hocha la tête. Il en connaissait assez sur le Nain-serpent pour savoir que l'ami de Pénélope disait la vérité. Au cours de son service militaire, le jeune Géant avaient combattu de nombreux ennemis, la plupart du temps des Ogres et des Trolls, mais il ne s'était jamais retrouvé en face d'un être qui était le Mal incarné jusqu'à ce qu'il voie Malcolm dans la caverne à l'intérieur de Bronks. L'image du serpent glissant hors du corps du Nain lui faisait coller les cheveux au cou comme s'ils avaient été amidonnés. Il devait trouver cette vipère diabolique et l'empêcher de tuer quelqu'un d'autre.

Nicholas, Pénélope et Eiznek regardèrent Otavite aller jusqu'à ce que ce dernier se fonde dans la grande masse de Géants occupés à démolir les remparts et les murs du château. Ils virent que la plupart des Ogres esclaves s'étaient enfuis. Il y avait quelques Trolls qui essayaient de défendre ce qui restait du château. Ils balançaient des lances et des pierres sur les Géants, mais les gigantesques soldats écrasaient les missiles comme si c'étaient des mouches. Lorsque les adolescents virent le grand nombre de Trolls qui étaient étendus sur le sol à l'extérieur du château, ils se détournèrent, malades à la vue de tant de créatures mortes. Finalement, Nicholas commença à avancer et les autres le suivirent vers l'abri rudimentaire où il avait vu son épée la dernière fois.

— Que ferons-nous si le magicien est là, ou Malcom ? demanda Pénélope, qui avait enfin cessé de pleurer.

— Je ne sais pas, répondit Nicholas. Je lui casserai probablement la figure.

— Ha ! se moqua Pénélope. Toi et quelle armée ?

— Si tu penses que j'ai peur d'Indolent, tu te trompes.

— Calme-toi, dit Pénélope. Tout le monde a peur d'Indolent.

— Parle pour toi ! répliqua sèchement le garçon. Je suis trop furieux pour avoir peur.

— Ah oui ! Super !

Ils atteignirent l'abri et coururent vers l'entrée, surpris que le refuge tienne encore debout après l'assaut des Géants dans la vallée. Sur le bureau de fortune au milieu de la pièce, une petite lampe brûlait en émettant une faible lumière. Les amis constatèrent immédiatement que la salle était déserte. Nicholas avança sur le sol de terre, les yeux plissés à scruter le sol.

— Ai-je mentionné qu'Indolent a une nouvelle collection d'animaux ? demanda-t-il en se tournant vers Pénélope.

S'attendant à voir le sol grouiller de rats, Pénélope grimpa sur un tabouret.

— Quelle sorte d'animaux ? s'enquit-elle en observant le sol.

— Des araignées, répondit Nicholas. Des tarentules, pour être plus précis.

À la mention du mot tarentules, Eiznek eut les yeux aussi gros que des dollars canadiens. Il essaya de sauter à côté de Pénélope, mais la jeune fille le repoussa.

— Cherche-toi un tabouret ! lui dit-elle sèchement.

Elle avait la chair de poule.

— Les tarentules ne sont-elles pas ces grosses araignées noires et velues ?

Nicholas acquiesça.

— Les tarentulas, ou *tarentulae* si tu préfères, appartiennent à la famille des *theraphosidae*, expliqua-t-il. Dans certains pays du sud de l'Europe, on les appelle *lycosa tarentula*, et les gens pensent...

— Tais-toi, cria Pénélope. Je déteste quand tu fais ça.

— Quoi ? demanda innocemment Nicholas. Je pensais que tu voudrais connaître la chose géante et velue qui grimpe dans ton dos.

— Beurk ! cria Pénélope. Enlève-la moi !

Elle sauta sur le tabouret, essayant de chasser la tarentule inexistante de son dos. Ses doigts secouaient frénétiquement ses cheveux et ses habits.

Voyant à quel point elle était contrariée, Nicholas se sentit soudain coupable de l'avoir taquinée.

— Je suis désolé, dit-il. Je voulais plaisanter. Il n'y a rien dans ton dos.

Pénélope descendit du tabouret. Elle asséna des coups au garçon et le fit tomber au sol.

— Je te déteste ! cria-t-elle, lui martelant les bras avec ses poings. Tu te crois drôle, mais tu te trompes. J'en ai marre de tes plaisanteries stupides.

— Hey ! cria Nicholas, essayant de lui attraper les poignets. O.K., O.K. ! Je ne te taquinerai plus. Laisse-moi.

Pénélope le frappa à nouveau. Puis, elle se redressa d'un coup, lui tourna le dos et marcha vers la porte.

— J'en ai assez, O.K. ?

La jeune fille avait la voix triste et lasse.

— J'ai failli mourir cette nuit, pas une fois, mais près de dix fois, expliqua-t-elle. Je n'ai donc pas besoin que tu me fasses peur.

— Je suis désolé, s'excusa Nicholas, qui se redressa et brossa la saleté sur ses vêtements. Je n'ai pas réfléchi. Et, Pénélope, je ne l'ai pas fait pour être méchant. J'essayais juste de nous faire rire. Tu n'as pas remarqué que nous ne rions presque plus ?

La jeune fille se tourna et le regarda. Sa colère partit aussi vite qu'elle était apparue.

— Ça va, dit-elle en éclatant de rire. Es-tu conscient de ce que tu fais ?

— Quoi ?

— Je ne peux pas croire que tu te tracasses à cause de la saleté sur tes vêtements. Regarde tes fringues. Elles étaient dégoûtantes avant même que je te fasse tomber.

Nicholas regarda le devant de son tee-shirt et ses jeans sales, et sourit timidement.

— Tu as raison, admit-il.

Après un moment, il dit à ses compagnons ce que le magicien avait fait aux tarentules avec son scalpel chirurgical pointu.

— C'est dégoûtant ! cria Pénélope, qui se sentait comme si elle allait vomir.

— C'est dégoûtant et cruel, renchérit Nicholas, qui s'agenouilla dans la saleté et fouilla parmi les tas d'ordures de l'abri. J'aimerais lâcher des tarentules dans le lit du magicien une nuit.

Soudain, il se leva et lança un cri de triomphe.

— Mon épée ! Regardez !

Il leva son épée, faisant danser l'ombre de l'arme sur le mur.

— Bien ! dit Pénélope, délaissant le tabouret. Sortons d'ici. Cet endroit me donne froid dans le dos.

De retour à l'extérieur, ils gardèrent une distance de sécurité par rapport aux Géants et regardèrent le château de l'Indolence descendre bloc après bloc. Les gigantesques soldats soulevaient d'énormes blocs de pierre au-dessus de leurs têtes et les jetaient en l'air dans la carrière comme s'il s'agissait de morceaux de polystyrène.

— Ça a l'air surréaliste, observa Pénélope après un moment. C'est comme regarder des enfants jouer avec des blocs de construction.

— Sauf que les Géants ne sont pas des enfants et que chacun de ces blocs de pierre pèse plus de deux cents kilos, précisa Nicholas.

— Quel Monsieur Je-sais-tout ! s'exclama Pénélope en riant.

— Regarde, cria Nicholas, pointant la dernière tour debout. Il y a quelqu'un en haut.

— Je ne vois personne.

— Tu te souviens quand on s'est cachés dans les escaliers et que quelqu'un a emprunté le passage ?

— Et alors ?

— Ce n'était pas Indolent, mais ça devait être Mini. Et, si c'était lui, il est encore en haut. Viens ! Allons vérifier !

— As-tu perdu l'esprit ? s'écria Pénélope. Otavite a dit que nous serions en sécurité aussi longtemps que nous resterions ici. Les Géants ne s'occuperont pas de nous quand ils commenceront à démolir cette tour.

Elle croisa les bras et s'affala sur un rocher au dessus plat.

— Pour une fois, je ne ferai pas ce que tu veux, assura-t-elle. Je n'approcherai pas de cette tour et tu sais que tu ne devrais pas le faire non plus.

— Reste ici alors, dit Nicholas. Je reviendrai dès que j'aurai trouvé qui est là-haut.

Il se tourna vers l'Ogre.

— Est-ce que tu restes là ou si tu viens avec moi ?

Eiznek croisa les bras et s'assit sur le rocher à côté de Pénélope.

Nicholas soupira. Au fond de lui, il savait que son amie avait raison, mais il ignora le conseil qu'elle lui avait donné, tout comme la voix dans sa tête qui murmurait « Ne va pas là ! ». Il voulait montrer aux Géants qu'il n'était pas un enfant impuissant qui a toujours besoin des adultes pour veiller sur lui. Il était déterminé à ne pas laisser s'enfuir la personne encore cachée sur le rempart. Alors, il se tourna et, marchant sur le côté du champ de bataille, il louvoya d'un abri à l'autre, zigza-guant vers le château.

Pénélope et Eiznek gardèrent les yeux rivés sur Nicholas jusqu'à ce que qu'il fut englouti par la nuit. Puis, ils regardèrent les environs, leurs yeux prolongeant les ombres qui brusquement fusionnèrent en araignées géantes et noires. Sans dire un mot, ils échangèrent des regards effrayés et sautèrent du rocher comme si ce dernier était chauffé au fer rouge.

— Nick, attends-nous ! cria Pénélope, qui se préci-pita vers le garçon comme si des centaines de tarentules géantes grouillaient vers elle.

Les sifflements haut perchés d'Eiznek lui indiquaient que le petit Ogre était à moins de deux pas derrière elle.

Nicholas garda sagement la bouche fermée quand il vit ses compagnons, mais il se tourna rapidement sur le côté pour cacher le sourire béat qui lui traversait le visage.

Ils n'atteignirent jamais la tour. Avant qu'ils aient fait une douzaine de pas, la dernière partie restante du château de l'Indolence s'écroula en un nuage de pous-sière, accompagné d'un grondement retentissant. Nicholas et Pénélope fermèrent les yeux et se couvrirent la bouche et le nez avec leurs chemises, tandis qu'ils attendaient que la poussière se fixe. Eiznek ne semblait pas s'inquiéter de la poussière étouffante. Perplexe, il regardait le château dévasté. Puis, il siffla et secoua Nicholas jusqu'à ce que le garçon ouvre les yeux.

— Pénélope, il faut que tu voies ça, dit doucement Nicholas.

Ce qu'aperçut la jeune fille quand elle ouvrit les yeux, c'était Otavite qui marchait lourdement vers elle, avec quelque chose à la main qui s'agitait en se balançant.

— Il a le magicien, dit-elle d'un air triomphant.

Cependant, ce n'était pas Indolent. Otavite s'arrêta devant les adolescents et lâcha le prisonnier sur le sol à leurs pieds.

Nicholas pointa son épée sur la poitrine de l'homme.

— Eh bien ! se réjouit-il. Si ce n'est pas ce cher petit Mini. Où est le Nain Malcolm, ton chef ?

— Ferme ta sale bouche, cracha l'ancien professeur.

Puis, il repéra Pénélope. Qu'elle puisse être impliquée avec la mauvaise Miranda et ses ignobles petits amis, c'était trop pour lui.

— Pénélope, que fais-tu ici avec ce... ce ... vilain garçon ? demanda-t-il.

La jeune fille le regarda tristement et secoua la tête.

— Non, M. Petit. Vous êtes celui qui représente le Mal. Ne savez-vous pas ce que vous avez fait ? Ne connaissez-vous pas le Démon ? Ne savez-vous pas qu'indolent lui appartient ?

— Je te pensais plus intelligente que ça, rétorqua Mini en ricanant. Je pensais que tu avais compris. Mais, tu es comme tous les autres... stupide et faible.

Puis, il eut un fou rire hystérique et se roula dans la poussière.

— Qu'allez-vous faire de lui ? demanda Pénélope en levant les yeux vers Otavite.

— Laissons-le partir, répondit le Géant. Il n'était pas dans la caverne. Il n'a rien fait pour nous faire du mal.

— Non ! cria Nicholas en tirant sur la manche de la robe de Mini. Regardez ! C'est la marque du Démon. Ce misérable est un des leurs et il sait où sont les autres. On doit le ramener à Béthanie.

Dès que Nicholas eut mentionné la capitale des Elfes, le corps de Mini devint raide comme un tisonnier et ses yeux roulèrent en arrière dans sa tête jusqu'à ce que le blanc soit visible.

— Nooon ! Nooon ! hurla-t-il. Ne me ramenez pas !

Puis, il se pelotonna en position fœtale et eut un autre fou rire nerveux.

— Nous verrons ça ! dit-il. Nous verrons ça !

Sidérés, les quatre compagnons regardaient l'être sur le sol.

— Il a fini par passer à l'ennemi, fit remarquer Nicholas en piquant l'avant-bras de Mini avec la pointe de son épée.

— Que fais-tu ? demanda Otavite.

— Je vais m'assurer qu'il ne communiquera pas avec la Haine. Je vais lui enlever son tatouage de crâne.

— Beurk ! cria Pénélope, qui se détourna quand Nicholas s'attela à la tâche sur le bras de l'ancien professeur.

CHAPITRE TRENTE

AU SECOURS D'ARABELLA

près avoir pleuré et s'être plainte pendant au moins une heure, Arabella se passa le visage sur sa manche pour essuyer ses larmes. Son plan, pourtant brillant, avait échoué, et elle se retrouvait maintenant ici, échouée sur le bord du lac Leanora, presque prisonnière. Elle repensa à son plan. Embarquer clandestinement à bord du ES Péridot dans la cale réservée aux chevaux pendant le voyage de nuit avait été du gâteau.

Elle se souvint qu'elle luttait contre le sommeil et que, tout à coup, Noble et les autres chevaux quittaient le bateau. Elle avait pris à la hâte son sac pesant et était débarquée au milieu de plusieurs jeunes lads Elfes, chargés de selles et d'équipement appartenant aux cavaliers qui accompagnaient le roi des Montagnes Rouges. Le plan d'Arabella avait été de se cacher jusqu'à ce que le bateau lève l'ancre pour retourner à Béthanie. Puis, elle serait sortie de sa cachette et ils n'auraient pas eu d'autre choix que de l'amener avec eux.

Malheureusement, tout alla de travers. La jeune fille fut surprise de constater que le bateau des Elfes ne quittait pas le petit quai. Comment aurait-elle pu savoir que le capitaine donnerait l'ordre d'attendre le retour du détachement du roi ? Comment aurait-elle pu prévoir qu'un des lads la dénoncerait ? Elle s'était tout à coup retrouvée devant Andrew Furth, la tête haute, les yeux bruns brillant de colère.

— À quoi diable as-tu pensé ? avait demandé Andrew, comme s'il allait l'enfermer dans une prison et jeter la clé.

— Je voulais aider, avait répondu Arabella. Ce n'est pas juste. Mes amis ont disparu et vous vous attendiez à ce que je ne fasse rien. Eh bien, vous vous trompiez.

Le jeune Elfe avait secoué la tête. Il plaignait la jeune fille, mais il avait des ordres.

— Tu ne peux pas venir avec nous.

Puis, Andrew était sorti et avait discuté avec le capitaine du navire à propos d'Arabella.

« Ils ne me laisseront pas en arrière », avait pensé la jeune fille.

Cependant, ils le firent, sans même daigner la regarder. « Comme si je n'étais pas vivante, avait-elle murmuré pour elle-même, furieuse, tout en regardant la petite compagnie jusqu'à ce qu'elle disparaisse au loin. Puis, elle avait couru vers sa cabine et pleuré jusqu'à ce qu'elle n'ait plus de larmes.

Le capitaine et son équipage essayèrent de la garder occupée. Ils la traitèrent comme si elle était un membre de l'équipe et lui assignèrent des tâches qui devaient, normalement, lui faire oublier le voyage du roi à Vark. Arabella fit ce qu'on lui disait mais, pendant tout ce temps, elle avait l'esprit occupé à manigancer et à comploter pour suivre Elester et les autres.

Le lendemain soir, tandis qu'elle était penchée sur la balustrade à la proue du navire, elle vit un mouvement sur le flanc de la colline au loin et en fut surprise. Rapidement, elle courut à sa cabine, prit son sac à dos ainsi que l'eau et la nourriture qu'elle avait dérobées à la cuisine plus tôt. Puis, elle descendit l'échelle et se dirigea du côté de la colline pour avoir une meilleure vue. Elle s'aperçut que la distance à parcourir était plus grande que ce qu'elle pensait, mais elle continua, jetant un coup d'œil en arrière pour garder le bateau en vue. Certains membres de l'équipage la virent marcher vers la colline lointaine, mais ils ne s'en inquiétèrent pas vraiment. Après tout, elle ne pourrait pas aller bien loin à pied.

Au début, Arabella ne put en croire ses yeux. Puis, elle courut, criant « Marigold ! » à pleins poumons.

En entendant son nom, la petite jument grise leva la tête vers la silhouette qui courait parmi les longues herbes. Se trémoussant doucement, le cheval trotta à la rencontre de cet être humain qui lui était familier. Arabella était ravie de voir que l'animal était en vie. Elle passa ses bras autour du cou de la jument et lui embrassa la tête.

— Oh, Marigold ! Je croyais que je ne te reverrais plus jamais.

Évitant le museau intrusif de la jument sur son visage, son cou et ses cheveux, Arabella ôta la sellerie du cheval et utilisa une de ses chemises pour brosser délicatement l'animal, en portant attention aux égratignures et autres blessures. Puis, elle leva chaque patte et examina les sabots pour s'assurer que la bête n'avait pas perdu de fers. Ensuite, elle prit les rênes et fit faire quelques pas au cheval pour vérifier s'il boitait.

Elle remit la sellerie, prit les rênes et marcha jusqu'en haut de la colline, jetant des regards furtifs en arrière sur le petit bateau amarré au quai et les énormes transporteurs ancrés dans l'eau calme. Puis, elle sauta en selle et disparut sur le sommet de la colline, hors de la vue du port et des yeux aiguisés des Elfes.

— Selon moi, on a deux choix, dit-elle au cheval. On peut retourner vers le bateau et attendre que les autres reviennent, ou on peut les suivre. Qu'en penses-tu ?

Comme si elle répondait aux questions de la jeune fille, Marigold leva la tête et hennit.

— Je suis d'accord, dit Arabella en riant de bon cœur. Allons-y.

Sur le bateau, le second avait aussi vu quelque chose bouger sur le flanc de la colline. Il mit ses jumelles et identifia le cheval gris comme étant Elfe. Puis, il reconnut la jeune fille au moment où elle regarda furtivement le bateau avant de disparaître au sommet de la colline.

— Arabella ! s'exclama-t-il en pestant doucement.

Il abaissa ses jumelles et se dirigea vers les quartiers du capitaine pour rapporter l'absence de la jeune fille. En quelques minutes, une douzaine de cavaliers partirent à la poursuite d'Arabella.

— Qu'est-ce que c'est ? demanda l'adolescente.

Elle ralentit la jument pour l'arrêter et observa la fumée noire qui s'élevait dans le ciel obscur. Elle avait voyagé pendant la nuit, mais elle avait fait plusieurs pauses. Elle pensa qu'elle devait encore aller vers l'est, mais le ciel matinal était couvert de nuages noirs et il commençait à pleuvoir. Alors, elle ne savait plus si elle orientait le cheval dans la bonne direction. Il y avait si longtemps qu'elle n'avait vu aucune trace d'Elester et du reste de sa compagnie.

— On n'est pas perdus, dit-elle jovialement.

Elle descendit de cheval et marcha pour atténuer la raideur de ses jambes. Elle mena Marigold vers un petit monticule d'herbes et regarda la vallée pour situer le feu. Ce qu'elle vit n'était pas un feu, mais une masse noire tourbillonnante, comme un essaim de sauterelles, coupant à travers le paysage, et elle eut peur.

Soudain, un bruit aigu émergeant des longues herbes humides effraya Marigold. La jument se crispa.

— Ça va, dit Arabella, la voix calme et posée.

Elle caressa doucement l'animal effrayé et marcha dans les herbes avec précaution.

Une tête ronde sortit de l'herbe, suivie par une autre et une autre jusqu'à ce que la jeune fille et le cheval soient complètement encerclés. Arabella retint son souffle. Elle reconnut les méchantes petites créatures potelées. Elle ne savait pas comment ça s'était passé, mais elle s'était égarée vers le nord, au pays des Simurghs.

— Des Boiteux ! siffla Arabella, utilisant le nom dont Miranda avait affublé les créatures.

Tout autour d'elle, lui coupant ainsi toute chance de s'échapper, se trouvaient des centaines de Simurghs, leurs yeux roses et froids rivés sur elle, leurs dents limées bien visibles dans leurs bouches souriantes. Elle remarqua qu'ils serraient de lourds gourdins pointus dans leurs mains potelées. « Que vais-je faire ? » se dit-elle, se souvenant trop bien de tout ce qui s'était passé la dernière fois qu'elle avait rencontré ces créatures sans cœur.

— ARRÊTEZ-LES ! cria un Simurgh particulièrement rond, qui avançait en claudiquant tout en agitant son gourdin vers la jeune fille et le cheval.

— N'y pensez même pas ! dit sèchement Arabella, plus furieuse qu'effrayée. Ce n'est pas votre pays et je n'ai pas enfreint vos stupides lois.

— HA ! cria celui qui semblait être le chef en regardant ses compagnons d'un air qui en disait long. Elle se croit plus intelligente que nous.

— AHA ! crièrent le reste des Boiteux. C'est contre la loi.

— Quelle loi ? demanda Arabella d'un air méprisant.

— Lis le chef d'accusation, Miette, ordonna le chef.

Celui qui se nommait Miette était très heureux d'obéir. Il s'éclaircit la voix et cracha quelque chose de dégoûtant dans l'herbe.

— Le chef d'accusation est de faire des comparaisons, décret 412 (a), récita-t-il d'un air triomphant.

Arabella comprit qu'il était inutile de discuter. À la place, elle indiqua la masse noire et tourbillonnante au loin.

— Vous voyez ça ? cria-t-elle. Le roi des Morts arrive et on va mourir si on ne part pas d'ici.

Les créatures tournèrent la tête vers les ténèbres, s'arrêtèrent un instant, puis continuèrent à pivoter dans la même direction jusqu'à ce qu'ils se retrouvent à nouveau en face d'Arabella. « Comment font-ils ça ? » se demanda la jeune fille, tandis que les Simurghs éclataient de rire, émettant des bruits sans pouvoir s'arrêter et se roulant dans l'herbe.

— Je suis sérieuse, fit remarquer Arabella. J'essaie de vous aider.

— Écoute, rétorqua le chef en riant et en frappant le sol devant lui avec son gourdin. NE ME MENS PAS !

— MENTEUSE ! MENTEUSE ! COUPONS-LUI LA LANGUE ! chantèrent les dégoûtantes créatures en tapant sur le sol avec leurs gourdins pour imiter leur chef.

Arabella soupira. Si elle pouvait monter sur Marigold, elle pourrait passer à travers le cercle de Simurghs. Ils n'étaient pas très grands et, si elle s'en souvenait bien, ils étaient terrifiés par les chevaux. Elle recula de quelques pas jusqu'à ce qu'elle se trouve à côté de la jument. « Maintenant ! » pensa-t-elle, levant la jambe pour glisser le pied dans l'étrier.

— ATTRAPEZ-LA ! hurlèrent les Simurghs, tout en s'approchant. ELLE ESSAIE DE S'ÉCHAPPER !

Marigold se cabra sur ses pattes arrière, assénant aux créatures des coups dans toutes les directions, et dans la direction d'Arabella par le fait même. Heureuse que son pied ne soit pas rentré dans l'étrier au moment où le cheval s'était cabré, Arabella fit un bond et se précipita sur les rênes de la jument. Malheureusement, il était trop tard. Marigold donna un coup avec ses pattes arrière, frappant les rondeurs d'un Boiteux malchanceux qui avait osé s'approcher trop près de l'animal effrayé. La créature vola à environ quatre mètres dans les airs avant de s'écraser sur le sol et de rester immobile. Marigold hennit farouchement, se rua vers le petit groupe de Simurghs, puis partit.

Arabella cria tandis que les Boiteux la saisissaient et lui enroulaient une corde autour du torse, lui tenant les bras sur les côtés.

— S'il vous plaît, écoutez-moi ! implora-t-elle, désespérée. Vous devez partir d'ici !

Le chef cracha sur le sol aux pieds de la jeune fille.

— TAIS-TOI ! ordonna-t-il.

Il se tourna vers le nuage noir.

— Cousin Félicité et toi, cousin Miette, gardez la prisonnière. Les autres, venez avec moi !

Puis, en boitant, il descendant la colline vers la noirceur qui approchait.

— Revenez ! cria Arabella, des larmes de frustration coulant de ses yeux.

Elle se tordit les bras sous ses liens serrés jusqu'à ce que des marques se forment sur sa peau.

— Vous ne pouvez pas les vaincre ! s'écria-t-elle.

Elle se tourna vers les gardes.

— Ils vont tous mourir… tous, ajouta-t-elle.

— MENTEUSE ! crièrent les gardes à l'unisson, la poussant violemment avec le bout de leur gourdin et la faisant tomber.

Riant de façon hystérique, ils la prirent par les cheveux et la remirent sur ses pieds. Puis, Miette toucha la tache blanche juste au-dessus de l'œil droit d'Arabella. Tortillant ses doigts pour avoir une bonne prise, il ôta d'un coup sec une poignée de cheveux blancs.

Arabella avait les yeux qui piquaient, mais elle serra les dents et souffrit en silence. Elle sentit la pluie se mêler au sang qui coulait de sa tête. « Vous méritez de mourir », pensa-t-elle.

Félicité lui enfonça son gourdin dans les côtes, la poussant dans l'herbe humide.

— AVANCE ! ordonna-t-il. KAP ! KAP !

Arabella avança aussi vite qu'elle le pouvait avec les bras collés le long du torse. « Je déteste les Boiteux », marmonna-t-elle, sentant la haine pour ces créatures naître en elle comme un feu. « Ces créatures putrides, je me fiche qu'elles meurent toutes. »

« Qu'est-ce que je raconte ? » Arabella était horrifiée par les mots qui s'étaient échappés si facilement de sa bouche. Voulait-elle vraiment que les Boiteux meurent ? Croyait-elle sérieusement qu'ils méritaient de mourir parce qu'ils l'avaient blessée ? Les gens devraient-ils mourir parce qu'ils font du mal aux autres ? « Non que les Boiteux soient tout à fait des gens, pensa-t-elle. Non ! Le simple fait que je les déteste et que je pense qu'ils sont méchants, vicieux et dégoûtants ne veut pas dire qu'ils ne doivent pas vivre. Mais ça ne signifie pas que je doive les aimer non plus. »

Elle s'arrêta et regarda la noirceur tourbillonnante se rapprocher des nombreux Simurghs. « Bon, murmura-t-elle, vous allez mourir, à moins que quelqu'un se présente avec une brillante idée et vite. »

Au lieu de la frapper avec leurs gourdins ou de la faire tomber, ou encore de lui tirer les cheveux jusqu'à ce qu'elle soit complètement chauve, les deux gardes regardèrent la vallée, émettant des bruits et encourageant leurs camarades pour la bataille.

— Vous êtes des Boiteux stupides, complètement stupides ! s'exclama, Arabella, un goût amer dans la bouche.

Elle regarda la noirceur se fracasser contre la ligne de front des Simurghs, les consumant et recrachant leurs corps déformés et vidés dans les rangs bouillonnant de l'armée où ils serraient leurs gourdins et les levaient bien haut à la suite de Calad-Chold, de la fumée s'élevant de la terre noircie sous leurs pieds.

Les Simurghs avançaient toujours, plus exaspérés que jamais par la perte de tant de leurs camarades. Cependant, ils n'avaient aucune chance. Les ténèbres les dévoraient.

— COUREZ ! cria Arabella, qui pleurait sans retenue maintenant.

Or, elle aurait aussi bien pu crier à la lune pour le même résultat. Les Boiteux étaient trop loin et, même s'ils avaient été en mesure de l'entendre, ils ne s'en seraient pas souciés. En quelques secondes, la plupart d'entre eux étaient morts. Finalement, le peu qui restaient voulurent s'enfuir, mais il était trop tard. La mort émergea des ténèbres et les saisit.

Arabella sentit un long cri d'angoisse sortir de sa gorge. Elle tomba à genoux dans l'herbe, incapable de regarder le terrible spectacle dont elle était témoin. Puis, elle entendit un étrange gémissement et leva les yeux. Les deux gardes Simurghs descendaient la colline en boitant vers l'Armée des morts. Arabella se remit maladroitement sur pied.

— Arrêtez ! hurla-t-elle. Êtes-vous fous ?

Mais ils l'ignorèrent. « Pense à quelque chose ! criat-elle en silence. Rends les Simurghs si en colère qu'ils feront demi-tour et te poursuivront. »

— HA ! HA ! HA ! cria-t-elle.

Elle se détestait de faire ça, mais elle savait qu'elle avait une seule chance de les rendre furieux.

— TOUS VOS STUPIDES AMIS SONT MORTS. HA ! HA ! HA ! STUPIDES, STUPIDES BOITEUX !

Les gardes s'arrêtèrent et firent pivoter leurs têtes pour regarder la méchante jeune fille humaine.

— TU TROUVES ÇA INTELLIGENT ? NOUS TROUVONS ÇA STUPIDE.

Les gardes tournèrent leurs silhouettes rondes et entreprirent leur remontée de la colline, tout en criant de leurs voix aiguës.

— ON VA T'APPRENDRE À NOUS INSULTER !

— MENTEUSE ! MENTEUSE ! ON VA T'ARRACHER LA LANGUE !

— ON VA TE COUPER LES OREILLES !

— ENSUITE, ON VA T'ARRACHER LA PEAU !

Arabella se moqua d'eux, puis elle se tourna et courut. Même attachée, elle pensa qu'elle pourrait probablement dépasser les créatures, car elle était avantagée dès le départ. Cependant, quand elle s'arrêta et regarda autour d'elle, elle ne vit aucun signe de ses poursuivants. Pendant une seconde, la jeune fille hésita, ne sachant plus si elle devait continuer à courir ou repartir et découvrir pourquoi les Boiteux avaient abandonné la poursuite. Et si c'était un piège ? Elle soupira et revint sur ses pas, gardant les yeux à l'affût du moindre mouvement dans les longs brins d'herbe. Quand elle atteignit le sommet de la colline et qu'elle regarda la pente en bas, elle se sentit mal. Elle avait échoué.

Les Simurghs, les doigts sur les oreilles pour ne plus entendre la voix de la jeune fille, descendaient la colline en bondissant, criant des jurons et des menaces aux ténèbres bouillonnantes qui recouvraient la terre aussi loin qu'on pouvait voir. Arabella rit presque des deux silhouettes ridicules qui ressemblaient à des jouets et qui boitaient résolument vers l'armée invincible de Calad-Chold.

Dans un tonnerre de sabots, une douzaine de chevaux Elfes arrivèrent à vive allure sur le sommet de la colline derrière Arabella. La jeune fille se tourna, combattant l'impulsion d'applaudir et de pousser des hourras à la vue des Elfes. Ses yeux brillèrent quand elle vit Marigold trotter derrière les grands chevaux.

— S'il vous plaît ! cria-t-elle. Oh, s'il vous plaît, sauvez les Boiteux.

Elle était inconsciente des regards curieux que les Elfes avaient échangés quand elle avait prononcé le mot Boiteux.

— Là ! dit-elle en pointant la colline. Ils vont se battre contre Calad-Chold.

Sans un mot, les cavaliers éperonnèrent leurs chevaux pour les conduire vers les Simurghs. L'un sauta à terre, sortant un long couteau d'un fourreau dans le bas de sa jambe et trancha les liens d'Arabella comme si la corde épaisse était faite d'air.

Arabella frotta doucement ses bras engourdis. Puis, elle courut vers Marigold et sauta en selle.

— Je savais que tu reviendrais, dit-elle.

— Allons-y ! ordonna le cavalier. Au bateau.

Pour une fois, Arabella ne discuta pas. Elle fit tourner Marigold et partit à toute vitesse, sans même regarder par-dessus son épaule jusqu'à ce qu'elle atteigne le bateau du roi et qu'elle y soit en sécurité. La vue des immenses transporteurs ancrés dans les eaux profondes n'était rien pour apaiser son désespoir. Tandis que les cavaliers galopaient, elle remarqua que les deux Simurghs n'étaient pas avec eux. Jamais, jamais elle ne s'était sentie plus en sécurité qu'avec les Elfes. Cependant, Calad-Chold arrivait ! Elle avait vu l'Armée noire détruire toute une race en un claquement de doigts. Et maintenant, la même chose allait arriver aux Elfes. Eux et elle mourraient, tout comme les Simurghs. Au fond d'elle, sa peine grossissait comme une tumeur. La jeune fille se dit qu'elle aurait dû faire quelque chose pour sauver les pauvres Boiteux d'une fin si horrible.

CHAPITRE TRENTE ET UN

CALAD-CHOLD

e roi des Morts leva le poing et arrêta Khalkedon. Derrière, son immense armée avançait aussi silencieusement qu'un cimetière à minuit. Le premier officier du roi se tourna vers son supérieur. Des flammes jaunes brûlaient dans ses orbites sous sa capuche mangée par les vers et ses longues dents blanches brillaient dans sa bouche noire sans gencives.

« Un moment », soupira Calad-Chold, sans parler. Il inclina sa tête couronnée d'un côté et écouta attentivement. Des secondes s'écoulèrent, puis des minutes. Mais le roi restait immobile, suivant un chemin dans sa tête que personne d'autre que lui ne pouvait prendre. « La lame… Je sens sa présence comme un cœur vivant, un cœur qui bat. » Puis, il tourna la tête jusqu'à ce qu'il se retrouve face à son premier officier.

— Le talisman que je suis allé chercher m'a échappé. Je suis revenu sans lui. C'est un couteau… ma propre lame… forgée en enfer. Je dois l'avoir. Si elle tombe dans de mauvaises mains, elle nous détruira tous.

— Je trouverai le couteau et vous le rapporterai, proposa le premier officier.

— Non, dit le roi des Morts. Tu es un homme de qualité et je te fais confiance.

Son rire sonnait comme un profond râle dans sa gorge.

— Je te fais confiance, répéta-t-il, parce que tu obéis.

Le premier officier hocha doucement la tête. Ce que le roi des Morts avait dit était vrai. Il était revenu de la mort et il devait obéir à son roi, tout comme Calad-Chold devait obéir à celle qui l'avait ramené.

— Qu'est-ce que cela veut dire ? demanda-t-il. Pourquoi nous sommes-nous arrêtés ?

Les têtes de tournèrent au son de la voix sifflante.

— Silence, serpent ! », ordonna le roi des Morts, sa main touchant l'épée sur sa jambe.

Le Nain-serpent siffla.

— Elle n'esst pas heureusse, cracha-t-il à la créature morte. Elle a dit de combattre les Elfes maintenant ! Elle vous l'a ordonné. Vous devez obéir !

Calad-Chold rejeta la tête en arrière et se mit à rire. Le terrible bruit déchira tout ce qui n'avait pas été transformé en cendres par l'Armée des morts. Il épargna les serviteurs de la Haine et les Trolls et Ogres vivants, esclaves des morts, mais il pénétra dans le serpent, lui infligeant une douleur insupportable et le poussant à crier et à siffler de nouveau au milieu de la masse silencieuse et immobile des êtres morts.

— Dis à ta Maîtresse d'être patiente, dit le roi en se mettant à rire. J'obéirai. Je détruirai les Elfes pour elle... après avoir réglé une autre petite affaire.

Il conduisit Khalkedon à côté du premier officier et posa sa main sur l'épaule de son subordonné.

— Viens avec moi, lui ordonna-t-il.

Calad-Chold fit face à sa puissante armée et lui ordonna de se tenir prête à partir. Puis, il pointa en avant l'herbe ondulant sur le flanc de la colline. Il sentit un frisson à travers son manteau noir.

— Il y a des êtres vivants qui viennent nous défier, fit-il remarquer. Attrapez-les !

Il planta ses éperons dans les os noirs et humides de Khalkedon et détourna le cheval de la horde invincible, retournant en direction de la petite chaumière accueillante où la trace de la lame tordue était devenue aussi froide que la mort. À ses côtés, enveloppé d'une fumée noire, chevauchait le premier officier du roi, sa main squelettique reposant légèrement sur la poignée de sa longue épée.

« Arrête-toi ! pensa Miranda, tapant des bras sur les côtés pour faire circuler le sang dans son corps gelé. Tu es revenue à ton point de départ. »

Elle frappa furieusement du pied dans la neige en essayant de trouver un moyen de sortir de la tempête et de s'éloigner des Augures aussi vite que possible. Malheureusement, les choses s'annonçaient très mal. Elle découvrit qu'elle ne faisait que revenir sur ses pas encore et encore. Maintenant, elle se retrouvait à la lisière de la clairière où la douce lumière jaune au-dessus de la porte principale des Augures brillait comme un signal lumineux accueillant dans la tempête qui faisait rage à l'extérieur. « Tout un accueil ! songea-t-elle en riant. Attends que j'en parle à Nick ! »

Quand Miranda s'était enfuie de la maison des Augures, elle n'avait aucune idée de l'endroit où elle allait, ou de la façon dont elle y accéderait. Elle n'avait qu'une pensée en tête : mettre autant de distance possible entre elle et les Augures. Or, tandis qu'elle avançait péniblement dans la neige, se dirigeant tout droit vers les arbres à l'orée du bois, elle s'arrêta brusquement. « Où vas-tu ? » murmura-t-elle pour elle-même, ayant peur que si elle parlait trop fort, le vieux couple la trouverait. Pendant une seconde, elle songea aux Augures. Qui étaient-ils ? D'où venaient-ils ? Reproduisaient-ils la même scène démente du dîner tous les jours de leur vie ? Ou existaient-ils vraiment seulement quand des étrangers se retrouvaient devant la porte de leur petite chaumière ?

« Oublions les Augures, marmonna-t-elle. Trouvons un moyen de sortir d'ici. »

Quand Nicholas et elle avaient suivi Naïm ici, il ne leur avait fallu que quelques minutes pour atteindre la maisonnette. Et lorsqu'ils avaient été forcés de fuir le couple enragé, ils n'avaient eu aucun problème. « C'est différent maintenant », pensa-t-elle, jugeant qu'elle avait marché pendant des heures. Découragée, elle regretta de ne pas avoir prêté plus attention aux environs la dernière fois qu'elle s'était trouvée là. Si elle l'avait fait, elle serait peut-être capable d'identifier un ou deux points de repère qui lui indiqueraient la sortie.

Elle ôta la neige d'un gros rocher avec son bras et s'assit, tourmentant son cerveau pour trouver un indice du chemin qu'ils avaient emprunté l'année passée. « Réfléchis ! » ordonna-t-elle à son cerveau.

« O.K., entendit-elle dans sa tête. Quelle est la première chose que tu as vue quand tu es arrivée ici ? »

Elle repassa les images dans son esprit. « Rien, répondit-elle. Tout était noir. »

« Allons, la pressa son cerveau. Tu dois bien avoir remarqué quelque chose. »

« Sûrement, acquiesça Miranda. Mais, excepté la tempête de neige, il n'y avait rien à voir. »

« Tu es sans espoir, entendit-elle. Tu ferais un très mauvais témoin. »

Miranda hocha la tête. Elle s'affala sur le rocher et se posa les coudes sur les genoux. Une petite voix dans sa tête lui dit de continuer à bouger, sinon elle mourrait de froid. Mais, quand elle regarda le long couteau qu'elle tenait encore serré dans sa main, elle sentit un dernier regain d'énergie. Doucement, elle tourna le couteau et frissonna quand l'image de Morda poignardant l'oiseau géant lui traversa l'esprit. Elle regarda sa main où le couteau avait coupé la chair tendre entre ses doigts. L'air glacial avait arrêté les saignements et elle avait la main si engourdie en raison du froid qu'elle ne pouvait rien sentir.

Distraitement, elle découpa la neige, se disant qu'elle avait besoin de repos. « Je suis si fatiguée », se dit-elle doucement. Elle ouvrit ses doigts et laissa le couteau tomber dans la neige. « Et si j'en avais besoin, marmonna-t-elle en pouffant de rire. Comme si j'étais capable de m'en servir ! » Elle s'entoura les bras autour du corps. Elle resta comme ça un long moment. Elle pensa à ses amis. Où étaient-ils ? Que faisaient-ils ? Pensaient-ils à elle ? Elle s'ennuyait tellement d'eux que le cœur lui faisait mal. Cependant, après quelque temps, sa tête tomba sur sa poitrine et ses yeux se fermèrent.

Une voix forte heurta la corde sensible de Miranda, comme une fourchette ripant sur une assiette. La jeune fille ouvrit les yeux avec difficulté et, pendant une seconde, elle n'eut aucune idée de l'endroit où elle se trouvait. Que faisait-elle dehors dans le blizzard avec ces vêtements ridicules ? Et comment s'était-elle retrouvée ici ? Puis, tout lui revint en tête… les Augures… les vêtements trouvés qu'elle avait brûlés et qui étaient comme neufs… le vieil homme versant du vin… Morda levant le couteau à découper… le couteau plongeant dans la table… puis, elle-même en train de courir…

Qu'est-ce qui l'avait réveillée ? Une voix… une forte voix ! Soudain effrayée, Miranda baissa les yeux vers l'endroit où elle avait laissé tomber le couteau dans la neige. Ses yeux s'agrandirent, incrédules. L'épaisse neige à ses pieds avait fondu et formait une flaque d'eau fumante. La jeune fille plissa les yeux. Le couteau à découper n'était plus là. Or, dans la vapeur, elle vit une image qui ondulait sur le sol au fond de la flaque d'eau — un morceau de métal inconnu et tordu.

Elle avait trouvé la lame tordue !

« C'est impossible ! se dit-elle. Il y a un truc. C'est l'eau qui fait que le couteau de Morda ressemble à la lame tordue. »

Osant à peine respirer, elle toucha prudemment l'eau avec son index. « Aïe ! » cria-t-elle, retirant vivement son doigt. La neige fondue était bouillante. La jeune fille mit son doigt dans sa bouche et glissa du rocher, utilisant ses chaussures pour aplanir la neige et faire écouler l'eau de la flaque. Elle venait juste d'atteindre le couteau quand elle s'arrêta.

Le Druide avait-il dit quelque chose d'important à propos de la lame tordue ? quelque chose à propos du fait que celui qui la trouverait en serait l'utilisateur ? Ou avait-elle imaginé une conversation qui n'avait jamais eu lieu ? Miranda soupira. Ses chances de trouver le couteau de Calad-Chold devaient être de moins de un million. Mais, à sa grande surprise, elle avait battu les statistiques. Le couteau sur le sol à ses pieds était bien la lame tordue. Elle le savait, mais elle avait peur de le toucher. Si elle le ramassait, serait-elle la seule à pouvoir l'utiliser contre le roi des Morts ?

Elle s'assit sur le rocher et fixa le couteau. « Je ne peux pas toucher la lame », pensa-t-elle, se demandant comment cette foutue lame avait réussi à se transformer d'elle-même en un couteau à découper. Les Augures avaient-ils quelque chose à y voir ? « Oh, Naïm, se désola Miranda, j'aimerais tant que vous soyez là. Il y a tant de choses que je ne comprends pas. »

À ce moment, deux affreux monstres montés sur des chevaux squelettiques surgirent des arbres et sautèrent sur le sol, faisant fondre la neige sous leurs pieds.

Miranda sentit son cœur s'arrêter de battre. « Cours ! cours ! » criait sa voix intérieure. Elle voulait partir à toutes enjambées. Elle souhaitait se retourner et courir plus vite qu'elle ne l'avait jamais fait. Malheureusement, ses membres ne voulaient pas obéir. Elle était comme une marionnette dont les ficelles auraient toutes été coupées. Elle ne pouvait ni bouger, ni parler, ni lever un doigt pour se protéger. Tout ce qu'elle pouvait faire, c'était regarder, terrorisée, tandis que les créatures s'approchaient, leurs bras horribles tendus vers la lame étendue sur le sol fumant à ses pieds.

— Ne regarde pas, dit une voix derrière elle. Recule doucement. Ne t'arrête pas.

— Naïm !

Les yeux de Miranda se remplirent de larmes qui brouillèrent l'image des terribles créatures, en faisant des silhouettes vagues et tordues. La jeune fille cligna des yeux et fit quelques pas en arrière.

— Bien, dit le Druide. Ne panique pas. Continue à reculer.

« Ne panique pas ! se dit Miranda. Ne panique pas ! »
Puis, elle paniqua. Sans réfléchir, elle saisit la lame
tordue fumante, inconsciente de la brûlure qui remonta
de sa main à son bras puis à son épaule. Elle se tourna et
courut aveuglément vers l'être au manteau noir qui
attendait sans bouger près d'un grand rocher recouvert
de neige. Elle n'osa pas regarder en arrière, car elle savait
que si elle voyait à quel point ses poursuivants étaient
proches, le courage lui aurait manqué. Elle garda les
yeux rivés sur le Druide.

« Plus vite ! » cria-t-elle en elle-même, concentrant
toutes ses forces dans ses jambes pesantes, les forçant à
avancer le plus rapidement possible. Devant, Naïm
tendait les bras vers elle et Miranda vit la bourse argentée brillante dans la paume de la main de son ami.
Subitement, le Druide fit glisser la bourse de ses longs
doigts et se volatilisa. Rassemblant ses dernières forces,
Miranda se précipita vers l'endroit où Naïm se tenait une
seconde plus tôt. À la dernière seconde, elle ramassa les
Pierres de sang, presque en colère. Puis, elle disparut
dans un éclair de lumière blanche.

Calad-Chold s'arrêta brusquement et cria sa rage
dans le vent. Le bruit s'écrasa contre les arbres, les faisant
voler en éclats. Il fit fondre la neige dans un torrent
dévastateur qui surgit de la forêt comme des rapides. Il
heurta le sol, projetant des morceaux de terre dans les
airs et réduisant les rochers en gravier. Quand le cri
cessa, tout ce qui restait de l'endroit à des kilomètres à la
ronde, c'était un grand rocher et une petite chaumière
jaune avec une douce lumière brillant chaleureusement
sur la porte principale. Tout le reste était en friche.

— Dans les mains d'un enfant, le couteau ne peut nous faire de tort, fit remarquer le premier officier en marchant vers son cheval.

— C'est faux ! répliqua le roi des Morts, qui arrêta son subalterne en lui mettant la main sur le bras. Dans la main d'un enfant, la lame tordue est un fléau pour moi — une faucille mortelle.

CHAPITRE TRENTE-DEUX

DE NOUVEAUX ET DE VIEUX AMIS

a vallée était un cloaque. Elester avait le sang qui bouillait de rage tandis qu'il voyait le paysage dépouillé et déserté.

— C'est donc là qu'Indolent était caché, s'écria-t-il, à peine capable de contenir sa colère du terrible outrage commis contre cet endroit jadis si beau.

Il était tôt le matin quand Elester et les autres remarquèrent le nuage noir recouvrant le sommet des collines devant eux.

— On dirait une tempête en préparation, fit remarquer Andrew Furth en regardant au loin.

— Ce n'est pas une tempête, rectifia le roi des Elfes. Regarde comme ça tient sur les collines. On dirait un oiseau de proie géant, indifférent au vent.

— Qu'est-ce que c'est ? demanda Andrew, soudain anxieux de s'approcher de la créature.

— J'ai vu le travail maléfique du magicien Indolent sur ces terres avant, expliqua Elester, la bouche en forme d'une fine ligne sévère. Ça avait l'air de ça.

Maintenant, tandis qu'il scrutait la vallée, il fut envahi par un sentiment de tristesse. Il savait hors de tout doute qu'Indolent était responsable de la carrière béante et malodorante où des corps d'Ogres esclaves étaient étendus où ils étaient tombés, et où des arbres morts étaient dispersés sur le sol de la vallée comme des allumettes géantes. Le magicien est un destructeur — un tueur de la nature. Là où il va, il souille tellement le sol que plus rien ne pousse pendant des centaines d'années. Il empoisonne l'air et pollue les eaux. Elester était bouleversé par tant de tristesse. La voix de son aide à son oreille le ramena dans la réalité.

— Certains individus croient qu'il y a un Paradis après la vie sur terre, expliqua Andrew. Par contre, je me demande ce qui leur fait croire qu'après la mort ils quitteront ce monde pour un lieu merveilleux où ils seront heureux à jamais.

— Hrumph ! grogna le roi des Nains. Des imbéciles pleins d'illusions ! Ils ne réalisent pas que le test est *ici*, qu'ils doivent faire mieux *ici* avant que les portes s'ouvrent *là-bas*.

Il agita son bras musclé vers le ciel pour décrire un vague arc qu'il lança vers la vallée.

— Il n'y a pas de Paradis pour le magicien, dit-il.

Elester et son aide échangèrent de rapides regards, comme s'ils partageaient un secret important. Puis, Elester sourit et tapa Grégoire sur l'épaule.

— Tu as raison, acquiesça-t-il. Il n'y a pas de Paradis pour Indolent. Par contre, il y avait quelque chose ici en plus du magicien, et depuis récemment. Une grande puissance a trouvé cet endroit et l'a détruit, a fait disparaître le magicien ou l'a chassé.

— Ou l'a fait prisonnier, dit Andrew.

— Peu importe ce que c'était, grogna Grégoire, c'était gros.

— Où sont-ils maintenant ? questionna Elester. Si cette chose ou ces choses sont grosses, nous aurions dû les apercevoir.

— Je crois que cette chose est encore ici, chuchota Andrew. Et je crois qu'elle nous observe.

L'aide toucha le roi et indiqua la colline sur le côté opposé de la vallée, directement en face de là où ils s'étaient allongés dans l'herbe.

Elester vit la silhouette solitaire se tenir immobile sur le sommet de la colline.

— Un Géant ! murmura-t-il.

— Un *gros* Géant, corrigea Grégoire.

— Y en a-t-il d'autres ? s'enquit Andrew, les yeux rivés sur la gigantesque silhouette.

Puis, le visage marqué par l'inquiétude, il se tourna vers Elester. Comment sont les relations entre notre nation et les Géants, Sire ?

— Nous sommes alliés avec Vark, répondit le roi en grimaçant, mais ce Géant solitaire pourrait être un renégat. À moins qu'il y ait une surprise encore plus grande qui nous attende juste derrière la colline…

— Devons-nous nous identifier ? demanda Grégoire. Montrons nos étendards !

Elester hocha la tête et parla à son aide.

— Vas-y !

Andrew recula de quelques pas jusqu'à ce qu'il soit hors de vue de l'énorme créature qui se tenait aussi immobile qu'un pilier en pierre sur le sommet de la colline de l'autre côté de la vallée. Il revint rapidement avec les soldats de Grégoire et deux cavaliers derrière eux. Ils travaillaient à découvert maintenant, déployant les deux drapeaux des nations et les hissant en plantant les extrémités de longs pôles dans la terre. Puis, ils déployèrent les étendards de leurs rois et se tinrent à côté des drapeaux.

— Que regardez-vous ? demanda Nicholas, qui s'approcha à côté du Géant.

— Là, répondit le Géant, pointant vers le sommet de la colline opposée.

— Qu'est-ce que c'est ?

— Je ne sais pas. J'ai vu quelque chose bouger.

Le Géant et le garçon scrutèrent la vallée. Soudain, un éclair doré scintilla sur le flanc de la colline qu'ils regardaient.

— Baisse-toi ! cria Otavite.

Il se jeta à plat sur le sol, momentanément aveuglé par la luminosité de l'éclair.

— C'est O.K., cria Nicholas, enthousiaste.

Il se releva et appela Pénélope.

— Viens ! Dépêche-toi ! Ce sont les Elfes !

Otavite se redressa. Il comprit que l'éclair doré était le reflet de quelque chose de doré sur un fond vert et blanc. Il supposa que c'était la couronne dorée qui dominait sur le drapeau des Elfes. Mais quel était l'autre étendard ? « Celui des Nains », songea-t-il en regardant la structure en arc argentée sur un fond bleu, une structure qu'il avait déjà vue dans la caverne à Tabou. Il remarqua que Nicholas était à mi-chemin dans la descente de la colline. Pendant une seconde, il se demanda s'il y avait un piège et s'il s'agissait d'une illusion créée par le maléfique Malcom-serpent.

— C'est vrai ? cria Pénélope, le visage rougi après avoir escaladé la colline. Est-ce que ce sont vraiment les Elfes ?

— Ce sont les étendards des rois, rectifia Otavite. Des Elfes et des Nains.

— Vous voulez dire qu'Elester et le roi Grégoire sont ici ? bégaya Pénélope, qui osait à peine espérer que c'était vrai.

Otavite acquiesça, amusé de l'excitation de la jeune fille.

— Viens, dit-il. Je n'ai vu qu'un Elfe dans ma vie et je ne l'ai jamais oublié. Viens ! Nous devons découvrir pourquoi les Elfes vont vers Vark et tout ce qu'ils savent.

Les deux groupes se rencontrèrent dans la vallée. Tandis qu'ils regardaient Elester et Grégoire chevaucher vers eux, accompagnés de la compagnie de cavaliers et de soldats Nains, leurs longs étendards flottant dans la brise, Nicholas et Pénélope ressentirent soudain un sentiment inhabituel les envahir comme si leurs anciens amis étaient devenus des étrangers. Jamais les adolescents ne s'étaient sentis intimidés. Ils avaient connu Elester quand ce dernier était prince et qu'ils avaient assisté à son couronnement à Béthanie l'été passé. Et ils avaient connu le roi Grégoire aussi. Ils avaient passé du temps à Dundurum, l'ancien royaume des Nains, et à Dunmorrow, dans les Montagnes de la Lune.

— Penses-tu qu'ils se souviennent de nous ? demanda Nicholas.

— J'espère, répondit Pénélope.

— Je ne sais pas quoi dire, avoua Nicholas.

— Je sais, acquiesça Pénélope. Je ressens la même chose.

— Je crois que je n'ai jamais vraiment pensé que c'était vrai, médita le garçon. Mais maintenant, à voir Elester et le roi Grégoire sur leurs chevaux, les drapeaux déployés, c'est comme s'ils étaient en quelque sorte plus grands et différents. J'ai l'impression que si j'étais une fille, je me mettrais à pleurer.

Pénélope lui donna un coup de coude dans les côtes. C'était la chose la plus odieuse qu'elle avait entendue.

— Je ne peux pas croire que tu aies dit ça. Veux-tu donc insinuer que les garçons ne pleurent jamais ?

— Je ne voulais pas dire ça comme ça, s'empressa de rectifier Nicholas. Ce que je voulais dire, c'est que voir Elester et Grégoire ainsi me rend émotif. J'aurais envie de pleurer, mais je ne peux pas. Par contre, si j'étais une fille, je le pourrais. Les filles pleurent plus facilement que les garçons. C'est tout. Ça ne veut pas dire qu'on ne ressent pas la même chose.

— Tais-toi avant de t'enfoncer davantage, grogna Pénélope. Qu'allons-nous faire ? Devons-nous appeler Elester « Votre Majesté », ou quoi ?

Cependant, les deux amis n'avaient pas besoin de s'inquiéter. Elester descendit de cheval et son visage d'Elfe sévère arbora un grand sourire qui leur réchauffa le cœur et les fit se sentir comme s'ils étaient uniques au monde.

— Roi Elester, dit Nicholas, qui s'approcha pour serrer la main tendue du souverain.

— Tu devrais m'appeler Sire, suggéra le roi en souriant, tout en regardant la petite épée d'Elfe à la ceinture du garçon. Les autres cavaliers semblent préférer ce titre.

— Oui, Sire ! s'exclama Nicholas, le visage rayonnant.

Puis, il prit le bras d'Eiznek et fit approcher son petit compagnon.

— Voici Eiznek. Il m'a aidé à m'échapper du cachot d'Indolent.

Elester regarda l'Ogre avec surprise.

— Tu es donc un ami, conclut-il tout en retournant le sourire qui illuminait le visage de l'Ogre.

Il tapa Nicholas sur l'épaule.

— Maintenant, mon garçon, si tu survis à l'accueil du roi Grégoire, va voir le capitaine Faron. Il sera ton commandant. Et amène Eiznek avec toi.

— Oui, Sire ! fit simplement Nicholas.

Alors qu'il cherchait des yeux son nouveau capitaine, il tomba face à face avec le roi des Nains, qui l'étreignit très fort dans ses bras, lui coupant presque le souffle. Après avoir supporté plusieurs tapes chaleureuses dans le dos, Nicholas partit à la recherche du capitaine Faron.

— Pénélope, dit Elester en embrassant la jeune fille et en la regardant avec curiosité. Où est ta petite chienne blanche ? La chienne Elfe ?

Pénélope détesta les larmes qui coulèrent de ses yeux aussi facilement que si ce qu'avait dit Nicholas était vrai.

— Je ne sais pas, répondit-elle en pleurant. Elle est perdue.

Elester lui tapota l'épaule. Puis, il montra son aide du doigt.

— Voici Andrew, que tu connais déjà, dit-il. Parle-lui de ta chienne et il enverra un escadron fouiller dans les collines.

— Sire, dit Otavite, qui s'avança et se mit un genou à terre devant le roi des Elfes.

Pénélope étouffa un rire à la vue du Géant agenouillé, qui malgré tout demeurait plus grand qu'Elester.

— Lève-toi, dit gentiment le roi. J'aimerais savoir ce qui s'est passé dans cette vallée et où tu as trouvé le garçon et la jeune fille. Je voudrais en savoir plus sur celui qui s'appelle Calad-Chold. Mais quittons d'abord cet endroit maléfique et les collines.

Otavite se tourna et pointa la colline derrière lui.

— Sire, l'armée de Vark campe juste là. Nous voyageons simplement, mais nous serions honorés d'accueillir Votre Majesté dans notre humble campement et de partager ce que nous avons avec vous et vos hommes.

Ils se rassemblèrent autour d'un grand feu et parlèrent jusqu'aux petites heures du matin. Otavite commença le premier. Les cheveux dorés sur le cou d'Elester se raidirent à l'écoute du récit terrible du Géant. Le jeune soldat raconta les horribles événements dans l'ordre, n'oubliant rien. Les autres écoutaient en silence jusqu'à ce qu'il arrive à la partie où la porte cachée s'ouvrit et où le Druide au manteau noir apparut dans l'ouverture comme la mort elle-même.

Puis, incapable de se retenir plus longtemps, Grégoire donna un coup dans un morceau de bois, envoyant des éclats géants dans les airs.

— Ce n'était pas un Druide ! grogna-t-il.

— Mais c'en était un, Sire, insista Otavite. Il était comme j'ai toujours imaginé ce genre de créature.

— Je te dis que ça n'était pas un Druide, rétorqua furieusement Grégoire.

— Décris cette créature, ordonna Elester.

La peau d'Otavite devint aussi verte qu'une grosse olive quand il décrivit la créature.

— Il m'arrivait là, dit-il, en se levant et en tapotant près de sa ceinture.

— Trois mètres, dit Nicholas, ignorant le regard mauvais que lui lançait Pénélope.

— Et il avait de longues griffes, précisa Otavite, cherchant un objet pour montrer la longueur des ongles de la créature.

Ses yeux s'arrêtèrent sur l'épée de Nicholas.

— Il avait des griffes aussi longues que ton épée, Nicholas.

— Otavite, dit le roi Elester. La créature que tu as vue dans Tabou n'était pas un Druide. C'était un TUG, un tueur sans-cœur.

— Il appartient au Démon, précisa Grégoire. Il tue pour la Haine.

Otavite n'était pas prêt à abandonner une conviction de toute une vie selon laquelle les Druides étaient maléfiques, simplement parce que le roi des Elfes et le roi des Nains disaient autre chose.

— Les Druides mangent les enfants et en aspirent les cerveaux, dit-il. Si on les regarde dans les yeux, on meurt.

Nicholas et Pénélope éclatèrent de rire.

— Oh, Otavite ! s'exclama Pénélope. Ne me dites pas que vous croyez encore au croque-mitaine !

— Elle est bonne celle-là ! se moqua Nicholas. Je me souviens quand tu ne croyais pas aux monstres, aux Trolls, aux Dragons ou aux Elfes. Dois-je continuer ?

— Tais-toi, dit sèchement Pénélope et lui lançant une motte de terre.

— Non, Otavite, dit Elester calmement. Les Druides ne sont pas les créatures de tes cauchemars. Ils ont pour mission de combattre le Mal, et c'est ce qu'ils font. J'espère que tu rencontreras mon plus vieil ami. C'est un Druide et il se consacre entièrement à sa mission.

Bouche bée, Otavite et les autres Géants regardèrent le roi. Les histoires effrayantes qu'ils avaient entendues depuis qu'ils étaient enfants n'étaient qu'une plaisanterie. Comment tant de gens avaient-ils pu se tromper ? Comment toute la population d'une nation pouvait-elle avoir tort ? Ça n'était pas possible. Après avoir digéré le choc, Otavite livra le reste de son récit à un auditoire captivé.

— Naïm avait raison ! s'exclama le roi Elester. Ce n'est pas que j'en ai douté, mais je devais entendre cette histoire par moi-même.

— C'est l'œuvre du Démon, acquiesça Grégoire. Tuer les Elfes, détruire la prison.

— C'est ce que le chef a dit, admit Otavite, et c'est pourquoi il a envoyé son armée pour accompagner les Elfes.

— Mais, et votre propre pays ? demanda Nicholas.

— Notre peuple a déjà été évacué vers les Îles de sable, fit remarquer Otavite. Est-ce que les morts peuvent traverser la mer ?

— Je ne sais pas, répondit le roi des Elfes, mais nous le saurons bientôt, c'est sûr.

Nicholas raconta son histoire. Son récit corroborait ce que Miranda avait déjà dit sur le tremblement de terre à Ottawa qui avait absorbé le garçon et toute sa maison. Ce qui fascina Elester, c'était comment Nicholas et Pénélope étaient tombés de leur monde dans la caverne de Bronks. Ensuite, Nicholas parla de sa capture par les Ogres et de sa rencontre avec Eiznek dans le cachot.

— Parle de Mini, le poussa Pénélope.

— Oh, oui, dit Nicholas. Devinez qui j'ai trouvé avec Indolent : Mini. Et je lui ai enlevé le tatouage du crâne du Démon qu'il avait sur le bras. Nous l'avons capturé. Et vous auriez dû voir comment Otavite et les autres Géants ont détruit cet endroit. Ce Calad-Chold n'a qu'à bien se tenir !

— Les Géants ne peuvent combattre les morts, fit sèchement remarquer Grégoire, irrité.

— Vous ne les avez pas vu agir, répliqua le garçon.

— Mon vieil ami a raison, Nicholas, intervint le roi Elester. Rien ne peut combattre le roi des Morts. Il ne peut pas être tué parce qu'il est déjà mort.

— Je continue à dire qu'on peut leur couper les jambes. Ils ne mourront peut-être pas, mais ils ne seront plus en mesure de courir très vite.

Puis, Elester, interrompu par de nombreuses interventions impolies de la part du roi Grégoire, raconta que Miranda et Arabella étaient venues à Béthanie pour essayer de trouver leurs amis. Il parla des voix que Miranda avait entendues sortir de la faille et il confirma qu'il les avait entendues aussi.

— C'est pourquoi nous allions à Béthanie, fit remarquer Nicholas. Je devais avertir Miranda de ce que le cinquième œuf du Démon lui destine. Malcom va la tuer et le serpent va prendre son corps pour voir s'il pourrait contrôler les Pierres de sang.

— Miranda a été capturée par les Chasseurs du Démon, dit calmement Elester, tout en regardant le feu comme s'il se trouvait loin ailleurs. Le Druide la recherche depuis.

— Qu'attendons-nous ? cria Nicholas, qui se leva en sursaut et regarda les autres. On doit la trouver.

— Assieds-toi, Nicholas, ordonna Elester. Dès qu'il fera jour, tu verras une masse obscure grossir juste au nord de l'endroit où nos bateaux sont ancrés. Calad-Chold a invoqué les morts et ils ont répondu. Maintenant, ils traversent les territoires, dans une marche lente et inévitable vers l'île d'Ellesmere. Il n'y a rien que nous puissions faire pour Miranda à l'heure actuelle.

Ils quittèrent le campement à l'aube. Otavite, Pénélope perchée sur ses épaules, avançait en tête, allant à la même allure que les chevaux des Elfes, et ce, sans effort. Derrière, suivait la petite compagnie des cavaliers et des gardes de Grégoire. Eiznek chevauchait derrière Nicholas, son visage rebutant rayonnant d'excitation. La puissante armée des Géants suivait, s'étendant sur le territoire comme une vaste vague houleuse. Malheureusement, elle n'était qu'une simple flaque d'eau par rapport à l'Armée noire qui, arrêtée une quinzaine de kilomètres au nord, couvrait la terre jusqu'à l'est aussi loin qu'on pouvait regarder.

De terribles cris de guerre atteignirent leurs oreilles longtemps avant qu'ils aperçoivent le port.

— Les bateaux se font attaquer ! cria un éclaireur Elfe, qui s'était arrêté sur la crête d'une colline en attendant les autres.

Elester le rejoignit et arrêta Noble. Au-dessous, des milliers et des milliers de Trolls et d'Ogres sortaient en masse du flanc nord de la colline comme de la mélasse et fourmillaient sur les terres plates. Le ciel au-dessus du port était noir en raison de la présence des Chasseurs ailés du Démon. L'air était chargé de cris aigus, alors que les créatures descendaient sur les soldats Elfes et Nains avec leurs griffes tendues.

Cependant, c'était le vaste océan de noirceur au nord qui tourmentait le plus Elester. Tandis que le roi fixait la masse immobile de l'Armée des morts de Calad-Chold, il sentit le désespoir monter en lui. « C'est la fin de tout ! pensa-t-il. Nous serons emportés comme des feuilles mortes dans le vent. » Il secoua la tête. « N'abandonne pas avant que la bataille commence. »

— Qu'est-ce qu'il attend ? aboya Grégoire, dont les yeux étaient aussi rivés sur l'armée du roi des Morts. Pourquoi n'a-t-il pas attaqué ?

— C'est une question cuisante, répondit Elester. Qu'attend-il ?

Puis, il prit sa longue épée et mit Noble au galop.

— On ne sera peut-être pas capables de battre les morts, cria-t-il, mais je vois des Trolls et des Ogres bien vivants en bas.

CHAPITRE TRENTE-TROIS

LA LAME TORDUE

iranda était désemparée.

— Naïm ! Naïm ! Où êtes-vous ?

Elle courait aveuglément dans l'obscurité, criant le nom du Druide à maintes reprises à s'en écorcher la gorge et à en perdre la voix. Elle sut immédiatement où elle était. Elle avait traversé le Portail à tâtons près de la maison des Augures. Maintenant, elle ne retrouvait pas la sortie. La peur lui traversa le corps comme du feu, la consumant et lui rongeant la raison. Il n'y avait aucun bruit à l'exception de sa propre respiration irrégulière. La jeune fille ne voyait ni bornes, ni poteaux indicateurs, ni rien pour la guider. Il n'y avait que du noir, un noir si total qu'il semblait l'absorber, jusqu'à ce qu'elle sente qu'elle s'y fondait, faisant un avec le néant. Elle essaya d'empêcher son esprit de prendre le chemin qui la mènerait à la terrible vérité, mais elle savait qu'elle était perdue dans le Portail.

Elle se rappela soudainement de son passage à travers le Portail de Béthanie. C'était comme si elle avait levé un pied à Ottawa et l'avait posé sur la lune. Or, le Portail sous la Colline parlementaire n'était pas du tout comme ça. Voyager d'Ottawa à Béthanie, c'était comme tomber du ciel. Effrayant, oui ! Par contre, ce n'était rien par rapport au présent Portail. Y entrer, c'était comme marcher dans un vide absolu. Cette image lui fit penser au Lieu sans nom et, pendant un bref instant, elle sentit une pointe de pitié pour le Démon. Comment serait le reste de sa vie dans ce néant noir ? Combien de temps son esprit et son cœur prendraient-ils pour devenir aussi noirs qu'à l'intérieur de la capuche de la Haine ? Elle ne savait pas, mais elle supposait que ce ne serait pas vraiment très long.

« Naïm ! » Elle pensa faire demi-tour, mais elle avait peur que les créatures squelettiques se trouvent encore à l'extérieur à l'attendre. Non ! Elle ne pouvait pas repartir. Il ne lui restait donc qu'une possibilité : continuer. « Et ne te mets pas à pleurer », se dit-elle en elle-même.

« C'est inutile, pensa-t-elle après avoir couru pendant ce qui lui sembla des heures. Je ne trouverai jamais la sortie. » Puis, elle plissa les yeux et scruta devant elle. « Qu'est-ce que c'est ? » se demanda-t-elle. Ça ressemblait à une minuscule lueur jaune qui dansait au loin. La jeune fille avança rapidement et, après un long moment, la lueur augmenta et elle vit un petit être trapu en avant. La créature tenait une lanterne, qui dansait en même temps que la démarche de la silhouette oscillait. La lumière décrivait des ombres sur les murs de pierre et Miranda fut surprise de découvrir qu'elle était dans un tunnel quelque part.

— Excusez-moi ! cria-t-elle.

La voix inattendue effraya l'être trapu. Il sursauta et se retourna, levant sa lanterne pour voir l'intruse.

— Qui êtes-vous ? Que voulez-vous ?

La voix était bourrue et froide comme le vent d'hiver.

« Oh, non ! pensa Miranda, le cœur serré. Je n'ai pas de temps à perdre. »

— Emmet ? dit-elle, tout en se déplaçant rapidement vers le Nain. Tu dois m'aider à retourner à Béthanie et vite.

Elle fut surprise quand elle réalisa qu'elle était de retour à Ottawa, dans les tunnels sous la Colline parlementaire. Comment était-ce possible ? Elle devait être à Kingsmere. Elle aurait juré que Naïm avait dit que le Portail près des Augures donnait sur Kingsmere.

Le Nain avança vers Miranda, s'arrêtant brusquement quand il repéra le long poignard tordu dans la main levée.

— Ici, maintenant, jeune fille ! Pas besoin d'être violente ! Pose ça là.

Miranda n'avait pas réalisé qu'elle tenait encore la lame tordue. Timidement, elle baissa le bras.

— Je suis désolée, dit-elle. Je dois apporter ce couteau à Béthanie pour arrêter le roi des Morts. J'ai pris un couteau à découper aux Augures et il s'est transformé en cette épée. Puis, ces horribles créatures squelettiques m'ont poursuivie pour prendre l'épée. Je me suis enfuie et, je ne sais comment, je me suis retrouvée dans un trou noir. Et me voici.

— Où est le garçon ? demanda Emmet, regardant derrière elle dans l'obscurité.

— Je ne sais pas, répondit sèchement Miranda. S'il te plaît, Emmet, aide-moi avant qu'il soit trop tard.

— Viens alors ! dit Emmet, qui se tourna et la conduisit dans le tunnel.

Le Nain et la jeune fille eurent la chair de poule en entendant un bruit en provenance de l'obscurité derrière eux. Miranda, le souffle coupé, se retourna.

— QUI EST LÀ ? vociféra le Nain.

— C'est Naïm ! cria Miranda.

Ignorant le cri d'avertissement du Nain, elle courut vers la grande silhouette noire qui venait lentement vers elle dans le tunnel noir.

— Oh, Naïm, je croyais…

Miranda ralentit. Quelque chose clochait. Naïm semblait avoir deux silhouettes. La jeune fille s'immobilisa, comprenant sa terrible erreur. Il y avait bien deux silhouettes. Pendant une seconde, Miranda fut paralysée de peur et quelque chose lui oppressa la gorge, l'empêchant de respirer.

— Emmet, murmura-t-elle enfin, la voix faible et fluette. Cours !

Qu'avait-elle fait ? Quelle horreur avait-elle amenée dans son monde ?

— Non, siffla le Nain. Vas-y. Je vais les retenir.

— Tu ne peux pas ! cria Miranda. Ils sont morts. On ne peut pas les arrêter.

Ensemble, ils se tournèrent et coururent. Le bruit des os qui craquent résonnant dans le long tunnel noir les poursuivait comme de l'air froid dans le cou.

— Je vais éteindre la lumière, murmura Emmet, tout en les plongeant dans le noir. Quand nous atteindrons la fin de ce passage, tu partiras. Reste sur le côté, le long du mur. Il y a des escaliers à la troisième intersection du tunnel principal. À l'extrémité, lève le bras. Il y a un rebord. Tout au bout, tu sentiras un loquet. Presse-le, puis pousse contre le mur de droite. Il te fera sortir des tunnels. J'irai à gauche et ferai distraction. Je les sèmerai.

Puis, il saisit Miranda par le bras.

— Vas-y ! ordonna-t-il d'une voix bourrue mais remplie d'une étrange émotion. Bonne chance, jeune fille.

— Merci, Emmet.

Miranda tourna à gauche. Elle pouvait à peine voir, mais assez pour se déplacer. Les Nains avaient dû installer des lumières le long du tunnel principal depuis qu'elle était venue. Le passage s'étirait devant elle comme une bouche géante béante. Elle suivit les conseils d'Emmet, marchant sur le côté, où la pâle lumière ne pouvait pénétrer la profonde noirceur, et courut jusqu'à ce qu'elle atteigne des escaliers de pierre étroits qu'elle faillit rater. Elle dérapa et s'immobilisa, puis regarda le tunnel derrière elle, mais elle ne détecta aucun mouvement. Silencieusement, elle remercia Emmet d'avoir éloigné les deux horribles squelettes. Puis, elle prit une profonde respiration, se remplit les poumons avec l'air vicié aux odeurs de moisi et monta vivement les escaliers.

De ses doigts, elle tâtonna le long du rebord à la recherche du loquet. « Allez ! » murmura-t-elle. Ce doit être là. » Elle parcourut à nouveau le rebord avec ses mains, mais elle ne trouva pas le loquet. De désespoir, elle posa à nouveau les doigts sur le rebord contre le mur rocailleux et poussa de toutes ses forces. Il ne se passa rien.

« Je me suis trompée d'escalier ! » s'écria intérieurement Miranda. Les mots hurlaient dans sa tête. Elle dévala les escaliers et continua le long du passage, scrutant l'obscurité à la recherche d'une autre sortie. « Je suis allée trop loin ! » pensa-t-elle, un sentiment de panique commençant à l'envahir comme une tempête. Elle fit demi-tour et retourna sur ses pas. « S'il vous plaît, s'il vous plaît, murmura-t-elle. Aidez-moi ! » Des hurlements âpres et des cris aigus se firent entendre devant elle. « Tu ne peux pas les battre, chuchota-t-elle, les yeux remplis de larmes à l'idée que le Nain était en train de mourir. »

Puis, comme si quelqu'un avait entendu son appel à l'aide, l'obscurité sembla se lever légèrement et elle vit un escalier de l'autre côté du tunnel principal. Elle se précipita sur le sol calcaire vers l'obscurité contre le mur opposé. Au même moment, quelque chose de noir apparut dans le passage en avant.

« Ce sont eux ! » songea-t-elle. Elle savait qu'ils ne la voyaient probablement pas dans l'obscurité, mais elle ne réfléchissait pas rationnellement. Elle se sentait nue et vulnérable comme si leurs yeux brûlaient en elle, lisant dans ses pensées. Elle grimpa l'escalier, deux marches à la fois, tout en sachant que si ce n'était pas la bonne sortie, elle n'y arriverait jamais. Le temps tirait à sa fin.

« Ça y est ! » s'encouragea-t-elle doucement quand ses doigts heurtèrent le petit loquet et qu'elle entendit un petit clic. Elle s'appuya de tout son poids contre le mur et poussa contre celui-ci, le sentant céder alors qu'il grinçait en s'ouvrant. Quand elle pensa que l'ouverture fut assez grande, elle s'y glissa et referma la porte. Ensuite, elle prit une seconde pour se remettre de ses émotions, clignant des yeux de surprise à la vue de la bibliothèque du Parlement. « C'est bizarre, se dit-elle. Comment ai-je bien pu me retrouver ici ? »

« Où dois-je aller ? » se demanda-t-elle à voix haute, cherchant des yeux dans la pénombre de la bibliothèque. Elle remarqua que les dégâts occasionnés par le Démon dans cette bâtisse d'une beauté à couper le souffle avaient finalement été réparés. « Merci les Nains, pensa-t-elle. C'est presque neuf. »

« Rentre chez toi ! » murmura une petite voix en elle. En pensée, elle vit soudain sa mère travailler à l'ordinateur dans le petit bureau. « Je rentre à la maison », se dit-elle comme en rêve. Puis, elle courut vers les nouvelles portes en bois vitrées qui donnaient sur le Hall d'Honneur.

Elle avança vite le long du Hall d'Honneur vers le Hall de la Confédération, la magnifique Rotonde, avec ses plafonds en marbre voûtés et ses pignons et piliers sculptés. Après la bibliothèque, la Tour de la Paix et le Grand Hall étaient les endroits qu'elle préférait sur la Colline parlementaire. Elle aimait la riche architecture néo-gothique et était fière d'expliquer aux autres comment l'histoire d'une nation était racontée dans la pierre. « C'est comme chez les Nains », pensa-t-elle, se souvenant des murs noirs de Dundurum qui racontaient l'histoire des Nains en images minutieusement gravées dans la pierre.

Le Grand Hall était aussi tranquille qu'une tombe. Le claquement des chaussures de Miranda sur le sol de marbre retentissait et tranchait avec le silence de la bâtisse. La jeune fille atteignit la porte principale et la poussa. Rien ne se passa. Elle essaya à nouveau. Les portes étaient fermées à clé. Miranda regarda nerveusement autour d'elle. Il n'y avait nulle part où aller. Puis, la jeune fille sentit son cœur s'arrêter quand les silhouettes squelettiques aux manteaux noirs de Calad-Chold et de son premier officier entrèrent dans le Grand Hall à partir du Hall d'Honneur. La puanteur de la mort planait devant eux et leurs épées brillaient comme du verre poli dans leurs doigts osseux.

CHAPITRE TRENTE-QUATRE

LA GUERRE
AVEC LES VIVANTS

e hurlement qui émergea de la bouche d'Otavite et de dix mille Géants fit trembler le sol, noyant les bruits terribles de la bataille, les cris des hommes et des bêtes en train de mourir, et ceux des Werecurs enragés. Pendant un très bref instant, Nicholas vit tout le monde figé, comme si les humains et les autres créatures sur le champ de bataille ne présentaient plus aucun signe de vie. Il cligna des yeux et l'image disparut.

Eiznek sentit son enthousiasme initial s'affaiblir quand Nicholas suivit le capitaine Faron, alors que ce dernier conduisait son cheval au plus fort de la bataille. L'Ogre ferma ses yeux ronds, planta ses griffes dans les côtes de son ami, chérissant la vie.

— Arrête ça ! cria Nicholas en grimaçant quand les ongles pointus de la créature lui transpercèrent la chair. Qu'est-ce que tu fais ?

Eiznek siffla pour s'excuser et ôta ses griffes des côtes du garçon. Nicholas fut consterné de le voir lui entourer étroitement la taille de ses longs bras ballants. Le garçon se sentit comme s'il était étouffé par un énorme serpent, mais il savait que l'Ogre avait encore plus peur que lui. Alors, il ne dit rien.

Nicholas avait un cheval gris rapide du nom de Boreas, d'après le vent du nord. La bête lui rappelait le cheval gris ailé sur l'étendard d'Elester. Il s'interrogea sur sa propre famille. Les Hall transportaient-ils des étendards dans les batailles il y a longtemps ? Le garçon se demanda s'ils avaient des armoiries de famille et, si oui, à quoi elles ressemblaient. Il aurait bien aimé avoir l'étendard d'Elester avec le cheval gris décrivant un arc de cercle dans le ciel sur un sentier en feu, ses grandes ailes déployées et ses yeux aussi verts que des émeraudes. De telles créatures existaient-elles vraiment ?

Le garçon sentit ses pensées se disperser comme les tarentules d'Indolent quand plusieurs grands Trolls traversèrent une ligne de soldats Nains juste devant, le séparant ainsi du capitaine Faron et des autres cavaliers. Jusqu'à maintenant, il ne s'était pas vraiment senti menacé, malgré le féroce combat qui se livrait près de lui. Or, il fut pétrifié à la vue de ces énormes Trolls. Il n'eut qu'une pensée en tête : courir. Malheureusement, Boreas percevait les choses différemment : il n'était pas question de fuir. Le cheval Elfe portait bien son nom. Pendant les combats, il était aussi froid et aussi violent que le vent du nord. Au lieu d'éviter les Trolls, il fonça sur eux, son corps puissant les balayant comme s'ils étaient faits de vieux chiffons. En un instant, il les laissa derrière et rejoignit les cavaliers.

— NICK !

Une jument grise se faufilait en serpentant, évitant les Ogres et leurs gourdins, ainsi que les Trolls et leurs lances, tandis qu'elle se dirigeait vers lui. Nicholas resta bouche bée quand il reconnut la jeune fille appuyée contre le cou de son cheval.

— BELL, cria-t-il en s'agitant.

Les amis se rencontrèrent dans un tourbillon de poussière tandis que les chevaux décrivaient un grand cercle.

— Où est Miranda ? cria le garçon.

Arabella secoua la tête. Puis, elle remarqua l'Ogre accroché à Nicholas comme une excroissance sur le dos du garçon. L'air perplexe, elle regarda son ami.

— Un copain, dit Nicholas en levant les yeux à temps pour voir un Chasseur du Démon descendre sur eux.

Il prit son épée, se leva sur ses étriers et frappa la créature, lui tailladant un des talons.

Arabella regarda avec horreur la griffe entaillée, qui se tortillait par à-coups sur le sol poussiéreux. Puis, elle sauta de Marigold, courut vers le corps d'un Troll immobile et retira un long couteau de ses doigts raides et dodus.

— Attention !

La jeune fille fut interrompue par l'avertissement de Nicholas. Écartant le couteau de son corps, elle se laissa tomber, roula sur le côté, juste au moment où un autre Werecur ratissait le sol avec ses griffes, là où elle se tenait l'instant d'avant. La créature inclina la tête en arrière et se dirigea à vive allure vers la jeune fille. Arabella jeta un coup d'œil à la chose monstrueuse et malodorante, abandonna le couteau du Troll et courut en criant vers Marigold.

— Vite ! hurla Nicholas. Partons d'ici !

Le Druide s'arrêta en maugréant près de l'entrée invisible du Portail. Il était furieux contre lui. Il avait enfin, contre toute attente, trouvé Miranda. Vivante ! Elle avait été si proche qu'il aurait pu tendre les bras et la toucher. Puis, elle avait disparu — avalée par le Portail de Kingsmere. Et, lui, surtout lui, il aurait dû connaître l'emplacement du Portail. Il était passé par là — s'était retrouvé ici, à ce même endroit.

« La colère ne m'aidera pas, se dit-il. Je devais être avec Elester quand l'Armée noire arriverait, mais je ne laisserai pas ces créatures faire du mal à Miranda. »

Il avait vu la jeune fille disparaître en un éclair, mais pas avant d'avoir remarqué sa petite main qui tenait la lame tordue de Calad-Chold. « C'était donc ce que cherchaient le roi et son serviteur depuis les Terres Noires et qui occupait leurs pensées, se dit-il. Ils avaient peur que la jeune fille utilise le couteau. »

Quand les deux squelettes aux manteaux noirs avaient vu Miranda disparaître, le Druide pensait qu'ils s'en iraient, croyant que la lame avait été transportée avec la jeune fille dans un endroit où elle ne pourrait pas leur nuire. Malheureusement, il avait eu tort. Les créatures enragées avaient hésité seulement une seconde avant d'avancer, elles aussi, et de disparaître.

Le vieil homme soupira. Puis, il se redressa le dos et tapa légèrement le sol avec son grand bâton, comme s'il frappait doucement à la porte d'une chambre d'enfant. Il ferma les yeux et évoqua une image du Clos des Druides niché dans un groupe d'énormes plaques de pierre blanches. Il s'inséra dans cette image, assis à une table ronde en chêne dans une bibliothèque aux riches boiseries. Les quatre autres Druides occupaient les sièges restants. Puis, Naïm composa des mots dans son esprit et son image les prononça aux autres Druides. Quand il eut livré toute sa pensée, il ouvrit les yeux, prit une profonde respiration et se fondit dans le Portail.

Pendant un moment, Otavite pensa qu'Eegar était revenu, et son cœur s'emballa de bonheur. Cependant, il réalisa ensuite que c'était Pénélope qui lui tapait sur la tête.

— Regardez ! cria la jeune fille en pointant une grande bulle bleue qui flottait mollement vers le champ de bataille. Vite ! On doit faire quelque chose ! C'est le feu du magicien !

Otavite regarda l'étrange bulle. Il n'avait jamais rencontré de magicien, mais la bulle semblait si jolie par rapport au ciel couvert qu'il ne pouvait comprendre pourquoi elle énervait tant la jeune fille... jusqu'à ce qu'il vit la bulle exploser en un feu bleu.

Des hurlements et des cris s'élevèrent du champ de bataille quand le feu se mit à pleuvoir sur les combattants alliés et les rangs de Trolls, d'Ogres et de Werecurs ennemis, sans distinction. Horrifiés, Pénélope et Otavite regardèrent la pluie bleue enflammer la fourrure blanche d'un garde Carovorare. Pénélope, incapable de regarder la créature en feu qui se débattait violemment, se mit à hurler et se cacha le visage dans le col de la veste en laine du Géant. Cependant, les cris d'agonie de ces malheureux résonnèrent dans son esprit pendant très, très longtemps.

Otavite hurla de rage et se précipita du côté nord-ouest du champ de bataille, où une autre grande bulle jaillit d'un amas de rochers et plana un moment dans les airs jusqu'à ce qu'elle soit attrapée par la brise et poussée vers la bataille qui faisait rage. Sans penser à sa sécurité ou à celle de Pénélope, le soldat Géant avança péniblement parmi un groupe d'Ogres, les écrasant comme des raisins sous ses énormes pieds. Il faucha un groupe serré de Trolls, les projetant dans les airs comme des brins d'herbe.

Soudain, quatre grandes silhouettes aux manteaux noirs émergèrent d'un imposant éclair de feu blanc. Otavite s'arrêta net, stupéfait pas la flamme éblouissante et les sinistres créatures. Quelle nouvelle menace le magicien avait-il déchaînée ?

— J'ai un très mauvais pressentiment, dit-il à voix basse.

Pénélope sentit une chaleur sur ses paupières bien fermées. Craignant qu'Otavite brûle, elle ouvrit brusquement les yeux.

— Mince ! cria-t-elle en apercevant juste devant le dos des quatre silhouettes avec leurs manteaux et leurs capuches. Des TUGS ! Courez, Otavite ! Partons d'ici !

Au son de la voix effrayée, une des créatures se tourna et regarda le Géant avec la petite fille recroquevillée sur ses épaules. Otavite sut d'instinct que sa grande taille ne signifiait rien pour cet être étrange. Il recula. La créature leva son bras et pointa la bataille qui faisait rage derrière le Géant.

— Va-t-en, dit-il. Tu es inutile ici.

Puis, l'être se tourna et, en compagnie ses trois compagnons, se dirigea résolument vers l'amas de rochers où Indolent le magicien riait aux larmes, tandis qu'il créait une autre bulle de feu. Tout près, deux minuscules créatures levèrent les yeux du grand pied qu'elles dévoraient et, pendant un moment, regardèrent leurs maîtres avec des yeux rouges remplis d'adoration.

— MAINTENANT ! cria Elester.

Il retint son souffle, tandis que de nombreuses flèches s'abattaient dans la bulle bleue du magicien, comme si elles tombaient du ciel. Si ces flèches pouvaient transpercer la bulle et la brûler avant que le vent la prenne et la transporte sur le champ de bataille, le magicien aurait un sacré choc — une attaque à sa propre magie. Le suspense du roi fut de courte durée. Avant que les flèches pénètrent la bulle de feu, le bois brûlait et se désintégrait en cendres. Elester se détourna pour cacher sa déception à ses troupes. Il avait espéré que même si les flèches brûlaient, les pointes de métal se sépareraient et frapperaient la bulle de feu.

Indolent devait être arrêté. Les forces alliées en avaient assez sur les bras avec les Trolls et les Ogres, sans oublier la menace du ciel sous la forme des Chasseurs ailés. Ils n'avaient pas par surcroît à devoir se battre contre une pluie de feu. « Il faut l'arrêter, répéta Elester, le regard froid et résolu. Et je vais m'en occuper. »

Cependant, alors qu'il marchait au milieu du groupe de cavaliers chargés de le protéger, un des Chasseurs du Démon s'attaqua à lui, l'écrasant face contre terre. Malheureusement, les griffes incurvées du monstre lui avaient lacéré les épaules et le haut du dos. D'autres Werecurs suivirent, atterrissant maladroitement entre le jeune roi et les cavaliers, coupant Elester de ses protecteurs.

« Tuez le roi des Elfes ! cria le Démon dans leurs esprits tordus. Tuez ce faible humain ! »

Elester s'était relevé immédiatement, la main serrée sur la poignée de sa longue épée. Du sang coulait de son dos, tachant sa chemise noire. Il entendit les cavaliers crier tandis qu'ils se ruaient sur les Werecurs pour tenter de mettre de la distance entre les créatures et lui. « Ils savaient où me trouver, pensa-t-il, stupéfié par le plan tortueux du Monstre. Ils m'ont choisi. Ils veulent me détruire pour semer la peur et le chaos parmi les Elfes. »

— Tu ne quitteras pas cet endroit vivant, jura-t-il, les yeux rivés sur les yeux rouges de la créature. Le Werecur battit des ailes et sautilla, hurlant et grondant, jusqu'à ce que de la salive coule de son long museau pointu. Puis, il s'accroupit et bondit sur Elester. Le roi attendit sans bouger jusqu'à ce que la créature féroce soit trop engagée dans son attaque pour changer de direction, puis il sauta brusquement sur le côté. Le Werecur se précipita en avant, ses griffes pénétrant dans la terre, tandis qu'il ralentit et pivota pour l'attaquer à nouveau. Cependant, Elester était prêt. Il feignit d'aller sur la gauche, fit un saut depuis sa position accroupie et se rua sur le monstre, lui enfonçant son épée dans le ventre. Le Chasseur avait avancé trop vite pour s'arrêter. Il avait foncé directement sur la lame pointue de l'Elfe, s'empalant et mourant avant même que son cri de surprise et de consternation ne cesse.

Indolent le magicien faillit avoir une crise cardiaque quand il vit les quatre Druides à la toge noire.

— Partez ! bredouilla-t-il en bougeant sa baguette d'un air menaçant.

Les Druides se mirent à rire.

— Non ! dit celui qui avait averti Otavite de partir. On ne s'en ira pas sans toi. Indolent, le temps est venu où tu dois payer pour tes actes.

— Jour de paie ! s'exclama Indolent en riant. Oh, s'il vous plaît, épargnez-moi vos sornettes. Je ne suis pas un de vos Apprentis sans cervelle. Avez-vous compris ? Je ne veux plus être un Druide. Je suis Indolent le magicien et mes pouvoirs me viennent d'une source plus forte que la vôtre. Maintenant, partez, vieux imbéciles séniles avec vos ridicules robes noires, avant d'abuser de ma patience.

— Tu n'as aucun pouvoir, fit remarquer le chef Druide.

Il aperçut un Ogre blotti sur le sol, les bras autour d'une petite boîte en bois, et tout près, deux petites créatures se battant pour quelque chose qui ressemblait étrangement à un pied.

— Ha, gloussa le magicien, sortant un mouchoir de sa robe et essuyant la sueur de son front. Ne dites pas que je ne vous aurai pas prévenus. Puis, il frotta le crâne sur son avant-bras et agita sa baguette vers les Druides.

Rien ne se passa. Le magicien agita de nouveau la baguette. Toujours rien. Il la secoua et la cogna contre un rocher. Puis, il la secoua encore une fois.

— Nous avons détruit tes pouvoirs, répéta le chef Druide.

Il enleva la boîte des bras de l'Ogre, qui l'abandonna volontiers avant de s'en aller furtivement et de bondir au loin aussi vite que ses jambes dégingandées le lui permettaient. Le Druide ouvrit la boîte et regarda les tarentules incrustées de diamants.

— Tsk ! dit-il en remuant tristement sa tête encapuchonnée. Oui, Indolent, tu dois payer pour beaucoup de choses.

Le magicien cria, passant rageusement ses griffes dans ses cheveux noirs et jaunes.

— Donnez-moi cette boîte, elle est à moi ! cracha-t-il au chef Druide.

— Certainement pas, répondit le chef.

Il ferma la boîte et se tourna vers ses compagnons.

— Tu ne peux rien faire contre les morts, poursuivit-il, mais tu vas rester et aider nos amis à combattre nos ennemis vivants.

Puis, il inclina la tête vers ses compagnons et avança vers le magicien.

— Le monde a quelque peu besoin de toi, fit-il remarquer en tapant son bâton sur le sol dur.

Puis, Indolent, la boîte de tarentules et le Druide disparurent en un éclair de lumière blanche.

Momentanément éblouis pas la lumière aveuglante, Pénélope et Otavite clignèrent des yeux et regardèrent les rochers, conscients que quelque chose qu'ils ne comprenaient pas s'y était passé. Or, ils savaient une chose : Indolent le magicien n'était plus là, ce qui voulait dire qu'il n'y aurait plus de bulles de feu. Le Géant fit demi-tour pour rejoindre les trois êtres aux manteaux noirs qui sortaient des rochers.

— Ils ont des bâtons comme les Druides, murmura Pénélope à l'oreille d'Otavite. Je crois que ce sont des Druides.

Le Géant frissonna et détourna rapidement les yeux des capuches noires.

— Ne les regarde pas dans les yeux, Pénélope.

— Ressemblent-ils à la créature que vous avez vue à Tabou ?

Otavite réfléchit une seconde.

— Non, répondit-il. Cette créature était plus grande et elle avait les yeux rouges.

— Vous voyez ? dit sèchement Pénélope. On vous avait dit qu'il ne s'agissait pas d'un Druide.

Soudain, un petit oiseau rouge sortit des rochers en titubant, suivi d'un petit chien jaune dans le même état.

— Muffy ! s'cria Pénélope, se faisant glisser sur le bras du Géant et tombant lourdement sur le sol. Muffy !

— Eegar ? dit Otavite, qui n'en croyait pas ses yeux.

Pénélope courut vers Muffy et étreignit la chienne dans une embrassade écrasante. Elle avait le visage couvert de larmes de bonheur.

— Oh ! ma pauvre petite Muffs ! sanglota-t-elle.

Elle déposa une douzaine de baisers sur la tête miséreuse du caniche et ses minces babines.

— Beurk ! cria-t-elle en plissant le nez. Tu sens des pieds !

— Est-ce vraiment toi, Eegar ? demanda Otavite, soulevant délicatement l'oiseau et le plaçant sur sa tête.

Comme réponse, Eegar picota violemment le crâne du Géant, déracinant quelques cheveux rêches et en tiraillant d'autres avant de s'installer, satisfait. Otavite soupira et sourit timidement à plusieurs de ses camarades Géants qui étaient venus regarder l'étrange lumière aveuglante.

— Eegar est revenu ! s'exclama-t-il.

— Que lui est-il arrivé ? demanda un des Géants en riant. Il sent comme tes pieds !

— LES MORTS ! REGARDEZ ! LES MORTS ARRIVENT !

Le cri recouvrit l'ensemble du champ de bataille. Le combat cessa brusquement et le silence tomba sur les soldats tandis que toutes les têtes se tournaient vers le nord-est.

— On va mourir ! s'écria Pénélope en pleurant.

Elle déposa Muffy dans la poche avant de sa veste et sauta dans la main d'Otavite.

— En route vers le lac ! cria le Géant.

Il se tut un moment.

— On ne peut pas battre l'Armée noire, expliqua-t-il à Pénélope, mais peut-être que l'eau nous protégera.

« Pas vraiment, pensa Pénélope. Vous n'avez évidemment pas encore rencontré Dilemme.»

Grégoire et l'armée de Nains tournèrent leurs visages meurtris et sanglants vers les lointaines collines où les lignes du front de l'Armée noire étaient visibles depuis des jours. En fait, les troupes étaient devenues si habituées à la masse immobile qu'elles avaient cessé de s'en inquiéter, et la regardaient presque comme faisant partie du paysage — une forêt sombre et inanimée. Grégoire eut le souffle coupé devant l'énormité de la noirceur qui descendait des collines, tandis que le désespoir s'emparait de lui.

— Courez ! hurla-t-il. Aux bateaux !

— Whisst ! Whisst ! sifflèrent les Ogres.

Les Nains rengainèrent leurs armes et fuyèrent vers la mince chance de survie que représentait le port. Cependant, leurs sifflements aigus et enthousiastes devinrent soudainement confus, se changeant en respirations d'interrogation. Déconcertés, les Ogres regardaient la scène, comme s'ils venaient soudain de se réveiller dans le dernier endroit où ils voulaient se trouver. Indolent n'était plus là. Sans chef, les Ogres couraient sans but sur le champ de bataille, sifflant tristement, insouciants ou inconscients du danger qui faisait rage vers eux comme un mur de feu.

Ailleurs sur le champ de bataille, les Trolls devinrent soudain déchaînés. Ils tournèrent leurs lances et gourdins contre eux, se battant avec une fureur démente. Grégoire secoua la tête devant le changement qui s'emparait de l'ennemi.

— D'abord, les Ogres, maintenant les Trolls, murmura-t-il. Quelque chose se prépare.

Le roi des Nains sentit son cœur s'emballer quand il repéra les énormes Werecurs noirs qui volaient rapidement vers les bateaux à partir de l'autre côté du lac.

— Je suis trop vieux pour ça, grogna-t-il, se demandant brièvement s'il profiterait encore du confort de son lit.

— LES DRAGONS !

Le cri provenait des soldats qui battaient en retraite avec le Nain.

Nicholas n'oublierait jamais une scène si impressionnante. Des milliers et des milliers d'immenses Dragons noirs plongeaient du ciel, anéantissant les Werecurs et descendant en planant sur le champ de bataille, l'extrémité de leurs gigantesques ailes effleurant le sol lisse et sanglant.

— Incroyable ! s'exclama le garçon, plongeant pour se couvrir.

— Ouais ! se réjouit Arabella, remarquant qu'il ne restait plus aucune âme debout dans tout le champ de bataille.

Toutes les créatures s'étaient aplaties sur le sol à l'approche des Dragons. Toutes, sauf les Trolls, qui s'étaient engagés dans une telle frénésie qu'ils prirent conscience trop tard que les Dragons arrivaient. Eux, ce sont les Dragons qui les ont aplatis.

Typhon, le chef des Dragons noirs des Montagnes Blanches, observa les membres de l'Armée noire se disperser sur les collines et se diriger en grand nombre vers les plaines du lac Leanora.

— C'EST DE LA MAGIE, hurla-t-il, les mots jaillissant de sa gorge en un souffle de feu. ON N'A RIEN À CRAINDRE DES MORTS !

Les Dragons volèrent tout droit vers l'armée qui avançait. La vapeur provenant des milliers de narines formait des nuages géants qui s'élevaient dans le ciel et pleuvait sous forme de petite brume sur les soldats épuisés de se battre. Au moment où il parut évident qu'une collision entre la foule de Dragons et l'Armée noire était inévitable, les Dragons ouvrirent la bouche et crachèrent du feu. Puis, ils remontèrent dans le ciel pour changer de cap et se préparer à une autre attaque.

Là où il frappait, le feu de Typhon faisait exploser les morts en mille morceaux. Cependant, tandis qu'il montait de plus en plus haut, le Dragon eut la gorge serrée devant la puissance absolue de Calad-Chold. L'immense masse noire était infinie. Les Dragons devraient être en mesure de descendre pour donner aux Nains et aux Elfes le temps d'atteindre leurs navires et partir. Cependant, ils ne pourraient pas combattre cette armée éternellement. Même les Dragons avaient besoin de manger et de se reposer pour allumer leur feu.

En dessous, Typhon repéra trois silhouettes aux toges noires qui se tenaient entre l'Armée noire et le champ de bataille. Il renifla. Les créatures avaient l'air de fourmis sur le rivage, en train de remuer de minuscules brindilles devant le raz-de-marée noir qui grondait vers elles.

— Des Druides ! s'exclama le Dragon.

Il renifla de dédain et entama une descente du ciel.

CHAPITRE TRENTE-CINQ

LA DIVISION

 e roi des Morts aperçut la jeune fille et se mit doucement à rire. Le bruit heurta Miranda, la souleva et la projeta à travers les portes principales, puis dans l'entrée voûtée où elle atterrit comme une masse en bas des escaliers de la Tour de la Paix. Étourdie, elle se remit sur pieds et repartait en chancelant quand Calad-Chold apparut comme la Faucheuse dans le passage voûté, son compagnon silencieux telle une ombre noire sur ses talons.

— Tu as pris quelque chose qui m'appartient, hurla le roi des Morts. Je le veux.

La jeune fille faillit s'évanouir quand la voix explosa dans sa tête. Agissant sans réfléchir, elle saisit le couteau, leva le bras comme si elle avait l'intention de frapper et fit un pas en avant.

— Vous êtes mort, dit-elle. Retournez dans le sombre cercueil auquel vous appartenez.

Miranda fut projetée en arrière par l'horrible rire du roi des Morts. Elle lutta pour s'empêcher de dégringoler l'escalier en béton.

— Donne-moi le couteau et je t'épargnerai, l'informa Calad-Chold.

Il regarda autour de lui comme s'il venait à l'instant de réaliser qu'il était dans un monde étranger.

— Mets la lame dans ma main et j'épargnerai cet endroit, poursuivit-il.

« Il ment ! pensa Miranda. Ne l'écoute pas ! »

Malheureusement, elle n'était pas assez forte pour résister. Elle était si fatiguée qu'elle pouvait à peine tenir debout. Comme ce serait facile de lui donner ce qu'il voulait — de lui tendre le couteau et de mettre fin à ce cauchemar. Par automatisme, la jeune fille mit la main sur la bourse argentée qui pendait à la chaîne autour de son cou. « S'il vous plaît, dites-moi quoi faire » implora-t-elle en silence. Hélas, les Pierres de sang étaient aussi froides et aussi calmes que le cœur du roi des Morts.

— Donne-moi la lame !

— Je ne pense pas faire ça, dit Miranda, ses yeux verts et ternes fixés sur la noirceur sous la couronne du roi des Morts.

— Ça suffit ! gronda Calad-Chold, levant son épée d'une main et attrapant la jeune fille de l'autre.

« Arrête-le ! entendit Miranda dans son esprit. Prends le couteau ! » Elle savait ce qu'elle devait faire, mais elle hésitait. « Qu'est-ce que tu attends ? Utilise le couteau ! »

Pourtant, elle hésitait, une partie d'elle reculant devant la pensée de plonger le couteau dans un autre être. Elle croyait qu'elle devait accepter de mourir si, ce faisant, sa mère, ses amis et tous les habitants allaient être épargnés. Or, elle ne pouvait pas prendre une vie, pas pour se sauver elle-même, pas même pour sauver des millions de vies. Elle ne pouvait tout simplement pas parce que, si elle le faisait, si elle osait franchir le pas, elle serait perdue. Quelque chose de mal grandirait en elle jusqu'à ce qu'elle devienne aussi vile et tordue que le Démon.

Un long cri d'angoisse sortit de sa gorge. « Je ne peux pas, cria-t-elle, ses épaules se convulsant tandis qu'elle éclatait en sanglots. Je ne peux pas ! »

Le premier officier avança comme s'il était l'ombre vivante du roi des Morts. Doucement, d'un air menaçant, il fit quelques pas vers la jeune fille désespérée, son long bras squelettique tendu. Miranda cria de terreur. La lame tordue glissa de ses doigts comme si elle avait son propre esprit et tomba avec fracas sur le trottoir. Miranda se tourna pour courir, mais elle avait l'impression que ses jambes étaient collées au sol. Sa main serra les Pierres de sang comme un étau.

Les os craquèrent quand le premier officier se pencha et saisit la lame tordue.

— Ahhh ! souffla Calad-Chold.

Et, tout près, dans la faille le long de la rivière Rideau, des millions et des millions de créatures mortes grimpèrent vers la surface. En même temps, loin dans le Vieux Monde, l'Armée noire s'élançait sur le champ de bataille où les combattants alliés étaient pris dans un combat mortel contre les forces vivantes du Démon.

Miranda était figée de peur, incapable de détacher son regard des flammes jaunes jumelles dans la capuche du premier officier. La créature leva le couteau et se dirigea vers la jeune fille. Miranda écarquilla les yeux une seconde avant de les fermer pour essayer de calmer les sensations de douleur qu'elle éprouvait à l'idée que le couteau lui transpercerait le corps.

Comme rien ne se passa, elle se força à ouvrir les yeux, surprise de trouver le premier officier penché vers elle à la regarder. Il était si près qu'elle pouvait presque compter les longs cheveux blonds qui sortaient de l'affreuse capuche et qui tombaient en désordre devant l'espace noir où aucun visage n'était visible. « Non, pensa-t-elle. Ce sont les Pierres de sang. Il veut les Pierres de sang ! »

Doucement, le squelette atteignit le cou de la jeune fille, s'arrêtant à moins d'un cheveu de la petite bourse argentée. Un faible gémissement s'échappa de la noirceur de sa capuche et, rapidement, ses orbites brillèrent comme les étoiles les plus lumineuses dans le ciel nocturne. Sa main traça délicatement le contour du visage de Miranda, évitant soigneusement de toucher la peau. Puis, avec un profond et triste soupir, le premier officier se leva, se détourna et, avant que Miranda comprenne ce qui s'était passé, il enfonça la lame tordue dans la poitrine de Calad-Chold.

Le roi des Morts hurla et le monde autour de Miranda s'emballa. Une violente tornade balaya le ciel et s'abattit sur le trottoir en béton, absorbant des blocs de ciment et des morceaux d'escaliers. Se griffant la poitrine, le roi des Morts, en compagnie de son premier officier, disparut en un nuage qui tourbillonnait et se déformait. Tout se déroula en une seconde. Puis, le silence régna à nouveau sur le Parlement. En dehors du trottoir et des escaliers détruits, rien ne témoignait que, pendant que les gens d'Ottawa étaient plongés dans le sommeil, une bataille pour déterminer le sort de Miranda et de son monde avait fait rage à l'extérieur de la Tour de la Paix.

Miranda se tenait figée à quelques mètres du trottoir détruit, luttant pour se remettre de son étonnante découverte. Elle repassait les images du premier officier encore et encore dans sa tête. Les longs cheveux blonds... la façon dont il avait reconnu les Pierres de sang... puis qu'il l'avait reconnue, elle.

— Miranda !

La jeune fille tourna son visage baigné de larmes vers l'homme qui se tenait sur le seuil de la porte voûtée de la Tour de la Paix.

— Oh, Naïm ! murmura-t-elle. Mon père était ici. Il nous a sauvés !

Le Druide avait le cœur blessé pour la jeune fille. Il se précipita vers elle et la prit dans ses bras, serrant son corps tremblant tandis qu'elle pleurait.

— C'est fini, dit-il doucement.

Il avait le visage brûlant comme si ses propres larmes s'infiltraient dans les profondes blessures que les griffes des TUGS avaient infligées à sa chair.

— Viens, poursuivit-il, quand Miranda eut finalement fini de pleurer et de trembler. Il est temps de rentrer chez toi.

Il devait parler avec la jeune fille, mais ça pouvait attendre. Pour l'instant, elle devait rejoindre sa mère.

Miranda acquiesça. Reniflant fort, elle tendit le bras pour prendre la main de Naïm et se retourna pour lui montrer le chemin. C'est alors qu'elle entendit le bâton de Naïm heurter le sol et un sifflement de colère émerger de l'endroit où se tenait le Druide. Elle se tourna, leva les bras pour se protéger et recula devant le serpent monstrueux qui était enroulé autour du Druide, le serrant mortellement.

— Naïm ! s'exclama-t-elle.

Malheureusement, elle pouvait voir que l'homme était impuissant. Et, en quelques secondes, il mourrait si elle ne faisait rien. Mais que pouvait-elle faire ? Comment pouvait-elle sauver Naïm de Malcom ?

« Utilise-nous ! entendit-elle à l'intérieur d'elle-même. Utilise-nous ! »

Stupéfaite, Miranda sentit les Pierres de sang vibrer contre son cou. Doucement, elle prit la bourse argentée. « Elles fonctionnent ! » Puis, comme si une lumière s'était allumée dans sa tête, elle sut pourquoi les pierres étaient restées inertes auparavant. Au moment où elle avait demandé de l'aide, les gemmes ne pouvaient lui répondre parce qu'elles n'étaient plus à elle. Elles appartenaient à son père. Miranda se dit qu'elle n'avait plus besoin de se poser de questions, car elle savait de tout son cœur qu'elle avait raison. Son père était là cette nuit. Il lui avait sauvé la vie. Maintenant qu'il était parti, les Pierres de sang lui étaient revenues.

La Haine siffla à nouveau, ses yeux rouges brûlant de rage.

— Jeune fille maléfique ! Destructrice ! Tu assisteras à la mort du Druide pour ce que tu as fait. Avant la fin de la nuit, tu m'imploreras de te tuer.

Il resserra son étreinte mortelle sur le Druide.

Miranda écoutait à peine la créature. Tout ce qui la préoccupait, c'était de sauver Naïm. Elle réunit les six pierres ovales dans la paume de sa main et se laissa fondre en elles, faire un avec elles. Le Serpent cligna des yeux quand la jeune fille disparut soudainement. Il avait été informé que la magie des Pierres de sang était plus puissante que tout le vaste arsenal de puissance du Démon, mais il n'avait jamais vraiment cru que la misérable jeune fille savait comment l'utiliser efficacement. Il avait tort.

Passer à travers les Pierres de sang était la chose la plus effrayante qui soit arrivée à Miranda — c'était cent fois plus terrible que faire face au roi des Morts, mille fois plus terrifiant que tomber du Portail pour aller à Béthanie et faillir être mangée par le monstrueux Dilemme, un million de fois pire que dîner avec les déments Augures.

Elle avait l'impression d'être absorbée dans un vaste réseau d'esprits. Tous ses sens étaient intensifiés et, pendant un bref instant, elle eut connaissance de tout — le passé, le présent, et ce qui allait se passer. Elle voyageait dans le temps plus vite que la pensée. Elle vit tout ce qui avait été et tout ce qui serait.

Puis, les Pierres de sang lâchèrent leur impressionnant pouvoir magique sur Malcom, le sadique Nain-serpent, le vrai destructeur. Elles utilisaient les propres sens de la créature pour lui introduire une faim insatiable dans l'esprit et dans le cœur — une faim qui brûlait davantage que la faim de Calad-Chold, le roi que le Démon avait ramené de la mort. Elles nourrissaient le pouvoir du Nain-serpent au-delà de ce que pouvait faire la piètre magie du Démon. Quand Malcom sentit et goûta ce genre de pouvoir, il en voulut plus. Il en voulait et en voulait jusqu'à ce que son être devienne un énorme puits sans fond impossible à satisfaire.

La Haine se tordit de douleur, libérant son étreinte du Druide. Épuisé, le vieil homme s'effondra sur le sol, mais sa main saisit le long bâton. Il s'éloigna du monstre tordu et sifflant qui avait déjà commencé à dévorer son propre corps pour apaiser sa terrible faim. Naïm s'appuya de tout son poids sur le bâton et se redressa doucement. Il regarda la créature désespérée s'empiffrer de sa propre chair, puis il pointa le bâton sur elle et la réduisit en cendres.

— Est-ce que c'est fini ? demanda Miranda, apparaissant soudain à ses côtés.

Naïm lui posa la main sur l'épaule.

— Oui, répondit-il. C'est fini.

— Je ne crois pas, dit Miranda.

Elle montra au Druide un petit objet noir et rond qui roulait hors des cendres comme une bille. Puis, elle se dirigea vers le fameux objet, leva le pied et le posa vivement sur lui, écrasant ainsi le dernier œuf du Démon.

— *Maintenant*, c'est fini, dit-elle.

ÉPILOGUE

es Druides ne savaient pas qui ou qu'est-ce qui avait causé ce qui était arrivé, mais ils connaissaient le moment exact où la lame tordue avait rompu les liens qui unissaient le roi des Morts au Démon. L'invulnérable Armée noire vacilla, bouillonnant et glougloutant comme un vaste évier bouché par une simple feuille. Simultanément, les Druides dirigèrent leurs bâtons vers les ténèbres, contenant ensemble la masse agitée, dont le noyau se désintégra dans une tempête tourbillonnante — la mère de la petite tempête qui était descendue du ciel et qui avait emporté Calad-Chold. La masse se mit à grossir, se nourrissant des morts, attirant l'Armée noire dans son œil brûlant. Elle grossit à un tel point qu'elle menaça d'aspirer les collines, les vallées et le lac Leanora. Même l'imposante Armée des morts affluait vers elle comme de la poussière qui disparaît dans un aspirateur.

Soudain, les Druides baissèrent leurs bâtons et les plantèrent fermement dans le sol. Presque immédiatement, les tiges de bois polies commencèrent à se plier et à se contorsionner comme des serpents. Les Druides serrèrent leurs poings quand le bois animé s'agita violemment et que de minces filets de fumée blanche sortirent de l'extrémité des bâtons. Les fumées se rejoignirent pour former un nuage qui, montant en flèche vers la tempête noire, tournait et grognait comme s'il était vivant. Des parties des ténèbres se séparèrent de la masse et disparurent dans la fumée blanche tourbillonnante. En quelques secondes, toutes les ténèbres étaient parties. L'armée de Calad-Chold avait été avalée par la magie des Druides et envoyée dans sa dernière demeure au fin fond de la terre. Puis, les Druides disparurent à leur tour.

Ils se retrouvèrent sur le rivage du lac Leanora pour faire leurs adieux à Otavite et au roi Grégoire. Ils avaient une allure minable dans leurs vêtements sales et déchirés. Nicholas compta quatorze coupures et éraflures sur sa peau nue, y compris une mauvaise blessure sur le dos la main où un Ogre l'avait mordu. Eiznek serra les poings et siffla de colère quand Nicholas lui montra la marque. Les bras bronzés d'Arabella étaient égratignés et les contusions rendaient la peau plus foncée par endroits. Cependant, la pire blessure que la jeune fille avait subie était de loin la croûte formée à l'endroit rond et chauve de son crâne où Miette le Boiteux lui avaient arraché les cheveux. Pénélope, qui ne souffrait pas de blessures physiques, se détourna, se rongea les ongles et fit quelques trous dans ses vêtements. Ensuite, elle remarqua les bandages imbibés de sang dans la chemise d'Elester et elle eut honte. « De toutes façons, pensa-t-elle, je n'ai pas besoin d'avoir des blessures pour prouver quoi que ce soit. »

Le roi des Nains, impatient, donna des coups de pied dans le sable. La guerre était finie et il appréhendait la longue marche vers Dunmorrow qui l'amènerait à constater l'étendue des dégâts que Calad-Chold avait occasionnés au paysage entre ici et là-bas. Il avait refusé le cheval que lui avait proposé Elester, marmonnant quelque chose à propos des Nains et des chevaux qui ne faisaient pas bon ménage. L'Elfe s'était mis à rire en pensant aux pauvres chevaux et était d'accord avec Grégoire sur ce point.

— Garde un œil sur le Druide, dit Elester, serrant chaleureusement la main de Grégoire. Et sur Miranda.

Grégoire hocha la tête solennellement. En remarquant les yeux verts troubles d'Elester, il sut que le jeune roi souffrait beaucoup.

— Ils ont sûrement trouvé la lame, n'est-ce pas ?

Il regarda derrière, vers le champ de bataille, les yeux fatigués.

— Juste à temps, ajouta-t-il.

— Oui, admit Elester. L'un d'eux a trouvé la lame tordue. J'espère seulement qu'ils se sont retrouvés.

Il se tourna aussi et examina le champ déserté où les Elfes et leurs alliés s'étaient battus contre le Mal une fois de plus.

— Ça a l'air si paisible, poursuivit-il, C'est comme si rien ne s'était passé. Regarde ! Même les morts ne sont plus là !

— Ils ont rejoint l'Armée des morts, grogna Grégoire. Ils se reposent maintenant.

Puis, il soupira vigoureusement et se retourna, signalant à ses Commandants de partir.

— La liberté n'est pas gratuite ! ajouta-t-il par-dessus son épaule.

Pénélope se tourna vers le Géant.

— Au revoir ! dit-elle en reniflant et en séchant ses larmes sur la fourrure jaune de Muffy. Je suis désolée pour la récompense. Vous allez me manquer.

— Avoir de nouveaux amis, voilà toute la récompense dont j'ai besoin, fit remarquer Otavite. Un jour, j'aimerais rencontrer ton Druide. J'aimerais aussi savoir où Eegar était tout ce temps où j'ai cru qu'il reposait sur ma tête.

La gorge serrée, Pénélope esquissa un petit sourire.

— Au revoir, Princesse ! ajouta le Géant. Tu vas me manquer aussi.

Il fit un clin d'œil à Pénélope.

— Et je crois qu'Eegar va s'ennuyer de ton c-h-i-e-n, ajouta-t-il.

Eegar lui piqua l'oreille comme pour dire *non* !

— À bientôt, Otavite ! dit Nicholas en secouant un des doigts du Géant. Ça m'a fait plaisir de vous connaître. J'aimerais visiter Vark un jour.

— Tu viendras, dit Otavite. Toi, Arabella, Pénélope, et tous vos amis, vous êtes les bienvenus. Et amenez le Druide.

— Au revoir, Otavite ! Au revoir !

Les adolescents firent des signes de la main et crièrent jusqu'à ce que les Géants soient loin. Puis, ils se tournèrent et marchèrent en silence vers le bateau qui les ramènerait à la capitale des Elfes. Ils n'avaient qu'une seule question en tête : « Miranda était-elle en vie ? »

— Et qu'est-ce qu'on fait de lui ? demanda Arabella, remarquant que l'Ogre restait en arrière, avec le regard de quelqu'un dont le meilleur ami venait de mourir dans les bras.

Nicholas se pencha sur la balustrade et agita la main.

— Tu retardes le bateau, Eiznek ! Monte !

— MÉCHANT CHIEN ! cria Pénélope, réalisant soudain que Muffy s'était échappée et qu'elle arpentait le bateau en tenant un gros objet entre ses dents. LÂCHE ÇA !

— Qu'est-ce que c'est ? demanda Nicholas, qui plissa les yeux pour mieux voir le chien jaune aux poils hérissés.

— Je ne sais pas, répondit Arabella. Ça ressemble à un grand pied.

Il n'y avait plus un œil sec dans la maison de Miranda quand la jeune fille eut finit de raconter à sa mère et à Naïm comment son père avait sauvé le monde du roi des Morts. La docteure D'Arte renifla et se tamponna les yeux avec un mouchoir. Le Druide toussa. Quant à Miranda, elle laissa libre cours à ses larmes.

— Au moins, je sais la vérité, dit la docteure D'Arte. Toutes ces années sans savoir s'il était vivant ou mort…

— Oui, dit Naïm. La connaissance peut apporter la tristesse, mais c'est aussi un réconfort et une fin.

Miranda regarda le Druide.

— Pourquoi mon père était-il dans l'armée de Calad-Chold ? demanda-t-elle.

Naïm prit la main de la jeune fille et la serra.

— Les Elfes brûlent leurs morts. Cependant, ton père est mort loin de chez lui et son corps n'a pas été brûlé.

— Oh, murmura Miranda, souhaitant que les choses aient été différentes.

Le Druide resta avec Miranda et sa mère pendant trois jours. La première nuit, ils parlèrent de tout ce qui s'était passé, se posant mutuellement des questions et y répondant jusqu'à l'aube.

— Je ne comprends toujours pas cette histoire de Pierres de sang, avoua la docteure D'Arte. Pourquoi ces fameuses gemmes sont–elles revenues à Garrett ? Ce n'est pas comme s'il avait été vraiment vivant.

— Je n'ai pas de réponse, avoua Naïm, mais vous êtes une Elfe et vous devez admettre que les Elfes sont différents.

— Oui, acquiesça gentiment la mère de Miranda, mais je ne sais pas en quoi nous le sommes. Peut-être que je connaîtrai la réponse seulement quand j'aurai quitté cette vie.

Tandis que la lumière du jour gagnait doucement le ciel matinal, Miranda marcha avec Naïm dans le jardin. Elle lui montra l'endroit où le sol s'était ouvert et qu'il avait englouti la maison de Nicholas. Elle regarda à travers les trous de la palissade blanche la nouvelle maison des Hall, presque terminée, et elle eut le cœur serré. Où est Nicholas ? Allait-elle les revoir, lui et Pénélope ? Arabella était-elle en vie ?

— Saurons-nous jamais qui a effrayé Avatar dans l'écurie à Béthanie ? demanda Miranda, tandis que le Druide et elle revenaient tranquillement vers la maison. J'aimerais bien savoir si c'était l'œuvre d'Indolent.

Naïm lui posa le bras sur l'épaule.

— Je me suis trompé au sujet d'Indolent, avoua-t-il, mais je crois savoir ce qu'Avatar a senti ou vu.

— Quoi ?

— Je crois que c'étaient les Pierres de sang. Tu as mentionné que tu avais demandé l'aide des gemmes mais qu'elles n'avaient pas répondu. C'était la première fois qu'elles ne fonctionnaient pas avec toi.

— C'est vrai ! s'exclama Miranda, mais je ne comprends toujours pas.

— Je crois que ça s'est produit au moment où ton père a été rappelé de la mort, expliqua Naïm. Je pense qu'Avatar a senti un changement dans les Pierres alors qu'elles lui montraient leur véritable propriétaire, et ce n'était pas toi.

Plus tard, incapable de dormir, Miranda écouta le doux craquement de la balancelle en osier dehors, et elle sut que Naïm ne trouvait pas le sommeil non plus. Le second soir, la vieille Mme Smedley vit six petites créatures corpulentes vêtues de costumes étranges se rendre d'un pas lourd vers la porte principale des D'Arte et disparaître à l'intérieur. Elle prit ses jumelles, essayant de voir à travers l'épaisse haie ce qui se passait sur la terrasse de ses voisins. Ce même soir, les parents de Nicholas se faufilèrent par la clôture qui séparait leur propriété de celle de Miranda et écoutèrent, perplexes, ce que disait la jeune fille qu'ils connaissaient depuis le jour de sa naissance, à savoir comment elle, leur fils et d'autres, y compris certains qui étaient présents ici, s'étaient retrouvés dans un monde étrange sous le Parlement.

Quand Miranda arriva à la partie où le Démon, furieux, l'avait projetée dans le Hall de la Confédération, soufflant le plafond voûté, puis mettant en morceaux le Hall d'Honneur et détruisant la bibliothèque du Parlement, Mme Hall regarda nerveusement son mari, terrifiée à l'idée que l'histoire de la jeune fille ne ramène son bien-aimé sous son lit — pour de bon cette fois. Cependant, elle n'avait pas besoin de s'inquiéter. M. Hall hocha la tête doucement, comme si tout avait soudain un sens. Les Nains et lui partirent dans un coin et parlèrent avec enthousiasme d'architecture et de maçonnerie. Il leur offrit même d'énormes salaires s'ils restaient et travaillaient avec lui. Cependant, les Nains refusèrent poliment.

Plus tard le troisième jour, Naïm annonça qu'il était temps pour lui de repartir dans son monde. Il ôta son long manteau noir d'une patère sur le mur près de la porte principale, le mit sur ses épaules, prit son bâton et disparut dans la nuit. Miranda se tenait sur le seuil dans l'obscurité et le regardait partir, craignant ne plus jamais le revoir. Longtemps après le départ du Druide, elle s'étendit sur son lit, le visage enfoncé dans son oreiller pour dissimuler le bruit de ses pleurs.

Le lendemain, Arabella et Pénélope, cette dernière ayant à ses côtés Muffy qu'elle tenait avec une laisse rose, apparurent sur le seuil, le visage triste et sillonné de larmes. Quand Miranda ouvrit la porte, les deux filles sursautèrent et devinrent aussi vertes que si un fantôme se tenait devant elle. Elles étaient venues annoncer à la docteure D'Arte que Miranda avait été capturée par les Chasseurs du Démon et que le Druide et elle avaient disparu.

Miranda les conduisit dehors, mais pas avant que Muffy ne fasse pipi sur le tapis tout neuf dans le bureau de sa mère. Les filles s'assirent, les jambes croisées, sur la balancelle et discutèrent avec enthousiasme, partageant leurs aventures. Des cris d'horreur et des éclats de rire remplirent l'atmosphère de l'après-midi. Miranda pleura et rit en même temps quand elle entendit que Nicholas était vivant, qu'il avait été invité à rester à Béthanie et à s'entraîner avec les cavaliers jusqu'en septembre.

— Il s'est fait un nouvel ami, dit Pénélope.

Puis, elle cria après Muffy, qui creusait gaiement dans les rosiers de la docteure D'Arte.

— Méchant chien ! s'écria-t-elle.

— Un Ogre, dit Arabella. Et Nick le ramène à Ottawa.

— Nicholas est si insupportable maintenant qu'il est cavalier, fit remarquer Arabella.

— Intolérable ! rectifia Pénélope.

— C'est ce que j'ai dit, répliqua Arabella.

— Non, tu as dit *insupportable*. J'ai dit *intolérable*.

— Taisez-vous ! s'écria Miranda. C'est la même chose. Elle pouffa de rire et entoura de ses bras les épaules de ses amies.

— Certaines choses ne changent jamais, fit-elle remarquer.

Les trois amies discutèrent tout l'après-midi et longtemps après le coucher du soleil. Arabella parla des Boiteux qui se pressaient pour combattre l'armée de Calad-Chold et de la façon dont elle avait essayé de sauver Félicité et Miette après la mort de tous les autres.

— C'était horrible, avoua-t-elle. Ces êtres stupides ne voulaient pas revenir. Ils riaient et criaient à l'Armée noire des choses odieuses. Peu importe, je pensais qu'ils avaient été tués aussi mais, quand on est arrivés à Béthanie, ils y étaient. Charlemagne, l'Aigle, les avait secourus. Alors, les Boiteux ne se sont pas éteints finalement.

— Je hais ces créatures gluantes, avoua Pénélope. Elles sont dégoûtantes.

— Et laides, renchérit Arabella.

— Et vraiment stupides, ajouta Miranda en se mettant à rire.

Tandis que le long après-midi à paresser tirait à sa fin, Pénélope et Arabella parlèrent des Druides venus enlever Indolent pour lui faire répondre de toutes ses mauvaises actions, y compris ce qu'il avait fait aux tarentules. Elles décrivirent comment la magie des Druides avait détruit l'Armée noire et comment les Géants avaient réduit en miettes le nouveau château de l'Indolence. Elles parlèrent de Tabou, d'Otavite, d'Eegar et des fabuleux Carovorari.

— Et Mini est redevenu une souche, dirent-elles.

Tandis que le soleil se couchait dans un torrent de lumière orange et cramoisie, Miranda raconta à ses amies comment le couteau à découper des Augures était devenu la lame tordue et comment Calad-Chold l'avait suivie à travers le Portail pour Ottawa. Elle leur dit de quelle façon elle s'était servie des Pierres de sang pour détruire le maléfique Malcom. Puis, pendant un bref moment de silence durant lequel elles reprenaient leur souffle et buvaient du thé glacé, Miranda parla de son père.

Les derniers jours de l'été tiraient à leur fin et les jeunes filles étaient occupées à acheter des vêtements et des fournitures pour la rentrée scolaire. Septembre était habituellement une période enthousiaste pour Miranda, mais la docteure D'Arte remarqua que, cette année, sa fille ne semblait pas s'intéresser au fait d'avoir de nouveaux habits ou non. La jeune fille était distraite. Rien ne semblait l'intéresser. « Elle s'ennuie de Naïm », pensa tristement la docteure, qui aurait aimé posséder un remède magique qui ramènerait brusquement Miranda de là où elle était.

Une nuit, vers la fin du mois d'août, Miranda rejoignit sa mère dans sa chambre et l'étreignit ardemment.

— Veux-tu parler ? demanda la docteure, mais la jeune fille secoua la tête et repartit en haut dans sa chambre.

Quelques jours plus tard, alors que la mère faisait griller des crevettes au barbecue sur la terrasse, elle surprit Miranda qui la regardait, les larmes aux yeux.

— S'il te plaît, Mir. Tu ne veux pas me dire ce qui se passe ?

Miranda esquissa un sourire triste.

— Ça n'est pas important.

La dernière nuit d'août, la jeune fille mit son baluchon sur son épaule et quitta la maison qu'elle avait partagée avec sa mère depuis onze ans. À l'extérieur, elle s'arrêta un moment comme si elle n'était pas sûre de ce qu'elle allait faire par la suite. Puis, elle jeta un dernier long regard sur la maison et courut au coin, tournant à droite sur l'avenue Beechwood en direction de la Colline parlementaire. Chez elle, sur l'oreiller de sa mère, se trouvait une longue lettre souillée de larmes.

Miranda avait travaillé sur cette lettre pendant deux nuits, assise devant son ordinateur et se rongeant les sangs à chaque mot, tandis que sa mère dormait. « Au revoir, maman ! » Comment quelque chose de si simple comme dire au revoir pouvait-il être si difficile ? Comment la jeune fille pouvait-elle dire à sa mère que, peu importe à quel point elle l'aimait, elle ne pouvait plus rester ici plus longtemps ? Comment lui faire comprendre combien elle souffrait d'être déchirée entre deux endroits ? Dans la lettre, elle disait qu'elle avait l'impression que son cœur était divisé en deux. Elle avait fini par tout mettre sur papier. À la fin, elle écrivit « Au revoir, maman. Je t'aime. »

Les rues étaient désertes à cette heure, mais Miranda préférait rester dans l'ombre, car elle était seule et effrayée et que, cette nuit, elle se sentait plus en sécurité loin des lumières de la ville. Partir était difficile pour elle. Pas une minute ne passa sans que son esprit lui crie de faire demi-tour. Elle faillit céder, voulant plus que tout rentrer chez elle. Or, elle savait que si elle le faisait, elle se sentirait mieux une nuit ou deux, mais qu'après la douleur recommencerait et irait en augmentant jusqu'à ce qu'elle ne puisse plus la supporter. Alors, elle écrirait une autre lettre, essaierait de partir et ça continuerait ainsi jusqu'à ce qu'elle perde la raison.

Miranda aurait aimé avoir assez de courage pour dire à sa mère en face qu'elle partait et pourquoi. Elle avait essayé mais, quand elle avait vu la peur sur le visage de sa mère lorsque cette dernière lui avait demandé ce qui n'allait pas, elle avait su qu'elle ne serait jamais capable de partir. Elle passa furtivement les portes et entra dans la Colline parlementaire, courut devant l'Édifice de l'est et atteignit l'Édifice du centre. Devant, la Tour de la Paix s'élevait vers les étoiles, les aiguilles de son immense horloge à quatre côtés fixant le temps à deux heures trente du matin. La jeune fille leva les yeux et vit le gigantesque drapeau du Canada, la feuille d'érable flottant délicatement au vent.

« C'est un beau pays, pensa-t-elle. Je vais m'ennuyer. »

« Et je vais m'ennuyer de mes amis. » Juste avant de quitter la maison, Miranda avait envoyé des courriels à Arabella et à Pénélope : « Jusqu'à la prochaine fois qu'on se voie. Vous allez me manquer. » Elle n'écrivit pas à Nicholas. Elle le verrait bientôt.

Devant, une silhouette se détacha des ombres près de la porte voûtée. Immobile, elle attendait que la jeune fille approche. Miranda s'arrêta, pensant à son père et au roi des Morts qui l'avaient suivie jusqu'ici il y avait à peine quelques semaines. Et s'ils étaient revenus ? Ou si c'était Malcom, le serpent maléfique ? Non ! Non ! Ils n'étaient plus !

— Miranda !

La jeune fille soupira. Finalement, sa mère avait tout deviné.

— Salut, maman ! s'exclama Miranda, une partie d'elle étant contente de pouvoir retourner à la maison. Je suppose que tu as trouvé ma lettre.

— Non, répondit sa mère, prenant la main de sa fille et la serrant fermement. Depuis plusieurs nuits déjà, j'attends ici de te voir t'enfuir. Tu as eu tort de ne pas me dire comment tu te sentais.

— Je sais, admit Miranda en hochant la tête. Je voulais le faire. J'ai même essayé, mais je savais que, si je voyais à quel point ça te faisait de la peine, je n'aurais jamais été capable de partir.

— Viens, dit sa mère. On en parlera à la maison.

Miranda hocha la tête à nouveau.

— O.K., mais je ne te garantis pas de ne pas recommencer.

Elle tira sur le bras de sa mère.

— Eh bien, tu viens ?

— Nous n'irons pas dans cette maison, répondit sa mère. Nous irons dans notre vraie maison.

Miranda était sidérée.

— Es-tu sérieuse ? Tu viens avec moi ?

— Bien sûr, dit la docteure D'Arte d'un ton catégorique. Si tu penses que je vais te laisser vivre une autre folle aventure toute seule, tu te trompes, jeune fille.

— Tu ressembles davantage à Naïm de jour en jour, fit remarquer Miranda en se mettant à rire.

La mère et la fille se tenaient dans l'obscurité sous la bibliothèque du Parlement à regarder les étoiles sur Béthanie. Derrière, six Nains étaient blottis en silence. Ils étaient tout ce qui restait de la douzaine de maçons que le roi Grégoire avait envoyés au Canada pour restaurer les édifices du Parlement. Les autres, y compris Malcom, avaient été tués par la Haine, le Démon.

Puis, Miranda et sa mère entendirent un battement d'ailes et elles s'éloignèrent de l'ouverture alors qu'un Aigle géant à deux têtes descendait vers le Portail et atterrissait sur le sol de pierre. Une tête s'inclina vers Miranda, l'autre vers la docteure.

— Charlemagne ! s'écria Miranda. Qu'est-ce que tu… ? Comment as-tu… ?

— Le Druide m'a envoyé, répondit Charlemagne. Venez ! Les Elfes attendent.

Miranda regarda sa mère.

— Vous saviez, toi et Naïm ! Vous avez fait ça !

— Oui, répondit la mère en souriant. Naïm pense qu'il est temps pour toi d'étudier au Clos des Druides. Je suis d'accord.

— Tu aurais dû me le dire ! s'exclama Miranda.

Tandis que le majestueux et puissant Aigle décrivait une longue et douce spirale vers la minuscule île en dessous, Miranda se retourna vers sa mère.

— À part ça, comment était ton rendez-vous ? demanda-t-elle.

— Ce n'était pas un rendez-vous, c'était un désastre, admit la docteure en pouffant de rire. Le type n'a pas cessé de me dire à quel point je lui rappelais sa chère mère décédée et de me demander si j'aimais le ris de veau autant que lui.

— C'est quoi du ris de veau ? demanda Miranda en pouffant de rire.

— Le pancréas ou la glande thymus.

— Beurk ! cria la jeune fille, se tordant de rire. J'ai une autre question, O.K. ? Celle-là me trotte dans la tête depuis près d'un an.

— Vas-y !

— Maintenant, peux-tu enfin me dire où tu es allée te cacher la nuit où Naïm est venu me chercher ?

Ce fut au tour de la mère de pouffer de rire.

— Pourquoi pas ? Ça n'a plus d'importance maintenant. Disneyland.

Miranda, stupéfaite, regarda sa mère.

— Quoi ! cria-t-elle. Tu veux dire que pendant que j'étais poursuivie par le Démon, tu étais à Disneyland ?

— Oui, chérie, répondit la mère d'un ton espiègle. C'était terrible — la pire chose que j'aie jamais faite.

L'alphabet celtique Ogham

Utilisez cet alphabet pour déchiffrer la lettre de Miranda à la page 17.

A =	┼		N =		⊤⊤⊤
B =	⊤		O =		╫
C =	⊥⊥⊥		P =		╫
D =	⊥⊥		Q =		⊥⊥⊥⊥
E =	╫╫		R =		╫╫
F =	⊤⊤		S =		⊤⊤⊤
G =	╪		T =		⊥⊥⊥
H =	⊥		U =		╫
I =	╫╫╫		V =		
J =			W =		
K =			X =		
L =	⊤⊤		Y =		╫╫ *
M =	╪		Z =		╫╫

* Symbole inventé par l'auteure.